Nicole de Vert
Französisches Verlangen

Nicole de Vert schrieb ihren ersten Krimi bereits mit 12 Jahren und ist Autorin etlicher Fachpublikationen. In der Provence hatte ihre Familie fast zwanzig Jahre ein Haus. Dadurch ist sie mit der Gegend rund um Avignon mit Herz und Seele verwoben.

Nicole de Vert

Französisches Verlangen

Provence-Krimi

PIPER

Mehr über unsere Autoren und Bücher:
www.piper.de

Wenn Ihnen dieser Krimi gefallen hat, schreiben Sie uns unter Nennung des Titels »Französisches Verlangen« an empfehlungen@piper.de, und wir empfehlen Ihnen gerne vergleichbare Bücher.

Wir produzieren nachhaltig
www.piper.de

ISBN 978-3-492-50423-2

Redaktion: Julia Feldbaum
Satz auf Grundlage eines CSS-Layouts
von digital publishing competence (München)
mit abavo vlow (Buchloe)
Covergestaltung: FAVORITBUERO, München
Covermotiv: Bilder unter Lizenzierung von Shutterstock.com genutzt
Printed in Germany

Prolog

Furcht gibt es in der Liebe nicht, sondern die vollkommene Liebe vertreibt die Furcht. Denn die Furcht rechnet mit Strafe, wer sich aber fürchtet, ist nicht vollendet in der Liebe.

1. Johannes 4,18

Einsamkeit kann zu schweren physischen und psychischen Erkrankungen führen, dies belegen aktuelle Studien, las sie, und Bitterkeit stieg in ihr auf. Für diese Erkenntnis benötigte sie keine wissenschaftlichen Belege. Sie musste nur in den Spiegel schauen und konnte sehen, wie sich ihre Züge zerfraßen. Ihr Herz fühlte sich an, als wäre es in Eisen gekettet, und ihre Gedankenwelt war durchzogen von Dunkelheit. Nicht einmal der schönste Teller hatte die Macht, den Kummer und den Schmerz von ihr zu nehmen. Dabei hatte sie so sehr gehofft, dass ihre Entscheidung, aktiv zu werden, alles, was sie als eine Art lebende Tote durch die Welt laufen ließ, neutralisieren würde.

Anfangs hatte sie sich auch vollkommen befreit gefühlt, hatte einige Nächte geschlafen, ohne wie wild um sich zu schlagen. Doch dann waren die Träume wiedergekommen, und die Stahlblitze hatten sie durchdrungen. Nicht einmal die Erinnerung an den zuckenden Körper und ihre Enthüllung als kraftvolle Triumphtat hatten sie aus dem Strudel reißen können. Die Furcht war mit voller Macht zurückgekehrt und hatte sie seither wieder fest im Würgegriff. Der Körper vergaß nie etwas.

Was konnte ihr noch helfen, sich zu retten? Die Liebe? Oder der Tod?

Hameau les Bouisses – Mitte April

»Nein! Ihr müsst draußen bleiben. Ihr bekommt was zu futtern, aber Willi und Margeaux haben nicht so viel übrig für euch wie ich!«

Margeaux hörte Hilde draußen vor dem Tor mit den Katzen reden. Ihre Haushälterin und Ersatzmutter hatte recht: Willi war nicht besonders gut auf die Nebenbuhler zu sprechen, die kamen und gingen, wie es ihnen passte, und sie hatte ebenso keinen so rechten Zugang zu den eigensinnigen Tieren gefunden, auch wenn sie auf dem Weiler zum Leben dazugehörten. Sie fand sie hübsch anzusehen und bewunderte ihre eleganten Bewegungen, doch sie zählte sich mehr zum »Team Hunde«, besonders zum Team »frecher Dackel«. Willi war aus dem Flegelalter raus, doch seinen Augenaufschlag hatte er behalten. Er lag zu ihren Füßen, und seine Ohren bewegten sich lauschend. Sie fragte sich wie schon so oft, womit der goldige Kerl ihre Stimmen wohl verband? Futter, Streicheleinheiten, eine lange Gassirunde?

»Hey, mein Süßer«, sagte sie zärtlich, und er hob den Kopf und richtete seine treuen, braunen Augen auf sie, »mach dir keine Sorgen, du bist und bleibst unser aller Liebling.«

Er stand auf und legte seine Vorderpfoten auf ihr Bein, meist versuchte sie dies zu unterbinden, aber jetzt ließ sie ihn gewähren und lud ihn mit einer kleinen Handbewegung ein, auf ihren Schoß zu springen, was er freudig tat. Er rollte sich ein, sie streichelte sein Köpfchen und war froh, dass die meisten Bewegungen wieder funktionierten, ohne ihr Schmerzen zu bereiten.

Ihr Ausflug in die Welt der Organisierten Kriminalität im vergangenen Herbst hatte ihr eine erschreckende Menge an Verletzungen eingebracht. Sie hatte als Beamtin der Kriminalpolizei in Stuttgart schon einige harte Kämpfe ausgestanden, doch das Erlebnis in Marseille hätte sie gewiss auch das Leben kosten können. Alle in ihrem Umfeld hatten im Anschluss darauf bestanden, dass sie sich erst einmal vollkommen erholte, bevor sie sich – man erwartete es nicht anders von ihr – erneut unbedacht in ein gefährliches Abenteuer stürzte. Dabei war es gar nicht sie, die die Gefahr suchte, sie fand sie vielmehr.

Sie hatte vor etwas mehr als zwei Jahren den Polizeidienst quittiert, denn der Fall rund um den Serienmörder Martin Angerer und der Krebstod ihrer Mutter hatten sie aus der Bahn geworfen. Es war nur ihrem Vater zu verdanken, dass sie sich wieder gefangen und nicht vollkommen in den Tiefen der Depression verloren hatte. Julien hatte sich in den Zug gesetzt, das »Chez Louise«, sein gefeiertes Bistrorant, sich selbst überlassen und sie zurück in die Heimat geschleift, wo Hilde und Aimé bereits auf sie gewartet hatten. Die beiden hatten sie gemeinsam mit ihrer Großmutter Annabelle großgezogen, während ihre Eltern ihrer Berufung gefolgt waren.

Es war eine wilde und wunderschöne Kindheit gewesen, und nach Barbentane und Hameau les Bouisses zurückzukehren hatte ihre Wunden geheilt.

Und natürlich Willi!

Wenige Tage nach ihrer Ankunft war Julien mit dem kleinen rötlich-blonden Bündel aufgetaucht und hatte den Zwergrauhaardackel in ihre Obhut entlassen. Ein kluger Schachzug, denn mit der Verantwortung für dieses kleine Lebewesen und der liebevollen Zuwendung durch ihre Lieblingsmenschen war sie rasch wieder aufgeblüht. Zudem war Thierry erneut in ihr Leben getreten. Den attraktiven Bäcker und sie hatte bis dahin eine verzwickte On-Off-Beziehung verbunden. Das hatte sich geändert, auch wenn sie zwischendurch mal einen typischen Margeaux-Fluchtanfall bekommen und ihren besten Freund und Ex-Kollegen Frank geküsst hatte. Doch Thierry hatte sich danach mit Frank ausgesprochen und verstanden, dass die Gefühle für Margeaux brüderlicher Natur waren.

Sie schaute auf ihre Hand, die auf Willis Rücken ruhte und von einem außergewöhnlich schönen fünfschichtigen Ring geziert wurde. Thierry hatte ihn extra bei einer Goldschmiedin in Avignon fertigen lassen und ihr letztes Weihnachten einen formvollendeten Antrag gemacht.

Sie planten eine Sommerhochzeit, denn erst einmal waren Elodie und Matze im Fokus, die bald Eltern werden würden. Der begabte junge Hacker, der mittlerweile ein recht bodenständiger Ehemann geworden war – etwas anderes hätte sein Schwiegervater Bap, Thierrys und Elodies Vater, auch nicht zugelassen –, und Elodie liebten einander sehr und hatten die Herausforderung der Schwangerschaft angenommen. Verlobt waren sie zum Zeitpunkt der Zeugung ja bereits gewesen. Die wegen des Kindes in den Spätherbst vorgezogene Hochzeit hatte Thierrys Mutter um ein großes Fest gebracht, und nun floss ihre gesamte Energie in die Eheschließung ihres Sohnes Thierry. Voilà, das würde die Hochzeit des Jahrhunderts werden. Margeaux, obwohl extrem modeaffin, konnte sich einfach nicht in einem Kleid aus Tüll und Spitze sehen und erwog hin und wieder, einfach mit dem Geliebten durchzubrennen, aber letzten Endes würde sie dies seiner Mutter niemals antun. Irgendwie waren alle um sie herum in zufriedenen Partnerschaften, nur Frank und auch ihr Vater waren allein. Frank, weil er erst einmal verarbeiten musste, was der vergangene Herbst ihm über seine Familie offenbart hatte, und Julien, weil er noch immer an Marie-Louise hing. Sie waren mehr als vier Jahrzehnte ein Team gewesen, hatten einander respektiert, und jeder hatte seiner Berufung folgen dürfen, gleichzeitig waren sie eng verbunden gewesen, und ihre Herzen hatten immer im Gleichklang geschlagen.

Margeaux seufzte leise bei dem Gedanken an ihre Mutter und Juliens Einsamkeit.

Hilde kam durch das große Tor herein und lächelte. Ihre obligatorische Kittelschürze war heute so grell, dass sie im Sonnenlicht wie eine Lavendelwiese leuchtete: Lila und grün setzten sich die Stängel und Dolden von einem himmelblauen Untergrund ab.

Es war windig, aber die Sonne hatte Kraft, und in der »stillen Ecke« unter der Mimose kam der Windhauch nicht an. Hier saß man vollkommen geschützt und konnte sich von den wärmenden Strahlen aufladen lassen. Margeaux nahm einen belebenden Schluck Kaffee und schob sich mit der freien Hand ein Stückchen gebuttertes Baguette in den Mund. Hilde ließ es sich einfach nicht nehmen, ihr das Frühstück mundgerecht zu servieren, so, als wäre sie noch immer vier. Margeaux hatte es aufgegeben, die ältere Dame davon zu überzeugen, dass sie mittlerweile erwachsen war. Sie erntete dann regelmäßig nur einen amüsierten Blick unter hochgezogenen Augenbrauen: »Dann musst du dich auch so benehmen, und noch sehe ich das nicht!«

Den Spruch hatte sie verdient, das war ihr vollkommen klar, denn ihre spontanen Aktionen wie die, sich irgendwo auf eine bewaffnete Person zu stürzen oder sich mit gestandenen Schlägern anzulegen, waren in Hildes Augen weit von dem entfernt, was sie als erwachsen interpretierte.

Die propere Südfranzösin mit ostpreußischen Wurzeln blieb auf dem Weg in die Küche neben Margeaux stehen.

»Brauchst du noch etwas, Liebes?«, wollte sie wissen und legte Margeaux die Hand auf die Schulter, während sie den Tisch scannte.

Die Zeit der Rekonvaleszenz hatte sie noch enger verbunden, denn Margeaux hatte oft Hilfe bei ganz einfachen Dingen benötigt, und noch wohnten sie und Thierry nicht zusammen. Irgendwie gefiel ihr der Zustand so, wie er war, recht gut. Jeder hatte seine eigenen vier Wände, in die er sich zurückziehen konnte, und die Gefahr, sich auf die Nerven zu gehen, war dadurch relativ gering. Gut, das war hier im Haus ebenfalls möglich, denn es gab genügend Platz und viele ungenutzte Zimmer. Zudem war da auch noch das Appartement auf der Scheune, in dem Frank wohnte, wenn er hier war. Die Männer hatten sich angefreundet und erlebten meist entspannte Tage zusammen. Margeaux' Leben war gerade auf eine angenehme Art ereignislos und verlief in geregelten Bahnen. Sie wusste, dass ihr das bald zu langweilig werden würde, doch heute und hier war es vollkommen in Ordnung.

Stuttgart – Mitte April

Frank klopfte an den Türrahmen, und sein Chef Werner Walter blickte von seinem Bildschirm auf.

»Frank, was verschafft mir die Ehre!!!« Was eigentlich eine Frage sein sollte, war, typisch Werner, mit drei Ausrufzeichen versehen.

Egal, wie sehr sie sich im letzten Jahr angenähert hatten, Frank hasste diese Eigenschaft an dem Alten und kniff kurz die Augen zusammen, damit ihm seine Mimik nicht komplett entgleiste. Zwar war Margeaux die Mimik-Expertin, aber sie alle kannten mittlerweile die Basics, sie hatte sie ihnen im Februar in einer Onlinekonferenz ausführlich erläutert. Frank hatte mit dem Zusammenkneifen verhindern wollen, dass eine seiner Augenbrauen hochschnellte und seine Missbilligung verdeutlichte. »Tu bitte nicht so, als würdest du mich nicht täglich sehen«, sprang er sogleich auf die gefühlte Provokation an.

»Wie immer gleich auf hundertachtzig«, kommentierte Werner und grinste.

Frank atmete tief ein, Margeaux hatte ihm nahegelegt, in solchen Augenblicken fünf Sekunden ein- und auszuatmen, damit sich das aufgewühlte Emotionszentrum im Gehirn beruhigte und der Teil, der für das planende Denken und Handeln verantwortlich war, wieder vordergründig tätig werden konnte. Frank fuhr fort: »Ich wollte dir nur einen kurzen Abriss über die Observierung von Beerschneider geben. Ich glaube, wir sollten das ›Il Pastaio‹ echt bald hochnehmen, sonst überlebt er das Ganze vielleicht nicht.« Werner Walter blickte ihn abwartend an. »Er ist mehrfach pro Woche dort, und wir sind uns tatsächlich nicht mehr sicher, ob es nur das Mädchen ist oder ob er mittlerweile auch konsumiert«, erklärte Frank, kam herein und schloss die Tür hinter sich.

Er war nie unrealistisch gewesen und hatte gewiss nicht daran geglaubt, dass mafiöse Strukturen den südlichen Ländern vorbehalten waren, doch dass die Verstrickungen so weit gingen und ihre Tentakel auch den deutschen Justizapparat umschlangen, aufbrachen und immer tiefer in ihn eindrangen, das hatte ihn wirklich schockiert. Er war Polizist geworden, um Unrecht zu verhindern und Täter ihrer gerechten Strafe zuzuführen, doch das war eine vollkommene Illusion gewesen. Diese Erkenntnis hatte seine Grundfesten erschüttert, und die Verstrickungen, die zum Tod seiner eigenen Mutter führten, hatten ihm das sehr deutlich vor Augen geführt.

»Das Eisen ist heiß, Frank, verdammt heiß. Vergiss nicht, was diese Verbrecher mit Myriam gemacht haben.« Werners Gesicht verzog sich schmerzhaft, und Frank wusste, wie sehr ihn das Attentat auf seine Ex-Frau, mit der er sich seit der Scheidung hervorragend verstand, getroffen hatte.

»Das sehen die Kollegen von der Abteilung für Organisierte Kriminalität leider auch so ... also dass Beerschneider etwas passieren könnte, und wir brauchen ihn als Kronzeugen.«

Frank setzte sich und fuhr sich durch das blonde Haar. Er schlug die Beine übereinander, was den Blick auf die Socken des Tages freigab. *Frank, you know it's true!,* stand in giftigem Grün auf den leuchtend pinkfarbenen Strümpfen, die das Bild eines Rastaman-Hinterkopfes prägte. Die Dinger waren witzig, aber heutzutage verstand kaum einer den Hintergrund, daher waren sie eine Art Insidergag. Er trug seine Socken als absolutes Statement, und mittlerweile musste er sich nicht nur auf das verlassen, was es in den Läden gab, er hatte auch einen Shop gefunden, in dem er sie ganz nach seinem Geschmack erstellen lassen konnte. So waren wirklich außergewöhnliche Stücke entstanden, die häufig auch seine innere Haltung zu Menschen oder Themen repräsentierten.

»Er wird niemals aussagen!!!« Werner schüttelte leicht den Kopf. »Er hat Töchter und weiß sicher nur zu genau, was diese Typen bereit sind, Kindern anzutun.«

»Er kann aber auch nicht mehr als Staatsanwalt tätig sein. Wir können das nicht dulden. Wir WISSEN, was er getan hat und was er tut«, ereiferte sich Frank.

»Wir haben die Kenntnisse illegal erlangt, damit sind wir nicht besser als er«, wandte sein Chef ein.

Jetzt zog Frank seine Augenbraue ganz bewusst hoch. »Echt jetzt, Werner? Du vergleichst unsere kleine Überwachungsgeschichte und Margeaux' Provokation mit organisierter Kriminalität und einem Staatsanwalt, der zum Handlanger dieser Schergen geworden ist, weil er seinen Sexualtrieb nicht im Griff hat?«

»Ich vergleiche gar nichts«, empörte sich Werner, »ich will dir nur sagen, dass wir Beweise brauchen, und zwar mehr als sichere Beweise. Mich kotzt das doch auch an, Frank. Ich weiß, dass wir oft Differenzen haben, aber ich bin auf deiner Seite und habe dennoch das Gefühl, dass du deine persönliche Geschichte da einfach nicht raushalten kannst. Da ist die Gefahr groß, dass man uns Konstruktion vorwirft ...«

»... und der Richter scheucht uns dann schneller vor die Tür, als wir drin waren, und informiert seinen Kumpel, den Staatsanwalt, oder gleich den netten Lieblingsmafioso von gegenüber«, beendete Frank die Ausführungen seines Vorgesetzten verärgert.

»Wir brauchen einfach mehr einflussreiche Verbündete oder eine unabhängige Berichterstattung, die das Ganze öffentlichkeitswirksam aufbaut. Aber dann fürchte ich eben immer noch um Beerschneiders Leben. Ich kann den Typen zwar nicht ab, aber so unsympathisch ist er mir doch dann wieder nicht, dass ich ihn in einem Leichensack sehen möchte … oder seine Mädchen … Gott, das will ich noch nicht einmal denken, geschweige denn aussprechen.« Werner schüttelte sich.

»Wie sollen wir dann weiterverfahren?«, wollte Frank wissen.

Werner beugte sich vor und senkte seine Stimme: »Katja hat einige stabile Journalistenkontakte. Vielleicht lancieren wir ein paar Fakten, und ein seriöser Reporter macht eine gute Story daraus, selbstverständlich ohne Namen … Das könnte Bewegung in die Sache bringen.«

Frank wusste, dass die aktuelle Lebenspartnerin von Myriam als Fotografin tätig war. Das konnte eine Möglichkeit sein, doch wenn sie empfindliche Informationen aus der Hand gaben, hatten sie keinen Einfluss mehr darauf, und das Ganze konnte auch entgleiten.

Er wiegte bedächtig den Kopf. »Klingt nicht schlecht. Könnte Myriam vielleicht ein Auge darauf haben, dass es nicht in die falsche Richtung läuft? Es sollte nur aufschrecken, ich möchte dieses Blut nämlich nicht an meinen Händen haben.«

»Ich ganz gewiss auch nicht!!!« Werner hob abwehrend die Hände. »Ich treffe Myriam diese Woche noch zum Essen, dann bespreche ich es mit ihr.«

Frank mochte die pfiffige Trainerin sehr, sie nahm so gut wie nie ein Blatt vor den Mund. Werner war seit der Scheidung zugänglicher geworden, fast schon nett, aber sie waren noch lange keine Freunde.

»Da ist noch etwas«, sagte er und richtete sich auf dem Stuhl auf, »wir brauchen Margeaux.«

»Den Anruf übernehme ich«, sagte Frank und zückte sein Telefon.

Orange – ein Jahr zuvor

Sie schaute sich im Spiegel an, und ihr Blick war kritisch, denn sie wollte perfekt aussehen. Sie ging nicht oft zu Dates, denn die in der virtuellen Welt geschlossenen Kontakte entpuppten sich regelmäßig als absolute Flops, und die Enttäuschung, die darauf folgte, war mehr als ernüchternd. Ja, sie hatte auch ein klein wenig geflunkert in ihrem Profil, aber sie hatte nicht angegeben, siebenundzwanzig zu sein, und auch nicht das Bild einer anderen Frau benutzt. Ihr eigenes Foto war nur ein wenig nachbearbeitet, und sie hatte bei ihrer Figur gemogelt, aber es gab nichts, was man nicht mit guter Shapewear hinbekommen konnte. Sie würde sich sowieso nicht gleich auspacken lassen, also bekam auch niemand die funktionale Unterwäsche zu sehen.

Sie bürstete ihr Haar mit langen Strichen, es war ein großer Teil ihres Potenzials und hatte eine starke Wirkung auf Männer. Es war lockig und lang und umschmeichelte sie. Ihr Gesicht war klar geschnitten, und ihre Wangen hatte sie mit flüssigem Rouge rosig gefärbt, sodass sie strahlend wirkten und die grünen Augen leuchten ließen, denn das war wirklich nötig. Ihre Augen waren ihr Problem, denn die zeigten sehr schnell, was sie wirklich empfand, und selbst wenn der Kerl kein erfolgreiches, gut aussehendes Exemplar sein sollte, dann wollte sie ihm trotzdem erst mal eine Chance geben. Sie war zu allein in ihrem Leben und sehnte sich wirklich nach einem Menschen an ihrer Seite. Sex war nebensächlich für sie, aber sie wusste, dass es für die meisten Männer dazugehörte. Sie jedoch war auf der Suche nach einem Lebensgefährten.

Ein weiterer Blick in den Spiegel sagte ihr, dass mehr nicht möglich war, sie hatte alles aus sich herausgeholt. Sie nahm ihre Tasche, strich das leichte Strickkleid glatt, das locker ihre Figur umspielte.

Sie hatten unter zwanzig Grad, daher nahm sie den Mantel vom Haken und verließ das Hotelzimmer. Gut, was ihren Wohnort anging, war sie auch nicht ganz ehrlich gewesen, aber für den Fall, dass er ihr gar nicht passte, brauchte sie ganz sicher keinen Stalker. Sie hatte schon zu viel erlebt, und es war einfach eine Vorsichtsmaßnahme.

Der weiche Teppich im Flur dämpfte ihre Schritte, und obwohl sie hohe Schuhe trug, hatte sie das Gefühl, auf einem Wolkenteppich dem Date entgegenzuschweben. Vielleicht hätte sie das zweite Glas Champagner nicht trinken sollen, um dem Mut auf die Sprünge zu helfen.

Sie erreichte den Aufzug und stellte sich vor, wie es wäre, wenn sie einfach auf einen Knopf drücken könnte und sich die Tür vor dem Menschen öffnete, mit dem sie ihr restliches Leben verbringen würde. Kurz war sie versucht hineinzutanzen, ihr Mantel bauschte sich fröhlich auf, als sie die Kabine betrat. Gewiss würde alles gut gehen. Sie betrachtete sich noch einmal im Spiegel und stellte fest, dass das gedämpfte Licht ihr schmeichelte. Zuversicht machte sich in ihr breit, und sie hoffte, dass der Abend sie nicht enttäuschen würde.

Avignon – Mitte April

Aimé klopfte an die Rundbogentür mit den Sprossenfenstern, die sich in den steinernen Bogen schmiegte, der den Innenhof des »Chez Louise« von der schmalen, kopfsteingepflasterten Straße trennte. Man musste zwei breite Stufen aus hellem, ausgetretenem Sandstein hinaufgehen und stand dann vor der imposanten Platane, die nun langsam wieder begann, ihr Blätterdach über den Tischen auszubreiten. Zurzeit fehlte die Außenbestuhlung noch, auch wenn es langsam wärmer zu werden begann.

Julien erwartete ihn und öffnete die Tür, kaum dass der drahtige Dorfpolizist von Barbentane an die Scheibe gepocht hatte.

»Aimé, mein Freund.« Julien schloss ihn in die Arme und begrüßte ihn mit den üblichen drei Wangenküssen, dann klopften sie einander freundschaftlich auf die Schulter. Sie waren Freunde seit Jugendtagen, und Aimé war es gewesen, der der angehenden Ärztin Marie-Louise Winter den zurückhaltenden Koch Julien Surfin vorgestellt hatte. Die kleine Margeaux war sehr schnell und ungeplant in das Leben ihrer Eltern geplatzt, die noch nicht so recht bereit für ein Kind gewesen waren. Marie-Louises Vater war unerwartet verstorben, und die junge Frau hatte nicht ihren Traum leben können, als Ärztin zu praktizieren, sondern das Familienunternehmen weltweit führen müssen. Das hatte sie äußerst erfolgreich getan, aber für Aimé, der die Zweisamkeit mit seiner Hilde schätzte, war es nur schwer nachzuvollziehen gewesen, dass die Ehepartner immer wieder ihren eigenen Weg gegangen waren.

Das Kind war ein wenig auf der Strecke geblieben, und so hatten Marie-Louise und Julien irgendwann entschieden, Margeaux in der Obhut ihrer Großmutter und ihrer Freunde auf dem großzügigen Anwesen zwischen Barbentane und Boulbon aufwachsen zu lassen, um nicht das Nomadenleben ihrer Eltern mitmachen zu müssen.

Dass die beiden jungen Leute ihnen ihr Kind anvertraut hatten, war etwas, was Aimé dem Freund niemals vergessen würde, denn Hilde, die damals eine Fehlgeburt erlitten und dem Alkohol zugesprochen hatte, war durch den unerwarteten »Familienzuwachs« wieder aufgeblüht. Sie war eine patente Frau, hatte das Herz am rechten Fleck, machte aber auch keinen Hehl daraus, wenn ihr etwas nicht gefiel. Ein Leben ohne sie war für ihn nicht vorstellbar, und so wollte er auch für seinen Freund Julien nur das Beste. Es war nicht gut, dass er allein war. Marie-Louise hätte das nicht gewollt, dessen war er sich sicher.

»Hast du die Maschine schon an und kannst mir einen Café noir machen?«, fragte er den Freund.

Julien nickte und schob ihn in das Bistrorant, das er noch mit seiner Frau gemeinsam eingerichtet hatte und das selbst am Vormittag wunderschön und einladend wirkte. Julien hatte sich nach all seinen Reisen und Stationen bei großartigen Köchen den Traum eines eigenen Restaurants erfüllt und es geschafft, zu den absoluten Geheimtipps der Stadt zu werden. Er hatte all seine Energie in den Laden gesteckt, und ganz sicher hatte ihm das auch geholfen, mit seiner Trauer umzugehen. Doch mittlerweile war er eher mager und sein Gesicht spitz, was nicht nur Margeaux dazu gebracht hatte, ihren Vater wieder und wieder darauf hinzuweisen, dass er sich mal verabreden sollte. Da sich der erfolgreiche Koch schwertat, auf Freiersfüßen zu wandeln, war die Idee aufgekommen, sich auf einem Onlineportal umzuschauen. So sollte er sich unverbindlich im Flirten üben.

Julien war jedoch vollkommen überfordert mit diesem Ansinnen und hatte einen Hilferuf abgesetzt. »Aimé, du musst kommen und mir helfen, diese Fragen zu beantworten. Gott, ich weiß noch nicht einmal, wie ich mein Äußeres beschreiben soll. Ich kann eine ideale Courgette beschreiben, aber mich? Ich brauche deine Unterstützung, alter Junge.«

Also hatte sich der Flic rasch mit Matze König kurzgeschlossen, um sich von dem Internetgenie Tipps für die Dinge, die man tat oder auch nicht tat, geben zu lassen.

»Wollen wir gleich loslegen? Meinst du es wirklich ernst?«, vergewisserte sich Aimé.

»Wenn du mich so fragst, sage ich ehrlich Nein«, schnaubte Julien, während er die Tasse unter der Kaffeemaschine zurechtschob, »ich bin mir wegen gar nichts sicher, aber ich möchte auch nicht noch tausendmal mit Margeaux darüber diskutieren. Unterm Strich hat sie ja recht, allein sein ist nicht gut, aber ich bin noch nicht so lange Witwer, und es kommt mir fast so vor, als würde ich Marie-Louise dadurch verraten oder unsere Liebe kleiner machen.«

Aimé war erstaunt über den Einblick, den ihm Julien in sein Gefühlsleben gab. Er wollte gerade zu einer Erwiderung ansetzen, als der Chefkoch ihm das duftende braune Gebräu hinstellte und meinte: »Ich will es versuchen. Meine Schwiegermutter hat immer gesagt: ›Versuch macht kluch.‹«

Aimé musste grinsen. Er sah die alte Dame, die sich nach dem Tod ihrer Tochter in eine Seniorenresidenz im Schwarzwald zurückgezogen hatte, bildlich vor sich: »Ja, das passt zu ihr.«

»Man soll sich mit Adjektiven beschreiben, die aussagekräftig sind«, las Julien vor und drehte den Bildschirm des Laptops so, dass Aimé ihn auch im Blick hatte. Die Felder waren alle noch leer.

»Lass uns anfangen, gemeinsam schaffen wir das.« Aimé zog den hibbeligen Koch zu sich an den Tisch und legte seine Hände auf die Tastatur.

Orange – ein Jahr zuvor

Zurück im Hotel, waren ihre Gefühle recht gemischt gewesen. Der Mann hatte sich äußerlich als ansehnlich erwiesen, wobei sie stark an der Darstellung seiner inneren Werte zweifelte, denn so, wie er sich über den Hauptgang beschwert hatte, stand Wertschätzung in der Gastronomie wohl doch nicht ganz oben auf seiner Prioritätenliste. Sein Weingeschmack war jedoch exzellent gewesen, und er hatte es am Ende sogar ohne großen Firlefanz akzeptiert, dass sie ihren Anteil der Rechnung selbst begleichen wollte, obwohl er bereits mit großer Geste seine Kreditkarte auf den Tisch geworfen hatte. Die Komplimente, die er ihr gemacht hatte, waren nicht überfrachtet gewesen und hatten lehrbuchmäßig die richtigen Knöpfe gedrückt. Sie hatte geschmeichelt getan, ihn an den richtigen Stellen gelobt und sein Ego gestreichelt. Alles in allem also ein schöner und vielversprechender Abend.

Am nächsten Morgen verabredeten sie sich erneut in einem Restaurant, in dem man ihn nicht kannte. *Ich möchte deine Aufmerksamkeit nicht teilen müssen*, erklärte sie den Wunsch, und er sendete ein Emoticon mit Herzchenaugen und willigte ein. Sie schrieben weiterhin über den Chat des Datingportals, denn ihre Telefonnummer würde sie in diesem Stadium noch nicht herausgeben. Bereits gestern hatte er versucht, sie auf einen Absacker zu sich nach Hause einzuladen, und dabei mehrfach betont, dass sie sich keine Sorgen machen müsse, denn er sei keiner von der Sorte, die Grenzen nicht verstehen würden.

Vielleicht würde sie heute Abend mitgehen, sie war sich noch nicht sicher. Ihre Kopfhaut juckte ein wenig, und sie fuhr sich vorsichtig mit den Händen durch die kurzen, strubbeligen Haare, dann schlüpfte sie in die weißen Sneakers, schlug die blaue Cargohose noch etwas um, sodass ihre Knöchel zu sehen waren, und schob das weiße einfache Langarmshirt in den Hosenbund. Ungeschminkt und mit Hornbrille war sie mit der Frau vom Vorabend nicht zu vergleichen. Ein kleines Speckröllchen kroch über den Bund, denn sie trug keine Unterwäsche, die ihre Figur beschönigte. Das bekam man, wenn man die Verpackung entfernte. Ob er dazu schon bereit war? Heute Abend gewiss noch nicht. Heute Abend würde sie sich wieder zurechtmachen. Das attraktive Outfit mit dem langen Haar war einerseits lockende Verkleidung und andererseits auch Maske und Rüstung. Es bewahrte sie vor bösen Überraschungen, bevor man sich überhaupt richtig kennengelernt hatte. Sie biss sich fragend auf die Unterlippe und dachte, während sie ihren Rucksack schulterte, darüber nach, wie lange sie wohl noch brauchen würde, um ihrem Herzenspartner zu begegnen, und ob er sie heilen würde, denn in ihrer Seele brannte ein Schmerz, den keine Pille lindern konnte.

Hameau les Bouisses – Mitte April

»Ich habe mittlerweile mit jedem telefoniert, den ich kenne, und denke sogar schon darüber nach, mit dem Puzzeln zu beginnen«, erklärte Margeaux. »Also lautet meine Antwort auf deine Frage: JA!«

»Ich habe nichts anderes erwartet«, sagte Frank zufrieden, »und es ist auch keine Arbeitsbeschaffungsmaßnahme. Wir brauchen dich wirklich hier. Dieser Fall ist irgendwie verzwickt, und du weißt genauso gut wie ich: Wenn Kinder im Spiel sind, sind wir alle irgendwie ...« Er suchte nach Worten.

»Entsetzt, betroffen, wie eingefroren, schockiert«, kam sie ihm zu Hilfe.

»Alles davon passt, und die Öffentlichkeit ist uns natürlich auch auf den Fersen«, seufzte er.

»Wie läuft es denn mit deiner Partnerin?«, fragte sie ihn, denn sie wusste, wie schwer Frank es der jungen Frau anfangs gemacht hatte, weil sie eben nicht Margeaux war. Das Team Surfin-Kaiser war einst unschlagbar gewesen und daher legendär. Diese Schuhe waren schon von Grund auf groß, aber Frank hatte sie zu einer Art Heiligem Gral erkoren und mehrere Partner und Partnerinnen nacheinander verschlissen.

»Es wird«, sagte er wie nebenbei, und sie konnte an seinem Tonfall hören, dass es fast stimmte.

»Was passt nicht? Sie ist clever, mutig, verlässlich, vertrauenswürdig und gesetzestreu. Eine ideale Partnerin, zudem ist sie lernwillig. Du solltest endlich aufhören, uns nachzutrauern. Ich komme beratend zu den spannenden Fällen, und das ist doch eine supergute Lösung für uns, um zusammenzuarbeiten. Ansonsten besuchst du uns hier, und wir genießen die gemeinsame Zeit.« Sie sprach mit ernster Strenge, denn er musste das endlich hinnehmen und seine letzten Hoffnungen loslassen.

Margeaux hatte gelernt, Frank besser zu verstehen und warum sie so wichtig für ihn war: Er hatte keine Familie, und sie selbst beinahe ein ganzes Dorf, um schwierige Situationen zu meistern. Doch sie würde nicht mehr in den Polizeidienst zurückkehren. Sie hatte diese Tür für sich geschlossen und war glücklich mit dem Angebot von Werner Walter, in besonderen Fällen als Mimikexpertin beratend hinzugezogen zu werden. Und dann war da ja auch noch ihre Genehmigung, als Officier de Liaison für die französische Polizei unterstützend zu arbeiten – das war ihr Ausgleich zu den vielen langweiligen Aufträgen als Privatdetektivin.

»Ich weiß, dass du recht hast, und ich will mir ja auch Mühe geben, doch sie nervt mich mit ihrer neunmalklugen Art einfach zu oft«, gab er zu.

»Erzähl mir, worum es geht und was ihr von mir erwartet«, forderte sie ihn auf.

»Wir haben zwei tote Mädchen: Die siebenjährige Carla wurde in der Nähe der Bärenhöhle oben auf der Alb gefunden, und die achtjährige Chantel in einem kleinen Ort zwischen Reutlingen und Bad Urach – Dettingen an der Erms, um genau zu sein. Die Orte sind unabhängig voneinander und haben von der Art und Beschaffenheit her nichts gemeinsam. Doch die Vorgehensweisen sind in gewissen Details fast deckungsgleich, sodass wir von demselben Täter ausgehen. Gestern haben wir jemanden inhaftiert, und kaum zwei Stunden später kommt die nächste Hiobsbotschaft: In Westerheim ist die achtjährige Enya vermisst gemeldet. Sie war einige Stunden allein zu Hause, da ihre Mutter arbeiten musste und sie keine Ferienbetreuung hatte. Daher hat sie das Fehlen des Kindes auch erst bemerkt, als sie abends zurückkam. Seitdem etwa ist die Hundestaffel unterwegs, und der Hubschrauber fliegt, aber die anderen Mädchen sind auch Kilometer von zu Hause gefunden worden. Das ist die sprichwörtliche Suche nach der Stecknadel im Heuhaufen. Vielleicht lebt sie noch, Margeaux«, schloss er eindringlich.

»Warum habt ihr mich nicht früher angerufen?«, wollte sie wissen und scrollte schon auf ihrem Handy durch den Flugplan von Marseille. »Wenn ich jetzt sofort alles stehen und liegen lasse, dann schaffe ich den Flieger um 15.30 Uhr noch.«

»Wir haben erst gehofft, dass sie draußen herumstromert, so wie Kinder das eben manchmal tun, oder sich irgendwo versteckt, und außerdem hatten wir den Verdächtigen ja schon festgesetzt«, entschuldigte er sich.

»Mensch, Frank, wenn das Kind noch lebt, zählt jede Minute, das wissen wir doch ganz genau. Lässt der Kerl, den ihr da festgenommen habt, denn gar nichts raus? Wie sicher seid ihr, dass das Kind eines seiner Opfer sein könnte? Was habt ihr ihm schon alles angeboten?« Sie ratterte all die Fragen herunter, die ihrem Polizistengehirn in den Sinn kamen – dem Denkapparat einer Ermittlerin. Ihre Kindheit hatte ihr das Vorbild Aimé geschenkt, und sie hatte sich immer mehr an ihm und Hilde orientiert als an ihren stets abwesenden Eltern. Insofern war es ihr als völlig normal erschienen, in seine Fußstapfen zu treten. Der gewitzte Dorfpolizist war so stolz gewesen, dass ihm die Tränen gekommen waren, als sie offiziell in Deutschland verbeamtet worden war. Hilde und er waren extra angereist und hatten der Zeremonie mit stolzgeschwellter Brust beigewohnt.

»Heißt das, du bist heute Abend noch hier und kannst ihn dir vorknöpfen?«, wollte er wissen, und sie hörte die Erleichterung in seiner Stimme.

»Ich bin schon dabei zu packen, den Flug habe ich noch nicht gebucht, denn es ist zu knapp für eine Onlinebuchung.

Ich rufe die Airline gleich an. Ich kann dir aber ganz sicher sagen, dass du bei Hilde gerade keine Pluspunkte sammelst, denn sie steht hinter mir, die Arme in die Seiten gestützt und schaut mich an, als wolle ich zum Bungee-Jumping gehen und es mal ohne Seil probieren«, schilderte Margeaux ihre Situation mit einem Augenzwinkern, obwohl ihr gar nicht danach war. Fälle mit Kindern waren etwas, das sie alle ganz besonders mitnahm, und sie spürte bei dem Gedanken an das kleine Mädchen einen unangenehmen Druck in der Lunge, die sich nach der Verletzung durch die gebrochene Rippe nur langsam erholt hatte. Sie durfte sich keine Schwäche anmerken lassen, sonst würde Hilde sie gewiss mit einer Wäscheleine am Sofa anbinden. Damit hatte sie früher immer gedroht, wenn Margeaux und Hildes eigener Sohn Pierre Flöhe in der Hose hatten und nicht im Haus zu halten waren.

»Wenn du mich auf laut schaltest, entschuldige ich mich in aller Form bei ihr, meinem Charme kann sie gewiss nicht widerstehen«, versuchte sich Frank in einem leichten Ton, um der Situation die Schwere zu nehmen.

Margeaux wusste, dass es genau das war, was er vermisste. Denn mit »der Kleinen«, so nannte er seine aktuelle Partnerin, konnte er das nicht, und er erklärte Margeaux regelmäßig bei ihren Telefonaten, wie sehr ihm diese Art von Humor fehle. Je vertrauter ein Team war, umso eher war es möglich, auch in den furchtbarsten Situationen eine Bemerkung zu machen, die den Kreislauf der Frustration und Hilflosigkeit durchbrach, denn auch das waren sie oft gewesen: hilflos!

»Hilde ist nicht taub, Frank, das ist dir schon klar, oder? Sie steht quasi direkt hinter mir, da muss man sich schon die Finger in die Ohren stecken und singen, um nichts zu verstehen!«

Margeaux legte einige Sachen heraus, wählte sie bewusst nach Reisetauglichkeit und einer langen Verhörzeit aus. Sie hatte ein junges, frisches Label aus der Schweiz entdeckt und sich mit bequemen, aber schicken Jogpants in Schwarz und

Waldgrün eingedeckt, dazu Blusen und die passenden Iconic-Blazer. Die Outfits waren sowohl mit ihren geliebten High Heels als auch schicken Sneakers zu kombinieren, knitterten in der Reisetasche nicht und ließen sich platzsparend zusammenpacken.

Frank versuchte währenddessen ihre Fragen zu beantworten, doch es war nicht besonders ergiebig, was er und seine Kollegen vorzuweisen hatten: »Wir haben es mit allen möglichen Subtiltechniken probiert, aber der Typ grinst nur und sagt nichts, und das darf er, denn der Richter kann das Schweigen ja nicht gegen ihn verwenden. Ich wollte ihn so gern schlagen, wirklich Margeaux, meine Faust wollte in sein Gesicht oder woanders hin. So oft, bis er den Mund aufmacht, aber wir sind ja zivilisiert und lassen lieber ein Kind sterben, als die Rechte eines Mörders zu verletzen. Seit der Gäfgen-Geschichte ist die Polizei wirklich übervorsichtig, aber das weißt du ja. Also keine Angst vor einem Kaiser'schen Alleingang.«

Er klang verbittert.

Sie alle hatten die Entführung des kleine Jakob von Metzler durch den Jurastudenten Magnus Gäfgen bei diversen Weiterbildungen als abschreckendes Beispiel vermittelt bekommen. So sollte Polizeiarbeit nicht aussehen, das war schon richtig, doch sie hatten sich oft genug in den langen Nächten gemeinsamer Observierungen darüber unterhalten, wie sie wohl in einem solchen Fall reagiert hätten. Sowohl der Polizeipräsident als auch der ermittelnde Kriminalhauptkommissar waren rechtskräftig verurteilt worden, nachdem sie beschlossen hatten, die Wahrheit durch Gewaltandrohung aus dem Verdächtigen *herauszukitzeln.* Das Kind war bereits tot gewesen, doch das hatten die Polizisten nicht gewusst. Sie hatten einfach alles tun wollen, um den Jungen zu retten.

Doch der Zweck heiligte nicht immer die Mittel, und sie mussten sich an die Regeln halten, sonst konnte niemand mehr ihrer Arbeit vertrauen. Das änderte jedoch nichts daran, dass solche Gefühle der Wut schnell mal aufkommen konnten.

»Ich verstehe deine Verärgerung und dass das entmutigend ist, aber stell dir vor, er gesteht unter solchen Umständen und kann dann nicht rechtskräftig verurteilt werden, weil das Geständnis erzwungen wurde«, sagte Margeaux und zog den Reißverschluss ihres Weekenders zu.

»Weißt du, das wäre mir sogar fast egal, wenn ich das Kind retten könnte«, antwortete Frank leise.

»Und was wäre mit denen, die danach gefährdet sind«, wollte sie wissen, obwohl sie genau verstand, wie es ihm ging. Doch das war eine Grundsatzdiskussion der Polizeiarbeit, und sie hatte sich immer gegen die Versuchung gewehrt, auf fragwürde Art an Aussagen zu kommen.

»Wenn sie nicht genauso zurückkommt, wie sie gerade hier vor mir steht, fliege ich persönlich nach Deutschland und beende deine Karriere, mein Junge«, meldete sich nun Hilde zu Wort, »wenn nötig auch mit einer Tracht Prügel!«

Frank schluckte vernehmlich, er respektierte Margeaux' patente Ziehmutter sehr: »Hilde, ich verspreche dir, dass ihr nichts geschieht. Ich nehme sie an die Leine und gebe auf sie acht.«

»Du verwechselst mich mit Willi, oder?«, empörte sich Margeaux. »Eine Leine lasse ich mir gewiss nicht anlegen, aber«, sie wandte sich zu Hilde um, »ich verspreche dir, dass ich kein Risiko eingehen werde. Wirklich! Ich habe keine Lust, erneut im Krankenhaus zu kampieren.«

Hilde warf ihr einen Blick zu, der so viel aussagte wie: *Wer's glaubt, wird selig!*

Margeaux richtete ihre Worte erneut an ihren Kollegen aus Deutschland. »Also, Frank, ich mach mich auf die Socken, bis später!«

Sie nahm ihre gepackte Tasche vom Bett, hängte sie sich quer über den Körper und schlüpfte in die schwarzen Hightop-Sneakers mit innen liegendem Plateauabsatz. Sie schaute sich noch einmal prüfend um und ging dann achtsam die ungleichen Stufen hinab. Die Holzverschalung auf den Sandsteinstufen hatten ihre Großeltern aus welchen Gründen auch immer anfertigen lassen. Das polierte Holz machte die Stufen glatt, und die unterschiedlichen Höhen erschwerten ein normales Treppensteigen. Sie hatte schon des Häufigeren überlegt, die Verschalungen entfernen zu lassen, um zu sehen, wie die Originalstufen darunter beschaffen waren. In diesem Jahr würde sie es vielleicht in Angriff nehmen. Sie hatte das große Anwesen in der Nähe des Klosters St. Michel de Frigolet nach dem Tod ihrer Mutter geerbt und war nun auch verantwortlich dafür. Einigen Räumen hatte sie bereits ihren Stempel aufgedrückt und andere so belassen, wie sie schon seit Jahrzehnten waren. Marie-Louise hatte sich hervorragend um das elterliche Unternehmen KaWiTech gekümmert, bevor sie sich einige Jahre lang ihrem ursprünglichen Traum, bei Ärzte ohne Grenzen zu arbeiten, widmete, daher war Margeaux heute mehr als wohlhabend. Finanziell hatte sie es nicht nötig, Polizeiarbeit zu machen oder als Detektivin Eheleuten nachzuspionieren, doch das war für sie nie die Motivation gewesen, dieser Tätigkeit nachzugehen. Sie mochte es, für Recht und Ordnung zu sorgen, und brauchte etwas zu tun.

Am Ende der Treppe stand ein altmodischer Telefontisch mit einem Festnetzapparat, und die Wand aus bröseligem Sandstein zierte ein Spiegel. Sie warf einen raschen Blick hinein und war zufrieden mit dem, was sie sah: Das lockige dunkelblonde Haar hatte sie am Oberkopf zu einem lockeren Knoten geschlungen, einige vorwitzige Strähnen ringelten sich über den Ohren und ließen ihr Gesicht weich erscheinen. Sie trug eine knallrote Hose, die sich an ihre durchtrainierte Figur schmiegte und ihre langen Beine betonte, die sie an den Knöcheln leicht aufgeschlagen hatte. Dazu eine lässige schwarze Bluse, die vorn im Hosenbund steckte. In der Reisetasche wartete ein Paar Pumps mit roter Sohle und schwindelerregend hohem Stiletto-Absatz darauf, zum Einsatz zu kommen. Es war ihr egal, wenn sie jemand als Modepüppchen bezeichnete oder ihr aufgrund ihrer Affinität für High Heels den Verstand absprach. Sie hatte so lange mit Frank in vorderster Front gegen die raffiniertesten Verbrecher gekämpft, dass die Presse ihr alles Mögliche angedichtet hatte. Sie hatte gelernt, damit umzugehen und einfach sie selbst zu sein. Ihre Intelligenz wurde durch hohe Schuhe und Designerjäckchen weder gemindert noch gesteigert. Auch ihre obligatorische Sonnenbrille durfte nicht fehlen, und sie hatte einige Modelle ihrer umfangreichen Sammlung in die Tasche gepackt, um je nach Tagesform eine Auswahl zur Hand zu haben. Lässig zierte heute ein schwarzes Ray-Ban-Modell ihren Kopf.

Hilde kam hinter ihr die Treppe hinab und trug den Dackel, der den beiden Frauen überallhin folgte. Seitdem er durch eine Kugel schwer verletzt worden war, war er anhänglicher geworden, und Hilde verwöhnte ihn seither noch ein wenig mehr. Falls das überhaupt möglich war. Die Treppe jedoch war für den kleinen Kerl mit seinen kurzen Beinchen schon immer eine Herausforderung gewesen. Oft schlitterte er darauf herum, daher trug ihn die Haushälterin, wenn es schnell gehen musste.

»Du hast alles mitbekommen«, wandte sich Margeaux an ihre Ziehmutter, »es geht um ein Verhör im Präsidium und darum, ein Kind zu retten. Ich schwöre, dass ich mich nicht in Gefahr begebe.« Kurz war sie versucht, die Finger zu überkreuzen, aber sie verspürte tatsächlich kein Bedürfnis, ein Risiko einzugehen.

»Margeaux«, begann Hilde und schüttelte dann kurz und fast unmerklich den Kopf, sodass die Jüngere sie aufmerksam betrachtete, »du musst wissen, was du tust.«

»Aber du glaubst, dass ich es nicht weiß und mit offenen Augen nach allem suche, was mir Schwierigkeiten bereiten kann«, fasste Margeaux das zusammen, was Hildes Körper ihr verraten hatte.

»Ich wünsche dir wirklich, niemals in solche Situationen zu kommen, in denen ich in den letzten Jahren mehrfach war! Einen geliebten Menschen so zerschlagen und dem Tod nahe zu sehen, das hinterlässt Spuren. Hast du vergessen, wie sehr du gelitten hast, als es deiner Mutter immer schlechter ging oder als Willi operiert wurde?« Hilde stand direkt vor ihr, das Gesicht von Sorge zerfurcht.

Margeaux umarmte sie spontan und legte ihre Wange an Hildes. Der vertraute Geruch nach Olivenölseife und gebratenem Frühstücksei stieg ihr in die Nase, und sie fühlte sich ihr so verbunden. Sie war nicht umsonst ihre Ersatzmutter: Tiefe Zuneigung verband sie, und dafür brauchte es keine Blutsbande.

»Ich verspreche es. Ich hab dich lieb, Hilde«, sie hauchte ihr einen Kuss auf den Haaransatz, »und ich bin so schnell es geht wieder zurück. Thierry und Papa informiere ich von unterwegs, und mit Aimé möchte ich sowieso telefonieren, um seinen Rat anzuhören.«

»In Ordnung, mein Mädchen«, seufzte Hilde.

Margeaux wusste, dass sie meinte, was sie sagte. Sie war Hildes »Mädchen« und würde die Sorge im Herzen der Frau nicht abstellen können.

Barbentane – Mitte April

Thierry hatte soeben eine große Bestellung an eines der angesehenen Hotels in Avignon ausgeliefert. Die Saison startete gerade, und das »Cloitre« hatte ihn schon länger gebeten, sie zu beliefern. Eigentlich mochte er nicht bis Avignon fahren, um Gebäck an den Mann zu bringen, andererseits war er aber auch stolz darauf, sich einen Namen gemacht zu haben, der die Grenzen des kleinen Ortes Barbentane weit überschritt. Er war seinem Herzen gefolgt und hatte sich dem Bäckerhandwerk verschrieben und war nicht in das elterliche Unternehmen in Arles eingestiegen, obwohl sein Vater ihn immer wieder in diese Richtung hatte drängen wollen. Das Hotel war etabliert und außergewöhnlich. Er mochte es sehr, doch die Arbeit mit Teigen und zu sehen, was daraus unter seinen Händen entstand, mochte er einfach mehr. Zudem war es nicht leicht, mit dem dominanten Bap, so nannten alle seinen Vater Jean-Baptiste, umzugehen.

Thierry hatte bereits in seiner Kindheit seine Zeit lieber an der Seite des Patisseurs in der Hotelküche verbracht, als im Büro neben dem Vater zu sitzen. Vielleicht würde eine seiner Schwestern irgendwann dem Ruf folgen und in die Fußstapfen des rührigen Bap treten – er auf jeden Fall nicht. Er genoss es, sein eigener Herr zu sein und für das Blühen seines kleinen Unternehmens alles selbst in der Hand zu haben ... im wahrsten Sinne des Wortes.

Aimé hatte ihn vor einigen Jahren auf den Laden in Barbentane hingewiesen, da sich der alte Bäcker nach dem Ruhestand sehnte. Thierry hatte die Chance ergriffen und sich seinen Traum erfüllt. Jetzt stand eine weitere Wunscherfüllung bevor: Er würde Margeaux heiraten. Sie hatten bereits einiges miteinander durchgestanden, und auch wenn es kurzzeitig so ausgesehen hatte, als würden sie einander dadurch verlieren, hatte es zum Schluss doch dazu geführt, dass sie noch mehr zusammengewachsen waren. Er mochte ihren gefährlichen Job nach wie vor nicht, hatte aber zu akzeptieren gelernt, dass sie liebte, was sie tat. Wollte er sie, dann bekam er eben auch die Mimikexpertin und Mordermittlerin dazu. Margeaux konnte und wollte das nicht ablegen, auch wenn sie den Polizeidienst in Deutschland quittiert hatte. Sie würden sich eine Zukunft aufbauen, und er hoffte, dass sie eine gemeinsame Mitte fanden.

Er lenkte den Wagen durch die verkehrsberuhigte Straße auf seinen Laden zu. Langsam fuhr er über die hohen Schwellen, die das Rasen tatsächlich unmöglich machten, und winkte vereinzelten Personen zu, die sich am Straßenrand unterhielten. Er gehörte in Barbentane mittlerweile zum Inventar, und die Leute mochten ihn. Er kam aus Arles und war somit kein Dörfler, daher hatten sie ihn anfangs noch vorsichtig beäugt, dann aber rasch festgestellt, dass er ein bodenständiger Kerl war. Und als sie dann auch noch mitbekommen hatten, dass die engelsgleiche Elodie in der École maternelle in Boulbon seine Schwester war, hatten sich ihre Herzen wie durch Zauberhand geöffnet. So war seine kleine, zärtlich geliebte Schwester eben. Jeder in ihrem Umfeld verehrte sie, denn sie war nicht nur wunderschön, sondern bezauberte mit ihrem Wesen und hatte für jeden Menschen ein Lächeln und liebevolle Worte übrig. Es war eine Gabe ... ebenso wie ihr grüner Daumen.

Ihr Garten war ein blühendes Paradies, und Thierry fand sich nicht selten dort ein, um aufzutanken. Wobei er sich eingestehen musste, dass es weniger geworden war, seitdem sie verheiratet und werdende Mutter war. Er wollte die letzten Wochen der Zweisamkeit zwischen ihr und Matze nicht stören, denn wenn das Baby erst einmal auf der Welt war, war es wohl damit vorbei. Das Baby … Es war sonderbar für Thierry, darüber nachzudenken. Eben noch war Elodie selbst ein kleiner Fratz gewesen, und nun trug sie ein neues Leben unter dem Herzen. Er hatte sich sofort für sie gefreut, aber auch einen winzigen Stachel in sich gespürt, denn seine Entscheidung für Margeaux bedeutete auch eine Entscheidung *gegen* ein Kind. Grundsätzlich hatte sie sich nie mit Mutterqualitäten gesehen, sie liebte die risikoreiche Polizeiarbeit zu sehr, hatte an einem Spezialprogramm des FBI in den USA teilnehmen dürfen und sich auf ihre Karriere und das Dingfestmachen von grausamen Verbrechern fokussiert. Und nun hatte sie einfach ein Alter erreicht, in dem sie nicht mehr Mutter werden wollte. Er sah sich ebenfalls nicht als grauhaarigen Vater, den dann alle mit dem Opa des Kindes verwechselten. Er würde all seine Liebe einfach auf Elodies Baby übertragen und der beste Onkel der Welt werden. Bei diesem Gedanken huschte ein breites Lächeln über sein Gesicht.

Er parkte den Wagen gerade auf dem Platz unterhalb der Gendarmerie, als sein Telefon klingelte und Margeaux' Bild aufleuchtete. Erfreut nahm er das Gespräch an.

»Guten Morgen, Chérie, hast du gut geschlafen?«, fragte er zärtlich, denn wenn er Backstubendienst hatte, stand er gegen zwei Uhr auf, um seine Arbeit zu beginnen.

»Du weißt, dass ich immer einen Augenblick brauche, um mich an die Leere neben mir zu gewöhnen, aber danach habe ich noch mal sehr gut geschlafen«, erklärte sie, und er konnte hören, dass sie unterwegs war.

»Bist du gerade auf dem Weg zu mir?«, wollte er wissen und freute sich darauf, sie in seinem Büro leidenschaftlich zu küssen.

»Nein«, sagte sie, und die Verbindung rauschte ein wenig, »ich bin gleich auf der Autobahn. Ich fliege nach Deutschland. Bitte, reg dich nicht auf, ich führe nur ein Verhör durch.«

Sie erklärte ihm die furchtbare Situation, und obwohl er den Schrecken wahrnahm, so spürte er doch die Erleichterung darüber, dass sie in einem Zimmer sitzen würde, gemeinsam mit Frank, und nicht blindlings ins Chaos rannte. Obwohl Frank Kaiser ganz sicher kein Garant dafür war, Margeaux' Sicherheit zu gewährleisten, denn auch er hatte eine starke Tendenz zum Risiko.

»Was denkst du, wann du zurück bist?«, wollte er wissen und konzentrierte sich darauf, nicht zu besorgt zu klingen, denn ganz sicher hatte ihr Hilde schon die Hölle heißgemacht.

»Ich habe erst einmal zwei Nächte im ›Zauberlehrling‹ gebucht, den Rückflug aber offengelassen«, verkündete sie. »Wobei, ganz ehrlich? Wenn ich bis übermorgen nichts herausbekomme, ist die Wahrscheinlichkeit, dass das Kind noch lebt, außerordentlich gering.«

»Das hört sich nicht gut an«, sagte er verständnisvoll, »kann ich etwas für dich tun?«

»Dass du es so gelassen aufnimmst, ist schon genug für mich«, gab sie aufrichtig zurück, »ansonsten brauche ich gewiss deine Umarmung, wenn ich zurück bin, also trainier schon mal deine Armmuskulatur!«

»Wie meinst du das?«, fragte er mit leichtem Ton. »Da draußen geht gerade Madame Brunier vorbei, soll ich rasch aus dem Wagen springen und sie drücken, damit ich nicht aus der Übung komme?«

»O ja«, lachte Margeaux, »aber nimm es bitte auf und schick mir dann das Video. Ich möchte unbedingt ihr Gesicht sehen!« Die alte Dame, immer in Schwarz gekleidet, schaute tagein, tagaus griesgrämig in die Welt und nutzte nicht selten ihren Gehstock, um ihrem Unmut Ausdruck zu verleihen. Daher machten die meisten Menschen einen großen Bogen um sie. Thierry hatte Glück, ihn schien sie zu mögen, was nicht bedeutete, dass er ohne einen Schlag davonkommen würde, wenn er sich ihr so näherte.

»Ich liebe dich«, raunte er zärtlich.

»Meinst du mich oder die alte Brunier«, frotzelte Margeaux weiter, wurde dann aber etwas ernster, »ich liebe dich auch. Ich melde mich, wenn ich gelandet bin, Frank holt mich ab.«

»Grüß ihn bitte von mir, und mach ihm Beine, er war echt lange nicht bei uns«, trug er ihr auf, dann verabschiedeten sie sich voneinander.

Nachdenklich stieg er aus und überlegte kurz, zu Aimé in die Polizeistation zu gehen, doch dann sah er, dass das Auto nicht auf seinem angestammten Platz stand, also schlenderte er in die Bäckerei, um beim morgendlichen Verkauf zu helfen. Er wollte sich nicht zu sehr um Margeaux sorgen, er wollte ihr einfach vertrauen und hoffen, dass sie nach den schlimmen Verletzungen im Spätherbst wirklich genug von gefährlichen Ausflügen hatte.

Ein Gefühl der Beklommenheit überkam ihn, doch er schüttelte es ab, spazierte in sein Büro und wandte sich dann, zurück im Verkaufsraum, lächelnd der Kundschaft zu.

Kalte Augen

Ja, ich bin dem Fallen nahe,
immer ist vor mir mein Schmerz.

Psalm 38,18

Sie hatte alles genau geplant und sich dann auch daran gehalten, und siehe da, es hatte funktioniert. Doch was tatsächlich nicht funktioniert hatte, war, sich im Anschluss frei zu fühlen. Einige Wochen hatte das Hochgefühl angehalten, und sie hatte sogar endlich wieder schlafen können, doch dann – die Woche war anstrengend gewesen und voller Probleme – war sie eines Nachts hochgefahren und stellte zu ihrem Entsetzen fest, dass der Albtraum wieder da war. Dass sich die kalten Augen wieder in sie bohrten, dass sie den Stahl wieder am Hals spürte, und sie hatte die alte Scham wieder gefühlt, versagt und ihr Lebenswerk ruiniert zu haben.

Seitdem war es, als habe sie einen endlosen Fall angetreten, sie ruderte wild mit den Armen, um die Geschwindigkeit zu drosseln, doch die Furcht und der Schmerz waren so übermächtig, dass sie schneller statt langsamer zu werden schien und daran dachte, aufzugeben. Sie hatte so viele Jahre in ihre Befreiung investiert und so viel Geld, um dann endlich den letzten Schritt zu vollziehen. Doch Gott, das Universum, das Karma oder wer auch immer verantwortlich war für das Schicksal eines Menschen, schien nicht auf ihrer Seite zu sein. Sie sehnte sich unendlich danach, gehalten zu werden, eine schützende Hand zu spüren, aber in ihrem tiefsten Inneren wusste sie, dass sie das nicht verdient hatte. Nicht mehr – dafür war sie zu weit gegangen.

Provence – Mitte April

»Ich weiß, dass du bald ein Kind hast, und ich will dich auch nicht dazu verführen, Illegales zu tun«, sagte Margeaux und berichtigte sich sofort selbst. »Doch, genau das will ich! Also, illegal ist vielleicht außerordentlich hart, aber sagen wir mal: Du wandelst ein wenig abseits der bekannten Pfade.«

»Margeaux!«, stöhnte Matze, und sie konnte gleichzeitig den Funken Neugier hören, den ihre Ansprache in ihm entfacht hatte. »Wenn es keine halbwegs amtliche Order gibt, muss ich mich aktuell echt raushalten. Du weißt, dass das Baby bald kommt, und ich will gern bei der Geburt dabei sein und nicht irgendwo in einer Zelle verrotten. Oder noch schlimmer: Bap muss mich raushauen.«

»Du kennst die Konditionen meiner beratenden Tätigkeit für Stuttgart«, fuhr sie fort, »und du bist ein Teil davon.«

»Das erlaubt mir aber nicht, die Persönlichkeitsrechte eines Menschen zu umgehen«, verdeutlichte er seine Position. Auch wenn er früher zu jeder Schandtat bereit gewesen war, so hatte ihn ein fulminanter Hackerangriff ins Visier des Bundesnachrichtendienstes gebracht, und seitdem war er sehr vorsichtig geworden. Mehr hatte sie ihm nie entlocken können, so, als fürchtete er, etwas Schlimmes könne geschehen, wenn er ausplauderte, was er damals konkret in Berlin hatte tun müssen.

»Ich bin mir ziemlich sicher, dass Werner dich sowieso bald anruft und um deine Unterstützung bittet. Ich gebe dir einfach vorher schon alle notwendigen Informationen, und dann entscheidest du, ob du wartest oder schon loslegst. Es geht um ein Kind, da haben wir keine Zeit zu verlieren«, erklärte sie eindringlich.

»Das setzt mich unter Druck«, er hörte sich aufgewühlt an, »und das weißt du auch. Wie kann ich Nein sagen, wenn es um das Leben eines achtjährigen Mädchens geht? Wie kann ich meine eigene Sicherheit vor das Wohl eines Kindes stellen?«

»Ich brauche dich«, insistierte sie erneut, »gleichzeitig verstehe ich gut, dass du besorgt bist, das Richtige zu tun.« Sie nutzte die Technik einer Resonanzaussage, um ihm zu verdeutlichen, dass sie die Angst in seiner Stimme sehr wohl gehört hatte.

»Ich habe die Hosen sogar gestrichen voll«, öffnete sich Matze.

»Ich gebe dir die Infos, und dann rufe ich Werner Walter an, und er autorisiert dich, soweit eben möglich. Finde heraus, wo der Kerl sich überall herumgetrieben hat, und zwar virtuell und real. Wir müssen wissen, ob wir den richtigen Täter haben und seine Präferenzen kennen. Wenn ich ihn mit Unerwartetem konfrontieren kann, ist der Effekt um ein Vielfaches höher«, machte sie klar.

Die Emotionen, die auf eine Überraschung folgten, waren bis zu sechsmal stärker. Wenn sie den Kerl also überraschen konnte, war es leichter, hinter seine Maske zu blicken. Die wissenschaftliche Methode der Emotionserkennung hatte ihr bei vielen Fällen einen klaren Ermittlungsvorteil verschafft, denn da das Emotionszentrum im Gehirn, das sogenannte limbische System, ungefähr eine halbe Sekunde schneller reagierte als der Bereich des Gehirns, in dem das denkende und planende Handeln verankert war, konnte sie in emotional aufgeladenen Situationen im Gesicht des Gegenübers lesen wie in einem offenen Buch. Diese Form der Verhörtechnik half enorm und hatte schon in vielen Fällen die Lösung eingeleitet.

»Das fühlt sich … okay an«, kam er ihr entgegen. »Ich möchte einfach kein Risiko eingehen, auch wenn Elodie gewiss versteht, dass es darum geht, ein Kind zu retten, aber mein Schwiegervater …« Er ließ den Rest ungesagt.

Sein Schwiegervater war auch bald ihrer, und so würde aus ihnen tatsächlich eine Art Familie werden. Matze hatte sie sogar vor einigen Tagen gefragt, was sie davon hielt, Frank zum Taufpaten zu machen, und sie war sich sicher, dass der toughe Frank Kaiser komplett aus dem Häuschen sein würde ob dieser Ehre. Sie waren nicht nur beruflich ein Dream-Team, sondern auch echte Freunde. Der Fall Martin Angerer hatte sie zusammengebracht, und Matze hatte durch seine unkonventionelle Arbeitsweise wichtige Details über den Serienmörder herausgefunden. So war es Margeaux dann auch gelungen, den Mann zu überführen, denn der »Schächter« hatte sie zu seiner Vertrauten auserkoren, und es war nicht leicht gewesen, den hochintelligenten, gut aussehenden Mann auf Abstand zu halten, denn er hatte sich sogar dazu verstiegen, sie als die Tochter zu bezeichnen, die er sich immer gewünscht hatte.

»Auch Bap würde für seine Kinder oder Enkelkinder alles tun und jede Regel brechen«, beharrte Margeaux nun.

»Ja, das würde er«, bestätigte Matze, »aber er ist ja auch Jean-Baptiste Baile, und ich bin mir sicher, dass er neben Gott sitzt!« Er verpackte seine Aussage mit seiner flapsigen, jungenhaften Art, doch sie wusste, dass er es durchaus ernst meinte. Er hatte seinen Vater nie kennengelernt, seine Mutter hatte ihm auch nicht viel Aufmerksamkeit gewidmet. Seine Oma hatte ihn liebevoll, aber auch mit traditionellen Familienwerten aufgezogen.

»Wir legen jetzt auf, und als Nächstes meldet sich der Ausrufezeichenchef bei dir. In Ordnung?« Sie näherte sich Marseille und musste ihre Anrufe bald beenden. Sie hatte sich kurz vor knapp noch auf den Flug einbuchen können und würde es dank des Service am Flughafen noch schaffen, rechtzeitig zum Boarding dort zu sein.

Er verabschiedete sich verhalten von ihr, und sie spürte, dass er noch immer nicht ganz überzeugt war. Die kommende Elternschaft hatte ihn verändert. Er wollte ein guter Vater sein und seinem Kind all das geben, was er vermisst hatte. Nach dem Fall mit dem Vergewaltigungsopfer hatte er ein ernstes Gespräch mit seiner Mutter geführt, um sicherzustellen, dass er nicht auch durch eine Gewalttat entstanden war. Sie war zwar wenig interessiert an ihm gewesen, hatte ihm aber versichert, dass er einfach nur das Produkt eines One-Night-Stands sei, derer sie einige gehabt habe und an die sie sich auch nicht mehr so recht erinnere. Bei der Vatersuche hatte ihn das nicht weitergebracht, er sehnte sich danach, seine Wurzeln zu ergründen, aber zumindest konnte er damit ausschließen, dass sein Vater ein Monster war.

Margeaux tippte auf Werners Kurzwahl und stellte fest, dass sich ihre Abneigung gegen ihn aufgelöst hatte. Sie horchte überrascht in sich hinein, denn schließlich hatte ein Eklat mit ihm ihr ganz persönliches Fass zum Überlaufen gebracht und dazu geführt, dass sie ihre Marke abgegeben hatte. Zudem würde wohl niemand in Stuttgart in Polizeikreisen vergessen, dass er durch ihren unsanften Schubs samt einer Glastür in einen Besprechungsraum gesegelt war: Er hatte sie trösten wollen, da der Tod ihrer Mutter sie vollkommen aus der Spur geworfen hatte, und war ihr dabei einfach mehrfach zu nah gekommen, obwohl sie ihm unmissverständlich klargemacht hatte, dass er das unterlassen sollte. Das hatte ihr Verhältnis auch im Nachgang nicht unbedingt erleichtert, doch er hatte in den letzten Jahren geholfen, wenn es nötig gewesen war. Bei dem Mafia-Fall im vergangenen Herbst hatte er sich sogar mit seiner Ex-Frau Myriam außerhalb des polizeilichen Rahmens selbst auf die Suche gemacht, denn die Verstrickungen der Organisierten Kriminalität reichten so weit ins System, dass er nicht hatte herumsitzen und abwarten können. Das hatte ihn ihr sympathisch gemacht, und sie mochte vor allem Myriam sehr gern, die nie ein Blatt vor den Mund nahm.

»Margeaux«, sagte er, und sie musste sich selbst zuflüstern, dass er in Ordnung war, denn seine Stimme hatte oft einen berechnenden Unterton. »Frank sagt, du bist unterwegs!!!«

»Ich bin gleich in Marseille und steige in die 15.30 Uhr-Maschine, wenn alles gut läuft, sitzen wir spätestens um 18.00 Uhr im Verhörraum. Ihr hättet mich früher anrufen müssen, Werner«, sagte sie, und ihre Stimme ließ keinen Widerspruch zu.

»Frank hat dir alles erklärt, das entschuldigt nichts, aber verdeutlicht, warum wir so gehandelt haben. Rufst du mich deshalb an?«, wollte er wissen und blieb beachtlich ruhig.

Sie erläuterte den Grund ihres Anrufes, und er versprach, sofort alles in die Wege zu leiten, um Matze zu autorisieren.

»Unsere Cyberleute arbeiten auch schon daran, aber Matze König ist mit einer der Besten auf diesem Gebiet. Echt schade, dass er nicht für uns arbeitet«, stellte Werner fest.

»Den bekommst du aus der Provence auch nicht mehr weg«, sagte sie leichthin, »seine Frau hat hier Wurzeln, die bis zum Erdkern gehen.«

»Das habe ich verstanden, aber es wäre logischerweise leichter für mich, wenn ich nicht jedes Mal rechtliche Hürden überspringen müsste, um ihn von der Leine zu lassen. Das kostet Zeit und Nerven.«

»Es ist, wie es ist. Wie brauchen ihn jetzt. Wie benötigen Kenntnisse aus dem Leben dieses Mannes, die der sorgsam verborgen hält. Hat die Cyberabteilung schon was Brauchbares?«, fragte sie herausfordernd.

»Nein. Deshalb darf Matze gleich ran, ich rufe ihn an, sowie ich grünes Licht habe, und das geht bei der Brisanz dieses Falles wirklich schnell.« Werner verdeutlichte, dass sie alle am selben Strang zogen.

»Bis später, Werner«, verabschiedete Margeaux sich und wählte als Nächstes Aimés Nummer. Ihren Vater konnte sie auch vom Terminal aus anrufen, mit dem Flic jedoch wollte sie ungestört sprechen. Er war schon so lange Polizist und hatte schon so viel erlebt – bald würde er in Rente gehen, was ihm gar nicht schmeckte. Sein Rat war ihr wichtig. Er war clever und konnte um die Ecke denken, das brachte immer interessante neue Blickwinkel.

»Ich brauche deine Meinung«, sagte sie daher, nachdem er das Gespräch angenommen hatte. Im Hintergrund hörte sie eine Kaffeemaschine zischen. »Kannst du sprechen?«

»Jaja, kein Problem. Ich sitze bei einem alten Freund.«

»Dein alter Freund heißt nicht zufällig Julien?«, fragte sie nun spitzbübisch.

»Siehst du«, hörte sie Aimé sagen, »sie ist ein kluges Kind.«

»Macht ihr zwei irgendwelche Dummheiten?«, wollte Margeaux wissen, da sie das Gefühl überkam, es könnte Julien vielleicht nicht recht sein, dass sie nun wusste, dass Aimé bei ihm war.

»Nein, nur leichte Mädchen, Koks und Glücksspiel. Du musst dir echt keine Sorgen machen ...«

Dass Aimé so übertrieb, machte sie aufmerksam. »Ein einfaches Nein hätte vollkommen ausgereicht«, sagte sie nun ernst. Ich bin gleich in Marseille und steige in den Flieger nach Stuttgart.«

Er war überrascht, und auch Julien meldete sich zu Wort: »Du treibst aber keinen Unsinn?«

»Nur Mord und Totschlag. Ihr müsst euch echt keine Sorgen machen ...«, sagte sie und streckte den beiden die Zunge heraus, obwohl sie es ja nicht sehen konnten.

»Wie kann ich helfen?«, fragte Aimé nun fokussiert.

Sie erklärte ihm die Parameter des Falls, und er erinnerte sich an eine ähnliche Tatreihe im Languedoc, die sie bei einem Seminar bearbeitet hatten: »Der Experte hatte damals einige Ansätze, die recht provokativ waren.«

Sie schilderte ihm, was sie selbst aus der Diskussion rund um die Magnus-Gäfgen-Sache gelernt hatte: »Provokativ ist okay, aber es darf den rechtlichen Rahmen nicht verlassen, sonst sind wir sofort in Teufels Küche.«

»Okay, du musst ihn aus der Reserve locken, das weißt du selbst gut genug. Der Mann kennt dich höchstwahrscheinlich aus der Presse und wird versuchen, sich zu verstellen und dich aufs Glatteis zu locken, um dir zu zeigen, dass deine Fähigkeiten dir bei einem so gewitzten Kerl nichts nutzen. Und dabei musst du ihn kriegen. Wenn er Kinder tötet, hat er ein Autoritätenproblem, Mutter oder Vater im Regelfall, da müsst ihr tief graben und ihm dann Brocken zuwerfen. Da, wo er nicht zuschnappt, liegt das größte Potenzial.«

»Ja, in diese Richtung habe ich auch gedacht«, gab ihm Margeaux recht, »obwohl die operative Fallanalyse tatsächlich ein anderes Täterbild konstruiert, denn wir gehen bei Kindermördern oft davon aus, dass sie eine eher gering ausgeprägte Intelligenz haben, und der Inhaftierte scheint das komplette Gegenteil zu sein: sehr klug und eloquent.«

»Wobei das ja nicht ausschließt, dass es einen dominanten Vater oder eine trinkende Mutter gab«, wandte Aimé ein.

»Nein, nein, diesen Ansatz werde ich auf jeden Fall verfolgen. Fällt dir sonst noch etwas ein? Wir müssen um die Ecke denken und schnell sein, die Chancen, das Kind lebend zu finden, sind sowieso schon um fünfzig Prozent gesunken!«

Sie fachsimpelten so lange, bis sie die Stelle erreicht hatte, wo sie ihren Wagen den Flughafenleuten übergeben konnte, deren Service sie immer nutzte und schätzte.

Dann schrieb sie Matze rasch eine Nachricht und setzte ihn zusätzlich auf die Eltern des Kerls an. Sie hatte sich eine Abhandlung des BKA – zum Thema Fallanalyse und Täterprofil – auf ihr iPad geladen, da auch in Deutschland viel geforscht wurde und amerikanische Verhältnisse nicht eins zu eins auf

Deutschland übertragbar waren. Sie würde sich im Flugzeug in die Lektüre vertiefen, in der Hoffnung, interessante Anregungen zu finden.

Der Check-in verlief schnell und problemlos, und kurze Zeit später nahm sie schon im Flieger ihren Platz ein und rief das Dokument zum aktuellen Fall auf.

Die sexuelle Motivation der Morde war erst auf den zweiten Blick sichtbar geworden, denn die toten Kinder schienen zunächst unversehrt gewesen zu sein: Sie waren vollkommen bekleidet gewesen und hatten »liebevoll« auf einem Bett aus Blättern und Moos gelegen. Der Täter hatte sie nicht vergraben oder verscharrt, das verdeutlichte Margeaux, wie sicher er sich gefühlt hatte. Dem Obduktionsbericht zufolge, Werner hatte ihn ihr gemailt, waren die Kinder höchstwahrscheinlich mit einem Kissen erstickt worden. Es musste ein weicher Gegenstand gewesen sein, denn die Mädchen wiesen keinerlei Druckverletzungen auf. Erst beim Entkleiden waren dem Pathologen kleine Zeichen ins Auge gefallen: Beide Opfer hatten ihre Unterhosen verkehrt herum getragen, zudem war bei beiden im Intimbereich ein gekräuseltes Schamhaar platziert worden. Er ging hier keinesfalls von einem Zufall aus, da es genetisch identisch war und von einer nicht zu identifizierenden Frau stammte. Die Kinder waren in einem »gepflegten« Zustand gewesen und hatten sich jeweils nicht länger als siebzig Stunden in seiner Gewalt befunden. Die Verletzungen durch Penetration hatte die Pathologen schockiert, denn sie mutmaßten, dass es sich dabei um Gegenstände gehandelt hatte.

Die Spurenlage war eindeutig. Der Mann war der Polizei durch eine Unbedachtheit ins Netz gegangen: Er hatte wohl trotz aller Kenntnisse über die Region nicht gewusst, dass der Freizeitpark »Traumland«, der nahe der Bärenhöhle lag, die Zufahrtsstraßen nach einigen nächtlichen Einbrüchen videoüberwachen ließ. Sein Wagen war aufgefallen. Sie hatten ihn befragt, und Franks Gefühl hatte sich als richtig erwiesen: Der Typ hatte nicht alle Latten am Zaun und sein Satzbau ihn irgendwie an Martin Angerer erinnert – das hätte den eigentlichen Ausschlag gegeben. Intuition war jedoch vor Gericht nicht gültig und daher auch nicht vor dem Haftrichter, dem der Mann bis Mitternacht vorgeführt werden musste. Auch das Verschwinden eines weiteren Kindes war hierbei nicht rechtlich relevant, solange keine Beweise oder gar ein Geständnis vorlagen. Es war eine verzwickte Situation, denn die zuständigen Beamten hatten sich auf den Verdächtigen eingeschossen, auch wenn die Ermittlungen im Hintergrund weiterliefen.

Margeaux las über David Canters Hypothese der kognitiven Landkarte, einer mentalen Darstellung der eigenen Umgebung, die das Verhalten von Tätern, auf die Geografie bezogen, untersuchte, und ihr Blick wandte sich nach innen. Nur, weil Angerer nicht in ihm vertrauten Gegenden agiert, sondern in ganz Deutschland gemordet hatte, musste das nicht alle Theorien über Mehrfachmörder aushebeln. Wobei vielleicht auch für ihn eine kognitive Karte gegolten hatte. Er hatte sich dort aufgehalten, wo seine Opfer sich sicher fühlten.

Welchen Bezug hatte der jetzige Täter also zu den beiden Orten, an denen er die Mädchen abgelegt hatte? War er vielleicht selbst als Kind dort gewesen? Hatte er in einem bestimmten Radius um die Fundorte gelebt, konnte man eventuell auf der Landkarte ein Muster abbilden. Ihr Kopf begann zu schwirren, und sie nahm dankend den Kaffee und das Wasser an, welche die Stewardess ihr lächelnd anbot. Sie durfte sich nicht zu sehr stressen, denn dann würde sie einfach weniger wahrnehmen. Ein zu hoher eigener Stresslevel erschwerte es, Mikroexpressionen, also die minimalen Muskelzuckungen, wahrzunehmen.

Margeaux steckte sich die Kopfhörer in die Ohren, klickte ein Album von ZAZ an und lehnte sich in ihrem Sitz zurück.

Orange – ein Jahr zuvor

Sie aßen in einem winzigen Lokal, in dem die Inhaberin selbst kochte. Die Frau mittleren Alters schien bodenständig zu sein und lachte häufig laut und ansteckend. Ihre Gerichte waren von überzeugender Einfachheit, und was noch viel wichtiger war: Die Besitzerin kannte ihren Date-Partner nicht. Es war ihr wichtig, ihn ungestört kennenzulernen, denn ihre Erfahrungen mit dem Janusgesicht erfolgreicher Köche waren zu einschneidend gewesen. Sie empfand es als entscheidend, im Gespräch zu bleiben und sich auf das Miteinander einzulassen.

Er fütterte sie zweimal! Er war so begeistert von der fluffigen Käsecremefüllung einer Nudeltasche, dass er mit einem wohligen Seufzer sagte: »Das musst du kosten!« Und dann streckte er ihr die Gabel hin. Sie konnte nicht anders, als den Bissen vorsichtig von den Zacken zu nehmen und seinen Blick zu erwidern, der verheißungsvoll war. Es war schwer zu unterscheiden, worauf sich das bezog: auf sie oder den Happen? Die Stimmung veränderte sich danach ein wenig, sie wurde vertrauter, sodass sie das Stück des zart gegarten Rinderfilets, ohne zu zögern, annahm.

Der Abend entpuppte sich als voller Erfolg, und sie beschied, diesmal mit ihm zu gehen, falls er erneut einen Drink in seiner Wohnung vorschlagen würde. Sie wollte sehen, wie er lebte, denn das wohnliche Umfeld sagte so viel über den Charakter einen Menschen aus. Die Bilder im Portal könnten gefaked und er ein Messie sein, der in einem Müllhaufen lebte. Sie hatte schon zu viele Reportagen im Fernsehen gesehen, bei denen der äußere Schein vollkommen trog.

Sie teilten die Rechnung und gingen im Anschluss einige Schritte. Sie trug heute erneut hohe Schuhe, diesmal jedoch zu einem roten Jerseykleid mit Glockenrock. Zusammen mit der funktionalen Unterwäsche tat der Schnitt alles, um sie weiblich und bezaubernd aussehen zu lassen. Das lange, gelockte Haar der Echthaarperücke fiel ihr locker über die Schultern und umrahmte ihr perfekt geschminktes Gesicht, dessen rote Lippen zum Kleid passten. Sie hatte einmal gelesen, dass Männer rote Lippen zwar erotisch fanden, aber die Farbe nicht im eigenen Gesicht haben wollten. Daher war es für sie einerseits ein Tribut an die Schönheit der Farbe und andererseits eine Art Stoppschild und Schutzfaktor.

Nachdem sie eine Zeit lang durch die Straßen geschlendert waren, kam dann auch sein Vorschlag, vorsichtiger als beim letzten Mal, so, als rechnete er schon fest mit einem Korb. Verblüfft sah er sie an, als sie mit leichter Stimme sagte: »Aber gern.«

Sie setzte mit Absicht keine Grenzen, denn sie wollte ergründen, wovon er ausging, wenn eine Frau am Abend des zweiten Dates mit ihm nach Hause ging. Kam das für ihn schon einem sexuellen Versprechen gleich? Es verriet alles über den Charakter eines Mannes, wie er sich in diesem Fall verhielt. Sie war ein wenig aufgeregt und hatte sich gleichzeitig vorbereitet, denn der hübsche bunte Anhänger an ihrer Tasche enthielt nicht nur eine abschreckende Soundpipe, sondern auch zwei Sprühstöße Pfefferspray. Ganz so leicht konnte man sie nicht überwältigen.

Er schlug vor, mit seinem Wagen zu fahren, was für sie in Ordnung war, da sie mit einem Taxi hergekommen war. Im Auto plauderten sie noch leichtfüßig weiter, doch als sie die Treppenstufen zu seiner Wohnung hinaufstiegen, machte sich Stille zwischen ihnen breit, so, als wären sie beide plötzlich unsicher, ob sie das Richtige taten. Sie überlegte kurz, sich zu verabschieden, aber dann siegte die Neugier so kurz vor dem Ziel. Er schloss die weiß lackierte Tür auf, betätigte einen Lichtschalter und bat sie dann mit einer kleinen Vorbeugung herein.

»Madame«, sagte er lächelnd, »herzlich willkommen in meinem bescheidenen Zuhause.«

Sie sah sich freudig erregt um und fand sich in einem schicken Ambiente wieder, der offene Wohnraum wurde von einer großen Kochinsel und einer üppigen Wohnlandschaft dominiert. Sie musste an sich halten, um nicht vor Freude zu jauchzen. Das passte hervorragend. Sie begann darüber nachzudenken, wie sie diesem Prachtexemplar von Mann ihre Verkleidung erklären sollte, und sah ihm dabei zu, wie er eine Flasche Veuve Clicquot öffnete. Er füllte zwei hübsche langstielige Gläser und reichte ihr eins.

»Ist es in Ordnung für dich, wenn ich etwas Musik anmache?«, fragte er.

Sie nickte, und kurz darauf füllte der strahlende Gesang der spanischen Sopranistin Montserrat Caballé den Raum. Alles lief wunderbar, und ihre Hoffnungen schwollen an. Hatte er tatsächlich nur ein Gesicht, oder verbarg er seine dunkle Seite nur geschickt?

Sie warf ihm einen prüfenden Blick zu, und dann kam ins Rollen, was seither ihr Leben bestimmte.

Avignon – Mitte April

»Denkst du wirklich, dass es eine gute Idee ist?«, wollte Julien zweifelnd wissen. Er hatte sich wirklich anmelden wollen, doch während Aimé ihm dabei half, Frage um Frage zu beantworten und ein passendes Bild auszuwählen, kamen ihm Zweifel. So war er doch nicht. Er suchte nicht, probierte sich nicht aus. Er war eine treue Seele, und das konnte man wörtlich nehmen, denn obwohl seine Frau nun schon einige Jahre tot war, fühlte er sich nach wie vor mit ihr verbunden. Sie waren sich nie eng auf der Pelle gehockt, jeden Abend nebeneinander eingeschlafen oder jeden Morgen nebeneinander aufgewacht. Sie waren ihre eigenen Wege gegangen, hatten sich ihren Karrieren gewidmet und immer wieder Zeiträume ganz bewusst miteinander verbracht. Doch einen richtigen Alltag, wie Aimé und Hilde ihn kannten, hatten sie nie gehabt. Vielleicht kam es ihm deshalb oft so vor, als wäre Marie-Louise gerade einfach nur auf Geschäftsreise in Asien und würde sich bald wieder in seine Arme schmiegen.

»Hey, du siehst aus, als hättest du gerade einen Geist gesehen«, sagte sein Freund und berührte ihn sanft am Arm. »Ist alles in Ordnung?«

Julien schüttelte leicht den Kopf.

»Bist du einfach nur unsicher, weil es so viel gibt, was du über dich erzählen sollst, oder bekommst du kalte Füße?«, neckte ihn Aimé.

»Ich vermisse sie noch immer so sehr«, sagte Julien leise. Wenn er nicht zu seinem langjährigen Freund ehrlich sein konnte, zu wem denn dann?

Aimé schob das Notebook beiseite und schaute ihn eindringlich an. »Das wird wohl auch nie aufhören. Ich vermisse sogar unsere ungeborene Tochter, obwohl ich sie nie kennenlernen durfte. Dann ist es doch vollkommen normal, dass du die Frau, mit der du rund vier Jahrzehnte verbracht hast, nicht vergisst, sondern vermisst. Das erwartet auch niemand von dir. Ich denke sogar, dass es komplett suspekt erscheinen würde, wenn Marie-Louise plötzlich keine Rolle mehr für dich spielte.«

Julien knetete seine schmalen Hände mit den vielen Narben. »Denkst du das wirklich, oder willst du mich nur beruhigen?«

»Sie ist ein Teil von dir, das denke ich wirklich. Wir müssen *das* hier«, er deutete auf den Bildschirm und die Eingabemaske für das Profil, »nicht machen. Niemand zwingt dich dazu.«

»Das Verrückte ist, dass ich mich vorher nie einsam gefühlt habe, weil ich gewusst habe, sie ist irgendwo da draußen. Doch jetzt«, er stockte kurz, »jetzt fühle ich mich, als wäre ich allein auf diesem Planeten und das, obwohl ich jeden Tag einen Haufen Menschen um mich herumhabe.«

»Ich verstehe dich gut. Als ich darüber nachgedacht habe, wie es wäre, Hilde zu verlieren – nach dem Attentat –, da ist mir vollkommen bewusst geworden, dass ich ohne sie verloren wäre.«

Die Männer saßen schweigend am Tisch, und Julien fragte sich, ob es nicht möglich sein konnte, eine Partnerin zu finden, die es einfach akzeptierte, dass er niemals aufhören würde, Marie-Louise zu lieben. Wenn er es nicht ausprobierte, dann würde er es niemals erfahren.

»Wir machen weiter, ich kann ja Nein sagen, wenn ich merke, dass ich mich bei dieser Sache vollkommen verbiegen muss.«

Aimé warf ihm einen prüfenden Blick zu, zog den Laptop langsam wieder zu sich und fragte: »Wie würdest du deine

Schwächen beschreiben? Pedantisch verliebt in eine andere und auf das millimetergenaue Arbeiten mit einer Pinzette fokussiert?«

»Eigentlich trifft es das ziemlich gut«, Julien ging lachend auf den leichteren Ton seines Freundes ein, um die traurige Stimmung zu vertreiben. »Arbeitstier hast du noch vergessen und ... so gut wie gar nicht flexibel. Das ›Chez Louise‹ wird immer an erster Stelle stehen.«

»Wenn ich das schreibe, hast du eine gute Erklärung, warum du keine Dates bekommst, und kannst es auf die Frauen schieben, denn du warst ja einfach nur ehrlich!« Aimé schüttelte den Kopf und tippte einige Sätze ein, drehte ihm dann den Bildschirm zu und schaute Julien fragend an.

»In Ordnung«, sagte Margeaux' Vater langsam, »das klingt nicht ganz so abweisend und sonderlich: *Gastronom mit Leib und Seele, seit fast fünfzig Jahren täglich in der Küche, gebunden an ein eigenes Restaurant. Seit Kurzem verwitwet.*«

»Frauen aus unserer Region werden dich wahrscheinlich sowieso kennen, du bist eine lokale Größe«, sagte Aimé.

»Patrick le Blanche war eine lokale Größe«, wehrte Julien ab und spielte auf den bekannten Koch mit eigener Fernsehsendung an, der im vergangenen Jahr einem Herzinfarkt erlegen war, »ich habe einfach nur einen tollen Laden.«

»Jaja, stell dein Licht nur unter den Scheffel, wir werden es dann schon sehen«, lächelte sein Freund. »Lassen wir dieses Foto drin oder lieber was mit nacktem Oberkörper?«

Julien spürte, wie ihm die Gesichtszüge entgleisten, und Aimé begann schallend zu lachen. Dann tippte er auf *Veröffentlichen*, und das Profil machte sich auf den Weg durch einen letzten Prüfungsprozess, bevor es öffentlich sichtbar sein würde.

Julien hatte ein Gefühl in der Magengegend, das er nicht richtig einsortieren konnte. Aufgeregt? Ängstlich? Hoffnungsvoll? Oder eine Mischung aus allem?

Stuttgart – Mitte April

Die Maschine war pünktlich gelandet, und Margeaux checkte ihre Nachrichten und Mails. Frank erwartete sie bereits vor der Abflugebene, Matze bat um einen Rückruf, und Thierry hatte ihr einen liebevollen Gruß geschickt. Während sie Musik gehört hatte, waren ihre Gedanken auf Wanderschaft gegangen, und sie hatte beschlossen, sich auf das zu verlassen, was sie ausmachte: Sie konnte die Körpersprache entschlüsseln und feinste Zeichen erkennen, die auf Inkongruenzen hinwiesen. Das war der Schlüssel zu allem: Zu wissen, ob jemand die Wahrheit sagte oder ihr ein X für ein U vormachen wollte. Sie war gut, ach was, sehr gut und musste sich einfach nur vertrauen. Der Druck, der auf ihr lastete, war ein Hemmschuh, den sie abstreifen musste, um erfolgreich zu sein mit dem, was sie gleich zu tun hatte. Matzes Ergebnisse würden ihr dabei helfen.

Sie schickte ihren Lieben zu Hause kurze Nachrichten, damit sie alle sicher sein konnten, dass es ihr gut ging. Das würde sie wohl noch einige Zeit so beibehalten müssen, denn sie wusste, dass Hilde vollkommen recht damit hatte, sich Sorgen um sie zu machen. Hilde hatte ihr damals stumm ein Foto gezeigt, wie sie nach den Notoperationen ausgesehen hatte, und Margeaux hatte sich selbst kaum wiedererkannt. Doch sie hatte überlebt. Sie hatte sich lange Zeit verboten, über das, was in Marseille geschehen war, nachzudenken, doch Gilbert Brenot hatte nicht lockergelassen. Der Leiter der Police nationale in Châteaurenard hatte sie damals persönlich angefordert. Er fühlte sich bis heute verantwortlich und hatte sie immer wieder angerufen, um mit ihr über die Geschehnisse zu reden. Sie hatte irgendwann nachgegeben, nicht nur, damit er damit aufhörte, auf sie einzureden wie auf ein krankes Pferd, sondern auch, um professionelle Hilfe in Anspruch zu nehmen, wie sie es als Polizistin gelernt hatte. Es gab Dinge, mit denen wurde man nicht allein fertig. Opfer einer Gewalttat zu werden gehörte gewiss dazu, genauso, wie sich so verantwortlich zu fühlen, wie Gilbert Brenot es tat.

Sie schüttelte sich kurz, das war jetzt ganz gewiss nicht der richtige Augenblick für diese emotionale Achterbahnfahrt. Das Fließband spuckte ihren Koffer aus, sie schnappte ihn vom Band und ging zügig nach draußen, nahm die Rolltreppe nach oben und sah Frank bereits von fern, wie er cool an der Motorhaube seines Mercedes-Dienstfahrzeuges lehnte. Er scherte sich nicht um das Parkverbot, warum auch? Schließlich war er nicht privat hier, sondern im Einsatz.

Ein Lächeln machte sich auf ihrem Gesicht breit, als sie die vertrauten Gebäude der Messe sah und sich wieder zu Hause fühlte. Schließlich war Stuttgart lange genug ihre Heimat gewesen. Ihre wunderschöne Eigentumswohnung am Killesberg mit dem herausragenden Blick über den Talkessel hatte sie vermietet, da sie sich noch nicht bereit fühlte, sich endgültig von dem Schmuckstück zu trennen.

Frank stieß sich vom Wagen ab und kam auf sie zu. »Hey, Margeaux!« Er umarmte sie kräftig.

Sie schob ihn kurz darauf von sich und sagte: »Lass dich anschauen – gut siehst du aus!« Es stimmte wirklich, er sah gut aus, so, als hätte er seinen Frieden gefunden, obwohl die furchtbare Geschichte des letzten Herbstes noch in ihm nachhallte. Er war durchtrainiert wie immer, da er nicht nur joggte, sondern auch regelmäßig in der Kickboxhalle zu finden war. Er trug eine schmal geschnittene helle Jeans, ein zartblaues figurbetontes Hemd, einen cognacfarbenen Gürtel und passende Sneakers.

»Deine Socken sind der Hammer«, sagte sie anerkennend am Ende ihrer Musterung, da er die Hose an einem Bein frech grinsend hochgezogen hatte.

Er lachte, fuhr sich durch das blonde Haar, und seine blauen Augen leuchteten. »Das Coole ist, dass das echt nicht jeder versteht.« Er nahm ihren Koffer und hob ihn auf den Rücksitz.

Rasch waren sie auf der B27 in Richtung Innenstadt unterwegs. Sie würde irgendwann später im Hotel einchecken, die Inhaber waren informiert und kannten sie mittlerweile recht gut. Margeaux mochte das Designhotel in der Rosenstraße sehr und bewohnte bevorzugt das Zimmer Paddington, das eine Hommage an Miss Marple darstellte. Zudem aß sie für ihr Leben gern in dem angegliederten Sternerestaurant, das der älteste Sohn des Hauses, Fabian Heldmann, betrieb.

»Matze bittet um einen Rückruf«, sagte Margeaux, »kannst du ihn über die Freisprecheinrichtung anrufen, dann hören wir beide, was er herausgefunden hat.«

Frank wischte über das Display, und einen Moment später schepperte der Rufton durch den Innenraum. Matze nahm nach dem zweiten Läuten an und rief ein wenig atemlos: »Mensch ... KuK ... ganz wie in den alten Zeiten.« Er spielte damit auf ihre Nachnamen, Kaiser und König, an und auf die gleichnamige Abkürzung für die kaiserlich-königliche Doppelmonarchie in Österreich-Ungarn im späten neunzehnten Jahrhundert.

»Habe die Ehre, Herr König«, spielte Frank mit, »Margeaux sitzt neben mir. Schieß los, Partner, wir haben nur wenig Zeit.«

»Die hatte ich auch«, klagte Matze, »aber ich habe versucht, so viel wie möglich an zusätzlichem Material zu finden. Eure Cybers sind aber echt gut drauf und haben Top-Vorarbeit geleistet«, sagte er anerkennend, »ich habe daher in seiner Kindheit gegraben und bin tiefer in sein Onlineverhalten reingegangen. Zudem konnten eure Jungs ein Bewegungsprofil anhand der Handy-Log-in-Daten erstellen. Das haben wir als Raster über die Radiuskarte der Fundorte gelegt. Ich will euch ja nicht komplett desillusionieren, aber da braucht man Wochen und Tausende Helfer, wenn man das Gebiet abgrasen will. Die Facebook-Suchmeldung hat leider nur wenig Konkretes gebracht. So was geht extrem schnell viral, und ich glaube eben nicht, dass es in diesem Fall was hilft, wenn sie in Hamburg, Düsseldorf und München geteilt wird, denn ich bin mir sicher, dass er Baden-Württemberg nicht verlassen hat. Wie hätte er das zeitlich hinbekommen sollen? Aber vielleicht hat er das Kind auch gar nicht.«

»Er hat es«, unterbrach ihn Frank mit angespannter Stimme, »glaub mir, er ist für das Verschwinden dieses kleinen Mädchens verantwortlich, und er hat die beiden anderen Kinder auf dem Gewissen. Ich spüre das, und sag mir jetzt nicht, dass ich mich da vielleicht verrenne!«

»Laaaaangsam, langsam«, bremste Matze ihn ein, »ich sage erst mal gar nichts. Ich trage Informationen zusammen, Schlüsse müsst *ihr* daraus ziehen. Das ist euer Job. Also: Seine Eltern sind erfolgreiche Unternehmer gewesen. Sie haben auf der Alb mit einer Firma angefangen, die Industriestrickmaschinen herstellt und im Laufe der Jahre Standorte in Tschechien und Bulgarien eröffnet hat. Es gab ein großes Anwesen in Kohlstetten, da ist euer Swen auch aufgewachsen. Die Eltern haben sich scheiden lassen, als der Junge dreizehn war, und es gab eine Scheidungsvereinbarung, in der viel schmutzige Wäsche gewaschen wurde. Die Mutter war vermutlich häufig außerehelich unterwegs und hat ihre jugendlichen Lover gern mit nach Hause gebracht, daher wurde ihr untersagt, mit einem Liebhaber zusammenzuwohnen, wenn sie das Kind bei sich haben und finanziell gut versorgt sein wollte. Der Vater hat wohl stark despotische Züge, und in der Vereinbarung steht, dass ihm eine Anzeige wegen Körperverletzung drohe, wenn er das Kind nur hart am

Oberarm packen würde. Also eine glückliche Oberschichtfamilie: promiskuitive Mutter, prügelnder Vater!«

»Wollen wir wissen, wie du da drangekommen bist?«, fragte Margeaux.

»Lass mich kurz nachdenken«, sagte Matze und rief dann: »Nein!«

»Vielleicht hat der Junge da über die Jahre einiges gesehen, was für Kinderaugen nicht bestimmt gewesen war«, sagte Margeaux nachdenklich. »Wäre es eventuell sogar möglich, dass sie ihm gegenüber übergriffig geworden ist? Wie jung waren ihre Liebhaber, Matze?«

»Das kann ich nicht sagen. Es steht explizit *jugendlich* dort, was bedeutet, dass sie sich strafbar gemacht hat, wenn mit *jugendlich* wirklich unter achtzehn gemeint ist. Ihr müsstet sie befragen und auch den Vater. Ist in diese Richtung schon was passiert, Frank?«

»Wir haben die Eltern nichts Persönliches gefragt, also über ihre Vergangenheit, nur über die des Sohnes – und natürlich über Orte, die er präferierte. Aber ohne, dass ihn jemand gesehen hat, werden wir das Kind nicht finden, wenn er uns nicht hinführt. Zumindest habe ich da keine großen Hoffnungen«, sagte Frank zutiefst frustriert.

»Was ist mit seinen Online-Gewohnheiten?«, wollte Margeaux nun wissen. »Gab es da Hinweise?«

»Wenn du auf so was wie Kinderpornografie anspielst, da habe ich nichts gefunden. Mir ist allerdings aufgefallen, dass er über bestimmte Suchbegriffe gegangen ist, die mir eine Gänsehaut machen, unter anderem: *Gegenstände einführen, anal, Kontrolle, Leid.*«

»Wenn ich der BSU, also der Behavioral Science Unit des FBI folge, die sich mit der Erstellung von Täterprofilen befasst, haben wir es hier mit einem planenden Sexualstraftäter zu tun: Sie benutzen häufig das eigene Auto im Verlauf des Verbrechens. Es ist typisch für diesen Täter, dass er die Tat an mehreren Orten begeht. Somit sind die Orte der Überwältigung des Opfers, der Misshandlung und der Fundort der Leiche meist nicht identisch. Er kann sowohl auf Vergewaltigung als auch auf Mord aus sein. Es besteht jedoch grundsätzlich die Gefahr, dass er sein Opfer schwer verletzt oder tötet, denn schon ein geringer Anlass kann seine Aggressivität unvermittelt steigern. Diese Art Täter hat für gewöhnlich eindeutige sadistische Züge und genießt die Angst seines Opfers. Machtausübung ist ein wesentliches Element für ihn, das zeigt sich häufig in dem Gebrauch von Equipment, das der Kontrolle über das Opfer dient und auch dem Durchleben von Leid. Planende Straftäter sind häufig erstgeborene Söhne. Die Erwerbstätigkeit des Vaters ist stabil. Der elterliche Erziehungsstil wird als widersprüchlich wahrgenommen. Der planende Straftäter ist mindestens durchschnittlich bis überdurchschnittlich intelligent, was aber nicht gleichzusetzen ist mit einem hohen beruflichen Rang«, dozierte Margeaux.

»Das passt wirklich sehr gut auf Swen Gräfner«, sagte Frank perplex.

»Margeaux ist eben einfach die Beste«, bestätigte Matze mit Hochachtung in der Stimme.

Orange – ein Jahr zuvor

Während sie an dem Glas genippt und dem Aufsteigen der perligen Kohlensäure zugesehen hatte, waren Gedankenfetzen durch ihren Kopf gerast, obwohl sie sich wie immer mahnte, alles loszulassen. Doch binnen Sekunden geisterte ein lächelndes Gesicht durch ihr Hirn, das sich in eine bedrohliche Maske verwandelte. Sie scheuchte die Bilder davon, nahm einen weiteren Schluck des angenehm temperierten Getränks und hoffte, er würde die Situation mit einem lockeren Thema entspannen. Sie fuhr sich nervös durch das Haar und hätte beinahe vergessen, dass es nicht ihres war. Rasch senkte sie die Hand wieder und kam sich plötzlich dumm und unbeholfen vor. Es war zu früh, sie sollte besser gehen, sie war noch nicht bereit, obwohl er ein wirklich guter Fang zu sein schien. Sie drehte das Glas in ihren Händen, und das Schweigen zwischen ihnen wurde mühsam.

»Habe ich etwas falsch gemacht?«, fragte er unvermittelt und nahm die Flasche in die Hand, um ihr nachzuschenken.

Sie schüttelte den Kopf, und er sah verletzt und verwirrt aus.

»Kein Champagner mehr oder nichts falsch gemacht?«, wollte er wissen.

Sie fand ihre Stimme wieder: »Du hast nichts falsch gemacht. Du bist ein wunderbarer Mann.«

»Aber du bleibst trotzdem nicht, richtig?« Er klang enttäuscht.

Sie schaute ihn noch einmal genauer an: Er war schlank und überragte sie um einen halben Kopf, trotz der Pumps, die sie trug. Er hatte einen warmen Blick in seinen blaugrauen Augen, und das löste für einen Moment den Knoten in ihrem Kopf.

»Vielleicht auf ein weiteres Glas«, sagte sie vorsichtig und hielt es ihm hin, sie spürte, dass ein wenig ihres Charmes sich wieder hervortraute und die Sprachlosigkeit verdrängte, die einen umfassenden Teil ihres bisherigen Lebens ausgemacht hatte. Er schien einer von den Guten zu sein, denn er lächelte ihr aufmunternd zu und goss nach.

»Gefällt dir meine Küche?«, erkundigte er sich.

»Sie ist wundervoll«, bestätigte sie und lächelte. Sie spürte, dass es noch ein wenig verkrampft war, gab sich aber alle Mühe, normal zu erscheinen.

»Ich würde gern einmal mit dir hier kochen«, überlegte er laut, und sie nickte perplex.

»Das wäre sehr schön«, stammelte sie aufgeregt und spürte, wie ihr die Röte ins Gesicht schoss, weil sie sich so unbeholfen anstellte. Gott, sie musste sich wieder in den Griff bekommen. Ihre letzte Therapeutin hatte ihr Mentaltechniken beigebracht, die ihr helfen sollten, gedanklich in der aktuellen Situation zu bleiben und zwischen Heute und der Vergangenheit klar unterscheiden zu können. Es klappte nicht immer und bei Verabredungen schon gleich zweimal nicht. Doch bis jetzt war mit ihm alles wirklich ganz wunderbar gelaufen, und das hatte ihr Mut gemacht. Mut für eine Zukunft, die sie sich so sehr wünschte: einen liebevollen Partner an ihrer Seite, ein kleines Mädchen mit Zöpfen, das kichernd am Tisch saß, während der Vater ihr das Lieblingsgericht zubereitete. Sie war einfach zu lange allein gewesen, und wenn sie ihren Traum realisieren wollte, dann musste sie langsam in die Puschen kommen. Er war weltgewandt und freundlich und hatte Humor. Die beiden Abende waren schön gewesen und hatten sie mit Zuversicht erfüllt.

»Was würdest du denn am liebsten kochen?«, wollte er wissen und beugte sich ein wenig vor, um sie genau zu betrachten.

Sie spürte seinen Blick auf ihrem Gesicht, fast wie eine Liebkosung, aber auch auf ihrem Dekolleté, und es war nicht unangenehm.

»Etwas mit Nudeln«, antwortete sie spontan, »und Trüffeln.«

Er schnalzte anerkennend mit der Zunge und fuhr sich im Anschluss leicht mit der Spitze über die Lippen.

Ein kleiner Schauer zitterte in ihrem Unterleib, und sie wusste nicht, ob sie erschrocken oder zugewandt reagieren sollte. Zu früh, skandierte ihr Gehirn auch sofort, während es in ihrem Unterleib weiter fordernd zog.

»Es ist besser, wenn ich jetzt gehe.« Ihre Stimme klang in ihren Ohren unnatürlich hoch, und sie fühlte, wie sie unter der Perücke zu schwitzen begann.

Er kam um den Küchenblock herum, und etwas in ihrem Gehirn hakte aus und begann *GEFAHR!* zu schreien, sie wich einen Schritt zurück, und er hob erstaunt die Hände, doch sie konnte die Szenarien in ihrem Kopf nicht mehr stoppen: Er hob die Arme, gleich würde er sich auf sie stürzen, sie niederringen.

Ihr Mund wurde trocken, und ihr Herzschlag raste in ihrer Brust und dröhnte in ihren Ohren. Ohne sich umzusehen, wich sie einen weiteren Schritt zurück, sein Mund bewegte sich, doch sie konnte nichts hören. Dann stolperte sie gegen einen Stuhl, fiel rücklings darauf und kippte mit dem Designerstück um. Er sprang mit einem beherzten Satz herbei, und sie verlor vollkommen die Kontrolle über sich.

Boulbon – Mitte April

Matze erhob sich von seinem Stuhl, streckte sich und schaute sich nach Elodie um, die trotz ihres Riesenumfangs draußen im Garten werkelte und ihn auf Hochglanz brachte.

»Wenn das Baby erst einmal da ist, werde ich dazu gewiss kaum noch Zeit haben«, hatte sie gesagt und war in ihre Gartenschuhe geschlüpft. Er hatte ihr erst widersprechen wollen, doch sie hatte ihre Hand zart auf seine Wange gelegt und gemurmelt: »Ich bin schwanger, das ist keine Krankheit. Früher haben die Frauen ihre Kinder *während* der Feldarbeit geboren.«

»Ich hoffe, dass das nicht dein Plan ist«, hatte er gesagt und das Szenario in seinem Kopf durchgespielt. Er lag dabei ohnmächtig zwischen den Oleanderbüschen, was ihn nicht besonders heldenhaft davonkommen ließ.

Sie hatte abgewunken, ihn fröhlich geküsst und war hinausgegangen. Somit hatte er sich ungestört seiner Aufgabe widmen können, dabei zu helfen, einen Kindermörder zu überführen. Die Welt war ein grausamer Ort, und er war dabei, ein hilfloses Wesen all diesen Gefahren auszusetzen – er musste vollkommen verrückt sein. Anfangs hatte er sich noch unwohl gefühlt, weil sein Schwiegervater ihm sehr klar verdeutlicht hatte, was er von dem Ehemann seiner Tochter erwartete. Illegale Aktionen waren nicht dabei gewesen. Doch das hier war etwas vollkommen anderes, er hackte keine Bank oder versuchte, jemanden zu erpressen, weil er sich Zugriff auf dessen Kamera verschafft und ihn bei sexuellen Spielchen gefilmt hatte. Nein! Diesen Kerl dingfest zu machen bedeutete einfach, ein Arschloch weniger da draußen zu wissen. Das würde er jederzeit jedem gegenüber vertreten, und das BKA konnte ihn nicht mehr wirklich drankriegen, weil er von Werner Walter eine Art Persilschein bekommen hatte. Die Zeit in Berlin hatte ihn echt in Panik versetzt. Sein Einsatzbereich war mehr als heikel gewesen, doch er hatte es geschafft und geholfen, Leben zu retten, auch wenn er dafür tief in die Dunkelheit hatte eintauchen müssen. Schon damals hatte er sein Herz an das zauberhafte Wesen dort draußen verloren, das gerade eine vorwitzige Haarsträhne zurück in den geflochtenen Zopf stopfte und dabei konzentriert die Zungenspitze zwischen die Lippen streckte. Sie hatte sein Herz im Sturm erobert, als sie zu dritt – Thierry, Frank und er – in ihrem Garten gesessen hatten, blass wie die Geister, und um Margeaux' Leben gebangt hatten, nachdem sie beinahe durch einen Serienmörder ums Leben gekommen wäre.

Er hatte die gewünschten Informationen über den mutmaßlichen Kindermörder Swen Gräfner rasch gesammelt und sie Margeaux und Frank zur Verfügung gestellt, doch nun waren seine Sinne scharf gestellt, und er hob seine Nase schnuppernd … wie ein Bluthund, der Witterung aufgenommen hatte. Er würde tiefer graben und war sich sicher, dass er mehr finden konnte, um den Mann zu Fall zu bringen, den Werner Walter als *selbstgefällig* bezeichnet hatte. Er sah den Kerl vor sich, zurückgelehnt im Stuhl, süffisant grinsend über die Bemühungen der Polizei, ihn zum Reden zu bringen. Margeaux würde es schaffen, sie war genau die richtige Ermittlerin für so etwas, aber je besser ihre Hintergrundinformationen waren, umso leichter konnte sie Gräfner aufs Glatteis locken oder provozieren.

Er musste etwas finden, was ihnen helfen konnte. Margeaux hatte etwas über planende Täter gesagt, was ihm nun durch den Kopf ging. Der planende Täter nutzte drei Orte – also mindestens: den Zugriffsort auf das Opfer, den Ort der

Tat und den Platz, wo er seine »Beute« ablegte. Dementsprechend fing er an, die Orte, von denen sie wussten, auf einer Karte einzuzeichnen. Fünf Punkte ergaben sich. Der Täter hatte sein schändliches Tun geplant, und er hatte einen durchschnittlichen bis überdurchschnittlichen Intelligenzquotienten, daher war davon auszugehen, dass er sich vieles, vielleicht sogar alles genauestens überlegt hatte. Wie hatte er seine Opfer ausgewählt, welche Bedeutung hatten die Ablageorte für ihn – und die Art der Platzierung seiner Opfer? Über den Rest wollte Matze lieber nicht nachdenken, doch er wusste, dass es unvermeidlich war. Er würde sich diesen Gedanken stellen müssen, um der Sache zu dienen. Was hatte den Mann derart geprägt, dass er Kinder missbrauchte? War er mit diesen Fällen zum ersten Mal aktiv geworden oder war das Entführen und Töten nur der nächste Schritt gewesen?

Er schaute wieder zu Elodie und saugte ihren Anblick in sich auf. Er war so ein verdammter Glückspilz. Sein Schwiegervater hatte ihm einen Programmierer-Job in einem aufstrebenden Unternehmen in Arles verschafft, und somit war er plötzlich ein krankenversicherter Spießer geworden. Doch er liebte die Idee, eine eigene Familie zu haben und glücklich zu sein, also war dieses Zugeständnis nur ein winziges Übel gewesen. Seine Oma sagte immer: »Junge, mach dich nur nicht zu klein, denn schließlich erbst du mal mein Haus, wenn ich ins Gras beiße. Du bist also kein mittelloser Penner, sondern ein gut situierter Erbe.« Und dann lachte sie herzhaft und knuddelte ihn, als wäre er drei. Es machte ihm nichts aus, sie durfte das, denn sie war immer sein Fels in der Brandung gewesen.

Er drehte sich zu seinem Arbeitsplatz um. Er konnte trotz seiner Festanstellung oft von zu Hause arbeiten, was ihm besonders recht war, je näher der Geburtstermin rückte. Sein Terminal bestand aus mehreren Rechnern und unterschiedlich großen Bildschirmen, die er teilweise miteinander vernetzt hatte. So konnte er auch komplexe Zusammenhänge abbilden, indem er sie mal eben verschob oder zusammenfügte, so wie die Landkarte mit den fünf Punkten, auf die er nun blickte. Die Ermittler waren sich nach einer Durchsuchung sicher, dass Gräfner die Kinder nicht zu seinem eigenen Zuhause gebracht hatte. Wo also war er dann mit ihnen hingegangen? Er senkte seine Hände auf die Tastatur und suchte nach digitalen Spuren.

Das Dickicht der Dunkelheit

Sie weint und weint des Nachts, Tränen auf ihren Wangen. Niemand ist da, sie zu trösten, unter all denen, die sie liebten. Untreu sind all ihre Freunde, sie sind ihr zu Feinden geworden.

Klagelieder 1,2

Sie hatte schon mehr als einmal darüber nachgedacht, den Ort zu verlassen, in dem sie sich so mühevoll eine Existenz aufgebaut hatte, denn all ihr Streben hatte nur einem einzigen Ziel gedient. Dabei hatte sie alles verloren, denn es gab weder Familie noch Freunde in ihrem Leben, und das Ziel erreicht zu haben hatte sie nicht befreit, sondern anscheinend nur noch tiefer in das Dickicht ihrer inneren Dunkelheit aus Erniedrigung und Scham gezerrt. Dabei hatte sie sich währenddessen so unbesiegbar und großartig gefühlt. Sie hatte das Leben gespürt, wie es in ihr pulsierte, und das Hochgefühl hatte ihr die Wahrnehmung gegeben, allmächtig zu sein. Nun war sie dazu verdammt, alles erneut zu erleben, und sie fragte sich, was ihr Befreiung bringen konnte? Was ihr das Gefühl der Großartigkeit und Heilung zurückbringen konnte? War es nicht biblisch: Ein Leben für ein Leben? Was war ihr Leben wert gewesen in den letzten Jahren – und was heute? War sie wirklich ein Nichts und hatte nur geträumt, dass es möglich sein konnte, frei zu sein, obwohl sie in Wirklichkeit nur noch mehr zu einer Gefangenen geworden war?

Barbentane – Mitte April

Aimé saß an seinem Schreibtisch in der Gendarmerie und hackte einen langweiligen Bericht über einen kleinen Verkehrsunfall in seinen Computer. Es war nicht so, dass er sich nach einem schlimmen Verbrechen sehnte, aber sein Job war wirklich ohne besondere Höhen und Tiefen, daher genoss er es, mit Margeaux zu fachsimpeln oder wie vorhin sein Wissen mit ihr zu teilen. Er war schon so lange Polizist in dieser kleinen Polizeistation, dass er das Gefühl hatte, vollkommen mit ihr verwachsen zu sein. Er genoss daher auch viele Freiheiten und konnte ohne Probleme einfach mal nach Avignon fahren und seinen Freund dabei unterstützen, eine Frau zu finden.

Er musste lächeln, als er an den aufgeregten Julien dachte. Margeaux würde sich freuen, dass ihr Vater den Schritt gewagt hatte, auch wenn es für sie sicher nicht leicht werden würde, dann tatsächlich irgendwann einmal eine andere Frau als Marie-Louise an Juliens Seite zu sehen. Die Einsamkeit des Vaters zu spüren und ihn verliebt turteln zu sehen waren wohl zwei sehr unterschiedliche Dinge. Doch er rechnete es ihr hoch an, dass sie Julien darin bestärkt hatte, den Schritt zu wagen.

Kaum hatte er den Gedanken zu Ende gedacht, als sein Handy klingelte und Juliens Nummer auf dem Display erschien.

»Du wirst es nicht glauben«, redete der Freund sofort drauflos, ohne dass Aimé sich richtig gemeldet hatte, »ich habe schon eine Zuschrift erhalten, und ich weiß jetzt gar nicht so recht, was ich tun soll.«

»Mein Freund, bleib ganz ruhig«, sagte Aimé gelassen, »erzähl doch mal kurz von ihr, also falls du magst.«

»Warte, wir sind gerade mit dem Mise en Place für heute Abend fertig, und ich suche mir geschwind ein ruhiges Plätzchen«, informierte Julien ihn.

Es war nicht ganz so leicht, im Restaurant einen Ort zu finden, an dem man ungestört war. Die Küche war als offener Bereich in das Gesamtkonzept integriert: Man hatte von vielen Tischen aus einen freien Blick in den chromglänzenden Kochbereich. Die Gäste begeisterte es, die an großen Fleischerhaken hängenden Pfannen und Töpfe aus glänzendem Kupfer zu sehen, auch die auf den Regalen stehenden Gewürze und Töpfe mit duftenden frischen Kräutern und die mannigfaltigen Kochutensilien, die an den Wänden an Stangen und Magnetschienen aufgereiht waren. Julien war einer der Ersten gewesen, der dem Gast so Einblicke in die Küche gewährt hatte, und die Menschen liebten das Konzept und das gemütliche Ambiente: Die Wände waren über und über mit Bildern von Gästen und lustigen Sprüchetafeln geschmückt. Das »Chez Louise« war ein wunderbarer Ort, und wer hier einmal gegessen hatte, der kam immer wieder.

Doch in den Augenblicken, in denen man ein ungestörtes Gespräch führen wollte, war der offene Charakter eher ein Problem.

Aimé hörte seinen Freund leise schnaufen. »Julien, was hast du vor?«

»Ich gehe schnell in den Jardin Pétramale«, erklärte sein Freund, »da ist zu dieser Jahreszeit noch nicht so viel los, und bei so aufregenden Dingen bewege ich mich sowieso lieber beim Reden.«

»Also, du wolltest mir etwas über deine Verehrerin berichten«, machte Aimé ihm Mut.

»Sie ist eine Frau ... ähm ... entschuldige, also das ist ja selbstverständlich, zumindest hoffe ich das.« Julien verhaspelte sich hoffnungslos, atmete dann hörbar durch und fuhr etwas ruhiger fort: »Sie ist eine attraktive Frau. Sie ist ein ganz anderer Typ als Marie-Louise, aber ich glaube, das ist gut so, oder was denkst du?«

»Bestimmt«, beruhigte der Polizist den langjährigen Freund. »Wie sieht sie denn aus?«

»Sie hat schulterlange lockige Haare, rötlich, und ganz tolle grüne Augen. Sie ist Ende vierzig. Das könnte vielleicht ein Problem sein, weil sie nur ein paar Jahre älter als Margeaux ist. Sie hat eine gute Figur, isst gern und freut sich, einen Koch kennenzulernen, der sie gern auch mal verwöhnt«, fasste der Küchenchef auf Freiersfüßen zusammen.

»Ich finde, das hört sich ganz wunderbar an ... wie ein Glücksgriff«, freute sich Aimé.

»Was soll ich jetzt tun?«

»Wie wäre es mit Antworten«, gluckste der Flic, rief sich dann aber gleich innerlich zur Ordnung, denn nach rund siebenundvierzig Jahren Ehe würde es ihm ganz sicher nicht anders gehen, wenn er sich nach einer neuen Partnerin umschauen müsste. Wobei er den Gedanken sofort abschüttelte, denn sollte Hilde einst vor ihm gehen, so würde er gewiss allein bleiben. Er konnte es sich einfach nicht vorstellen, jemand anderen neben sich im Bett liegen zu haben. Sie waren so gut wie nie getrennt gewesen, nur, wenn er mal zu einer Fortbildung hatte verreisen müssen. Nein, er schüttelte den Kopf, das war unvorstellbar.

»Antworten?«, schnaubte Julien angespannt. »Was antworte ich, um Gottes willen?«

»Dass du dich freust, dass sie Interesse an dir hat, und dass sie dir etwas von sich erzählen soll. Was zum Beispiel ihr Lieblingsgericht ist oder welche Farben sie mag oder ihren Lieblingsurlaubsort, welche Bücher sie gern liest, welche Musik sie besonders gern hat …«, sprudelten die Ideen aus Aimé nur so heraus, und er war selbst erstaunt darüber.

»Oh, das ist gut, das klingt sehr gut. Ich hoffe, ich kann mir das merken.« Julien klang noch immer angespannt.

»Ich schreibe es gerade auf und schicke dir ein E-Mail, mein Freund«, besänftigte Aimé den aufgeregten Mann.

»Aimé, du bist der Beste! Danke! Mir fällt ein Stein vom Herzen. Das überfordert mich. Gott, wenn ich noch nicht einmal weiß, was ich schreiben soll, dann kann ich doch nie jemanden treffen, denn wie soll ich wissen, was ich zu sagen habe?« Der Koch war noch immer aufgewühlt.

»Ich kann ja mitkommen und soufflieren«, schlug Aimé vor, »ich könnte unter dem Tisch sitzen. Versteckt unter einem langen, weißen Tischtuch …«

»Das würdest du tun«, antwortete Julien, und dann realisierte er wohl erst, was der Freund vorgeschlagen hatte, und begann zu lachen. »Ich benehme mich wie ein Idiot, oder?«

»Nur ein ganz kleines bisschen«, gab Aimé ihm recht und lachte dann auch. »Du machst das schon«, fügte er noch an, und sie verabschiedeten sich voneinander. Er hoffte wirklich, dass Julien es leicht haben würde, eine nette Frau zu finden, die ihm ein wenig Stabilität geben konnte. Dass sich so schnell schon eine interessante Bewerberin gemeldet hatte, war doch ein wirklich gutes Zeichen.

Stuttgart – Mitte April

Sie betraten das Präsidium, und wie immer überkam Margeaux ein vertrautes Gefühl. Hier schien sich nichts zu verändern: Der Flur brauchte stets einen neuen Anstrich, der Geruch war irgendwo zwischen altem Angstschweiß und Käsefüßen einzuordnen, und die Türschilder hatten ebenfalls bereits bessere Zeiten gesehen und machten den Eindruck, aus dem letzten Jahrtausend zu sein, was sie tatsächlich auch waren. Sie schaute lächelnd in einige Büros und wurde mit teils freudigen, teils erwartungsvollen und teils prüfenden Blicken begrüßt. Ihr Abgang hatte damals für Furore gesorgt, und dass Werner sie nun auf diese Art quasi zurückgeholt hatte, schien einigen suspekt zu sein, doch alle wollten den Kindermörder hinter Schloss und Riegel sehen und das gesuchte Kind lebendig an die Eltern übergeben. Daher wurden vielerorts die Daumen erhoben, und sie konnte die Hoffnung in den Gesichtern sehen.

»Lass uns kurz zu Werner reingehen«, bat sie Frank, »bevor wir ins Verhör einsteigen, wir müssen uns updaten.«

Ihr Kollege nickte, und kurz darauf schoben sie sich durch die offene Tür in das Büro des Vorgesetzten.

»Margeaux!!!«, rief Werner auch schon und klang, als habe sie den Stein der Weisen in der Hand. »Ich bin froh, dass du da bist.«

Er erhob sich, kam um den Schreibtisch herum und sie befürchtete für einen Augenblick, er würde wieder versuchen, sie in die Arme zu schließen. Auch wenn er sich im vergangenen Herbst sehr zu seinem Vorteil gewandelt hatte, so waren sie doch keine besten Kumpel. Sie war versucht zurückzuweichen, doch er streckte ihr nur die Hand hin. Erleichtert ergriff sie diese, und er schüttelte sie kräftig. »Danke«, sagte er dann schlicht und setzte sich wieder.

»Äh … hallo, Aliens … wo ist der echte Werner Walter?«, fragte sie den Kopf gen Zimmerdecke gerichtet.

»Ja, sehr lustig, Margeaux, ich schätze dich auch über die Maßen«, ging Werner auf den leichten Ton ein, was Margeaux noch mehr irritierte.

»Seit wann hat er Humor?«, flüsterte sie Frank zu, der unbedarft mit den Schultern zuckte, doch dann wurde sie unvermittelt wieder ernst. Sie berichtete von dem Gespräch mit Matze im Auto und ihren Gedanken zum Täterprofil. Sie benutzte den Begriff nicht so gern, da er zu plakativ war und viele Fernsehsendungen das Thema Profiling auf besondere Art ausschlachteten. Dann schaute sie ihn auffordernd an. »Was kannst du uns an neuen Infos geben, Werner?«

»Wir haben das Wissen von Matze genutzt und die Eltern zur Befragung einbestellt. Problem ist, der Vater wohnt nicht mehr in der Gegend. Er hat das Unternehmen vor ungefähr zwei Jahren verkauft und ist dann nach Mallorca ausgewandert. Dort lebt er mit seiner neuen Partnerin. Wir können nur per Videokonferenz mit ihm reden, wenn es schnell gehen soll. Die Mutter wartet bereits in Verhörraum zwei. Gräfner hat noch bis letztes Frühjahr für die neuen Eigentümer gearbeitet, wurde dann aber gefeuert. Seitdem ist er arbeitssuchend gemeldet«, berichtete Werner.

»Was sagt sein soziales Umfeld?«, erkundigte sich Margeaux, wohlwissend, dass das oft keine Bedeutung hatte, denn viele brutale Täter wurden von ihren Nachbarn oder sogar Lebenspartnern als freundlich, hilfsbereit und liebevoll beschrieben. Doch manchmal gab es auch hierbei nützliche Hinweise.

»Dabei kam nicht viel rum. Er kehrt die Straße regelmäßig, das macht ihn zu einem perfekten Nachbarn. Du weißt ja, wie das auf der Alb ist. Die Kehrwoche ist das Wichtigste!«, seufzte der Mann hinter dem Schreibtisch.

»Haben wir den Richtigen?«, vergewisserte sich Margeaux. »Oder ist er irgendwie versehentlich in die Mühlen der Justiz geraten? Gibt es noch andere Verdächtige?«

Werner und Frank zuckten fast unisono zusammen, und Frank reagierte zuerst: »Wir haben keine Hexenjagd gemacht und einfach jemanden von der Straße aufgeklaubt. Das Video von der Zufahrtsstraße ist mehr als ein Anhaltspunkt.«

»Aber er könnte auch einfach einen Nachtspaziergang gemacht oder Tiere beobachtet haben, so, wie er es in der Befragung behauptet hat«, unterbrach ihn Margeaux.

»Da hat er uns geholfen, denn bei der ersten Befragung hat er bestritten, nachts im Wald unterwegs gewesen zu sein. Als wir ihn mit dem Beweismaterial konfrontiert haben, meinte er, es sei ihm peinlich gewesen, dass er sich für nachtaktive Tiere interessiere«, verteidigte Frank ihren Informationsstand.

Margeaux legte ihm beruhigend die Hand auf den Arm: »Hey, ich bin's! Ich bin kein Feind. Ich will nur sicher sein, dass wir uns mit unserer Aufmerksamkeit nicht in eine Sackgasse bewegen.«

Die Tür wurde aufgestoßen, und Franks neue Partnerin stand atemlos in der Tür: »Macht den Fernseher an, das müsst ihr euch anschauen. SWR und ARD. Schnell!«

Werner griff rasch nach der Fernbedienung, und sie starrten auf den Bildschirm. Eine Reporterin hielt das Mikro einer jungen Frau hin, sie hatte rot geschwollene Augen, aus denen permanent Tränen flossen, die dann tropfenweise von ihrem Kinn fielen. Sie machte sich nicht die Mühe, sie abzuwischen. Ihr Kinn zitterte, als sie die Menschen, Gott und Swen Gräfner anflehte, ihr Kind am Leben zu lassen.

»Wer hat das genehmigt!!!«, donnerte Werner und es war keine Frage, sondern ein empörter Aufschrei.

»Sie hat sich nicht davon abhalten lassen, bestätigen die Kollegen vor Ort. Sie hat gesagt, und zwar wörtlich: ›Ich scheiße auf irgendwelche Regeln. Ich will mein Baby zurück, und dafür werde ich alles tun‹«, erklärte die junge Kommissarin und hob die Hände, um zu verdeutlichen, dass sie nichts dafür konnte.

»Himmel Herrgott noch mal«, fluchte Werner so laut, dass die Scheiben klirrten. Dann schwieg er, um weiter zu hören, was die Mutter noch zu sagen hatte: »... bitte melden Sie sich beim Sender oder bei der Polizei, wenn Sie mir helfen können, mein kleines Mädchen wohlbehalten zurückzubekommen.«

Ein Bild des Kindes, das glücklich in die Kamera lächelte, wurde eingeblendet. Dann übernahm die Reporterin und erklärte mit sachlicher Stimme, wie wichtig es sei, das Mädchen noch heute aufzufinden. Die vier Polizisten im Raum hielten den Atem an, weil sie befürchteten, dass die Berichterstatterin die Statistik bemühen würde, die verdeutlichte, wie sehr die Chancen schwanden, je länger das Kind verschwunden blieb. Doch sie blickte nur eindringlich in die Kamera und forderte die Zuhörer auf, darüber nachzudenken, ob sie die Kleine vielleicht irgendwo gesehen hatten oder ihnen etwas Ungewöhnliches aufgefallen war.

»Dann wird das Telefon wohl jetzt unaufhörlich klingeln. Seid ihr darauf eingerichtet?«, fragte Margeaux in die Runde und der Chef nickte: »Das weißt du doch. In solchen Fällen laufen wir immer auf Hochtouren, weil wir mit allem rechnen, aber unabgesprochene öffentliche Auftritte sind der Super-GAU bei so etwas. Doch wir bewältigen das.«

Sie wiegte ihren Kopf hin und her: »Ich brauche regelmäßige Updates, wenn ich mit ihm spreche. Jede noch so kleine Info kann mir helfen, ihn aus der Reserve zu locken. Er darf nicht wissen, was da draußen geschieht. Könnt ihr das sicherstellen?«

»Der Anwalt sitzt schon seit einer halben Stunde mit ihm da drin, und er musste sein Handy abgeben, also hoffen wir mal das Beste«, sagte Frank und schaute auf die Uhr. »Wir müssen loslegen. Verhören wir die Mutter parallel? Wir haben nur noch wenige Stunden, bis wir ihn dem Haftrichter vorführen müssen, und aktuell sind unsere Beweise zu mager für einen Haftbefehl.«

Margeaux erhob sich, schaute dann Werner noch einmal an: »Gibt es noch mehr?«

Er schüttelte den Kopf. »Alles andere weißt du schon, und über Matze hast du wahrscheinlich sowieso schon einen Wissensvorsprung.«

»Welcher Staatsanwalt hat heute Dienst?«, erkundigte sich Margeaux, denn falls ein Deal benötigt wurde, um den Mann zum Reden zu bringen, brauchten sie den Gesetzesvertreter.

Walter und Frank warfen sich einen so schnellen Blick zu, dass nur ein geübtes Auge es sehen konnte, und der Ausrufezeichenchef zog ganz kurz einen Mundwinkel ein. Diese mimisch muskuläre Bewegung gehörte zu der Emotionsfamilie der Verachtung, und Margeaux ließ sich darauf ein, rasch zu interpretieren, welche Antwort sie bekommen würde, und fragte: »Beerschneider?«

Die Männer nickten bestätigend. Sie hatten Beerschneider im vergangenen Jahr aufs Glatteis geführt, das würde er gewiss nicht vergessen haben. Sie hoffte, dass er professionell genug war, um diese persönlichen Differenzen ausklammern zu können, und sah an Werners und Franks Blicken, dass die beiden dasselbe dachten.

Sie ging zur Tür, die junge Frau machte ihr lächelnd Platz. Frank packte die restlichen Unterlagen und folgte ihr.

Orange – ein Jahr zuvor

Es war eine sonderbare Situation, als der gut aussehende Koch halb auf ihr landete und versuchte, ihren Sturz zu mindern. Sie versuchte unbeholfen, ihn von sich zu schieben, ihre Gesichter waren einander so nah, dass sie seinen Atem riechen konnte. Das war zu viel. Sie schloss kurz die Augen, um sich zu sammeln, während die plötzlich aufkommende Panik ihre Sinne vernebelte. Sie wollte ihn nicht auf sich haben, und doch hatte seine Berührung etwas Vertrautes. Nicht angenehm vertraut, sondern eher verstörend. Der glockige Rock ihres Kleides hatte sich etwas hochgeschoben, eines seiner Beine steckte zwischen den ihren, und man konnte die hautfarbene Funktionswäsche deutlich sehen. Einer seiner Arme lag ein wenig unter ihrer Schulter, und ihr Haar hatte sich darin verfangen. Gleich würde es passieren, dass sie den Schutz, den ihr die Tarnung bot, verlor. Zusätzlich zu der Angst krochen Verzweiflung und Verbitterung in ihr hoch. Ein Emotionsmix, den sie nur zu gut kannte, vor allem, wenn sich dann auch noch Scham mit hineinmischte. Alles war da. Alles war wie immer, doch sie war nicht mehr hilflos. Sie konnte sich wehren, sie *würde* sich wehren.

Kurz flammte der Gedanke auf, dass der Mann ihr gar nichts getan und nur versucht hatte, ihren Sturz zu mindern, doch dann hatte er ihre Gefühle offensichtlich falsch interpretiert, und alles war wie immer. Eine unbändige Abscheu ergriff sie, zerrte an ihr und forderte sie kreischend auf, Nein zu sagen. Doch ihre Stimme wollte nicht funktionieren, und er legte seine Lippen auf die ihren. Das tosende Inferno der

Schmach, bloßgestellt zu sein und der eigenen Hilflosigkeit etwas entgegensetzen zu müssen, verliehen ihr Energie. Sie tastete nach ihrer Tasche, während er begann, seinen Körper an sie zu pressen. Dann hatte sie ihre Hilfswerkzeuge gefunden, und während sie ihn von sich stieß, sprühte sie ihm das Pfefferspray in die Augen. Er gab ein dumpfes, schmerzerfülltes Stöhnen von sich, und seine Augen färbten sich rot. Er suchte taumelnd Halt und stieß sich den Kopf an dem metallenen Tischbein. Sie kroch fort, atmete wild und hörte ihn knurren: »Du irre Schlampe!«

In ihrem Kopf setzte etwas aus. Sie erhob sich und spürte die Wut in sich. Sie ballte sich in der Mitte ihres Körpers. Sie musste sich nicht erniedrigen lassen, sie konnte sich wehren, sie konnte ... Dann hatte sie eins der Messer in der Hand, die auf dem Küchenblock in einem Holzklotz steckten, drehte sich zu ihm um, rammte es ihm in die Brust, und sein gurgelnder Schrei ging in dem schmetternden Gesang von Montserrat Caballé unter.

Avignon – Mitte April

Julien hatte mit zitternden Fingern die Fragen, die Aimé ihm geschickt hatte, in den Chat der Plattform eingetippt. Was würde nun passieren? Er starrte auf den Bildschirm und sah plötzlich drei kleine Pünktchen munter auf und ab hüpfen. Neben dem Bild der Frau leuchtete ein grüner Haken. Das war wirklich alles sehr sonderbar heutzutage. Man traf sich nicht in einer lockeren Runde mit Freunden, wurde einander vorgestellt und kam ins Gespräch, während man gemeinsam am Tisch saß. Man tippte Fragen in ein Feld und tauschte sich mit einer fremden Person aus, ohne ein wirkliches Bild von dem Menschen zu haben. Er war gewiss kein Mimikexperte wie seine Tochter, aber all die Jahre in der Gastronomie hatten seine Wahrnehmung für Menschen geprägt, sodass er aus ihrer Körperhaltung und ihren Gesichtern Schlüsse ziehen konnten, ob sie sich wirklich wohlfühlten oder nur so taten. Diese Eindrücke fehlten alle vollkommen, wenn man sich nur Texte zusandte. War er wirklich für so etwas gemacht?

Er schüttelte kurz den Kopf, verwirrt über sich selbst und seine Gefühle, und klappte dann rasch den Deckel des Laptops zu. Er war einfach noch nicht so weit. Es war noch zu früh. Sein Herz war zu verletzlich, und er fühlte sich zum jetzigen Zeitpunkt nicht bereit für einen lockeren Austausch über ein professionelles Portal. Er schob das Gerät unter die Theke, wusch sich die Hände und ging zu der chromglänzenden Arbeitsfläche, um sich auf den Abend vorzubereiten. Das »Chez Louise« war wie immer ausgebucht. Er schob die Gedanken über Frauen und Verabredungen beiseite und widmete sich dem, was er leidenschaftlich gut konnte und liebte: kochen.

Barbentane – Mitte April

Hilde hatte ihre begonnenen Arbeiten beendet und alle Fenster in dem großen Haus auf dem Weiler gewienert, bis ihr die Arme wehgetan hatten.

Margeaux hatte ihr ein paar Rahmeninformationen zu dem Fall, zu dem man sie hinzugerufen hatte, gegeben, und das alles wollte Hilde einfach nicht loslassen. Sie musste sich dringend ablenken. Wie konnte jemand nur so grausam sein und kleine Kinder töten? Die Welt war bei genauer Betrachtung ein furchtbar brutaler Ort.

Ihre Sorge um Margeaux war noch da, aber sie hatte sie nach hinten gedrängt, sodass sie sich auf ihr Zuhause freuen konnte und einen ruhigen Abend mit Aimé. Zudem hatte sie beschlossen, etwas Schönes zu kochen, was ihre Konzentration ebenfalls binden würde. Sie hatte mal wieder Lust auf ein regionales Gericht: einen *Navarin en avignonnaise*, einen Eintopf, den man nur in der Region um Avignon zubereitete – aus Lamm, Orangen, schwarzen Oliven und viel Thymian.

Sie sammelte noch auf dem Weiler die frischen Thymianblättchen ein, während Willi freudig schnüffelnd umhersauste. Sie versuchte, den Schrecken abzuschütteln, achtete bewusst auf den glücklichen Dackel, wie er mit wehenden Ohren auf sie zurannte, wenn sie seinen Namen rief, und blickte in den wundervollen blauen Himmel, der so gestochen klar leuchtete.

Einzelne kleine Wolken setzten sich darauf ab, als hätte man sie mit einem Tuschkasten dorthin gezeichnet, um das Blau noch stärker hervortreten zu lassen. Ein leichter Wind wehte über die Landschaft, und alles duftete herrlich nach Kräutern und Frühling. Das Grün der Büsche und Bäume, Pinien und Zedern erhob sich auf kleinen Hügeln in Richtung Himmel, war noch saftig, und ihre Augen konnten sich kaum an der wunderschönen Umgebung sattsehen. Einige Grillen waren bereits eifrig dabei, unbeirrt ihr Lied vom nahenden Sommer zu zirpen. Es war idyllisch, und Hilde sog immer wieder ganz gezielt den vertrauten Wohlgeruch ein, während sie sich pflückend bückte.

Dann packte sie Willi in die Transportbox auf die Rückbank ihres kleinen Citroen.

Auch die Fahrt nach Barbentane genoss sie mit offenem Fenster. Sie konnte sich glücklich schätzen. Sie hatte einen Mann, der sie liebte, einen gesunden Sohn und tolle Enkelkinder, die sie leider sehr selten sah, und mit Margeaux einen wunderbaren Tochterersatz. Sie nahm sich vor, sich genau darauf zu konzentrieren: auf das, was schön und gut war.

Sie holte beim Metzger ein Kilogramm Lammschulter und kaufte in dem kleinen Laden neben dem »Hôtel de Ville« Gemüse und eine ordentliche Käseauswahl ein. Sie mochte den St. Marcellin sehr gern, Aimé war ein Reblochon-Fan, und beide aßen sie gern diverse Ziegenkäse, also hatte sie fröhlich zugeschlagen.

Den Einkaufskorb prall gefüllt mit frischen Leckereien holte sie noch rasch in Thierrys Bäckerei ein Baguette und eilte dann nach Hause. Sie wusch sich die Hände, zog die Kittelschürze vom Vormittag über und räumte die Zutaten für das Abendessen aus. Während sie die Lammschulter in gleichmäßige Würfel schnitt und Karotten, Tomaten und Zwiebeln vorbereitete, drehte sie das Radio an und ließ sich von Oldies berieseln. Sie briet die Fleischstücke gleichmäßig an, nahm sie dann mit dem entstandenen Kochsaft aus dem Bräter, dünstete die Zwiebeln glasig, füllte die Tomaten- und Karottenstücke hinein und rührte alles einige Minuten, sodass es nicht anbrannte und die Aromen sich vermischen konnten. Dann gab sie das Fleisch hinein und goss einen winzigen Schluck Weißwein darüber, den sie gut verkochen ließ, damit das Gericht keinen Alkohol mehr enthielt. Anschließend kam der Lammfond und ein kleines Glas frisch gepresster Orangensaft in den Bräter. Sie ließ alles kräftig aufkochen und reduzierte die Hitze. Dann legte sie den frischen Thymian hinein, der sofort einen intensiven Duft in der ganzen Küche verströmte, und gab einige Lorbeerblätter sowie einen Hauch frischen Knoblauch dazu. Im Anschluss schob sie den Bräter in den Backofen. Kurz vor Garende würde sie die gehackten schwarzen Oliven untermengen.

Sie setzte rasch noch ein paar Kartoffeln auf, die man schön in der köstlichen Soße zerdrücken konnte.

Erstaunt blickte sie nach getaner Arbeit auf und bemerkte erleichtert, dass sie die Zubereitung dieser Köstlichkeit wirklich abgelenkt hatte. Sie räumte geschwind auf und freute sich, noch eine Stunde auf dem Sofa ausruhen zu können, bevor Aimé eintrudeln würde.

Willi machte es sich neben ihr bequem, und entspannt nickte sie ein.

Stuttgart – Mitte April

Sie waren vor der Tür angekommen und schauten einander an. Zwei uniformierte Kollegen bewachten den Flur. Sie hatten so oft gemeinsam in diesen Räumen gesessen und sich erschreckende Grausamkeiten angehört. Und es wurde nie leichter. Auf dem Weg von Walters Büro zu den Verhörräumen hatten sie sich über die Vorgehensweise abgestimmt: Sie würden mit Swen Gräfner starten, dann eine kurze Pause einlegen, in der sie zu seiner Mutter Alexandra Gräfner wechselten. Franks Partnerin Pia und Werner würden den Video-Call mit dem Vater auf Mallorca durchführen. Sie mussten so viele Informationen wie möglich innerhalb kürzester Zeit sammeln.

Margeaux bangte ein wenig vor dem Moment, in dem der Staatsanwalt ins Spiel kommen würde, denn sie war sich nicht sicher, ob der Mann, dessen zweites Gesicht sie nur zu gut aus den vergangenen Recherchen kannte, ihr gegenüber so professionell reagieren konnte, dass es keine Auswirkungen auf das Fallgeschehen haben würde. Doch so weit war es noch nicht, und nun drängte die Zeit.

Sie legte die Hand auf den Türgriff, straffte sich und drückte ihn herunter. Dann traten sie ein, Margeaux voran, Frank direkt hinter ihr. Gräfners Blick hob sich träge, er musterte die Ermittlerin und verzog kurz das Gesicht. Es war nicht offiziell bekannt, dass sie beratend für die Mordkommission tätig war, insofern hatte er nicht mit ihr rechnen können, aber wirklich überrascht schien er auch nicht. Vielleicht erkannte er sie auch nicht und sah nur eine andere Frau an Franks Seite.

Doch der Anwalt wusste sofort, wer sie war. Wachsam reichte er ihr die Hand. »Frau Surfin, Clemens Maier, mein Name, mit ai«, meinte er, als wäre das von Relevanz. Sein Anzug war gute Mittelklasse. Gräfner hatte also nicht an seiner Verteidigung gespart.

»Herr Maier, Herr Gräfner«, begrüßte sie die beiden Männer, »ich übernehme ab jetzt die Befragung.«

Sie erklärte alle rechtlichen Aspekte erneut, damit keiner der beiden sagen konnte, der Verdächtige sei nicht darauf hingewiesen worden, dass das Gespräch gefilmt wurde. Frank klatschte die Akte auf den Tisch, sodass einige Bilder herausrutschten. Während er so tat, als sei ihm dieses Versehen unangenehm, und er die Sachen hektisch wieder zusammenklaubte, beobachtete Margeaux die Reaktion des völlig normal aussehenden Mannes. Seine Körperhaltung blieb schlaff und gelangweilt, doch seine Zunge schnellte kurz zwischen den Lippen hervor und befeuchtete sie unbewusst leicht. Das konnte sowohl ein Zeichen von Interesse, aber auch von aufkommendem Stress sein. Sie hatten diesen kleinen Trick geplant, doch nicht damit gerechnet, dass er wirklich so gut klappen würde. Vielleicht würden sie sogar rascher Informationen erhalten als erhofft.

Sie rückte ihren Stuhl zurecht, sodass ihr Abstand zu dem Verdächtigen eine Betrachtung ermöglichte, die dessen ganze Gestalt umfasste. Der Anwalt hatte seinen Mandanten aufgefordert, möglichst nah am Tisch zu sitzen. Maier vermied es, seinen Klienten vor ihr zu warnen, denn er wusste, dass das keine gute Auswirkung auf das Verhör haben würde. Denn ein Verdächtiger, der versuchte, sich so zu verstellen, dass eine Expertin für Mimik und Körpersprachen nichts aus seinem Verhalten herauslesen konnte, würde wohl einen Fehler nach dem anderen machen.

Der Anwalt war zu seinem Klienten aufgerückt, sodass dieser ihn irritiert musterte. Margeaux startete mit einfachen Fragen, um die Baseline des Mannes zu kalibrieren. Sie brauchte so etwas wie seine Grundmimik und Grundverhaltensart, um Abweichungen davon feststellen und diese dann in Zusammenhang mit dem Kontext stellen zu können. Sie war kein lebender Lügendetektor. Sie suchte einfach nach Inkongruenzen. Nach den Aspekten, die ganz offensichtlich nicht zusammenpassten, wenn der Mund zum Beispiel Ja sagte, der Körper aber verneinte.

»Bitte nennen Sie mir Ihren vollständigen Namen«, forderte sie ihn auf.

»Swen Arthur Gräfner«, antwortete der dunkelblonde Mann.

»Sie wohnen in Bad Urach?«

»Ja.«

»Können Sie mir bitte die Straße und die Hausnummer sagen.«

»Meine Güte, das können Sie doch auf den Unterlagen lesen!« Er zeigte den einseitig eingezogenen Mundwinkel für einen Sekundenbruchteil.

Margeaux schaute ihn nur schweigend an.

»Eckisstraße 97/1«, antwortete er.

Sie konnte den Ärger in seinem Gesicht klar ausmachen und sah alle Muskelbewegungen, die zu dieser Emotion gehörten: Er schob die Augenbrauen kurz nach unten und zusammen, seine Augen wurden schmal, mit angespanntem Unterlid, sodass der Blick stechend erschien. Seine Lippen pressten sich zusammen und er schob sogar das Kinn etwas vor. Er machte sich keine Mühe, all das zu verbergen, und sie hatte es mit einer sogenannten Makroexpression zu tun. Davon sprach man, wenn ein Emotionsausdruck länger als eine halbe Sekunde dauerte. Sie brauchte ein paar Expressionen, um zu unterscheiden, ob er bestimmte davon nutzen würde, um Gesagtes zu unterstreichen … quasi zur Illustration. Es war wichtig, hier Bescheid zu wissen, um bei der Analyse nicht falsch zu liegen. Schließlich ging es aktuell nicht nur darum, zwei Todesfälle aufzuklären, sondern einen dritten zu verhindern.

»Bitte nennen Sie mir die vollständigen Namen Ihrer Eltern.«

Wieder huschte der eingezogene Mundwinkel über das Gesicht, und sie überlegte, ob er tatsächlich ein *Illustrator* sein konnte.

»Alexandra Maria Gräfner, geborene Schneider, und Günther Wilhelm Gräfner.« Seine rechte Hand rieb dabei kurz über seinen Nacken.

Sie notierte in Gedanken einen Stressfaktor beim Erwähnen der Eltern und würde hier noch einmal differenzierter nachfassen. Doch erst folgte eine weitere einfache Frage: »Wann sind Sie geboren?«

»Am 16.1.1979.«

»In Ordnung, Herr Gräfner, herzlichen Dank für Ihre Kooperation«, sagte Margeaux, stand auf und ging einfach hinaus.

Frank folgte ihr kurze Zeit später, und sein Grinsen wirkte leicht gequält. »Du kannst dir wahrscheinlich vorstellen, was ich mir gerade anhören musste, weil du einfach so gegangen bist. Lass uns rasch bei der Mutter weitermachen und hoffen, dass er gar ist, wenn wir zurückkommen.«

Sie nickte und trat in den Verhörraum um die Ecke.

Orange – ein Jahr zuvor

Sie hatte das nicht gewollt, war aber auf eine erschreckende Art fasziniert von der Blutlache, die sich rasend schnell um den Mann ausbreitete. Müsste sie nicht etwas tun? Den Notarzt rufen? Die Blutung stillen? Irgendetwas in der Art? Sie tat nichts davon, sondern stand einfach nur da, das Messer in der Hand, und hatte das Gefühl, Zuschauerin in einem schlechten Film zu sein.

Er hörte auf zu röcheln, und das blubbernde Geräusch, so, als würde jemand mit einem Strohhalm Luft in eine dickflüssige Masse blasen, verebbte langsam. Sein Brustkorb hob sich nur noch minimal, und ihr wurde bewusst, dass er starb. Sie verharrte weiterhin bewegungslos neben ihm, starrte ihn an und wartete darauf, dass der Schock nachließ. Denn das musste es doch sein: ein Schock! Ansonsten würde sie gewiss nicht wie angenagelt hier stehen und dem Mann beim Sterben zusehen. Doch dann, Caballé schmetterte gerade die letzten Töne von *O mio babbino caro* von Puccini, kam diese Ruhe über sie. So, als wäre etwas geschehen, was eine Last von ihr genommen hatte. So, als wäre sie plötzlich befreit. Furcht und Starre waren wie weggeblasen. Der Mann bewegte sich nicht mehr. Das Blut begann, an den Rändern dunkel zu werden. Ihr Blick fiel auf das Messer in ihrer Hand – sie würde es mitnehmen. Ebenso wie das Champagnerglas. Sonst hatte sie nichts angefasst und falls sie irgendwo ein Haar verloren haben sollte, so würde man es gewiss nicht ihr zuordnen können. Atemlos hielt sie inne, denn sie war erstaunt über ihre Art zu reagieren. Er hatte ihre Hilflosigkeit ausnutzen wollen, und sie hatte ihm diese Macht einfach genommen. Ja, so einfach war es, einem Mann die Macht zu nehmen.

Sie schlüpfte in ihren hellen Mantel und sah aus wie tausend andere Französinnen auch. Mit der Tasche in der Hand, in der das Messer und das Glas steckten, verließ sie das Gebäude. Niemand begegnete ihr. Sie bog gemächlich in die nächste Seitenstraße ab und lief wie eine ganz normale Frau, die nach Hause wollte. Dann öffnete sie den Reißverschluss an der Vorderseite ihrer Tasche und zog eine flache Einkaufstüte heraus. Die hatte sie mittlerweile überall stecken. Es gab sie in so hübschen Designs. Sie zog mit einer raschen Handbewegung die Perücke vom Kopf und steckte sie hinein. Das Glas entsorgte sie in einem Container, der in der Einfahrt eines Mehrfamilienhauses stand. Das Messer behielt sie. Es hatte sich so gut angefühlt, es zu halten.

Sie wuschelte sich durch ihre kurzen rötlichen Locken, wischte den restlichen Lippenstift an einem Papiertaschentuch ab und wusste, dass sie jetzt nur noch wenig Ähnlichkeit mit der Frau hatte, an die sich die Restaurantinhaber von gestern und heute erinnern würden.

Die Straßen wurden etwas belebter, und sie stellte fest, dass sie gar nicht so weit von ihrem Hotel entfernt war, wie sie gedacht hatte. Die Rezeption war nach zweiundzwanzig Uhr nicht mehr besetzt. Sie würde also unbehelligt ihr Zimmer erreichen und sich dann darauf konzentrieren, ihre Gefühle wieder unter Kontrolle zu bekommen.

Barbentane – Mitte April

Aimé schlenderte aus der Gendarmerie heraus in Richtung Rue Pujade und machte noch einen kleinen Abstecher zu Thierry, der gerade dabei war, seinen Laden abzuschließen, und innehielt, als er den Flic kommen sah.

»Geht es dir gut, mein Junge?«, fragte er den Bäcker und wusste, dass dieser ihm die Ansprache nicht übel nahm.

Thierry zuckte mit den Schultern. »Es ist mir nicht einerlei, dass sie sich wieder ins Getümmel stürzt, aber ich weiß auch, dass ich sie nicht einsperren kann.«

»Das ist keine Antwort auf meine Frage.« Aimé lächelte leicht.

»Du willst es immer ganz genau wissen, oder? Das ist doch eine Polizistenkrankheit«, neckte ihn Thierry.

»Erneut keine Antwort!«

»Es geht mir durchwachsen, aber nicht nur wegen Margeaux. Also: Es hat schon etwas mit ihr zu tun.« Der Bäcker zog Aimé in den Laden, schloss die Tür ab und drückte ihm gleich eine Tüte mit einem Pain aux noix in die Hand. »Hier, für euch. Ich weiß nicht, wie wir das mit dem Wohnen nach der Hochzeit machen sollen.«

»Wie ihr das mit dem ... *Wohnen* machen sollt?«, echote Aimé.

»Ja! Gebe ich meine Wohnung auf und ziehe zu ihr auf den Weiler? Behalte ich meine Wohnung, und wir machen das weiterhin so wie bisher oder ... Ach, Quatsch, sie verkauft doch das Anwesen nicht«, ging Thierry verschiedene Szenarien durch.

Sie hatten einander damals besser kennengelernt, als Margeaux verunsichert nach Deutschland gefahren war, um sich ein Schlupfloch vor einer wirklichen Beziehung mit Verantwortung und Verpflichtung, zu suchen. Aimé hatte Thierry als Gesprächspartner zur Seite gestanden und ihm einiges verdeutlicht, denn schließlich hatte er nicht nur von Kindesbeinen an maßgeblichen Einfluss auf Margeaux gehabt, sondern er kannte auch ihre Eltern seit Jahrzehnten und wusste, was die toughe Kriminalistin geprägt hatte.

»Nein, das wird sie niemals tun. Ich verstehe allerdings nicht, warum du dort nicht einziehen möchtest«, bemerkte Aimé irritiert.

»Ich habe nicht gesagt, dass ich das nicht möchte. Es ist nur komisch, meine Wohnung aufzulösen und irgendwie so gar nichts mehr zu ... haben«, stammelte der Jüngere.

»Ich verstehe, dass das komisch ist. Aber ich weiß auch, dass es für Margeaux sicher vollkommen in Ordnung wäre, wenn du sie behalten würdest«, erklärte der Ältere.

»Hm«, machte Thierry nachdenklich.

»Ihr müsst das doch nicht überstürzen. Du behältst sie erst einmal, und irgendwann ...«, schlug Aimé vor.

»Weißt du, da ist alles perfekt eingerichtet. Da ist doch noch nicht einmal Platz für eine Topfpflanze von mir«, wurde Thierry nun deutlicher.

»Du hast Topfpflanzen?«

»Das war ein Beispiel. Topfpflanzen, Küchengeräte, Möbel ... Such dir was aus!«

»Hast du schon mal mit ihr darüber geredet, oder seid ihr schon wieder an diesem Eigenbrötler-Punkt?«, fragte Aimé provokativ.

»Ich wollte ja, aber es war dauernd etwas anderes: ihre Therapien, immer mehr große Kunden bei mir, die Hochzeitsvorbereitungen meiner Mutter, Elodies Schwangerschaft ... Wir sind irgendwie noch nicht dazu gekommen, darüber zu reden, was wir denn nach dem großen Tag machen«, erklärte Thierry kleinlaut.

»Das solltet ihr dann wohl mal dringend tun. Was ist dir denn aus deiner Wohnung besonders wichtig, dass du keinesfalls darauf verzichten kannst? Und bei was ist es in Ordnung, wenn du es einlagerst? Mach am besten eine Liste, und rede mit ihr darüber, dass du nicht nur einen Platz in ihrem Leben möchtest, sondern auch in eurem gemeinsamen Zuhause«, gab Aimé ihm einige Tipps und sah die Erleichterung im Gesicht des Gesprächspartners.

»Danke«, sagte Thierry, »ich wusste, dass du mir helfen kannst.«

Aimé nickte zufrieden und lächelte. »Immer schön, wenn wir alten Leute euch Jungen auf die Sprünge helfen können. Ich gehe dann mal zu meiner Liebsten, bevor sie *mir* auf die Sprünge hilft ...«

Der Bäcker klopfte ihm verstehend auf die Schulter, ging an die Kühlvitrine, holte zwei Petits Fours heraus, die mit frischen Früchten und Creme gefüllt waren und auf denen ein Herz aus weißer Schokolade thronte. Er verpackte sie rasch: »Ein kleiner Gruß von mir.«

Aimé machte sich mit Brot und Küchlein auf den Weg nach Hause. Er schlenderte durch die schmalen Gassen seines Heimatdorfes, grüßte hier, hielt ein kleines Schwätzchen dort und freute sich, als er die Tür zu dem hell getünchten Gebäude aufdrückte. Sofort stand der Dackel vor ihm und verlangte fiepend nach zärtlicher Zuwendung.

»Na, mein kleiner Freund«, begrüßte er Willi liebevoll, stellte den Kuchen ab und beugte sich zu dem wild wedelnden Kerlchen hinab. Hilde kam ihm entgegen und sagte mit geröteten Wangen: »Das Essen ist schon fertig. Was hast du denn da Schönes mitgebracht?« Sie lugte in die Tüte und lächelte erfreut. »Mhm, Nussbrot! Muss ich auch solche fiependen Geräusche machen, um so liebevoll begrüßt zu werden?«

Er richtete sich auf und sagte ernst: »Lass hören!«

Dann umarmten sie einander lachend, legten ihre Lippen sanft aufeinander und ignorierten den Hund, der sie fröhlich umkreiste.

Kurze Zeit später saßen sie am Tisch, der braunäugige kleine Kerl lag zusammengerollt auf seiner Decke neben dem Sofa, und sie aßen den leckeren Eintopf, zu dem Hilde gekochte Kartoffeln reichte. Die üppig beladene Käseplatte stand schon parat, und zum Kaffee würde es die Törtchen aus der Bäckerei Baile geben. Was für ein üppiges Mahl! Es ging ihnen wirklich gut.

Sie berichteten von ihrem Tag, Hilde fasste ihre Sorgen um Margeaux in Worte, und er erzählte von dem aufgeregten Julien.

»Er traut sich tatsächlich endlich, Margeaux' Anregung umzusetzen.« Hilde klang ehrlich erstaunt. »Ist er denn schon so weit?«

»Ich weiß nicht recht«, antwortete er wahrheitsgemäß, »er möchte es wagen, ist aber furchtbar unsicher.«

»Solche Onlineportale sind aber auch unpersönlich und nicht ganz ungefährlich«, bemerkte Hilde und räumte die Teller des Hauptgerichts beiseite.

»Wie meinst du das?«

»Na ja, da kann ich doch schreiben, was ich will ...« Sie erhob sich, um die frischen Teller für den Käsegang auf den Tisch zu stellen, und fuhr sich mit den Händen am Körper entlang. »Ich schreibe, dass ich fünfzig bin, Größe sechsunddreißig trage und täglich im Sportstudio trainiere. Meine Haare«, sie strich sich durch die kurzen hellblonden, von Silbergrau durchzogenen Locken, »sind schulterlang, glatt und dunkelrot ... Ich kann ewig so weitererzählen.«

»Warum solltest du das tun? Möchtest du gar keinen Partner finden?«

»Ja, das ist eine berechtigte Frage. Vielleicht will ich einfach nur spielen?«, provozierte sie.

»Diese Möglichkeit besteht, da hast du recht, aber auch im persönlichen Kontakt kann dir jemand etwas vormachen«, konterte Aimé.

»Online geht das leichter. Man liest ja da so einiges!«

»Was liest man denn?«, fragte er interessiert.

»Dass es ziemlich oft vorkommt mit diesen Fake-Profilen ... und dass das sehr verletzend ist«, erklärte Hilde, legte sich Käse auf den Teller und brach sich ein Stück vom Nussbrot ab.

»Das hatte ich nicht bedacht«, gab Aimé leicht bedrückt zu und nahm sich ebenfalls ein wenig Käse.

»Wir hoffen einfach mal das Beste für unseren lieben Julien.« Hilde legte ihre Hand auf seine, und die Wärme tat ihm gut. Er würde auf seinen Freund achtgeben und ihn so gut wie möglich dabei unterstützen, eine liebevolle Partnerin zu finden.

Stuttgart – Mitte April

Werner Walter sah zu »der Kleinen« und nickte ihr bestätigend zu. Egal, wie oft Frank sich über sie beschwerte, Pia Waldheim war eine sehr gute Ermittlerin.

»Herr Gräfner«, sagte sie mit ruhiger Stimme, »wir haben Ihren Sohn nicht ohne dringenden Tatverdacht in Gewahrsam. Ich verstehe Ihren Ärger vollkommen.«

»Sie werfen ihm Entführung und Mord vor«, stieß Günther Gräfner durch zusammengebissene Zähne hervor, »mein Gott, wir können nie mehr in Urach oder Stuttgart auf die Straße gehen.«

Pia Waldheim warf Werner einen Blick zu, und er verstand, was sie ihm mitteilte: Es ging gar nicht um den inhaftierten Sohn. Es ging nur um das Ansehen der einst so erfolgreichen Unternehmerfamilie.

Sie blieb unbeirrt: »Haben Sie noch irgendwelche Gebäude im Familienbesitz, die sich in der Region befinden?«

Gräfner schwieg.

»Helfen Sie uns, Herr Gräfner. Ein kleines Mädchen wird vermisst, und wenn es eine Chance gibt, es zu retten, so sollten wir sie nutzen. Bitte!«, fügte sie an.

Der braun gebrannte Mann räusperte sich vernehmlich: »Der Swen war ein lieber Junge, aber seine Mutter ... Wenn er wirklich etwas damit zu tun hat, dann ist es ihre Schuld. Sie hat ihn verdorben und kaputt gemacht. Wir waren ihr immer egal, sie hat uns nur benutzt und beschmutzt.«

Pia ließ ihn schwadronieren und schimpfen, Werner Walter deutete leicht auf die Uhr. Sie hatten einfach keine Zeit mehr.

»Wir befragen Ihre Ex-Frau ebenfalls. Wo hat sich Ihr Sohn denn gern aufgehalten, und welche Bezugspunkte hat er zu den Fundorten?«

Der Vater hielt für einen Sekundenbruchteil inne und erregte sich weiter: »Wollen Sie mir etwa unterstellen, ich wüsste etwas? Wenn er wirklich etwas getan haben sollte, woran ich nicht glaube, weil der Swen früher ein gehorsames Kind war, dann hat das nichts mit mir zu tun!«

»Herr Gräfner«, unterbrach ihn die Polizistin nun harscher, »wir suchen ein achtjähriges Kind! Die Kleine ist 1,34 Meter groß, hat dunkelblonde schulterlange Haare, trägt gerne T-Shirts mit Disney-Motiven, hatte pinkfarbene Schuhe mit silbernem Glitzer darauf an, die an der Sohle blinkend leuchten können. Ihr Schulranzen ist ebenso pink, und sie hört gern Bibi-Blocksberg-Geschichten. Sie ist gut im Lesen, und ihre Lehrerin sagt, sie kann toll Geschichten erzählen. Sie ist in ihrer Klasse beliebt, und ihre besten Freundinnen heißen Melina und Ann-Sophie. Das kleine Mädchen heißt Enya und wird nun seit rund vierundzwanzig Stunden vermisst.« Sie gab dem Kind ein Gesicht und eine Persönlichkeit, damit es nicht weiterhin abstrakt für den Mann auf dem Bildschirm blieb.

Gräfner stockte einen Moment, und man konnte sehen, dass er nachdachte. Er mahlte mit dem Kiefer und sagte dann: »Wir waren an den Wochenenden oft auf der Alb unterwegs und sind gewandert, wir haben viele Ausflüge gemacht, als der Junge noch klein war. Er mochte die Bärenhöhle immer gern und die Uracher Wasserfälle auch. Da waren wir oft. Wir hatten sogar jahrelang einen Wohnwagen dort stehen. Also in der Nähe auf dem Pfählhof. Das war früher ... Da waren wir noch eine Familie, und seine Mutter hatte ihn noch nicht verdorben.«

»Gibt es noch weitere Orte, zu denen Swen einen Bezug hat? Vielleicht ein Gartenhaus oder etwas anderes?«, bohrte sie weiter und ignorierte den Seitenhieb gegen die Ex-Frau. Sie hatten versucht zu überprüfen, ob Swen Gräfner irgendwo ein Grundstück oder Ähnliches besaß, doch das war wie die Suche nach einer Stecknadel im Heuhaufen gewesen. Sie brauchten Hinweise, denn trotz der Digitalisierung konnte man nicht so einfach auf die Grundbucheinträge irgendeiner Gemeinde zugreifen.

»Früher hatten meine Eltern ein Gütle in St. Johann, da war er in den Ferien und hat bei der Obsternte geholfen. Aber meine Eltern sind tot, und wir haben das Grundstück damals an einen Nachbarn verkauft, weil wir keine Zeit für einen Nutzgarten hatten«, kramte der Mann in seinem Gedächtnis.

»Können Sie uns genauer sagen, wo das Gartengrundstück liegt?«, fragte Pia.

Er erklärte langwierig den Weg, und Werner Walter verdrehte mehrfach die Augen, schrieb aber alles mit und gab sofort die Daten an die uniformierten Kollegen weiter – mit dem Auftrag, sich auf dem Grundstück umzusehen. Dann hob er den Daumen, sodass seine junge Mitarbeiterin Bescheid wusste und fortfahren konnte.

»Was fällt Ihnen noch ein, Herr Gräfner, für uns ist wirklich alles wichtig. Gab es etwas, wovor Swen sich gefürchtet hat?«

»Außer vor seiner Mutter?«, schoss es aus dem Mann heraus.

»Das notiere ich selbstverständlich auch«, sagte Pia geduldig.

»Wirklich, Frau Kommissarin, diese Frau ist krank, und sollte der Swen je etwas Böses getan haben, dann nur, weil sie«, er senkte seine Stimme, »es immer gern mit jungen Kerlen getrieben hat. Rücksichtslos … im ganzen Haus. Wer weiß, was der Junge alles gesehen hat, und wer weiß, was sie …!« Er ließ das Ende der Erklärung offen. Dann sagte er wieder etwas lauter: »Der Junge hat sich immer vor dem Speicher gefürchtet, vor allem vor dem bei Oma und Opa. Er meinte, dass es dort spuke. Kinderkram eben.«

Pia warf ihrem Vorgesetzten einen Blick zu, und Werner nickte wieder bestätigend. Er hatte zweimal kurz den Impuls verspürt, sich einzuklinken, doch sie hatte die Befragung gut gemeistert, und eine vortreffliche Arbeit seiner Mitarbeiterinnen und Mitarbeiter würde immer positiv auf ihn zurückfallen. Er musste bei den Ermittlungen nicht an vorderster Front stehen, sondern die Fäden in der Hand halten und darauf achten, dass alles Nötige getan wurde.

Er schaute erneut auf die Uhr, und Pia verstand, dass sie das Gespräch beenden mussten. Margeaux und Frank brauchten die Informationen, und Werner musste sich in weniger als einer Stunde der Presse stellen und hoffte natürlich, bis dahin schon etwas präsentieren zu können, was die schreibende Zunft beschäftigen würde.

Pia stellte noch einige Fragen, auf die Günther Gräfner jedoch keine befriedigenden Antworten geben konnte. Sie verabschiedete sich und bat ihn, sich jederzeit zu melden, wenn ihm noch etwas in den Sinn kam.

Werner dachte kurz nach, entschied sich dann, sie aufrichtig zu loben. Im Anschluss scheuchte er sie zum Verhörraum, um die beiden Ermittler upzudaten. Er warf einen Blick auf sein Handy und sah, dass Myriam versucht hatte, ihn zu erreichen. Seine Ex-Frau war seine Vertraute und seine beste Freundin. Ihre Scheidung hatte ihre Freundschaft gerettet, die dabei gewesen war, auf dem Schlachtfeld zwischen Unordnung und Pedanterie einen Heldentod zu sterben. Myriam war klug, und wenn sie ihn an einem solchen Tag anrief, wohl wissend, was seine Abteilung gerade zu tun hatte, dann hatte sie vielleicht eine Idee.

Hoffnungsvoll tippte er auf ihre Nummer.

Orange – ein Jahr zuvor

Es war eine sonderbare Nacht gewesen, die sie in dem Hotelzimmer in der fremden Stadt verbracht hatte. Sie hatte sich geduscht und das rote Jerseykleid in eine Plastiktüte gepackt, um es am nächsten Morgen in einen der vielen Sammelcontainer für Gebrauchtkleidung zu stecken. Sie hatte schweren Herzens auch beschlossen, sich von der schönen Perücke zu trennen. Beim Hereinkommen hatte sie die großen Müllcontainer des Hotels gesehen und sich dazu entschieden, sie am nächsten Morgen in einem der Plastiksäcke, die immer in den Schränken der Zimmer lagen, zu entsorgen. Erstaunt hatte sie dann im Bett gelegen und sich gefragt, wann der Schock enden und die Reue kommen würde. Sie hatte nicht schlafen können, zu viel Adrenalin war durch ihre Adern gerauscht. Immer wieder hatte sie sich das Messer aus dem Block ziehen und es ihm geradewegs in die Brust stechen sehen. Sie hatte seinen Blick vor Augen gehabt, der immer glasiger geworden war, seine Haut, die einen fahlen Ton angenommen hatte … und die sich ausbreitende Blutlache. Das röchelnde Geräusch, das in der anschwellenden Arie untergegangen war … Alles hatte sich zu einem Cocktail vermischt, der eigentlich ein tiefes Grauen hätte auslösen müssen, doch das Gegenteil war der Fall gewesen. In ihr war ein leichtes und freies Gefühl hochgebrodelt, und obwohl der Mann wirklich nett gewesen war, also bis zu dem Moment, in dem er sie hatte küssen wollen – sein Knie zwischen ihre Beine gedrängt –, bereute sie nichts.

Sie blieb wach, und als die Sonne aufging, duschte sie erneut, packte ordentlich ihre Sachen und legte die Dinge, die sie entsorgen wollte, obenauf in den Rucksack. Dann warf sie die Hotelkarte in den dafür vorgesehenen Briefkasten, nahm sich aus der kleinen Glasvitrine ein Croissant, zog sich einen Kaffee aus dem Automaten und frühstückte in aller Ruhe an einem der dafür vorgesehenen Stehtische im Foyer. Sie war sich bewusst, dass sie ohne all den Tand eine unauffällige Frau mittleren Alters darstellte, die etwas rundlich war und zu wenig Wert auf ihr Äußeres legte.

Kurz darauf war sie schon auf dem Weg zum Bahnhof, entsorgte ihre Tüten in öffentlichen Mülleimern, so, wie es jeder normale Mensch auch getan hätte – ohne Hast und Versteckspiel. Sie hatte daher keine Angst, dass man ausgerechnet sie für die Tat verantwortlich machen würde. Dann stieg sie in den Zug nach Aix-en-Provence und kehrte Orange den Rücken.

Boulbon – Mitte April

Matze hörte die Tür klappen und sah Elodie schmutzverkrustet durch den Flur in Richtung Bad tappen.

»Ist alles in Ordnung, Liebling«, rief er, »brauchst du meine Hilfe?«

»Noch kann ich mich allein waschen, aber wer weiß, was nächste Woche ist, also halte dich weiterhin bereit.« Ihre Stimme strahlte Zufriedenheit aus. »Aber wenn du den Auflauf schon mal in den Ofen schieben könntest, ich habe nämlich einen Bärenhunger.«

Er erhob sich, dehnte sich kurz und sagte: »Oui, Chef!«

Er hatte sich in der letzten Stunde durch Pläne, Dateien und Abdrücke gearbeitet, die jeder im Netz hinterließ. Swen Gräfner hatte ebenfalls Spuren hinterlassen. Werner Walter hatte ihm Zugriff auf die Festplatten des Mannes verschafft, und er war auf jedem noch so kleinen Pfad unterwegs gewesen.

Die Experten in Stuttgart arbeiteten ebenfalls auf Hochtouren, doch sie mussten jeden ihrer Schritte dokumentieren, und wenn sie zum Beispiel in einen E-Mail-Kontakt mit einer anderen Person eintauchten, waren sie eigentlich laut Datenschutz verpflichtet, sich die Erlaubnis einzuholen. Das war alles unheimlich kompliziert und kostete Zeit. Er bog diese Regeln etwas zurecht, zumindest so lange, bis er auf etwas Wichtiges gestoßen war, dann konnte man noch immer den offiziellen Weg einschlagen. Die furchtbaren Suchworte hatten Gräfner lange und auf verschiedenen Browsern beschäftigt. Matze hatte die Worte ebenfalls eingegeben und sich die vorgeschlagenen Links bis zur zehnten Seite angeschaut. So weit ging kaum jemand, und doch war es spannend, dass die Links mit jeder weiteren Seite immer mehr dahin führten, wohin sie wohl auch führen sollten. Er hatte schon zu viel gesehen in den Untiefen des Netzes. Dort war es wie überall auf der Welt: Selbst in den heruntergekommensten Winkeln einer Stadt gab es nette Ecken, aber auch Gegenden, in denen man sich nicht bewegen wollte, wenn man nicht Schlimmes im Schilde führte oder lebensmüde war. Selbst im sagenumwobenen Darknet war es so, und es hatte dort durchaus Plätze gegeben, an denen er gern unterwegs gewesen war.

Diese Links jedoch rüttelten an seiner Selbstbeherrschung und seinem Ehrenkodex als Hacker. Alles, was im Darknet zu finden war, blieb auch dort. Man redete nicht darüber, und noch weniger verpetzte man Kumpels. Er reagierte jedoch ausgesprochen empfindlich, wenn es um Sexualität ging. Eine konservative Großmutter hatte ihn aufgezogen und ihm Werte vermittelt. Sie hatte ihm einfach vorgelebt, wie es war, wenn man andere Menschen respektierte. Je weiter er sich durch die Links geklickt hatte, umso mehr Pfade hatte er in einer separaten Datei gesammelt, um sie dann mit einem Suchalgorithmus zu verknüpfen, der dazu in der Lage war, herauszufinden, ob Gräfner hier ebenfalls tätig gewesen war. Er schaute sich nur sie Beschreibungen an, das war schon erschütternd genug. Die Videos mussten sich andere vornehmen.

Er erinnerte sich an den Bericht über eine Sondereinheit in Nordrhein-Westfalen, die im Laufe einer extrem umfangreichen Ermittlung gegen einen Kinderpornografie-Ring sogar Zivilisten zugelassen hatten, um das Videomaterial zu sichten, das ein Mensch in seinem ganzen Leben nicht hätte anschauen können, selbst wenn er hundert Jahre lang jeden Tag vierundzwanzig Stunden durchgehend geschaut hätte. Er wäre dazu nicht in der Lage.

Selbstverständlich hatte er sich als Teenager mit anderen Jungs auch mal in ein Pornokino geschmuggelt und sich erregen lassen von dem, was er da gesehen hatte. Aber er hatte rasch festgestellt, dass ihm das Frauenbild nicht gefiel, das in dieser Art von Filmen vermittelt wurde. Die Frau, die ihn erzogen hatte, war stark, mutig und selbstbestimmt. Das hatte ihn geprägt. Was ihm hier in den Untiefen der vernetzten Welt begegnete, war etwas, wovor er seine Psyche schützen musste. Allein »Leid und Kontrolle« in der Kombination führten schon zu weit. Im Zusammenhang mit den Begriffen »Gegenstände einführen« und »anal« wurden jedoch bereits Beschreibungen geboten, die ihm bitteren Gallensaft in der Kehle hochsteigen ließ. Er war daher wirklich froh, dass Elodie ihre Pflanzarbeiten beendet hatte und gleich mit ihrem Wesen den Raum erhellen und so das Böse ausblenden würde.

Er hatte gerade einen Auflauf aus Kartoffeln, Zucchini, Karotten und cremiger Béchamelsoße in den Backofen geschoben und den Timer eingestellt, als ein hohes »Pling« ihm verdeutlichte, dass der Algorithmus etwas entdeckt hatte. Schnell setzte er sich, denn er wollte die Arbeiten abgeschlossen haben, wenn seine Frau aus dem Bad kam, denn gewiss würde er sie nicht mit furchtbaren Brutalitäten an Kindern konfrontieren.

Er wählte wie vereinbart Franks Nummer und erklärte dem Freund rasch und tonlos, was er gefunden hatte. Frank berichtete ihm seinerseits von den Orten, die der Vater des Verdächtigen mit ins Spiel gebracht hatte, und Matze trug sie in seine Karte ein, als Elodie zu ihm trat und auf den Bildschirm deutete.

Aix-en-Provence – August, ein Jahr zuvor

Es war sonderbar, dass das Gefühl der Befreiung nicht anhielt, dabei war die Tat in Orange doch wirklich groß, wirklich besonders gewesen.

Sie hatte über vieles nachgedacht in ihrem Leben, war für so viele Menschen ein Studienobjekt gewesen, doch am Ende hatte nie etwas geholfen. Sie war immer sie selbst geblieben, und die kruden Bilder in ihrem Kopf waren zu den unmöglichsten Anlässen aufgetaucht.

Sie konnte sie nicht kontrollieren, und es fiel ihr außerordentlich schwer, sich wie ein normaler Teil der Gemeinschaft zu benehmen. Immer wieder musste sie sich zurückziehen, ihre Realität überprüfen, um dann neu zu beginnen. Als würde man auf einen Reset-Knopf drücken, alles zurück auf null … Neustart! Dann begann sie wieder, sich nach dem zu sehnen, was für alle Lebewesen wichtig war: eine Beziehung.

Später in ihrem Leben, in ihrem abgedunkelten Wohnzimmer, sah sie sich eine Serie nach der anderen an und machte sich schlau, wie man am besten jemanden kennenlernen konnte und wie es möglich war herauszufinden, was die Person ausmachte, denn schließlich mussten bestimmte Werte übereinstimmen. Lange dachte sie darüber nach, wie es funktionieren könnte, ihre Identität zu verschleiern, denn die Gefahr war zu groß, dadurch alles von vornherein zu vereiteln. Die Serien, in denen die Liebe alle Wunden heilte, füllten ihr Denken und Sehnen. Sie wollte glücklich sein. Sie hatte Glück verdient, ein Leben, eben all das, was andere auch hatten. Was alle um sie herum hatten. Partnerportale im Internet waren die Rettung, wenn man sich nicht in einer Bar ins Getümmel werfen wollte, und tatsächlich war es unglaublich leicht und schön, sich dort zu bewegen. Es war kein Problem, die eigene Person so zu erschaffen, dass sie liebenswert war.

Rasch fanden sich ein paar Verehrer, und sie tauschten sich in stundenlangen Chats aus. Dann ließ sie sich mutig auf ein Telefonat ein, und es war schön. Der nächste Schritt war das persönliche Kennenlernen, das sie sehr gut vorbereitete. Sie war älter geworden, und die Perücke veränderte sie ebenfalls sehr. Sie glich in keiner Weise dem Mädchen von früher.

Die Zugfahrt nach Orange war ein Wechselbad der Gefühle, und sie war sogar mehrmals versucht, auf der Strecke umzukehren, als die Stimme in ihrem Kopf »Es ist zu früh!« zu summen begann. Doch dann riss sie sich zusammen. Es passte alles bei diesem Partner, er war der Mann ihrer Träume, und mit ihm würde es gelingen, das Leben zu bekommen, das sie sich so sehr wünschte.

Doch dann kam alles anders, und das Gefühl im Anschluss war triumphal. Sie fühlte sich so machtvoll, spürte wieder, wie es war, aus dem Dunkel ins Licht zu treten.

Als sie *danach* in ihrer Wohnung in Aix ankam, fühlte es sich an, als hätte sie nach einer langen Reise wieder zu sich selbst gefunden. Sie nahm das Messer aus ihrer Tasche, säuberte es akribisch und legte es auf die Anrichte in der Küche. Am nächsten Tag ging sie in die Stadt, um sich einen Messerblock zu kaufen, in dem es dann seinen Platz fand.

Als sie zum ersten Mal Zutaten für einen Auflauf damit schnitt, war es, als steckte noch immer ein Rest Lebensenergie des Mannes darin, und es fühlte sich sonderbar belebend an.

Dieses Hochgefühl hielt leider nur wenige Monate an, dann tauchten erneut die Träume auf, in denen sie mit einem Liebsten am Strand entlangschlenderte, Hand in Hand, oder lachend in der Küche stand, während sie gemeinsam kochten.

Die Sehnsucht war zurückgekehrt, das Hochgefühl, das Gefühl der Stärke, war abgeebbt, und auch das Messer hatte es nicht wieder zurückbringen können.

Die Tage waren verflogen, und der verlangende Sog war immer stärker geworden.

Vier Monate nach dem Abend in Orange erschuf sie einen Account mit einer neuen Persönlichkeit, und kaum vierundzwanzig Stunden später chattete sie bereits mit zwei Köchen aus Le Lavandou und Nizza. Die Côte d'Azur hatte es ihr schon immer angetan, und es würde wunderbar sein, dort mit dem Mann ihrer Träume zu leben.

Stuttgart – Mitte April

Alexandra Maria Gräfner war eine attraktive Mittsechzigerin. Sie kleidete sich sehr jugendlich, mit löchrigen Jeans, die locker auf ihrer schlanken Hüfte saßen, einem türkisfarbenen Pullover mit tiefem Ausschnitt, der ihr Dekolleté betonte, und schulterlangen Ohrringen, die bei jeder Kopfbewegung leicht klimperten. Ihr Gesicht war so faltenfrei, dass Margeaux gleich wusste, dass es schwer sein würde, hier mimisch muskuläre Bewegungen wahrzunehmen, denn sie vermutete entweder einen kosmetisch operativen Eingriff oder Unterspritzungen mit Botox. Das lähmende Nervengift machte ihre Arbeit schwer bis unmöglich.

Sie warf Frank einen Blick zu und zog leicht eine Augenbraue hoch – in der Hoffnung, dass er sie wie so oft ohne Worte verstand. Sie setzte sich der Frau gegenüber hin, während ihr Freund sich hinter ihr an die Wand lehnte.

Alexandra Gräfner musterte Frank eingehend, und ihr Blick bekam etwas Begieriges.

Margeaux bedankte sich bei der Frau für ihre Bereitschaft für die bevorstehende Befragung und ließ auch sie zu Beginn einfache Fragen beantworten.

»Wo ist der Swen?«, wollte die Befragte sogleich wissen.

Margeaux antwortete freundlich: »Ihr Sohn wird ebenfalls befragt.«

»Der war das nicht. Sie haben den Falschen, eine Mutter weiß so etwas.« Sie fuhr sich kapriziös mit der Hand durch das mittellange Haar, dessen Schnitt und Farbe auf einen teuren Friseur schließen ließ.

Margeaux gab keinen Kommentar zu dieser Aussage ab und fragte stattdessen: »Frau Gräfner, wo hält sich Ihr Sohn gern in seiner Freizeit auf? Gibt es bestimmte Gegenden oder Orte, die er besonders mag?«

»Worauf spielen Sie da an?« Alexandra Gräfner hob den Kopf, und ihre Augen glitzerten. »Brauche ich etwa einen Anwalt?«

Frank bewegte sich etwas, und Margeaux sah im Augenwinkel, dass er abwehrend die Hände hob; sie lehnte sich in ihrem Stuhl zurück. Das Zeichen für ihn zu übernehmen.

»Sie brauchen keinen Anwalt, Sie sind nur hier, um Ihrem Sohn zu helfen.« Frank lächelte ein wenig. »Wir wollen doch alle, das dieser Fall rasch aufgeklärt wird und niemand mehr zu Schaden kommt, nicht wahr?«

Sie entspannte sich etwas und richtete ihre Aufmerksamkeit nun komplett auf den attraktiven Kommissar: »Ich will ja helfen, aber ich will auch klarmachen, dass ich kein Monster erzogen habe.«

Frank nickte verstehend, und Margeaux konnte an der Körpersprache der Frau sehen, dass es ihr wichtig war, diesen Eindruck zu vermitteln: Sie hatte sich automatisch ein wenig vorgebeugt und eine nachdrücklich unterstreichende Bewegung mit der rechten Hand gemacht.

Dann summte Franks Handy. Er entschuldigte sie beide kurz und bat Alexandra Gräfner höflich um etwas Geduld.

»Auf Sie warte ich gern«, sagte sie, als könnte sie nicht anders, als auch in einer solchen Situation zu flirten.

Margeaux erhob sich und trat mit Frank auf den Flur.

»Matze«, sagte er und nahm den Anruf an. Das Gespräch war kurz, und an Franks Gesicht konnte sie sehen, dass ihr Freund in Frankreich etwas Erschreckendes gefunden hatte. Der junge Hacker schien zudem noch eine Idee zu haben, die die vorhandenen Orte betraf. Frank nickte mehrfach und machte bejahende Geräusche. Dann beendete er das Gespräch und zog Margeaux etwas weiter weg von den Türen zu den Verhörräumen.

»Ich wusste, dass dieser Kerl ein Schwein und dass er schuldig ist«, flüsterte Frank zwischen zusammengebissenen Zähnen, »Matze hat einige furchtbare Seiten gefunden, auf denen Gräfner sich getummelt hat.«

»Du weißt, dass das kein Beweis dafür ist, dass er drei Kinder entführt und zwei davon getötet hat«, warf Margeaux ein, denn sie kannte Frank gut und musste ihn von unbedachtem Handeln abhalten. Die »Kaiser'schen Alleingänge« hatten zwar bisher durchaus Fälle gelöst, aber auch dafür gesorgt, dass Werner Walter den Kommissar zwischenzeitlich suspendiert hatte.

»Mensch, Margeaux, er schaut sich brutalste Kinderpornografie an! Welche Beweise brauchen wir denn noch? Er ist einer von denen, denen Angucken irgendwann nicht mehr reicht. Die mehr wollen. Wir müssen ihn zum Reden bringen. Das Gelaber mit Mutter und Vater bringt uns keinen Schritt weiter! Gräfner muss endlich auspacken.« Er war mittlerweile lauter geworden, und sie legte ihm beruhigend ihre Hand auf den Arm.

»Ich brauche dich bei der Mutter, und zwar gelassen und zugewandt. Bitte, Frank! Lass uns so weitermachen wie gehabt. Wir kriegen ihn, das verspreche ich dir«, bat sie ihn eindringlich.

Er schaute ihr in die Augen, und sie drückte seinen Arm, dann ließ er zischend Luft heraus und sagte mit etwas ruhigerer Stimme: »Er muss reden, sonst stirbt das Kind, falls er es nicht schon längst zu Tode gequält hatte, bevor wir ihn erwischt haben.«

»Er wird reden!«, versicherte sie ihm erneut und bugsierte ihn zurück zu dem Raum, in dem Alexandra Gräfner auf sie wartete. Matze würde weiter an seiner Radiustheorie arbeiten, und seinen bisherigen Recherchestand teilte er mit den

Kollegen der Cyberabteilung, sodass auch Werner Walter und Pia Waldheim immer im Bilde sein würden.

»Hey«, sagte sie, bevor er die Tür öffnete, »atme noch mal durch, bitte. Sie ist in einem Dauerflirtmodus, egal, wie *still* ihre Mimik sonst ist, das kann ich sehen, sie hat sich bereits mehrfach die Lippen geleckt und dich mit dem ganz typischen Dreiecksblick gemustert!«

Frank nahm seine Hand von der Klinke, schaute sie an, und sie atmeten beide konzentriert und bewusst, um das Emotionszentrum zu beruhigen. Margeaux machte ganz automatisch mit, denn auch sie spürte den massiven Druck, das Kind lebend zu finden. Pia kam gerade um die Ecke geflitzt, als sie die Tür öffnen wollten, und berichtete flüsternd von der Befragung, die sie soeben durchgeführt hatte.

»Matze braucht diese Infos unbedingt«, sagte Frank und tippte rasche eine Textnachricht.

Sie beschlossen, die Informationen Gräfners Mutter gegenüber nur dann zu nutzen, wenn von ihr nichts Brauchbares kam. Dann traten sie ein, Frank ganz lässig mit einer Hand in der Hosentasche und Margeaux bewusst hinter ihm als Zeichen für die »wartende Frau«.

»Da sind Sie ja wieder«, sagte Alexandra Gräfner auch sogleich mit einem gekonnten Augenaufschlag, als würde sie Frank gerade bei einer Party treffen.

Margeaux wollte sich auf das fokussieren, was beobachtbar war, und Frank machen lassen. Kurz glitten ihre Gedanken zu dieser Art des Flirtens ab und dem, was Matze in der Scheidungsvereinbarung gefunden hatte. Frank war rund zwanzig Jahre jünger als die Frau, und damit entsprach er wahrscheinlich ihrem Beuteschema. Margeaux nahm verwundert wahr, dass sie sich dazu hinreißen ließ, Alexandra Gräfner zu verurteilen. Das musste sie unbedingt unterbinden, denn es würde ihre Wahrnehmung fehlleiten. Sie suchte sich also besondere Punkte an der Frau und formulierte rasch innerlich positive Sätze wie: *Sie hat sehr schöne Haare, ihre*

Augen strahlen, sie hat eine klasse Figur und ist klug. Sie stellte ihre Sinne erneut scharf und lauschte auf Franks Fragen.

Endloser Schmerz

Er zehrte aus mein Fleisch und meine Haut, zerbrach meine Glieder, umbaute und umschloss mich mit Gift und Erschöpfung. Im Finstern ließ er mich wohnen wie längst Verstorbene. Er hat mich ummauert, ich kann nicht entrinnen. Er hat mich in schwere Fesseln gelegt. Wenn ich auch schrie und flehte, er versperrte den Weg meinem Gebet. Mit Quadern hat er mir die Wege verriegelt, meine Pfade irregeleitet. (...) Ein lauernder Bär war er mir, ein Löwe im Versteck. Er ließ meine Wege sich verstricken, machte mich regungslos und einsam.

Klagelieder 3, 4–11

In ihr wohnte ein andauernder Schmerz, und mittlerweile hatte sie Sorge, dass er nie mehr vergehen würde, weil die Schmach damals so groß gewesen war. Sie hatte niemanden mehr. Sie war vollkommen allein, und obwohl ihr großartiger Plan so herausragend funktioniert hatte, hatte er nicht dazu gereicht, ihr dauerhaft Linderung zu verschaffen. Sie musste aufgeben, musste erkennen, dass ihr Leben nie mehr den Wert bekommen würde den es ... den *sie* verdient hatte.

Oft schleppte sie sich in die Küche, schleppte sich zum Einkaufen, schleppte sich ins Bett, alles kostete sie unendlich viel Kraft, und die Nächte brachten immer wieder das Grauen. Sie war ganz sicher, mittlerweile irgendwie verrückt zu sein, anders ließ sich ihr Verhalten nicht erklären. Noch dazu hatte sie alle Grenzen übertreten, die ein Mensch übertreten konnte.

Sie war verloren, und so sehr ihre Seele auch um Hilfe schrie, niemand kam, um sie zu retten. Manchmal, in den lichten Augenblicken, wenn die Zuversicht aufkeimte, hoffte sie, irgendwann ein normales Leben führen zu können. Sie hoffte, sich jemandem anvertrauen zu können, obwohl sie wusste, dass das unmöglich war. Denn wenn sie ihre Geschichte erzählen würde, dann wäre sofort klar, was geschehen war und was sie getan hatte. Also war sie dazu verurteilt, sich selbst zu zerfleischen.

Keine Tat blieb eben ungesühnt.

Boulbon – Mitte April

»Wieso hast du da eine Zielscheibe markiert?«, fragte Elodie interessiert und umarmte ihn zärtlich von hinten, indem sie ihm die Arme um die Schultern legte.

»Eine Zielscheibe?«, fragte er irritiert und gleichzeitig elektrisiert. Er stand auf, trat neben sie und legte seine Hand liebevoll auf ihren Bauch. Er war so unfassbar glücklich. Er hatte einen leibhaftigen Engel an seiner Seite, und bald war er Vater. Das Universum hatte ihn wirklich reich beschenkt.

Dann schaute er aus ihrem Blickwinkel auf den Bildschirm und sah, dass sie vollkommen recht hatte, denn die von ihm eingetragenen Punkte ergaben, wenn er Kreise darumlegte, eine Art Fadenkreuz. Es erinnerte ihn an den Vorspann vom *Tatort*, der fast jeden Sonntagabend im deutschen Fernsehen kam. Als Heranwachsender hatte er ausnahmsweise so lange aufbleiben dürfen, und die grausamen Geschichten hatten ihn oft lange beschäftigt.

Spannend, dass mir das gerade jetzt einfällt und dass ausgerechnet *ich* Hasenfuß die Mordkommission unterstütze, dachte er. »Du bist eine großartige Beobachterin«, lobte er seine Liebste begeistert und beugte sich vor, um den Ausschnitt zu vergrößern und die Kreisverbindungen zu ziehen. Er war so erschüttert über die Links gewesen, dass er die Punkte, die der Vater von Gräfner genannt hatte, wie ein Blinder auf der Karte eingetragen hatte. Nun ergab sich tatsächlich ein Punkt, der in der Mitte lag, obwohl ihnen höchstwahrscheinlich die Orte fehlten, an denen der Täter die Kinder getötet hatte. Die Kriminaltechniker hatten es ausgeschlossen, dass Fundort und Tatort übereinstimmten.

Matze schaute die Markierung an und stellte seufzend fest, dass das Gesamtareal so groß war, dass es unmöglich war, es abzusuchen. Es sei denn, ein Hubschrauber mit Wärmebildkamera würde die Gegend abfliegen.

Er umarmte Elodie und gab ihr einen stürmischen Kuss: »Große Klasse, das ist wirklich super. Ich muss gleich die Kollegen informieren. Der Backofen tut seinen Job, und unser Abendessen braucht noch ein bisschen.« Er tippte auf sein Handy. »Zwölf Minuten. Bis dahin habe ich das in die Wege geleitet.«

»Will ich wissen, was?«, fragte seine Frau.

Er sah sie an, sein Herz weitete sich vor Liebe, und er schüttelte den Kopf und sagte schlicht: »Nein.«

»In Ordnung.« Elodie wusste, dass er für die Polizei Aufgaben erledigte, die ihr Weltbild nur zu sehr erschüttern würden, daher fragte sie nicht weiter nach. Sie beugte sich zu ihm, gab ihm einen Kuss aufs Haar und sagte: »Ich erwarte dich in fünfzehn Minuten zum Abendessen, und danach brauche ich dringend eine Fußmassage.«

Er hob den Daumen, und dann tauchte er in seine ganz eigene Welt ein. Seine Finger flogen über die Tastatur, und schon wenige Sekunden später wussten die Jungs in Stuttgart, was zu tun war.

Avignon – Mitte April

Der Service lief wie immer reibungslos, und Julien schaute stolz auf seine Crew. Er hatte sich ein tolles Team zusammengestellt, doch was er bedauerte, war die Tatsache, dass er keine Frau im Küchenteam hatte. Es war nicht leicht, eine engagierte Köchin zu finden, die seine Art von Küche verstand. Er war dem Traditionellen verhaftet, liebte aber auch das Moderne. Daher kombinierte er sehr gern klassische Gerichte mit einem Hauch Extravaganz: So zum Beispiel gab es zur Bouillabaisse eine Rouille, die er erst verkapselte und dann die kleinen Perlen mit flüssigem Stickstoff gefror. Die Kügelchen wurden am Tisch auf die warme Suppe gegeben und entfalteten so ihren würzigen Geschmack. Es war nur ein kleiner Aspekt in einer Gesamtkomposition, aber das war eben der Pfiff. Er hatte bei den ganz Großen gelernt, war bei Witzigmann im »Tantris« in München gewesen und bei Paul Bocuse in Lyon. Viele weitere Stationen hatten ihn geprägt, und das machte aus seiner Sicht auch einen guten Koch aus: Man schaute sich um, lernte dazu, wo es nur ging, und entwickelte dann seine eigene Handschrift.

Oft kochte er auch nur zum Spaß mit Aimé und Margeaux, da sich herausgestellt hatte, dass sie wunderbar in der Küche harmonierten und sich dabei auch so manch heikles Thema entspannt ansprechen ließ. Margeaux hatte sein Gespür für das Kochen geerbt. Sie war mutig und kreativ am Herd und kombinierte Zutaten, die auf den ersten Blick befremdlich zusammen wirkten. So waren bei ihren gemeinsamen Kochabenden schon einige Gerichte entstanden, die es bis auf die

Karte des »Chez Louise« geschafft hatten. Das Karamellhühnchen auf Gemüse-Julienne mit kalt gegarter Vanille-Garnele war schon eine Art Klassiker geworden, und das Dreierlei vom Chicorée mit Salzkaramell schien sich in dieselbe Richtung zu entwickeln.

Sie hatten wie an jedem Abend gut zu tun, und er hatte tatsächlich keinen einzigen Gedanken an sein Unterfangen bei der Partnerbörse verschwendet. Jetzt, da es ruhiger wurde, glitten seine Gedanken wieder zu dem Notebook, das er so rasch zugeklappt hatte, und dem Chat, der ihn dort erwartete.

Was hatte er denn zu verlieren? Er ärgerte sich beinahe ein wenig über sich selbst, denn er benahm sich nicht wie ein erwachsener, selbstverantwortlicher Mann, sondern eher wie ein verunsicherter Teenager. Vielleicht sollte er es einfach wagen und der Frau antworten. Er war keiner von den Kerlen, die gleich unsittlich wurden. Er wollte sich einfach nur austauschen, um festzustellen, ob es da draußen vielleicht jemanden gab, der mit ihm seine alten Tage teilen wollte. Die Vorstellung, allein zu altern, erschien ihm mit einem Mal vollkommen undenkbar und fürchterlich. Er wusste zudem genau, dass Marie-Louise dies niemals für ihn gewollt hätte.

Julien, mein Lieber, hörte er ihre Stimme in seinem Kopf, *jetzt stell dich mal nicht so an. Lass es locker angehen, und flirte ein wenig. Ich habe es stets genossen, wenn du so warst …*

Er wusch sich die Hände, warf einen letzten Blick auf sein Team und gab seinen Posten an einen Mitarbeiter weiter, denn jetzt würden sie entspannt auch ohne ihn zurechtkommen. Er machte seine Runde, plauschte an jedem Tisch ein wenig, denn das war wichtig, und die Gäste erwarteten es von ihm. Es fiel ihm leicht, mit den Menschen zu scherzen und sich ihre Rückmeldung zum Menü oder den Weinen anzuhören. Warum war er nur so verkrampft, sobald er diesen Rahmen verließ? So war er doch früher nicht gewesen, obwohl ihn Freunde, Kollegen und Chefs ganz sicher als ernst und ruhig beschrieben hätten, würde man sie fragen. Das waren sie beide gewesen, Marie-Louise und er, aber zusammen hatten sie auch locker und entspannt sein können.

Er vermisste sie so sehr. Er vermisste die Zweisamkeit mit einem Menschen, der ihm nahestand. Seine Tochter oder die Vignes konnten diese Lücke nicht füllen. Langsam ging er zur Theke und nahm sich endlich den Laptop, der ihn magisch anzuziehen schien.

Stuttgart – Mitte April

»Als Sie sich scheiden ließen, wie alt war Ihr Sohn da?«, tastete sich Frank an das Thema heran.

»Wir haben uns getrennt, als er aufs Gymnasium kam, also war er da so zehn oder elf, und tatsächlich geschieden waren wir dann erst zwei Jahre später«, beantwortete die Frau seine Frage, ohne zu zögern.

»Das war sicher nicht leicht für Sie?«, erkundigte sich der Ermittler sogleich einfühlsam.

Margeaux konnte sehen, dass ihr die Frage etwas unangenehm war, denn sie rutschte ein wenig auf dem Stuhl hin und her und drehte eine Haarsträhne mit dem rechten Zeigefinger ein. Selbstberührungsgesten, Adaptoren genannt, traten oft auf, wenn jemand nervös wurde, sich also Stress aufbaute.

»Ja, das war wirklich eine schlimme Zeit«, reagierte Alexandra Gräfner erregt. »Sehr schlimm sogar. Der Günther, also mein Ex, hat mit jedem Schmutz geworfen, den er nur finden konnte, und wollte mir den Jungen wegnehmen. Aber ich habe gewonnen!«, fügte sie triumphierend an.

»Wie haben Sie das denn geschafft?«, nahm Frank den Ball sofort auf.

»Ich ... also ich ...«, stotterte sie und machte eine kurze Pause.

Frank lächelte sie freundlich an, und Margeaux versuchte, so zu tun, als würde sie das alles nicht besonders interessieren.

»Ich hatte einen guten Anwalt«, sagte sie schlicht und wiederholten den Satz, »ich hatte eben einen guten Anwalt.«

»Wie ist Swen denn mit der Situation umgegangen?«, fragte der Ermittler.

Margeaux befürchtete, dass die Frau sofort dichtmachen würde, denn sie wendete den Kopf leicht ab. Doch dann schien sie sich anders zu entscheiden. Frank war es tatsächlich rasch gelungen, eine Beziehung aufzubauen.

»Es war besser für ihn, denn wir waren halt nicht mehr glücklich zusammen, und das ist ja für ein Kind nie so gut«, erklärte sie mit einer oberflächlichen Phrase.

»Er war ja in dem Alter, in dem Jungs zum Mann werden«, sagte Frank verständnisvoll und machte eine geschickte Handbewegung in seine eigene Richtung, die verdeutlichte, dass er aus eigener Erfahrung sprach.

»Eine komplizierte Zeit«, gab sie ihm recht. »Aber ich habe immer versucht, ihn nicht zu ... also nicht so ländlich ... Verstehen Sie, was ich meine?«

»Auf dem Dorf ist man ja eher etwas konservativ und prüde. Meinen Sie das?«

Sie nickte heftig: »Ja, genau.«

»Wie haben Sie das denn hinbekommen?«, erkundigte sich Frank, und seine Stimme klang, als wäre Alexandra im Besitz des Rezeptes für die ewige Jugend.

Gräfners Mutter ging darauf ein, auch wenn Margeaux wahrnehmen konnte, dass sie die Oberlippe ganz leicht in Richtung Nase zog. Diese Muskelbewegung ordnete sie dem Ekel zu, mit dem die Befragte verdeutlichte, dass da etwas war, was sie ablehnte: »Vorleben ist immer das Beste, aber viele Menschen sind noch nicht so weit, und mein Ex hat sich immer furchtbar angestellt, wenn ich mal«, sie warf Frank einen Blick mit Augenaufschlag zu, »nackt durchs Haus gelaufen bin.«

»Sie haben nicht mehr geheiratet? Richtig?«, wollte Frank nun wissen.

»Nein, ich war wirklich geheilt davon«, wehrte sie ab.

»Hat sich Swen irgendwie daran gestört? Sie hatten ja bestimmt auch mal einen Freund, eine so attraktive Frau wie Sie«, sagte der Kommissar charmant lächelnd.

Ihr Kopf fuhr hoch, und jetzt sah es wirklich so aus, als hätte er sie verloren, denn sie klappte die Kiefer aufeinander und sah nun verbissen aus.

»Wollen Sie mir irgendwas unterstellen, Herr Kommissar?«, fragte sie argwöhnisch.

»Ich weiß nicht, was denken Sie?« Er legte nun die liebenswürdige Miene auch etwas ab.

»Ich bin nicht schuld, egal, was Ihnen mein Mann ... mein Ex-Mann ... erzählt hat. Ist ja klar, dass der Günther mir das in die Schuhe schieben will. Wie immer, wenn der Swen was ausgefressen hatte«, regte sich Alexandra Gräfner nun auf.

Margeaux musste ein Schnauben unterdrücken, als sie »ausgefressen« hörte. Swen Gräfner war des Mordes verdächtig, das konnte man wohl kaum mit einem solchen Wort umschreiben. Doch sie hielt sich zurück und überließ Frank weiter das Feld. Allerdings spürte sie, dass Alexandra Gräfner ihnen nichts geben würde, was sie weiterbringen würde.

»Lassen Sie uns doch bitte noch mal nach Orten schauen, zu denen Ihr Sohn eine besondere Beziehung hatte oder hat?«, wechselte Frank nun das Thema.

»Wir hatten einen Wohnwagen in der Nähe der Bad Uracher Wasserfälle, da waren wir gern«, sagte sie kooperativer, »und später, also nach der Scheidung ... da sind wir oft zum Baden an den Aileswasensee gefahren.« Ihr Blick glitt geringschätzend zu ihnen beiden: Eine Augenbraue bewegte sich minimal nach oben. Es war eine so winzige Bewegung, dass ein ungeübtes Auge sie sicher gar nicht bemerkt hätte. Doch Margeaux sah das Zeichen, das zur Emotionsfamilie der Verachtung gehörte.

Der See nahe Nürtingen war bekannt für seinen zugelassenen FKK-Bereich. Auch Frank wusste das und hakte sogleich nach: »Im Freikörperbereich?«

»Haben Sie da was gegen einzuwenden? Eben haben Sie gesagt, dass der Swen ja schon ein Mann war!« Die Stimme klang nun kalt und abweisend.

Frank schüttelte den Kopf, er wollte sie nicht ganz verlieren: »Ich empfinde Nacktheit als etwas Normales, und an den Aileswasensee zu fahren ist nicht verboten. Fällt Ihnen noch etwas ein, wo er sich gern aufgehalten hat? Wo ist er denn zum Beispiel mit seiner Freundin hingegangen?«

»Mit seiner *Freundin*?« Sie klang aufrichtig überrascht.

Frank schaute sie erwartungsvoll an.

»Er hatte ... also immer mal wieder hatte er ein Mädchen, aber nie so richtig dauerhaft, aber man muss sich ja auch nicht an dieses konventionelle Konzept anpassen.« Nun klang sie trotzig.

»Können Sie uns bitte einige Namen nennen?«, bat Frank und klang geschäftig.

Alexandra Gräfner rieb sich kurz über die Unterarme und nannte dann drei Frauen. »Sabine Schneider, Kerstin Dreher und Hedda Frey. Es tut mir leid, aber bei den anderen Mädchen weiß ich irgendwie nur Vornamen oder«, jetzt stieg ihr eine leichte Röte ins Gesicht, »gar nichts.«

»Welche Vornamen haben Sie noch im Kopf?«, bohrte Frank nach.

»Stefanie, Julia, Katharina, Anna, Nadine und ähh ... Sarah«, zählte sie auf und machte plötzlich den Eindruck, als wäre es ihr etwas unangenehm.

Frank gab dazu keinen Kommentar ab. »Wie würden Sie die Beziehungen Ihres Sohnes einschätzen?«

»Es war eben nichts Ernstes, aber einige waren wirklich dumme Gänse. Na ja, sie waren halt auch noch ...«, jetzt hielt sie inne, schien sich bewusst zu werden, was sie gerade sagen wollte, und schwieg nun beharrlich.

»… sehr jung?«, beendete Frank den Satz.

Alexandra Gräfner stand auf, nahm ihre teure Handtasche und sagte: »Diese Befragung ist nun zu Ende. Sollten Sie noch mehr Fragen an mich haben, so nenne ich Ihnen gern den Namen meines Anwalts.« Sie schaute sich nicht mehr um und rauschte hinaus.

Die Tür fiel ins Schloss, und Margeaux räusperte sich vernehmlich: »Nun geht sie dahin.«

Sie tauschten sich kurz über ihre Beobachtungen aus und verließen den Raum. Ein junger uniformierter Polizist erwartete die beiden und bat sie, sich bei Werner Walter zu melden, was sie auch sogleich erledigten. Er erklärte ihnen die Idee von Matze und dass er den Einsatz der Hubschrauber genehmigt hatte, die nun in dem Bereich – er zeigte ihnen die Karte, in die sich der Aileswasensee passend einfügte – die Suche aufnehmen würden.

Cavalaire-sur-Mer – November, ein Jahr zuvor

Er lachte zu laut und war zu sehr von sich eingenommen. Sie hatte beinahe schon damit gerechnet, denn gewisse Züge dieses Wesens hatten sich bei ihren Telefonaten gezeigt. Er schrieb jedoch ganz anders – romantisch, liebevoll und zugewandt –, daher hatte sie beschlossen, ihm eine Chance zu geben. Nicht wissend, wie die Chance aussehen sollte. Sie war hin- und hergerissen gewesen zwischen dem Bedürfnis nach Zuwendung, nach Zweisamkeit und dem Gefühl der Selbstbestimmtheit, dem Gefühl des Triumphs. Doch da hatte sich auch eine ganz leise Stimme in ihr gemeldet, die ihr mitteilen wollte, dass es bei genauerer Betrachtung nicht recht erschien, jetzt über den Tod nachzudenken. Frühere Gedanken diesbezüglich hatten meist sie selbst betroffen.

Vielleicht stimmte es ja doch, was ihre Mutter gesagt hatte? Sie hatte das alles mühsam aufgearbeitet, hatte so viel Unterstützung erhalten, um in der Normalität Fuß zu fassen, und fast hätte es den Anschein gehabt, als sei es gelungen. Doch dann war jener Abend in Orange gekommen und hatte ihre Welt vollkommen auf den Kopf gestellt. Sie würde niemals darüber reden, mit niemandem, sich niemals damit brüsten. Es war ein weiteres Geheimnis, das sie für sich behalten musste, doch diesmal entschied sie darüber. Diesmal war sie diejenige, bei der alle Fäden zusammenliefen. Es war einerseits eine Art Hochgefühl und andererseits auch etwas, was ihr Angst einflößte. Sie wusste, dass sie sich entscheiden musste, denn genau das bestimmte darüber, wer sie war und sein würde: ein schlotternder Haufen Angst oder eine Frau, die mutig ihr Schicksal in der Hand hielt. Das Messer in ihrem schönen neuen Magnetblock erinnerte sie immer wieder daran, und doch war sie keine brutale Killerin. Sie hatte nicht geplant, den Mann zu töten. Nein, sie hatte ihn sogar gemocht.

Grell-bunte Bilderfetzen flitzten durch ihren Kopf: das rote Kleid, das rote Blut, er auf ihr, sein Mund so nah, das glänzende Messer, Montserrat. Sie musste sich konzentrieren, musste wieder Energie und Kraft schöpfen, denn sie wollte doch so sehr ihr Traumbild erfüllt sehen, wollte einen Menschen an ihrer Seite wissen, um nicht allein durchs Universum zu dümpeln.

Der Mann sah ausnehmend gut aus, er war älter als sie, hatte graue Schläfen und feine Lachfältchen um die Augen. Er kochte seit vielen Jahren und schien in dem hübschen Ort Le Lavandou an der Côte d'Azur angekommen zu sein. Sie hatte vorgeschlagen, sich nicht dort zu treffen, wo man ihn kannte, schließlich waren sie einander online nähergekommen und man wusste ja nicht, ob das in der Realität auch zu funktionieren versprach. Cavalaire-sur-Mer schien ihr sehr geeignet, obwohl die Saison sich dem Ende zuneigte und die Gegend wenig belebt war. Sie hatten sich in einem kleinen Fischrestaurant am Ortsrand Richtung La Croix-Valmer getroffen, und sie war in einem netten Hotel nahe dem Plage de Bonporteau untergekommen.

Angereist war eine sportliche Rucksacktouristin mit wuscheligem Haar, ungeschminkt und absoluter Durchschnitt. Eine Frau, die man rasch wieder vergaß, weil sie sich nicht besonders zurechtmachte oder durch irgendetwas hervorstach. Für den Abend im Restaurant hatte sie sich mit viel Aufwand wunderbar gestylt. Die neue Perücke stand ihr ausgezeichnet, und das lange Echthaar, das ihr in leichten Wellen bis auf die Rückenmitte fiel, schmeichelte ihr sehr. Es umrahmte ihr Gesicht und gab ihm Kontur. Rouge, Wimperntusche und ein dunkelroter Lippenstift entlockten ihrem

Antlitz Schönheit. Sie hatte ein schlichtes, locker sitzendes Kleid aus einem fließenden Stoff gewählt, das geschickt ihre Schwachstellen verbarg, den Rest tat die Shapewear. Stiefeletten mit hohem Absatz streckten ihre Figur, und als sie das Haar vor dem Spiegel nach hinten geworfen hatte, hatte sie sich selbst so schön und anziehend gefunden, als stünde dort eine andere Frau. Sie hatte gehofft, er wäre am Telefon nur ein wenig nervös gewesen und daher zu laut. Doch es war anders gekommen. Der Romantiker war wohl nur auf der Tastatur vorhanden, und ihr gegenüber saß nun ein selbstgefälliger Angeber. Er entpuppte sich als die Art von Mann, die andere Saiten in ihr zum Klingen brachte.

Nach dem Essen waren sie noch in seinem Haus gelandet, sie hatte gehofft, dort vielleicht doch wieder den Mann zu finden, der ihr so gefallen hatte. Er hatte ihr ein Glas Champagner eingegossen, Köche konnten wohl nicht anders. Immer musste es das prickelnde Getränk sein, das mit großer Geste überreicht wurde. Sie hatte nichts geplant, hatte den Gedanken an den anderen Mann verdrängt. Hatte das Gefühl, das sich plötzlich wie ein ziehendes Verlangen in ihr ausbreitete, versucht zu ignorieren. Und fast wäre es gelungen, fast hätte sie sich nach dem Glas verabschiedet und ihn einfach abgeschrieben. Doch da war dieses sichere Lächeln in seinem Gesicht gewesen, so, als hätte sie bereits zu allem Ja gesagt, nur weil sie auf ein Glas mit zu ihm gekommen war. Sie hatte ihm nichts tun wollen. Wirklich nicht, doch er war plötzlich so nah gewesen. Wein und Champagner hatten ihn mutig gemacht, und ihre bloße Anwesenheit war anscheinend Zustimmung genug gewesen. Die aufkeimende Panik hatte ihr unvermutete Kräfte verliehen, und sie hatte ihn von sich gestoßen.

Sein gurgelnder Schrei war in einem Countrysong von Dolly Parton untergegangen, als er stolpernd fiel und mit dem Kopf hart auf der Kante der Granitarbeitsplatte aufschlug. Er hatte beim Abendessen wirklich rasch und viel getrunken und auch den Champagner zügig geleert. Er war betrunken, da konnten Unglücke geschehen. Sie schaute sich um, nahm ein Stück Küchenrolle, fasste damit die Champagnerflasche an, goss den Rest des Inhalts in den Ausguss und gab seinem Glas einen Schubs, sodass es neben ihm zerschellte. Dann verließ sie das Haus.

Das von ihr benutzte Glas in der Manteltasche klimperte leicht gegen ihren Lippenstift. So trug sie es durch die Straßen des schlafenden Küstenortes, bis es in einem Glascontainer landete und mit einem leisen Geräusch in tausend Teile zersprang. Sie fühlte sich plötzlich wieder energiegeladen und voller Kraft. Was für ein großartiges Gefühl. Diesmal würde es anhalten und sie andauernd beflügeln. Dessen war sie sich vollkommen sicher.

Und doch: Sie musste jemanden finden, der die Leere in ihrem Leben füllte. Es würde ihr gelingen, sie musste eben einfach etwas genauer hinsehen.

Barbentane – Mitte April

Hilde saß auf dem Sofa und streichelte Willi über das rötliche Fell. Er hatte sich auf ihrem Schoß zusammengerollt, als spürte er ihre bewegenden Gedanken. Aimé war nach oben gegangen, um sich zu duschen, und sie hatte sich in das weiche Polster fallen lassen. Sie konnte die Erinnerungen nicht verdrängen an jene Momente, in denen sie lachend mit Marie-Louise an diesem Tisch gesessen hatte oder bei ihr untergehakt durch Avignon geschlendert war. Sie hatten so viel miteinander durchgemacht, und dass sie für Margeaux hatte sorgen dürfen und gleichzeitig einen gut bezahlten Job bekam, da sie das große Anwesen in Ordnung hielt, hatte sie immer mit Dankbarkeit erfüllt.

Die Arbeit machte ihr bis heute Spaß, hatte aber schon immer auch Umsicht und Fleiß verlangt, denn sie putzte nicht nur, sondern sorgte von jeher für die Familie Winter-Surfin. Ihr eigenes Geld zu verdienen, hatte ihr Unabhängigkeit gegeben und sie selbstbewusster gemacht. Aimé hatte sie dabei immer unterstützt, was nicht zwingend normal war in einem kleinen Dorf mitten in der Provence. Als sie damals hochschwanger hier angekommen war, nach einer langen und aufreibenden Flucht, hatte sie es nicht leicht gehabt, sich einzufügen. Vor allem ihre Schwiegermutter, eine raue und unglückliche Frau, hatte dafür gesorgt, aber auch andere im Dorf, die nicht hatten verstehen können, warum der attraktive Aimé keines der Mädchen aus seinem Umfeld gewählt hatte, sondern eine Ostpreußin. Eine Deutsche! Eine Choucroute – Sauerkrautfresserin –, so das Schimpfwort für Angehörige dieser Nationalität. Die deutsche Familie auf dem Weiler hatte ihr einen besonderen Rückhalt geboten, und Marie-Louise war für sie zu einer Art Anker in ihrem Leben geworden. Sie war auch die einzige Person gewesen, mit der sie ganz offen über ihr Alkoholproblem nach der Fehlgeburt gesprochen hatte. Als angehende Ärztin hatte die junge Frau einfach nur zugehört, ohne zu verurteilen.

Hilde gönnte Julien ein neues Glück, von ganzem Herzen, und wollte nicht, dass er traurig und einsam war. Trotzdem erschien es ihr sonderbar, auf diese Weise nach einer neuen Partnerin zu suchen. Das war doch, als würde man in den Großmarkt gehen und eine Frau an einem Stand auswählen: Anstatt Gewürzsträußchen hingen dann eben dort Bilder von Frauen. Sie konnte rational nicht erklären, was sie daran so irritierte oder gar abstieß, das Gefühl jedoch war mächtig und ihre Ablehnung stark. Zum ersten Mal seit langer Zeit wusste sie, dass sie das mit Aimé zwar besprechen konnte, aber er nicht ihrer Meinung sein würde, denn ansonsten hätte er Julien nicht dabei unterstützt, sich anzumelden.

Willi regte sich und schaute sie aus seinen treuen, braunen Augen an, als wollte er sagen: *Mit mir kannst du über alles reden.*

Konnte sie ihre Sorgen Margeaux anvertrauen, obwohl sie ja auch darauf gedrängt hatte, dass ihr Vater sich umschauen sollte, und Online-Partnerbörsen wohl für eine praktikable Möglichkeit hielt?

»Chérie, kommst du?«, rief Aimé fragend von oben. Sie hatten es sich angewöhnt, zwei- oder dreimal die Woche beizeiten zu Bett zu gehen, zu reden, zu lesen und sich ganz bewusst im Arm zu halten und sich auch körperlich nah zu sein. Das erhielt die Liebe.

»Ja, ich komme«, antwortete sie und setzte den Dackel auf seinem Schlafplatz ab.

Sollte sie das Thema ansprechen und riskieren, dass sie nicht gut schlafen würde, wenn sie einander nicht einig waren? Oder würde sie ebenso schlecht schlafen, wenn sie sich grämte? Sie stieg die Treppe hinauf und beschloss, auf ihren Instinkt zu vertrauen, schließlich waren sie seit fast fünfzig Jahren ein Paar.

Stuttgart – Mitte April

Die Befragung verlief zäh, und Margeaux spürte mehr als einmal, dass Frank kurz davor war auszuflippen. Sie hatten sowohl Matze als auch Pia beauftragt, Informationen über die Freundinnen zu finden, und Werner Walter selbst würde dafür sorgen, die Frauen telefonisch zu befragen. Noch hatten sie keine verwertbaren Hinweise von ihm bekommen, doch sie rechnete jeden Moment damit. Die digitale Welt machte es fast immer möglich, eine Spur zu finden, und wenn es tatsächlich so war, dass die Frauen immer um einiges jünger gewesen waren als Swen Gräfner, dann hatte sie es vielleicht mit einer Gruppe zu tun, die in den sozialen Medien aktiv war.

Die zwei Hubschrauber, die das riesige Gebiet abflogen, mussten sich komplett auf die Technik der Nachtsicht- und Wärmebildkameras verlassen, da es inzwischen dunkel geworden war. Margeaux hoffte, dass das zähe Ringen sowohl den Anwalt als auch den Verdächtigen langsam mürbe und müde machen würde, sodass ihnen Fehler unterliefen. Sie hatten während einer kurzen Pause den Raum gewechselt, obwohl Maier moniert hatte, dass es keine Art sei, in einer Art Halbkreis zu sitzen, ohne einen Tisch als Grenze zu haben. Doch Margeaux wollte Gräfner auch die letzte Möglichkeit nehmen, sich zu verbergen. Sie konnte ihn so in seiner Ganzheit wahrnehmen und noch mehr Puzzlestückchen zu einem Gesamtbild zusammensetzen.

Sie hatten den beiden Männern Essen und Getränke reichen lassen, sodass keine Beschwerden aufkommen konnten über die Unzumutbarkeit eines länger andauernden Verhörs. Sie achteten strikt auf die Regeln, denn alles musste vor Gericht hieb- und stichfest sein. Kein Verfahrensfehler durfte dafür verantwortlich sein, dass ein Kindermörder ungeschoren davonkommen konnte.

»Lassen Sie uns bitte noch einmal auf den Tag sehen, an dem die siebenjährige Carla verschwunden ist: heute vor zwei Wochen. Sie haben ausgesagt, an diesem Tag Ihr Haus in Bad Urach nicht verlassen zu haben. Richtig?«

Gräfner stöhnte entnervt auf und schaute zu seinem Anwalt: »Muss ich das wirklich wieder und wieder beantworten?«

Maier richtete sich maliziös auf und sagte: »Sie müssen gar nichts beantworten, doch diese Frage haben Sie ja bereits beantwortet, daher wissen alle Anwesenden, dass Sie zu Protokoll gegeben haben, zu Hause gewesen zu sein.«

Margeaux ließ sich nicht beirren: »Herr Gräfner?«

»Ich. War. Zu. Hause«, wiederholte er, als sei Margeaux begriffsstutzig. »Und. Ich. Habe. Dafür. Keine. Zeugen!«

Frank tippte auf das Display seines Handys, und Margeaux sah etwas in seinem Gesicht aufglimmen.

»Bitte entschuldigen Sie uns kurz«, sagte sie an den Anwalt und den Verdächtigen gerichtet, »benötigen Sie noch etwas?«

»Ich benötige meine Freiheit«, stieß Gräfner unwirsch aus, und seine stoische Fassade entglitt ihm für einen kurzen Augenblick. Margeaux konnte eine Mischung aus Angst und Ärger in seinem Gesicht sehen: Die Augenbraueninnenseiten zogen sich dabei nach oben und ergaben so die typische geschwungene S-Form. Das Oberlid hob sich etwas an, und die Anspannung auf dem Unterlid sorgte dafür, dass sich die Panik in seinem Blick abzeichnete. Sein Mund jedoch zog sich nicht nach außen, um die Form eines umgedrehten D zu ergeben, sondern seine Lippen pressten sich fest zusammen, ja rollten sich sogar ein. Ein Zeichen für Verärgerung.

Alles hatte nur einen Wimpernschlag lang gedauert, aber sie hatte sehen können, dass den Mann Verängstigung und Zorn umtrieben.

Sie traten auf den Flur, warfen sich einen verstehenden Blick zu und gingen rasch zu Werner Walters Büro. Sie konnten ihn bereits durch die verschlossene Tür brüllen hören. Margeaux hielt Frank am Ärmel zurück: »Geht es dir gut genug, um ihn so zu ertragen?« Sie hatte nicht mehr genügend Energie, um sich jetzt zwischen zwei testosterongeladene Typen zu werfen.

»Wir kämpfen für dieselbe Sache«, Frank rieb sich den angespannten Nacken und rollte mit dem Kopf, bis seine Halswirbel leise knackten, »dann mag ich seine explosive Art sogar, denn er macht da gerade jemandem gewaltig Feuer unter dem Hintern.« Er öffnete die Tür beherzt, und sie traten ein.

Das Büro glich mittlerweile dem, was sie auch war: einer Einsatzzentrale. Werner hatte Dokumente und eine Landkarte an ein Bord geheftet, auf der Punkte und Radiuskreise eingezeichnet waren. Der sonst so ordentliche Besprechungstisch lag voll mit Schriftstücken, und viele davon waren mit Post-its markiert. Es schien, als brüllte er gerade den Einsatzleiter an, der mit seinem Team unterschiedlichen Punkte auf der Landkarte in Augenschein nehmen sollte und im Dunkeln nicht so gut vorankam: »Ich will mich nicht mit Ihnen in Grundsatzdiskussionen ergehen, dafür ist das Regierungspräsidium verantwortlich und nicht ich.«

Man konnte den Mann am anderen Ende hören, denn er brüllte ebenfalls: »Wir können nicht zaubern. Zu wenig Leute, zu wenig Material, und dann sollen wir an all diesen Orten gleichzeitig sein?! Himmel Herrgott, das geht so nicht!«

»Fordern Sie das THW an, das ist eine Bundesbehörde. Die haben eine biologische Bergungsgruppe und können Sie mit ihren Hunden unterstützen. Es ist zwar kein Katastrophenfall, aber das diskutieren wir später aus!!!« Werner versuchte sich etwas zu beruhigen und konstruktive Vorschläge zu unterbreiten.

Das schien der andere zu begreifen, und das Gespräch war rasch beendet. Seufzend ließ sich Franks Chef in seinen Bürostuhl fallen und fuhr sich durchs Haar.

»Hey, Werner, können wir was für dich tun? Brauchst du einen Kaffee oder so was?«, fragte Frank, und Margeaux klappte vor Erstaunen der Mund auf.

»Ein Whisky wäre mir lieber«, brummte der Chef nun, »und den gern möglichst weit von hier entfernt, aber das klappt wohl beides nicht. Oder habt ihr Gutes zu berichten?«

Sie schüttelten unisono den Kopf, und Frank sagte: »Du hast was für uns?«

»Wir haben die Freundinnen gefunden, deren vollständige Namen wir hatten, und ich habe sie persönlich angerufen. Nur eine ist bereit, mit mir zu sprechen, und müsste gleich hier sein. Sie wohnt mittlerweile in Pforzheim, die anderen beiden waren am Telefon aussagebereit.« Er blickte auf ein Blatt, das vor ihm lag. »Sabine Schneider ist ja bei uns in der Region eher ein Sammelbegriff als ein Name, aber da hat Matze König Gott sei Dank ganze Arbeit geleistet. Die junge Frau ist jetzt verheiratet und heißt Paulsen-Schneider – und junge Frau sage ich nicht ohne Grund. Sie war tatsächlich erst fünfzehn, als sie mit dem damals achtundzwanzigjährigen Gräfner zusammen war. Es ging gut sechs Monate, dann haben ihre Eltern Wind davon bekommen und die Beziehung massiv unterbunden. Sie möchte nicht offiziell aussagen, denn ihr Mann soll nichts von dem Ganzen erfahren. Was wir aber wissen, ist, dass Gräfner sie in verschiedene *Spielarten*, so hat sie es ausgedrückt, eingeführt hat. Sie hatte nie Angst vor ihm, hat sich aber durch ihn über einige ihrer Grenzen hinwegbewegt, was sie heute so nicht mehr machen würde. Damals wollte sie sich jedoch selbst beweisen, dass sie so verrucht sein konnte wie einige ihrer Vorbilder aus den Groschenheftchen, die sie gelesen hat.« Er blickte kurz hoch, und Margeaux nickte ihm zu. Bisher hatten sie ein junges Mädchen und einen Mann, der sich ihre Unwissenheit und Neugier zunutze gemacht hatte.

»Kerstin Dreher hat ebenfalls mit mir telefoniert. Sie war eine *Rebellin.* Das waren die ersten Worte, die sie benutzt hat, um zu verdeutlichen, warum sich ein junges Mädchen mit einem Mann eingelassen hat, der zwanzig Jahre älter war als sie. Sie hatte ein Buch gelesen: *Der Gebieter.* Es ist verrückt, was alles veröffentlicht werden darf, ich habe im Internet darüber recherchiert. Sie hat die Beziehung zu Swen Gräfner als Erfahrung geschildert. Sie wollte einfach feststellen, ob sie den schmalen Grat zwischen Lust und Pein beschreiten kann.« Werner musste eine Pause machen.

»Das hat sie dir alles so genau geschildert?«, fragte Frank.

»Ja und noch mehr, was ich gar nicht wissen wollte ... dass sie ihren Meister nun gefunden habe. Swen war es wohl nicht, und er hat nach einigen Monaten auch das Interesse an ihr verloren. Je mehr sie die *Spielarten* von sich aus spielen wollte, umso mehr distanzierte er sich von ihr. Auch sie war gerade erst fünfzehn geworden.«

Margeaux konnte deutlich den Abscheu in Werners Gesicht sehen, den er auch nicht zu verbergen versuchte: Sein Amorbogen, also der geschwungene Teil der Oberlippe, zog sich in Richtung Nase, was die zuverlässige Muskelbewegung für Ekel darstellte.

»Die zweite gesetzeswidrige Beziehung, von der wir nun wissen ... Aber wenn das niemand anklagt oder gar über Zwang oder Ähnliches berichtet, dann sind uns die Hände gebunden, vor allem nach so vielen Jahren«, sagte Werner abschließend.

Es klopfte, und er bellte ein genervtes »Ja!!!«.

Ein blasser, junger Mann streckte unsicher den Kopf zur Tür herein: »Hier ist eine Hedda Frey für Sie, Herr Walter.«

»Bitte, sie soll hereinkommen.« Und zu den beiden Ermittlern gewandt sagte er: »Vielleicht sind wir drei etwas zu viel für die junge Frau. Macht einfach mit der Befragung weiter!«

Margeaux erhob sich und war schon auf dem Weg zur Tür, drehte sich dann noch einmal um und sagte: »Wo hat er das denn mit den Mädchen gemacht? In seinem Haus?«

»Oh«, entfuhr es Werner Walter, »ich habe mich durch diese Erzählungen und mein Erschaudern darüber ablenken lassen. Bitte verschafft mir noch einen Moment, bevor Frau Frey reinkommen kann. Ich kläre das rasch.«

Margeaux und Frank platzierten sich vor der Tür und warteten.

Avignon – Mitte April

Alle Gäste waren schon gegangen und seine Mitarbeiter aus der Küche ebenfalls. Francine, die heute Abend den Service gemacht hatte, legte gerade die letzten Servietten für den nächsten Mittag auf die Tische und würde dann auch gehen. Er hatte sich ein Glas Wein eingegossen: einen roten Châteauneuf-du-Pape vom Weingut Juliet Avril. Konzentrierte Frucht, Röstaromen und eine gehaltvolle Würze machten diesen Wein, der eine Mischung aus Grenache, Syrah und Mourvèdre war, so außerordentlich köstlich, dass er die Augen schloss, um den ersten Schluck zu nehmen. Der Duft war himmlisch. Er hatte ihn lange atmen lassen. Langsam ließ er die angenehm temperierte Flüssigkeit über die Zunge rollen. Er hatte sich eine kleine Käseauswahl dazugestellt und blickte nun wieder konzentriert auf den Bildschirm.

Alles hatte sich ganz anders entwickelt, als er gedacht hatte. Er kam sich vor wie ein Gigolo, was ihm erst einmal sonderbar erschien, doch dann hatte er sich einfach dem Gesprächsfluss überlassen. Wobei er nicht unaufmerksam werden durfte, denn er schrieb tatsächlich sogar mit zwei Frauen. Die andere Dame hatte sich ebenfalls auf sein Profil hin gemeldet. Es war sehr aufregend, und nachdem er die erste Nervosität in den Griff bekommen hatte, hatte er begonnen, sich außergewöhnlich lebendig zu fühlen. Die Dame, die gleich mittags schon reagiert hatte, war nur wenig älter als seine Tochter. Das hatte ihn etwas verstört, doch sie war wirklich gut aussehend, auf eine natürliche und unprätentiöse Art, und das Lächeln auf ihrem Profilbild kam von Herzen, das konnte er erkennen.

Er hatte sich darauf eingelassen, sich mit ihr auszutauschen, und nach den ersten holprigen Sätzen hatte sich eine angenehme Unterhaltung entsponnen. Er genoss es, so zu kommunizieren, denn er hatte genügend Zeit, um sich zu überlegen, was er antworten und wie viel er schon von sich und seinen Gedanken preisgeben wollte. Sie hatte ihre Fragen wohl formuliert gestellt und war weder schlüpfrig geworden noch zu indiskret für ein erstes Kennenlernen.

Dann hatte sich plötzlich ein weiteres Chatfenster geöffnet, und eine Frau mit wundervoll langem Haar lächelte ihm strahlend entgegen. Ein Erinnerungsfetzen war ihm durch den Sinn gerauscht: ein weiblicher Gast mit einer so traumhaften Mähne, dass sie die Blicke aller anwesenden Personen auf sich zog – eine junge Frau im Sommerkleid. Sie war sehr hübsch, aber mit einem seiner Kollegen, den er als angeberischen Aufschneider kennengelernt hatte, am Tisch gesessen. Der bekannte Fernsehkoch Patrick Le Blanche besaß ein sternegekröntes Lokal in der Stadt und hatte am »Chez-Louise« einen Narren gefressen, da er oft aufgetaucht war, um bei Julien zu essen. Er erwartete immer, dass man einen Platz für ihn fand, und behandelte Julien oft so, als habe er just vor ein paar Wochen auf Koch umgesattelt und vorher sein Geld im Tiefbau oder mit der Juristerei verdient.

Julien verlor sich kurz in diesen Gedanken, hielt dann aber inne: Es gehörte sich nicht, so über einen Verstorbenen zu denken. Der plötzliche Tod des Mannes hatte die Restaurantszene in Avignon erschüttert. Sie lebten alle etwas zu ungesund, und so vor Augen geführt zu bekommen, was geschehen konnte, wenn man es übertrieb, war plakativ und aufrüttelnd. Er schüttelte das bedrückende Unbehagen ab und suchte den Impuls, der ihn zu diesen Gedanken gebracht hatte: die hübsche Begleitung des ehemaligen Kollegen und die hübsche Frau im Chat, die ebenfalls beeindruckendes

Haar hatte. Doch sie war es nicht, dessen war er sich rasch sicher.

Er hatte die nette Begrüßung erwidert und sich kurze Zeit später auch hier in einem angenehmen Gespräch wiedergefunden.

Er merkte, wie er immer lockerer wurde, wie er scherzen, aber auch philosophieren konnte. Er bekam kaum mit, dass seine Mitarbeiterin sich verabschiedete und ging, nippte hin und wieder an seinem Wein, kaute genussvoll ein Stück Käse und lächelte nachsichtig über den Julien, der noch heute Mittag verwirrt durch den Park gestiefelt war. Hoffnung glomm in ihm auf, vielleicht würde es doch nicht so schwer werden, eine Partnerin zu finden, mit der er es langsam angehen konnte.

Aix-en-Provence – Mitte April

Sie hatte ihrem eigenen Verbot recht lang standgehalten. Nach zwei Toten bei zwei Dates war die Gefahr einfach zu groß, immer wieder in Situationen zu geraten, die sie überforderten. Das Gefühl, kein hilfloses Opfer zu sein, hatte nach ihrem Besuch in Cavalaire-sur-Mer im letzten November dauerhaft angehalten. Sie hatte sich stark gefühlt und es sogar geschafft, am Todestag ihrer Mutter eine Kerze in der Kirche anzuzünden. Auf den Friedhof war sie nicht gegangen, schon seit Jahren nicht mehr, denn sie würde niemals an den Ort zurückkehren, an dem die Frau, die sie geboren hatte, auf eigenen Wunsch hin beerdigt worden war. Doch dann war die Energie sukzessive verblasst und hatte wieder sichtbar werden lassen, was sie war: ein vollkommen verlassenes Menschenkind, für das sich niemand wirklich interessierte. Es sei denn, sie tat etwas, was nicht gesellschaftlich akzeptiert war oder geduldet wurde, dann würde sie gewiss eine ganze Menge an Interesse und Aufmerksamkeit bekommen.

Doch sie verspürte immer wieder intensiv den Wunsch nach einem vollkommen normalen Leben und meldete sich erneut bei einer Online-Partnerbörse an. Es dauerte nicht lange, bis sie in ein ganz wundervolles Gespräch verwickelt war. Diesmal, dessen war sie sich vollkommen sicher, diesmal würde alles gut werden.

Stuttgart – Mitte April

»Und wenn wir einfach den Falschen haben?«, fragte Margeaux und sah Frank eindringlich an.

»Er war und ist es, Margeaux«, versicherte er zum x-ten Mal, »warum zweifelst du daran? Auch die BKA-Fallanalysten sind einer Meinung mit uns. Sie haben versucht, den Tathergang zu analysieren, die Inszenierungen am Fundort einfließen zu lassen. Sie haben eine Handschrift identifiziert, die die Fälle kennzeichnet, die Morde klassifiziert und die Rahmenfaktoren berücksichtigt. Das Profil passt.«

»Ich zweifle nicht daran, dass ihr alle einen guten Job gemacht habt, Frank, das weißt du genau. Wir waren so viele Jahre Partner, und ich kenne dich und deine Arbeitsweise. Es ist nur so: Er passt so sehr ins Klischee, dass es mir nicht in den Kopf will. Selbst wenn es viele Zweifel an der Studie der BSU mit Sexualstraftätern und Mördern gibt, so hat doch auch das österreichische Projekt *Imago 300* die Ergebnisse bestätigt, aber dass jemand so eins zu eins auf die Profilerstellung passt, fühlt sich seltsam an. Das ist wie im Film: Der Täter wird so konstruiert, dass er alle Anzeichen eines professionellen Profils erfüllt.« Sie schüttelte ungläubig den Kopf. »Die Mädchen werden immer jünger, seine Praktiken immer dominanter und gewagter, aber er hat bis dahin immer im Einverständnis mit den Mädchen gehandelt und sich auch genau die ausgesucht, die empfänglich für seine Art der Zuwendung waren. Ganz plötzlich sind es dann aber wirklich kleine Kinder, und er entführt sie nicht nur, sondern missbraucht und tötet sie. Warum tut er das jetzt?«, fasste sie ihre Gedanken zusammen.

»Da liegen einige Jahre dazwischen, da kann ein Mensch sich sehr verändern. Seine Beziehung zu Kerstin Dreher ist auch schon rund acht Jahre her«, warf Frank ein.

»Ja, da kann viel passieren. Lässt Werner eigentlich noch weitersuchen, oder ist Swen Gräfner unsere einzige Option?«, zweifelte Margeaux noch immer.

»Selbstverständlich gehen die Kollegen allen Hinweisen weiterhin nach, aber bisher scheint nichts hereingekommen zu sein, was so klar und deutlich ist wie alles, was wir gegen diesen Kerl in der Hand haben.« Frank klang jetzt unverblümt verärgert.

»Ich will dich wirklich nicht sauer machen«, sagte Margeaux und schaute ihn eindringlich an. »Ich unterstelle auch nicht, dass ihr hier keinen guten Job macht, aber der Mann ist so«, sie suchte nach einem Begriff, »offensichtlich schuldig, dass es fast schon auf seine Unschuld hindeuten könnte. Verstehst du, was ich meine?«

Frank nickte, und der Ärger trat noch stärker hervor. »Es ist, als würden wir im Trüben fischen, obwohl wir ganz genau wissen, dass der dicke Fisch unsere Angel dauernd umkreist. Wir müssen ihn zum Reden bringen!« Er ballte seine Fäuste.

»Ich werde tun, was ich kann«, versprach sie beruhigend, aber vielleicht war es auch vollkommen in Ordnung, dass er die aufgebrachte Stimmung mit in den Raum nahm und sowohl Gräfner als auch Maier spüren würden, dass so langsam ein anderer Wind wehte.

Er nickte. »Lass uns den Kerl kriegen, Margeaux, zusammen sind wir unschlagbar!«

Sie hatten eigentlich noch abwarten wollen, was das Gespräch zwischen Hedda Frey und Werner Walter ergeben hatte. Die junge Frau, sie war gerade erst achtzehn geworden, sah erheblich jünger aus und hatte eine fast knabenhafte

Figur. Sie wirkte vollkommen verstört, und Margeaux war für einen Moment sogar versucht gewesen, sie in den Raum zu begleiten, doch das war aktuell Pias Aufgabe. Sie war hier nur beratend gefragt und explizit für die Befragung von Swen Gräfner angefordert.

Sie standen kurz vor dem Verhörraum, als ein Tumult im Empfangsbereich ausbrach und ihre Handys zu summen anfingen. Sie drehten sich um und rannten gemeinsam los. Margeaux spürte trotz der belastenden Gesamtsituation, dass sie hungrig war. Sie hatte zwar im Flugzeug gut gegessen, die Businessclass-Verpflegung war immer einwandfrei, doch auch das war nun schon einige Stunden her. Sie brauchte bald etwas und würde sich auch begierig auf eine Pizza vom Lieferdienst stürzen.

Als sie um die Ecke kamen, wäre sie beinahe mit zwei Männern kollidiert, einer schnaufte: »Der Hubschrauber hat etwas!«

»O mein Gott«, stieß Margeaux aus, »ist sie es? Lebt sie noch?« Sie packte Frank am Arm, und Hoffnung stieg in ihr auf.

Für immer verloren

Nichts blieb gesund an meinem Fleisch, weil du mir grollst; weil ich gesündigt, blieb an meinen Gliedern nichts heil. Denn über den Kopf gewachsen sind mir meine Sünden, sie erdrücken mich wie eine schwere Last. Stinkend und eitrig wurden meine Wunden wegen meiner Torheit.

Psalm 38, 4–6

Sie wusste, dass sie so nicht weitermachen konnte, denn sie verlor immer mehr an Energie. Sie musste aufgeben. Für sie gab es keine Träume mehr, egal, wie sehr sie darauf gehofft hatte, dass ihre Befreiungstat sie auch wirklich frei machen würde ... Sie blieb immer eine Gefangene.

Zu viele Jahre hatte sie damit verbracht, das Böse in sich zu kultivieren, und nun wollte es nicht mehr weichen. Sie war für immer in ihren Albträumen gefangen, und jeder Tag wurde wieder zu einem Martyrium, vielleicht sogar mehr als früher, mehr als vorher. Wie hatte sie nur daran glauben können, dass ihre Rettung darin lag, das Böse zu Fall zu bringen? Wie hatte sie nur glauben können, dadurch gereinigt zu sein und wieder heil zu werden. Was für ein furchtbarer Irrglaube hatte sie jahrelang in seinen Fängen gehalten. Sie war verloren, und alles, was sie sich aufgebaut hatte, auch.

Avignon – Mitte April

Julien klappte das Notebook zu, denn ein Blick auf die Uhr verdeutlichte ihm, dass er tatsächlich mehr als zwei Stunden damit verbracht hatte, mit den Frauen zu schreiben. Es war ihm immer leichter gefallen, unterhaltsam, eloquent und humorvoll zu reagieren. Er war zufrieden. Das erstaunte ihn mehr als alles andere. Er fühlte sich angenehm belebt und freute sich darauf, die Gespräche weiterzuführen. Beide Damen hatten sich für den morgigen Abend wieder mit ihm verabredet. Bisher hatte er noch keine Favoritin, sie waren beide großartig und charmant. Jetzt konnte er nur noch über sich und seine Sorgen im Vorfeld lächeln. Es war gut, so den ersten Kontakt zu knüpfen, denn es war völlig unverbindlich. Natürlich machte es etwas aus, ob ihn die Frau auch optisch ansprach, aber viel mehr kam es doch darauf an, dass sie das Herz am rechten Fleck hatte. Wie seine Großmutter immer sagte: *Von einem hübschen Teller allein isst man sich nicht satt!* Es war am besten, wenn beides passte: äußere und innere Schönheit.

Beschwingt, und das nicht nur vom Wein, machte er sich auf in seine Wohnung. Er hoffte, bald die Möglichkeit zu bekommen, seine Tochter einzuweihen, die ihm das Thema Online-Partnersuche so oft ans Herz gelegt hatte.

Als er sich zufrieden auf sein Kopfkissen bettete, dachte er zum ersten Mal seit Marie-Louises Tod darüber nach, wie es wohl sein würde, mit einer anderen Frau zu schlafen, und darüber nickte er ein.

Stuttgart – Mitte April

»Das kann ich noch nicht sagen, aber die Wärmebildkamera zeigt eine kleine Person. Sie liegt wohl am Boden ... inmitten eines Waldgebietes, an Nürtingen angrenzend. Das Einzige, was da in der Nähe ist, ist ein Forststützpunkt. Die Suchtrupps sind unterwegs«, erklärte einer der Männer, der ihnen entgegenkam, aufgeregt, und blieb bei ihnen stehen, während der andere schnellen Schrittes weiterging.

»Wenn die Kamera sie erfassen kann, heißt es nur, dass ihre Temperatur größer null ist und dass sie sich nicht in einem gemauerten Gebäude befindet, oder ist auch ein Radiowellenradar an Bord?«, wollte Margeaux es nun genau wissen, da man nur mit dieser Technik durch Steinmauern hindurchsehen konnte. Es war besser, nicht zu früh zu hoffen.

»Da haben wir wohl in der Region nur ein Gerät, und das ist in dem anderen Hubschrauber, der ist aber auf dem Weg, muss aber wahrscheinlich erst noch tanken. Die sind ja schon ewig in der Luft«, erläuterte der Polizist, und sie blieben unschlüssig im Flur stehen.

Margeaux lehnte sich müde an die Wand, heute früh hatte sie noch in der »stillen Ecke« in ihrem wunderbaren Garten gesessen und sich gelangweilt, nun wartete sie innerlich bebend auf das Suchergebnis und spürte, dass sie tatsächlich noch nicht hundertprozentig fit war. Sie schien einfach schneller zu ermüden, und unter mentaler Belastung fühlte sie auch einen unangenehmen Druck auf der Lunge. Sie sehnte sich nach einem guten Essen und der Stille ihres Hotelzimmers. Erstaunt nahm sie diese Gefühlsregungen zur Kenntnis.

»Wenn sie nicht mehr lebt«, grämte sich Frank, »dann haben wir wieder nichts in der Hand, denn an keinem Tatort haben wir wirklich verwertbare Spuren gefunden, und auch Doc Schäfer hat bei den Obduktionen nichts Verwertbares entdeckt.«

Margeaux spürte, wie Franks Ärger auf sie übersprang – so war das, wenn sie zu offenporig unterwegs war. Denn sich in andere hineinversetzen zu können und empathisch zu sein hatte eben auch eine Kehrseite. Es gelang ihr nicht immer, sich zu schützen, und so wurden die Emotionen anderer Menschen plötzlich zu ihren eigenen.

»Verdammt, du hast recht«, stieß sie aus und registrierte die aufwallende Frustration deutlich, »wir dürfen nicht zulassen, dass er ungestraft davonkommt und vielleicht drei Kinder auf dem Gewissen hat.«

Sie spürte den Blick ihres Freundes auf sich und nahm seine Erleichterung wahr, dass sie ebenso empfand wie er.

Die Tür zu Werners Büro wurde aufgerissen und der Ausrufezeichenchef kam herausgestürzt. Er sah sie und dröhnte: »Ist es wahr?«

Margeaux hob beschwichtigend die Hand. Noch ein Mensch in dieser Stimmung wurde ihr dann doch zu viel, sie wollte ja nicht gleich in den Verhörraum rennen und Gräfner am Genick packen und schütteln. Wenn man seine Gefühle nicht mehr im Griff hatte und unter permanentem Druck stand, führte das genau zu dem, was den Ermittlern damals bei Magnus Gäfgen zum Verhängnis geworden war.

»Wir wissen noch nichts Genaues, die Suchstaffel ist unterwegs. Es handelt sich um ein Waldgebiet bei Nürtingen. Der Radius würde passen, und der Aileswasensee ist weniger als fünfzehn Kilometer entfernt«, fasste sie daher mit ruhiger Stimme die Fakten zusammen.

»Der Hubschrauber hat seinen Scheinwerfer auf den Fundort gerichtet, aber man kommt wohl nicht mit dem Auto hin, sie müssen laufen. Die Kollegen vor Ort tun alles, um so schnell wie möglich dort zu sein«, erklärte Uwe Kastner, einer der diensthabenden Polizisten, seinem Chef mit angespannter Stimme.

Wenn Werner so drauf war, war wirklich nicht gut Kirschen essen mit ihm.

Pia kam nun auch aus dem Büro, und neben ihr ging, nein, schlurfte, die junge Hedda Frey. Ihr Gesicht war so blass, dass man die Adern hindurchscheinen sehen konnte. Ihre Augen waren rot verweint, und sie senkte beschämt den Blick, als sie an der Gruppe vorbeikam.

»Können wir in dein Büro?«, fragte Margeaux an Werner gewandt, da sie gern wissen wollte, was die Befragung gebracht hatte und wie die Pressekonferenz verlaufen war. Sie erinnerte sich nur zu gut an diese furchtbaren Momente, wenn man im Blitzlichtgewitter stand und sich anhören musste, was man alles falsch machte, denn selten wurde man in diesem Kontext gelobt.

Werner nickte, drehte sich auf dem Absatz um und rauschte in sein Büro. Margeaux und Frank warfen sich einen verstehenden Blick zu und folgten ihm.

Frank drehte sich noch einmal zu dem Polizisten um und sagte: »Danke, Uwe. Haltet uns bitte auf dem Laufenden, wenn möglich ohne Verzögerung!«

Der Angesprochene bejahte und lehnte sich wieder an die Wand, die aktuelle Belastung war ihm ins Gesicht geschrieben.

»Was ist das für ein Desaster!!!«, polterte Werner in bekannter Manier, als sie den Raum betreten hatten und die Tür hinter sich schlossen.

»Dein Gepolter bringt jetzt gar nichts«, bot ihm Margeaux Paroli. »Berichte lieber, was du von Hedda Frey erfahren hast, und wir müssen zudem auch«, sie schluckte, »für den schlimmsten Fall gerüstet sein.«

Werner Walter fuhr sich mit zehn gespreizten Fingern durch das Haar und stöhnte wie ein Mensch, der ein unsäglich schweres Gewicht stemmen muss: »Der Staatsanwalt, ja, unser Freund Beerschneider«, nickte er ihnen vielsagend zu, »flippt bereits aus, weil wir nichts haben. Er sei schließlich Vater von zwei kleinen Mädchen und ertrage es keinesfalls, dass so ein Monster frei draußen herumlaufe. Ich musste ihm da recht geben, auch wenn mir auf der Zunge lag, dass er mal lieber bei den Monstern, denen er dient, aufräumen soll, anstatt mir Druck zu machen. Gott ... und diese Presse, die können auch nur gegen uns arbeiten, anstatt uns zu helfen. Ich verabscheue diese Schmierfinken!!!«

Margeaux war erstaunt. Werner hatte es immer genossen, sich im Scheinwerferlicht zu präsentieren und das Lob einzuheimsen. Dass er die Presse hasste, war ihr neu.

Sie konnte nicht anders, es war zu viel Anspannung in ihnen und das blockierte sie alle, sie musste sie Situation etwas entschärfen. »Hallo, ihr da oben«, rief sie in den Raum. »Gebt sofort Werner Walter wieder raus, und du da«, sie zeigte auf den Chef, »zieh den Morphsuit aus und zeig uns dein wahres Gesicht! Der Werner, den ICH kenne, LIEBT die Presse!«

Die beiden Männer starrten sie einen Moment lang an, als hätte sie den Verstand verloren, doch dann mussten sie alle grinsen, und die Anspannung entlud sich endlich ein wenig, als sie sich auch zugestanden zu lachen.

Sie beruhigten sich rasch wieder, und Werner sprach weiter: »Myriam hatte eine Idee, sie hat mich auch irgendwann angerufen, also versucht hat sie es, und ich habe ...« Er unterbrach sich selbst: »Ach, das tut jetzt nichts zur Sache. Später mehr dazu. Jetzt erst mal zu Hedda Frey: Sie ist vor ein paar Tagen achtzehn geworden. Mit dreizehn ist sie von zu Hause weggelaufen, um mit dem fünfundzwanzig Jahre älteren Swen Gräfner zusammen zu sein. Das hat sie ihren Eltern damals so nicht mitgeteilt, nur, dass sie zu ihrem Freund wolle. Das hat sie auch ihren Freundinnen erzählt. Es gab nie einen Anhaltspunkt, dass sie nicht freiwillig gegangen ist. Sie hat immer mal wieder eine Kurznachricht geschickt.« Er schüttelte verständnislos den Kopf. »Ihre Eltern haben sich wohl nicht so sehr um sie gekümmert. Die Mutter hatte zu dieser Zeit ein Drogenproblem und war immer wieder im Entzug, um ihre Tablettenabhängigkeit in den Griff zu bekommen, und der Vater ist einfach hin und wieder ohne große Vorankündigung für mehrere Wochen verschwunden. Gräfner aber war sehr liebevoll zu ihr, hat sie umsorgt und ihr dauernd versichert, wie sehr er sie liebe und dass ihre Eltern sie gewiss nicht lieben würden, da sie sich nicht um sie kümmerten und für sie sorgten, so, wie er es tat. Irgendwann war sie sicher, ohne ihn nicht mehr leben zu können. Dann hat er schließlich begonnen, seine sexuellen Fantasien an ihr auszuleben. Als Erstes hat er ihr sämtliche Schamhaare abrasiert, das hat er übrigens bei allen Mädchen so gehalten. Sie durften sie nicht wachsen lassen, sondern ... Nun ja, ich mutmaße, sie sollten kindlich aussehen. Als es ihr zu viel wurde und sie wegwollte, hat er ihr klargemacht, dass sie nun schmutzig sei und tatsächlich niemand sie mehr lieben könne, denn ein Mädchen, das sich – wörtlich – ›so in den Arsch ficken lässt‹ ... Gott mir wird schlecht, wenn ich darüber nachdenke ... Sie war ein Kind, und niemand hat sie beschützt!« Er machte eine Pause und trank einen Schluck Wasser. Dann fuhr er fort, und in seiner Stimme klang die Verachtung mit, die er für Gräfner empfand: »Also, ein Mädchen, das das mitmacht, könne von allen nur als schmutzig und verdorben angesehen werden und daher habe sie nur die Möglichkeit, bei ihm zu bleiben, denn nur er sei bereit, ihr verdorbenes Wesen zu lieben. Er hat ihr wohl damit gedroht, Videos, die er von den Misshandlungen gemacht hatte, zu veröffentlichen, wenn sie ihn verlassen würde. Irgendwann war sie dann gebrochen. Sie war einfach ein Kind.«

»Hört sich nach einer Unterform des Stockholm-Syndroms an«, sagte Margeaux, und Frank hieb sich mit der Faust auf den Oberschenkel: »Er ist unser Täter! Ich weiß es. Es war ihm irgendwann nicht mehr genug. Hedda war der Schritt dahin, gegen den Willen eines Menschen zu gehen, um seine Neigung auszuleben. Sie erst zu brechen und sie dann zu manipulieren, um ihr wehtun zu können.«

»Ja«, bestätigte Margeaux, »da hat er die Grenze überschritten, aber das ist ja auch schon drei Jahre her. Was hat er zwischenzeitlich getan?«

»Er hat das geplant, was er nun in die Tat umgesetzt hat, hat recherchiert und sich seine Opfer gesucht, die Orte festgelegt und sich so lange im Internet aufgegeilt, bis er bereit war, den finalen Schritt zu gehen und zu töten«, sagte Frank bitter.

»Wie ist Hedda da rausgekommen?«, wollte Margeaux wissen.

»Er hat sie tatsächlich rausgeworfen, als sie fünfzehn wurde: Sie sei ihm zu verbraucht und zu verkommen, sie habe das alles von ihm gewollt und er habe sich ja nur ihren Wünschen gefügt. Sie wusste nicht mehr, was wahr und was unwahr war. Sie hat dann versucht, sich umzubringen, weil sie glaubte, ohne ihn nicht mehr leben zu können. Gott sei Dank hatte ihre Mutter es geschafft, clean zu werden, und hat sich ihrer Tochter angenommen. Sie sind nach Pforzheim gezogen, Hedda war einige Zeit in der Psychiatrie, bis sie stabil genug war, um ihren Hauptschulabschluss nachzuholen. Sie hat für September einen Ausbildungsplatz als Einzelhandelskauffrau gefunden und ist nach wie vor in Therapie. Es hat sie viel Mut gekostet, hierher zu kommen«, berichtete Werner ausführlich.

»Wieso gab es keine Anklage gegen Gräfner?«, fragte Frank empört.

»Hedda war nicht dazu in der Lage, einem Verfahren standzuhalten. Sein Wort gegen ihres, ein Kind aus ihren Verhältnissen ... Wir wissen selbst, wie so etwas vor Gericht läuft. Der Verteidiger gräbt alles aus, und am Ende ist sie eine pubertäre Nymphomanin und hat zu viel *Fifty Shades of Grey* gelesen«, fasste Werner zusammen.

Margeaux schaute ihn an und schüttelte ungläubig den Kopf: »Was du alles kennst ...«

»Ich habe mich im Internet schlau gemacht, nachdem ich schon vorhin am Telefon etwas über die Faszination solcher Romane gehört habe.«

»Ich kann sie verstehen. Ihre Heilung hat sie gewiss viel Kraft gekostet, und sie ist noch immer nicht über den Berg. Die Scham beherrscht sie weiterhin, das war eben auf dem Flur deutlich zu sehen. Gräfner ist intelligent und hat nach und nach alle Register gezogen, hat sich ausprobiert, und laut seiner Mutter gab es ja auch noch weitere ... Begleiterinnen.« Margeaux wurde bei dem Gedanken an Alexandra Gräfner ganz flau. Wie hatte sie zulassen können, dass ihr Sohn sich an Kindern verging?

»Sie könnte ihn noch immer hinter Schloss und Riegel bringen«, warf Frank ein.

»Das will sie nicht. Sie hat Angst vor dem, was dann auf sie zukommt, und die aktuelle öffentliche Aufmerksamkeit auf Gräfner würde alles zerstören, was sie sich aufgebaut hat. Sie wäre gebrandmarkt.« Werner stöhnte erneut kellertief.

»Also kommt er mit allem davon?« Frank klang resigniert.

»Vielleicht lebt die Kleine ja noch«, sagte Margeaux leise, »und kann ihn identifizieren. Eine Achtjährige muss auch nicht vor Gericht aussagen.«

Eine Zeit lang saßen sie schweigend da und brüteten vor sich hin. Margeaux wusste, dass sie bald zu Gräfner zurückmussten, sonst würde der Anwalt dafür sorgen, dass er in seine Zelle gehen durfte.

»Was war jetzt eigentlich mit Myriams ID…?«, wollte sie fragen, doch weiter kam sie nicht, denn die Tür würde gleichzeitig mit einem kurzen Anklopfen aufgerissen, und Uwe streckte den Kopf herein. Sein Gesicht war von hektischen roten Flecken geziert, und er rief: »Sie lebt!«

Boulbon – Mitte April

Matze hatte nichts weiter herausgefunden, die Mädchen ohne bekannten Nachnamen konnte er nicht ausfindig machen, denn ein Post in den sozialen Medien hätte ihm mehr geschadet als der Sache genützt: Er war schließlich kein Polizist, sondern nur ein Mann, der junge Frauen suchte, angeblich im Zusammenhang mit einem des Kindermordes Verdächtigen.

Er hatte noch eine Zeit lang gegrübelt, doch keine richtig gute Idee wollte in seinem sonst so brillantem Hirn Einzug halten. Die Nachricht, dass der Hubschrauber etwas in seinem Suchradius gefunden hatte, ließ ihn aufgeregt im Zimmer umherwandern. Er räumte die Spülmaschine aus, massierte Elodie die Füße, trug den Müll raus, brachte seiner Frau einen Tee ans Sofa, doch die Zeit schien einfach stillzustehen. Am liebsten hätte er laut gebrüllt.

»Hier«, sagte Elodie plötzlich und hielt ihm ein Sofakissen hin.

Verständnislos blickte er sie an.

»Halte es vor deinen Mund, und schrei rein, dann erschreckst du unser Baby nicht. Du musst es rauslassen!«

»Woher weißt du ...?«, fragte er verdutzt.

Ihr liebevoller Blick streichelte ihn: »Wir sind miteinander verbunden, und ich kann fühlen, wie es dir geht. Also nimm schon!«

Sie warf ihm das Kissen schwungvoll zu, und er schnappte es, drehte sich rasch um, presste es vor seinen Mund, und dann brüllte er aus Leibeskräften in das flauschige Kissen. Es dämpfte seinen Gefühlsausbruch ganz hervorragend. Er brauchte einen Moment, bis er sich wieder zu Elodie umdrehen konnte, fühlte sich dann jedoch erstaunlich erleichtert. »Du bist einfach eine außerordentlich kluge Frau«, sagte er, ging zum Sofa und küsste sie dankbar, behielt den Schreidämpfer aber vorsichtshalber in der Hand. Sein Handy klingelte, und der Sound von Miss Marple kündigte Margeaux' Anruf an.

Er zerrte es aus seiner Hosentasche und betätigte mit zittrigen Fingern das grüne Telefon auf dem Display.

Aix-en-Provence – Mitte April

Es war ein wundervoller Austausch gewesen. Vieles, was sie gelesen hatte, ließ Saiten in ihr anklingen, die sie längst vergessen geglaubt hatte, begraben unter all dem Ballast. Der Mann schien ein wirklicher Gentleman zu sein, seine Komplimente klangen nach alter Schule und leicht unbeholfen. Das machte ihn sympathisch. Ob er der Richtige war? Ihr Retter? Sie wollte es so sehr glauben, klammerte sich an diesen Gedanken und das Gefühl der Unbeschwertheit.

Es war anders als mit den anderen. Obwohl sie sich immer abgegrenzt hatte, war in den virtuellen Gesprächen stets ein leichter Anklang von Begehren mitgeklungen. Ja, das gehörte zu einer Beziehung wohl dazu, gleichwohl hatte es verhindert, dass sie sich wirklich komplett wohlgefühlt hatte. Diesmal spürte sie jedoch, dass das genau die Art war, die sie sich erträumt hatte. Er war achtsam, hatte einen trockenen Humor und war ein Genussmensch – natürlich, er war Koch. Das musste sein, denn nur ein Koch war dazu in der Lage, ihr das verlorene Glücksgefühl wiederzugeben.

Zufrieden ging sie ins Bad, um sich bettfertig zu machen, und sah vor ihrem inneren Auge ihre Wunschvorstellungen wahr werden. Er war der Richtige, sie wusste es ganz genau.

Stuttgart – Mitte April

Frank rannte zur Tür hinaus, so schnell er konnte. Er sah Uwe überrumpelt zurück in den Flur stolpern und rief rasch: »Sorry, Kollege!«

Dann fiel sie ihm wohl wieder ein, er drehte sich kurz um und sah Margeaux direkt hinter sich. Vor dem Verhörraum atmete er einmal kurz durch und drückte die Klinke, während sie ihm auffordernd zunickte. Er würde ab jetzt übernehmen und Margeaux beobachten und die Maske des Verdächtigen so lange erschüttern, bis diese zerbrach.

»Das wird aber auch Zeit! Was denken Sie sich denn?«, schnauzte der Anwalt, und Gräfner stieß laut hörbar den Atem aus.

»Wir denken, dass jetzt die beste Gelegenheit für Ihren Klienten ist auszupacken, und zwar ohne Tamtam und Blabla«, sagte er grob und setzte sich.

Margeaux blieb an der Wand stehen. Ihre Taktik basierte auf dem angepassten Profil, das Gräfner dazu brachte, Mädchen und junge Frauen beherrschen zu wollen. Sie vermuteten, dass es das Verhaltensmuster des Mannes anfüttern würde, wenn Frank sich als Macho gab und Margeaux nur noch die zweite Geige spielte.

»Also, Swenni«, Frank machte provokativ weiter und erntete einen bösen Blick von Maier, während Gräfner ihn blinzelnd aus schmalen Augen anschaute und verstohlen einen Blick auf die Ermittlerin neben der Tür warf. Der Verdächtige versuchte ganz offensichtlich, die neuen Gegebenheiten einzuschätzen, und Frank fuhr fort: »Wie war das denn so mit den Mädels in Ihrem Leben? Wir haben uns mit einigen unterhalten. Was möchten Sie denn dazu sagen?«

Gräfner schaute unsicher zu seinem Anwalt, der genervt die Augen verdrehte.

»Ich muss Ihnen gar nichts sagen«, bockte Swen Gräfner auch sogleich.

»Fein«, sagte Frank, streckte die Beine aus, »ich kann warten.«

Margeaux sah das erste Flimmern in Gräfners Gesicht, Angst flog für Millisekunden über seine Stirn, dann war die S-Form der Augenbrauen wieder weg. Franks entspannte Haltung flößte dem Mann Furcht ein. Wenn er wirklich so klug war, wie er tat, würde ihm jetzt klar werden, dass sie es geschafft hatten, Enya lebend zu finden. Der Suchtrupp war nach einem Marsch durch unwegsames Waldgelände zu einer kleinen Hütte gekommen, die bezeichnenderweise »Hexehäusle« hieß und irgendwann einmal als Unterschlupf oder Grillhütte gedient hatte. Lange schien sie niemand mehr in Ordnung gehalten zu haben, denn sie war beinahe zugewuchert, und auch der einstige Weg war vollkommen verwachsen. Ohne den Hubschrauber wäre das Kind gewiss nicht gefunden worden. Die Kleine war schwach gewesen und ihr Puls kaum spürbar, doch sie lebte. Der Abtransport des Mädchens war ein echter Akt gewesen, ein Polizist hatte sie auf seine Arme gebettet und bis zu einer Lichtung getragen, an der der Hubschrauberpilot mit einer hinuntergelassenen Trage übernommen hatte.

Die gesundheitliche Lage des Kindes war instabil, daher konnten sie sich nicht darauf verlassen, dass das Mädchen in der Lage sein würde, den Täter baldigst zu identifizieren. Diese Informationen hatte Werner ihnen auf ihre Handys geschickt.

Der Verdächtige rieb sich über den Nacken, und seine Blinzelrate erhöhte sich merklich – ein verlässliches Anzeichen für aufkommenden Stress.

Frank fing an, sich imaginären Dreck unter den Nägeln herauszupulen, und fläzte sich noch bequemer in den Stuhl.

»Wollen Sie uns etwas Bestimmtes mitteilen, Herr Kommissar?«, fragte der Anwalt und betonte jedes Wort.

»Och«, sagte Frank gelangweilt, »ich warte lieber, bis der Swenni was sagt.«

»Ich bitte um etwas mehr Respekt meinem Klienten gegenüber«, forderte Maier und straffte sich.

»Dabei mangelt es gar nicht am Respekt«, erklärte Frank und schaute Gräfner an. »Swenni, so hat Sie doch die Kerstin immer genannt, nicht wahr?«

Margeaux sah die Maske weiter bröckeln, diesmal war der Mann so erschrocken, dass es ihm nicht gelang, die Emotionen zu verbergen. Und sie dauerte länger als eine halbe Sekunde, sodass jeder im Raum sie erkennen konnte.

»Geht Ihnen jetzt der Arsch auf Grundeis?«, provozierte Frank weiter und betonte das Wort *Arsch* ganz besonders.

Gräfners Miene verschloss sich wieder, und er faltete die Hände, die gerade noch fahrig über seine Oberschenkel geglitten waren, in seinem Schoß.

Margeaux befürchtete, dass Frank es übertrieb und sie die bisher vorhandenen Risse nicht nutzen konnten, um tiefer hinter die Fassade vorzudringen. Sie spürte die leichte Vibration ihres Handys, nahm es heraus und sah auf dem Display eine Nachricht von Werner Walter: *Myriams Lebensgefährtin Katja hat Kontakt zu einigen Influencerinnen auf Instagram, die sich für Gewalt gegen Frauen starkmachen und politisch engagiert sind. Zusammen haben diese Frauen mehr als eine halbe Million Follower. Ein von Myriam geschickt formulierter Text zur Festnahme von Swen Gräfner hat uns tatsächlich drei weitere junge Frauen gebracht, die eine kurze Beziehung zu ihm hatten. Ähnlich wie Sabine und Kerstin. Namen: Nadine, Melanie und Katja. Wir haben von allen Fotos erhalten. Du bekommst gleich Ausdrucke.*

Ihre Aufmerksamkeit hatte dem Text gegolten, und sie hatte Gräfner dafür kurz aus den Augen lassen müssen, doch er saß noch immer verschlossen da.

»Haben Nadine, Melanie und Katja Sie auch so genannt? *Swenni?*«, fragte sie nun mit Nachdruck.

Jetzt verlor der Mann die Fassung. Es war doch immer wieder spannend, dass intelligente Täter davon ausgingen, dass bei den Behörden nur grenzdebile Vollidioten beschäftigt seien, die ihnen niemals auf die Spur kommen würden. Ganz offensichtlich hatte er nicht damit gerechnet, dass sie so viele seiner Opfer finden würden, denn all die Frauen waren genau das: Opfer. Sie waren in einem Alter an diesen Mann geraten, in dem sie sowohl intellektuell als auch vor dem Gesetz noch Kinder gewesen waren. Er hatte sich mit jeder von ihnen strafbar gemacht. Er schaute wie vom Blitz getroffen, und Margeaux konnte die Anzeichen echter Überraschung sehen: Die Augenbrauen zogen sich nach oben, die Augen öffneten sich weit, und der Mund klappte ein wenig auf. Echt erlebte Überraschung dauerte selten länger als ein bis zwei Sekunden. Sie war eine Art Übergangsemotion und machte sodann auch rasch Platz für seinen Zorn. Die Emotion, die auf Überraschung folgte, war im Regelfall bis zu sechsmal stärker.

»Ich ... ich muss auf Ihre Anschuldigungen gar nicht antworten«, knurrte er angriffslustig, und sein Anwalt legte ihm kurz beruhigend die Hand auf den Arm. Gräfner schüttelte sie unwillig ab, als würde er sich von einem lästigen Insekt befreien.

Gleich hatten sie ihn so weit, dass er seine Kontrolle verlieren würde.

Frank warf Margeaux einen schnellen Blick zu und holte zum finalen Schlag aus. »Und wie hat Hedda Sie genannt? Daddy vielleicht?«

Jetzt sprang Gräfner auf, und fast sah es so aus, als wollte er sich auf den Ermittler stürzen, aber auch der erhob sich, langsam und bewusst.

Maier spürte, dass ihm die Situation zu entgleiten drohte. »Herr Gräfner! Setzen Sie sich!«, herrschte er seinen Mandanten an.

»Sie haben mir gar nichts zu sagen, Sie sind nicht mein Vater«, wehrte sich der Verdächtige und hob abwehrend die Arme.

Maier machte einen Schritt zurück und stolperte beinahe, dann schwieg er erschrocken.

»Also, Swen, der Papa hat Sie gehauen, die Mama hat es mit ihren Liebhabern im ganzen Haus getrieben, ganz egal, ob Sie es mitbekommen haben oder nicht«, sagte Frank vulgär.

Gräfner heulte laut auf: »Halt's Maul, du Schwein!«

»Darum haben Sie sich gedacht, dass Sie das doch auch mit Schwächeren machen können, nicht wahr? Sie wollten sich endlich auch so überlegen und mächtig fühlen«, fuhr Frank fort.

Margeaux konnte sehen, dass Gräfner kurz vor dem Explodieren war: Sein Körper war angriffsbereit, und aus seinen Augen sprang ihnen die Gefahr entgegen. Sie machte sich bereit, notfalls einzugreifen, obwohl sie tatsächlich kein Bedürfnis verspürte, erneut verletzt zu werden und dann auch noch Hilde unter die Augen treten zu müssen.

Stuttgart – Mitte April

»Wir tun alles, was in unserer Macht steht«, versicherte der diensthabende Arzt Pia Waldheim, die von Werner Walter persönlich ins Krankenhaus abgeordnet worden war, um in Erfahrung zu bringen, wie es der kleinen Enya ging – und sie zu befragen, sobald es möglich war. Der Kinderpsychologe war informiert und saß auf Abruf bereit, denn gewiss würde sie kein hochtraumatisiertes Kind allein nach dem Täter befragen.

»Können Sie mir schon klarer sagen, was er ihr angetan hat?«, fragte sie und wappnete sich für Furchtbares.

»Sie hat Verletzungen im Analbereich und starke innere Blutungen …« Er atmete tief ein und aus, und Pia war fast versucht, die Hand zu heben, um ihn zum Schweigen zu bringen. »Sie sind durch das Einführen eines oder mehrerer Gegenstände entstanden. Schnappen Sie das Schwein!«, verlor der Arzt die Beherrschung, drehte sich auf dem Absatz um und rauschte mit fliegendem Kittel davon.

»Warten Sie«, rief Pia ihm hinterher, »wie stehen die Chancen, dass sie durchkommt?«

Ohne sich umzudrehen, sagte er mit bebender Stimme: »Dreißig zu siebzig. Es hat zu lange gedauert!«

Dann war er weg, und sie stand wie ein begossener Pudel im Flur, der unausgesprochene Vorwurf hallte in ihr nach. Sie waren zu langsam gewesen.

Barbentane – Mitte April

Thierry saß in seiner Wohnung und zerriss genervt das vierte Blatt Papier, auf dem er versucht hatte, seine Listen anzufertigen. Was brauchte er wirklich von all dem, was hier stand, worauf konnte er getrost verzichten, und was würde ein wirkliches Zuhause mit Margeaux für ihn definieren? Er wollte mit ihr zusammen sein, und das war unabhängig von einem Möbelstück oder einem Dekoartikel. Selbstverständlich mochte er seine Einrichtung, er hatte sie ja schließlich ganz bewusst ausgewählt, aber dort auf dem Weiler war alles wunderschön. Das Interieur war nicht nur wertig, sondern jedes Stück sorgsam platziert und gab so dem jeweiligen Raum dadurch seinen ganz eigenen Charme. Was wollte er dort mit seinem Esstisch oder den Stühlen? Gar nichts.

Er konnte alles einlagern und sich irgendwann einmal entscheiden, was damit geschehen sollte.

»Es ist ja eher eine Art Plan B«, sagte er jäh zu sich selbst, »falls es nicht klappt mit uns, stehe ich nicht wieder bei null.« Das war es also, was ihn im tiefsten Inneren bewegte: die Sorge, dass die Ehe nicht funktionieren könnte. Fast hätte er sich selbst auf die Schulter geklopft und »Na bravo!« gerufen, denn diese Haltung war eine denkbar schlechte für den Start in ein gemeinsames Leben. So lange hatte er den Ring aufbewahrt, bis der richtige Augenblick gekommen war, und Margeaux hatte, ohne zu zögern, Ja gesagt. Und nun saß er hier und zauderte. Er war wirklich ein Depp. Er packte die Schreibutensilien beiseite und nahm sich vor, mit Margeaux gemeinsam zu entscheiden, was sie mit seiner Einrichtung anstellen würden.

Er schaute prüfend auf sein Handy und stellte fest, dass er enttäuscht war, keine Nachricht von ihr vorzufinden. Aber der Fall hatte Vorrang. Das verstand er mittlerweile, auch wenn es immer wieder etwas schmerzte, denn er wünschte sich so sehr, ihre Nummer eins zu sein und damit das Wichtigste für sie, doch sie würde ihre Arbeit ihm immer vorziehen. Ob sie wohl auch so handeln würde, wenn er erkrankte? Würde sie dann an seiner Seite sein oder lieber einem Mörder hinterherjagen? Er wusste, dass er ihr unrecht tat, denn sie hatte ihre Mutter auf deren schweren Weg durch die Krebserkrankung bis hin zum Tod begleitet. War er es nun, der kalte Füße bekam und sich vor diesem elementaren Schritt fürchtete? Seine Schwester hatte sich Hals über Kopf in das Abenteuer Ehe und Familie gestürzt, und obwohl er immer gedacht hatte, Elodie könne gar nicht mehr strahlen und leuchten, so hatte sie ihn doch mal wieder eines Besseren belehrt. Sie sah so rosig und glücklich aus, dass man in ihrer Gegenwart selbst zu strahlen begann. Warum überkam ihn nur gerade jetzt ein solches Zaudern? Seine Mutter würde ihn auf der Stelle zur Adoption freigeben, sollte er auf die Idee kommen, die Hochzeit zu canceln. Vielleicht war er einfach nur müde und vermisste Margeaux, denn sie waren nach ihrem Krankenhausaufenthalt so gut wie gar nicht mehr getrennt eingeschlafen. Er hatte sie gehalten, auf ihren Atem gelauscht, der so oft unregelmäßig gewesen war, weil ihre Lunge sich nur langsam erholt hatte. Er vermisste sie, und egal, wie viel Verständnis er im Grundsatz dafür aufbrachte, wofür sie brannte, er hasste ihren Beruf.

Er wusste, dass er nicht mit irgendjemandem darüber reden musste, sondern nur mit ihr. Auch wenn sie dieses Gespräch bereits mehr als einmal geführt hatten, er musste sich sicher sein, dass er auf sie zählen konnte.

Stuttgart – Mitte April

Die Nacht brach langsam herein. Bald mussten sie Gräfner dem Haftrichter vorführen, und bisher hatten sie nichts gegen ihn in der Hand außer den Aussagen der jungen Frauen und der Tatsache, dass sein Wagen auf einer Videoaufnahme zu sehen war. Ein silberfarbener Mercedes fiel auf der Straße niemandem auf, zu sehr gehörten weiße und silberfarbene Fahrzeuge der heimischen Marke zum täglichen Bild auf den Straßen. Daher erinnerte sich auch niemand daran, ihn irgendwo gesehen zu haben.

Der bis zum Bersten angespannte Mann taxierte den Ermittler, und Margeaux befürchtete schon eine Eskalation, als es klopfte. Sie öffnete die Tür, und ein junger Mann reichte ihr eine Mappe herein, sie nickte dankend, öffnete den Ordner und begann die darin befindlichen Bilder an die Wand zu heften. Dabei bemühte sie sich, den Verdächtigen im Auge zu behalten. Seine Angriffshaltung verwandelte sich in einen Fluchtreflex. So reagierten Menschen in Bedrohungssituationen: Sie setzten alles daran, sich in Sicherheit zu bringen. Rein evolutionär standen dem Homo sapiens nur wenige Reaktionen zur Verfügung, wenn er in eine unbekannte oder bedrohliche Situation geriet: Er konnte kämpfen, fliehen oder sich totstellen. Wobei letztere Verhaltensweise häufiger in der Tierwelt zu finden war, doch es gab genügend Berichte, zum Beispiel von Soldaten, die auf dem Schlachtfeld nur am Leben geblieben waren, weil sie den toten Mann »gespielt« hatten. Swen Gräfner war eben noch im Angriffsmodus gewesen, hatte geglaubt, den Gegner besiegen zu können, und nun musste er erkennen, dass er keine Chance hatte, daher war die Fluchtreaktion vollkommen normal. Sein Blick glitt panisch hin und her … als versuchte er ein Versteck zu finden. Nur würde er hier im Raum keine Möglichkeit haben, sich vor seinen Feinden zu verbergen.

Sie hatte kein Mitleid mit ihm. Sie war kein Richter oder Staatsanwalt und brauchte sich daher nicht an die Unschuldsvermutung zu klammern.

Apropos Staatsanwalt, schoss es ihr durch den Kopf, ob sie den in Kürze vielleicht sogar benötigten? Sie hatte das letzte Bild angepinnt, und eine Galerie junger Mädchen blickte auf die Menschen im Raum. Die Bilder der drei Kinder hatte Margeaux noch als Joker in der Hinterhand.

»Sabine, Kerstin, Hedda, Melanie, Nadine, Katja, Jennifer, Claudia«, sagte sie und deutete auf die jeweilige Fotografie. Scheinbar waren noch zwei hinzugekommen, die Werner in seiner Nachricht nicht erwähnt hatte.

»Margeaux, kannst du Herrn Gräfner bitte auf die Sprünge helfen, wie alt seine Freundinnen zum Zeitpunkt ihrer Beziehung zu ihm waren«, bat Frank sie mit ruhiger Stimme, und sie nannte zu jedem Bild das Alter der Frauen. Keines der Mädchen war älter als sechzehn gewesen.

Maier schien ein Stück von seinem Mandanten wegzurutschen, so, als würde ihm mit einem Mal klar werden, wen er da vertrat: einen Kinderschänder!

Gräfner knirschte hörbar mit den Zähnen, und seine Augen flitzten wieder durch den Raum, als suchte er einen Ausweg. Sie hatten ihm genügend Verhörpausen gegönnt, ihn mit Nahrung und Getränken versorgt, niemand würde ihnen einen Strick daraus drehen können, dass es bald auf Mitternacht zuging. Er wurde also nicht nervös, und seine kalte Maske zerbrach, weil sie ihn zu lange befragt oder ihm gar Unmenschliches zugemutet hatten. Nein, er erkannte, dass sie ihn wirklich durchschaut hatten, und das ließ seine Fassade endlich zerbröseln.

Margeaux zog sich einen Stuhl heran, ließ sich darauf nieder und sagte: »Bitte, Herr Gräfner, setzen Sie sich doch wieder. Ich verstehe vollkommen, dass diese gesamte Situation Sie sowohl schockiert als auch aufrüttelt. Bitte!« Sie deutete auf seinen Stuhl, und tatsächlich setzte er sich. »Sie können sich selbst am besten helfen, wenn Sie uns die Wahrheit sagen.« Es war an der Zeit, Beerschneider ins Spiel zu bringen, obwohl Gräfner wohl kaum noch etwas in der Hand hatte, was ihm helfen konnte, einen Deal auszuhandeln. »Wir rufen dann sofort den Staatsanwalt hinzu, um Ihre Kooperation zu belohnen.«

Der Gefühlsmix brachte Gräfner durcheinander, und er warf seinem Anwalt einen fragenden Blick zu. Es schien so, als hätte Maier erkannt, dass sein Mandant zu einer Spezies gehörte, die er verabscheute, denn er zeigte seine Verachtung und seinen Ekel unverhohlen. Eine sonderbare Verhaltensweise für einen Verteidiger, selbst wenn er mit einem mutmaßlichen Kindermörder hier saß.

Der Anwalt nickte und sagte: »Ich möchte mit meinem Mandanten allein sprechen.«

Dem mussten sie Rechnung tragen, sie verließen also zum gefühlt einhundertsten Mal den Raum, und die Kameraüberwachung wurde ausgeschaltet.

»Haben wir ihn jetzt so weit?«, wollte Frank wissen, lehnte sich an die Wand und schloss müde die Augen.

»Die Bilder haben etwas in ihm aufgebrochen, und durch diesen Spalt kriecht nun das, was noch menschlich in ihm ist, denn in jedem Täter steckt auch ein Mensch. Niemand wird als Mörder geboren, nicht einmal Hannibal Lecter oder Martin Angerer«, sagte Margeaux leise und schloss ebenfalls die Augen.

Phoenix in der Asche

Morgens wirst du sagen: Ach, dass es Abend wäre!,
und abends wirst du sagen: Ach, dass es Morgen wäre!,
vor Furcht deines Herzens, die dich schrecken wird,
und vor dem, was du mit deinen Augen sehen wirst.

5. Mose 28,67

Sie fuhr sich mit der Hand durchs Haar. Sie hatte sich so sehr daran gewöhnt, es zu verbergen. Nicht weil sie es nicht mochte, sondern weil es jene Blicke auf sich zog, die sie fürchtete. Sie hatte nicht aufgehört, die lüsternen Mienen als Bedrohung wahrzunehmen, denn obwohl die Jahre verrannen und sie sich langsam wieder eine Existenz aufgebaut hatte, die ihrem Talent würdig erschien, so hatte sie doch immer wieder Flashbacks. Nicht mehr so oft wie damals, aber noch *zu* oft. Sie war eine vollkommen andere geworden, hatte sich aus der Opferrolle befreit, und als er am Boden gelegen hatte, war ein heroisches Gefühl an die Oberfläche getreten. Sie hatte sich unbesiegbar gefühlt. Endlich. Doch sie hatte sich getäuscht. Sie hatte sich nicht verändert. Sie war nach wie vor das Mädchen mit der verängstigten Seele. So konnte sie nicht weitermachen, sonst würde sie wieder vor die Hunde gehen und im Morast umherkriechen, wie sie es jahrelang getan hatte. Sie hatte wie der Phoenix aus der Asche emporsteigen wollen, aus seiner Asche, doch sie schlief nun bereits seit Monaten wieder so gut wie gar nicht und verzweifelte am Tagwerk. Morgen würde sie es ändern. Morgen würde sie sich selbst beweisen, dass sie über die Angst siegen konnte.

Stuttgart – Mitte April

Margeaux wusste nicht, was sie getan und ob sie überhaupt etwas Sinnvolles beigetragen hatte, um Gräfner zu dem zu bewegen, was er nach dem Gespräch mit seinem Anwalt wollte: Der Staatsanwalt sollte kommen. Sie hatten ihn in einen anderen Raum bringen lassen, den Toilettengang ermöglicht, Kaffee und gebutterte Brezeln aufgetischt und auf Beerschneider gewartet, der in Rekordgeschwindigkeit vor Ort gewesen war. Dann war alles ganz schnell gegangen.

Gräfner hatte ausgepackt, nachdem ihm der Staatsanwalt zugesichert hatte, ihn in einem Gefängnis mit sozialtherapeutischem Schwerpunkt unterbringen zu lassen. Maier hatte schneller Ja gesagt, als Beerschneider gesprochen hatte, und Swen Gräfner wirkte nun auf sonderbare Art zerbrochen. Vielleicht auch, weil er wusste, dass sie Enya lebend gefunden hatten, und keiner von ihnen kommunizierte, wie es wirklich um sie stand – dass ihr Leben an einem seidenen Faden hing.

Sie hatten ein vollumfängliches Geständnis bekommen, kannten die Tatorte und seine Planung. Auf die Frage, was ihn dazu bewogen hatte, die kleinen Mädchen zu entführen, zu quälen und dann zu töten, hatte er die schrecklichste Antwort gegeben, die Margeaux in den vergangenen Jahren von einem Täter gehört hatte: »Ich wollte sehen und fühlen, wie es ist, zu weit zu gehen ... so wie Peter Madsen ...«

Der verheiratete Däne Peter Madsen hatte 2017 die schwedische Journalistin Kim Wall in seinem selbst gebauten U-Boot gefoltert, sexuell missbraucht, getötet, in Stücke geschnitten und ins Meer geworfen. Die Ermittler hatten herausgefunden, dass er eine Vorliebe für Snuff-Filme und Literatur hatte, die sich mit Folterung, Pfählung und Tötung von Frauen beschäftigte. Der Fall galt als einer der brutalsten Mordfälle der dänischen Geschichte.

Frank hatte sie anschließend zum »Zauberlehrling« gebracht, und auf der Fahrt hatten sie beide hauptsächlich geschwiegen. Es war ein einvernehmliches Schweigen gewesen.

»Danke«, sagte er, als sie in der Rosenstraße parkten.

»Im Augenblick weiß ich nicht, wofür, ich habe nicht das Gefühl, etwas Sinnvolles beigetragen zu haben«, sagte sie erschöpft.

»Lass uns morgen reden. Jetzt brauchen wir einfach etwas Schlaf.« Er klang ebenfalls ausgelaugt. »Weißt du schon, wann du zurückfliegst?«

»Also heute, es ist ja schon nach Mitternacht, geht kein Flieger nach Marseille. Erst übermorgen. Lass uns morgen Abend zusammen hier essen. Ich freue mich auf ein leckeres Gericht, du weißt ja, was Hilde immer sagt: ›Erst mal essen wir was, und dann sehen wir weiter.‹« Sie musste lächeln.

»Wir sehen uns um neun zur Einsatznachbesprechung?«, vergewisserte er sich, und sie nickte. »Soll ich dich abholen, und wir trinken einen Kaffee im Auto und krümeln es mit belegten Brötchen voll, ganz wie in alten Zeiten?«

Sie verabredeten sich für dreiviertel neun, und sie musste grinsen, als er diese Zeiteinheit wählte, die sich ihnen beiden nie besonders erschlossen hatte, im Schwäbischen aber völlig normal war.

Im Sternerestaurant brannte noch Licht, und Margeaux drückte die schwere Tür zur Rezeption auf, drehte sich noch einmal kurz um und winkte Frank zu. Dann war sie froh, in dem wundervollen Ambiente des Hotels angekommen zu sein. Sie checkte ein, der junge Mann hinter dem Tresen bot ihr an, ihren Koffer zu tragen, doch sie wollte allein sein und lehnte die Unterstützung dankend ab, schließlich kannte sie sich aus.

Als sie die Tür von *Paddington* hinter sich schloss, fühlte sie sich wie erschlagen und sank ermattet aufs Bett. Rasch streifte sie die Schuhe ab, schickte Thierry eine kurze Nachricht und beschloss, sich später auszuziehen und abzuschminken. Binnen weniger Minuten sank sie in einen ruhelosen Schlaf, in dem sie die Bilder all der Mädchen verfolgten, die Gräfner auf dem Gewissen hatte.

Avignon – Mitte April

Er war aufgeregt und empfand Vorfreude. Ein sonderbarer Gefühlsmix. Julien hatte erstaunlich erholsam geschlafen, und er musste sich eingestehen, dass er sich sogar an seine Träume erinnern konnte. Sie trieben ihm ein wenig das Blut in die Wangen. Auch das war ihm schon sehr lange nicht mehr passiert. Doch er war nicht nur ein Mensch, er war auch ein Mann, und er hatte seit langer Zeit das Bedürfnis nicht mehr gespürt, einer Frau auch körperlich nah zu sein. All das war mit Marie-Louise gestorben. Dass es nun wieder aufkeimte und er von Sex träumte, war einerseits schön und andererseits auch verstörend, doch er wollte sich die Euphorie nicht nehmen, die ihn gerade so beflügelte. Es machte ihn nicht zu einem Unhold, dass er erotisch empfinden konnte.

Er schielte zu dem Notebook, das er nachts auf dem Küchentisch abgelegt hatte, und dachte darüber nach hineinzuschauen, ob er neue Nachrichten hatte. Doch dann verwarf er den Gedanken wieder. Er führte sich ja plötzlich auf wie ein rolliger Teenager, und selbst das war er nie gewesen.

Er machte sich einen Kaffee. Dabei plante er wie immer seinen Tag. All seine Abläufe waren nicht nur ritualisiert, sondern verliefen nach einem festen Schema, bestimmt durch das »Chez Louise«. Es war immer sein Traum gewesen, sein eigenes Restaurant zu haben, doch als Koch verdiente man nie so viel, dass man genügend Geld anhäufen konnte, um solch ein ambitioniertes Projekt umzusetzen. Daher hatten viele einen Mäzen oder waren an ein nobles Hotel angedockt, sodass es in erster Linie um Prestige ging. Früher waren er und Marie-Louise immer gern in die »La Magnaneraie« in Villeneuve-lès-Avignon gegangen. Man hatte dort vorzüglich speisen und an warmen Abenden unter dem Blätterdach üppiger Platanen an weiß gedeckten Tischen die lauen Temperaturen genießen können. Dann hatten die Eigentümer des Hotels mehrfach gewechselt, und das Restaurant hatte sowohl an Flair als auch an Qualität verloren. Daher war für ihn immer nur die Selbstständigkeit infrage gekommen, und als er von seinem Großvater eine schöne Summe bekommen hatte, hatte er begonnen, daran zu glauben, dass sein Traum Wirklichkeit werden konnte.

Natürlich hatte Marie-Louise ihm mehrfach angeboten, das Restaurant zu finanzieren, doch das wäre nicht dasselbe gewesen. Seine Schwiegermutter hatte ihm auch unter die Arme greifen wollen, doch er hatte erst nach langem Zögern zugestimmt, sodass sie die ersten Einkäufe mit ihm getätigt hatte, um das Kühlhaus und die Vorratsschränke zu füllen: *Mein lieber Junge,* hatte sie gesagt und ihn auf ihre maliziöse Art angelächelt, *so viel Champagner kann ich gar nicht trinken, wie ich mir leisten könnte, aber deine Gäste sollten die Möglichkeit haben, die besten Weine und perlenden Getränke zu genießen, die deine Heimat zu bieten hat, und damit basta!*

Er hatte ihr das Geld zurückzahlen wollen, doch als alles endlich so wunderbar gelaufen war, dass er es entspannt hätte tun können, war der Krebs in ihr aller Leben getreten. Annabelle hatte weder von Geld noch von Frankreich etwas hören wollen, nachdem sie ihr einziges Kind verloren hatte. Sie hatte sich im Schwarzwald in einer noblen Seniorenresidenz eingemietet und sie seither nicht mehr verlassen. Er musste sie unbedingt wieder einmal anrufen. Sie war eine alte Dame, aber wahrlich eine Dame. Er hatte sie immer irgendwie verehrt, auch wenn sie kapriziös gewesen war und ihn damit oft verrückt gemacht hatte.

Er schaute auf die Uhr und stellte verblüfft fest, dass er früh dran war. Alles ging ihm heute leicht von der Hand, und sogar sein alternder Körper war heute geschmeidiger als sonst. Beherzt griff er zum Telefon und wählte die Nummer in Süddeutschland.

Nach kurzer Zeit wurde das Gespräch angenommen.

»Belle-mère«, rief er, »ich bin es, Julien.«

»Mein Junge«, antwortete sie, und ihre Stimme klang dünn.

»Wie fühlst du dich, meine Liebe?«, wollte er wissen.

»Alt«, sagte sie, »und nutzlos. Selbst mein tägliches Glas Veuve Clicquot ändert daran nichts. Vielleicht müsste ich eine Flasche trinken, doch das verträgt sich wohl nicht so gut mit den Herztabletten, sagt Dr. Frankenstein!«

Sie lachte und musste husten.

»Dr. Frankenstein?«, fragte er irritiert. »Wie der mit dem Monster?«

»Er heißt Müller, und das empfinde ich als exorbitant langweilig, außerdem macht er ein Monster aus mir mit all den Verboten.« Sie wurde leiser. »Was hat das Leben denn noch für einen Sinn für mich? Warum lebe ich noch, Julien? Warum?«

Er wusste nicht, was er ihr antworten sollte, wusste einfach nichts, was angemessen gewesen wäre. Da sie jedoch immer einen trockenen und für ihre sonst so besondere und distinguierte Art fast derben Humor besessen hatte, sagte er leichthin: »Weil du einfach ein zähes Luder bist und das die einzig sinnvolle Antwort auf deine Frage ist.«

Sie gab sich geschlagen, obwohl er wusste, dass sie es niemals verkraften würde, dass sie noch lebte, während ihre Tochter gestorben war. Sie unterhielten sich über das Restaurant, denn sie mochte es, davon zu hören, wie erfolgreich es sich entwickelt hatte. Ihre Stimme wurde jedoch von Minute zu Minute schwächer, und er begann sich ernsthaft Sorgen zu machen.

Sie verabschiedeten sich, und Julien konnte sie kaum noch hören, so kraftlos, wie sie klang. Das war gar nicht gut. Margeaux musste zu ihr fahren, jetzt, wo sie in Stuttgart war, und nach ihr sehen, auch wenn Annabelle das nicht wollte. Sie wollte niemanden sehen, Telefonate mit ihm waren in Ordnung, doch auch nicht zu oft. So war der Abstand zwischen Großmutter und Enkelin einfach immer größer geworden. Er würde seine Tochter nicht bitten, sondern auffordern, sich um die alte Dame zu kümmern.

Barbentane – Mitte April

Thierry hatte Backstubendienst gehabt, nur selten und äußerst ungern gab er diese Verantwortung ab, und hatte sich gefreut, Margeaux' zärtlichen kleinen Gruß zu lesen. Seine Gedanken vom Vorabend schienen ihm plötzlich so, als habe ein anderer Mann diese gedacht und nicht er. Einen Augenblick lang hatte er sich an einen Film mit der amerikanischen Schauspielerin Julia Roberts erinnert, die immer unter dem Brautkleid Turnschuhe getragen hatte, um im letzten Moment vom Traualtar zu fliehen. Doch er wollte gar nicht fort von Margeaux und seinem Leben hier. Er knetete den Teig und genoss das Gefühl des Handwerks in vollen Zügen. Er formte Croissants, Baguettes, Schnecken und Pains au chocolat und war glücklich, als der buttrige Duft die Backstube füllte. Er würde noch die ersten Stunden der Ladenöffnung mit betreuen und einige Auslieferungen machen, bevor er sich hinlegte.

Als die Sonne aufging, befüllte er die Regale, und um sieben schloss er die Tür auf, während bereits die ersten Kunden hereinströmten. Er scherzte liebevoll mit den teils sehr müde dreinblickenden Menschen, packte Tüten und schenkte starken Kaffee ein. Seine Mitarbeiterin war für acht Uhr eingeplant, und um Viertel vor acht holte er bereits Nachschub aus der Backstube. Die Ladenglocke klingelte, als er gerade mit einem Blech warmer Croissants aux amandes die schmale Treppe hinabkam, die von der Backstube zum Laden führte.

Er kannte die Frau, die vor einigen Jahren eines der älteren Restaurants am Rande von Barbentane übernommen hatte, mehr vom Sehen als persönlich. Sie kam nicht oft zum Einkaufen zu ihm und war dann auch meist schnell wieder weg. Umso erstaunter war er, als sie sagte: »Darf ich einen Kaffee haben und eins von denen«, sie zeigte auf die wohlriechenden Gebäckstücke, die er gerade in der Vitrine stapelte.

»Selbstverständlich«, rief er und versuchte, sich an ihren Namen zu erinnern: Corinne? Nein, Catherine. Er war sich sicher und sagte: »Zucker zum Kaffee, Catherine?«

Sie blickte ihn erstaunt an, ihr Gesicht war blass und ungeschminkt. Ihre Haare hatte sie, wie jedes Mal, wenn er sie bisher irgendwo gesehen hatte, zu einem festen dicken Knoten im Nacken gebunden. Dadurch wirkten ihre Gesichtszüge irgendwie straff. Sie hatte eine frauliche Figur, ohne dabei kräftig zu sein, und wirkte sonderbarerweise trotzdem irgendwie verhärmt.

»Ja, gern«, antwortete sie und ging zum Stehtisch. Er brachte ihr die Bestellung, und sie biss genussvoll hinein. Ganz zu Anfang war er einmal bei ihr im Restaurant gewesen, und es hatte ihm durchaus geschmeckt, aber dann war Margeaux wieder in sein Leben getreten, und sie gingen tatsächlich nicht so häufig zum Essen aus. Hilde bekochte sie üppig, Margeaux war ebenfalls eine hervorragende Köchin, ihr Vater ein Genie am Herd, und jeden Sonntag aßen sie bei seiner Familie in Arles. Nur der Tod entschuldigte ein Fernbleiben dort.

Unvermittelt sagte sie: »Kennen Sie vielleicht jemanden, der eine talentierte Köchin sucht?«

Stuttgart – Mitte April

Sie hatte unruhig geschlafen, war immer wieder kurz aufgeschreckt, weil etwas in ihren Träumen ihr die Ruhe geraubt hatte. Das war ihr im Laufe ihrer Karriere bei der Polizei immer seltener passiert, denn sie hatte gelernt, sich abzugrenzen. Martin Angerer … ihn hatte sie mit nach Hause in ihre Träume genommen und grundsätzlich auch alle Geschichten, in denen es um junge Frauen oder Kinder ging. Sie rieb sich die müden Lider und schwang die Füße über den Bettrand.

Irgendwann gegen drei oder vier war sie noch ins Bad geschlurft, um sich abzuschminken, auszuziehen und kurz die Zähne zu putzen, daher suchte sie nun nach den Hausschuhen, die sie nahe dem großen, üppig mit Kissen geschmückten Bett abgestreift hatte. Jetzt nahm sie sich die Zeit, sich in dem schönen Zimmer umzuschauen und die Details zu genießen: die große Wanne mitten im Raum, den Kamin, all die kleinen Miss-Marple-Details und die Terrasse, die sich über die Dächer der Stadt erhob. Rasch machte sie sich einen Kaffee mit der im Zimmer bereitstehenden Maschine, suchte sich eine Playlist auf ihrem Handy, das sich schon automatisch mit dem Soundsystem im Zimmer verbunden hatte, öffnete die Tür nach draußen und genoss das belebende Getränk und die noch kühle Aprilluft, während Vanessa Paradis im Hintergrund leichtfüßig trällerte.

Auch wenn sie nur kurz in den Fall involviert gewesen war, so überkam sie doch, genau wie früher, eine sonderbare Leere. Es war kein Hochgefühl, denn es ging immer um Menschenleben. Besonders schal waren jedoch Fälle wie dieser, wenn jemand um des Tötens willen tötete. Es war so entmutigend zu wissen, dass böse Taten immer wieder geschahen und immer wieder geschehen würden. Das entzog ihr Energie, und sie spürte die Resignation. Rasch leerte sie die Tasse, um unter die Dusche zu gehen. Das Wasser würde sie erfrischen und hoffentlich auch die trübe Stimmung vertreiben. Sie duschte ausgiebig, entschied sich, das Haar heute offen zu tragen, kämmte es energisch, bis es ihr in weichen Locken über die Schultern fiel. Eine leichte Tagescreme, ein Spur Rouge und ein dunkelroter Lippenstift waren alles, was sie auftrug. Sie schlüpfte in die waldgrüne Hose und wählte dazu eine weiße Bluse. Schwarze Pumps, eine runde, schwarze Gucci-Sonnenbrille und dezenter Schmuck in Gold verwandelten das sportive Outfit in einen schicken Businesslook.

Margeaux schaute auf die Uhr und stellte fest, dass sie noch genügend Zeit für ein Telefonat mit Thierry hatte, der sich gewiss freuen würde, von ihr zu hören. Ihren nächtlichen Gruß hatte er mit einem Kuss beantwortet. Sie setzte sich in den gemusterten Ohrensessel und überlegte, ob ein zweiter Kaffee hilfreich sein würde, bejahte dies und ließ ihn duftend in die Tasse laufen. Da sie heute nicht zum Laufen kommen würde, musste Koffein ihr dabei helfen, ihre Gehirnzellen zum Funktionieren zu bewegen. Ihr Sportprogramm zu Hause war immer das Gleiche: Sie joggte mit Willi rund zehn Kilometer durch die Campagne, im Anschluss schwamm sie eine Runde, und mehrfach in der Woche war sie in dem Fitnessraum, den sie sich in der alten Scheune eingerichtet hatte, aktiv, um Kampfsporttraining zu praktizieren. Doch zurzeit war sie noch nicht wieder in Topform, und die Laufstrecke legte sie daher langsam und gemächlich zurück, damit sie nicht wie eine alte Eisenbahn zu japsen begann.

Sie wählte Thierrys Nummer, hörte kurz darauf seine Stimme und bemerkte sofort, dass er nicht allein war.

»Guten Morgen«, sagte sie liebevoll, »du fehlst mir.«

»Guten Morgen«, antwortete er, »du mir auch.« Dann sagte er zu jemandem im Laden: »Ich bin gleich zurück.«

»Hey, nur keinen Stress, wenn du zu tun hast, ich wollte dich nur hören, das ist alles«, versicherte sie ihm schnell.

»Alles gut«, gab er ihr zu verstehen, »ich höre gern deine Stimme, das ist ein guter Start in einen Tag ohne dich. Ich habe nur gerade eine Frau im Laden, die mich fragt, ob ich jemanden kennen würde, der eine Köchin sucht. Sie hat das Restaurant Richtung Rognonas auf der linken Seite, erinnerst du dich?«

Margeaux dachte kurz nach. »Ja. Es war lecker und durchaus ambitioniert. Will sie aufhören?«

»So weit sind wir in unserem Gespräch noch nicht gekommen. Sie scheint mir irgendwie geschlaucht zu sein, aber wenn sie einen Job sucht, dann heißt das wohl, dass sie den Laden dichtmacht oder übergibt. Denkst du, es wäre eine gute Idee, sie Julien zu empfehlen?«, wollte er wissen.

»Papa hat schon oft gesagt, dass er es schade findet, dass er im Küchenteam keine tatkräftige Köchin hat. Wenn sie ihr Handwerk gut versteht, warum nicht?«, bejahte Margeaux die Idee.

»Ich frage sie einfach mal und sage dann deinem Vater Bescheid«, antwortete Thierry. »Weißt du schon, wann du wieder zurückkommst? Ich glaube, ich habe gerade einen Hochzeitskoller oder so was und brauche deine Nähe!«

»Hochzeitskoller? Willst du mich etwa vor dem Altar stehen lassen und davonrennen?«, fragte sie leichthin.

»Ich habe schon über den Kauf von Turnschuhen sinniert«, gab er offen zu.

»Das klingt ernst. Ich leihe mir auf dem Präsidium ein Paar Handschellen aus«, sie blieb locker, »dann musst du entweder Ja sagen, oder wir rennen gemeinsam davon.«

»Ich liebe dich«, er klang erleichtert, dass sie es so humorvoll aufnahm.

»Es ist in Ordnung, Thierry, du darfst so fühlen, solange du nur mit mir darüber redest. Wir haben uns versprochen, keine Geheimnisse mehr voreinander zu haben«, verdeutlichte sie ihre Position nun etwas ernster. »Ich liebe dich sehr, und jetzt muss ich los. Ach so, ich buche den Rückflug für morgen, heute gibt es keine Maschine«, fügte sie noch an.

»Danke, Margeaux«, sagte er warm, »ich freue mich darauf, dich morgen wieder in die Arme zu schließen!«

Sie legten auf, und Margeaux erhob sich, zog den dunkelgrünen Blazer über, hängte sich die Tasche um und warf noch einen prüfenden Blick in den Spiegel, bevor sie das Zimmer verließ. An der Rezeption begrüßte sie Maxine Heldmann, die Tochter des Hauses, und buchte für den Abend einen Tisch im Restaurant, dann trat sie durch die schwere Holztür nach draußen. Gerade im richtigen Moment. Es war immer wieder spannend, wie sie mit Frank verbunden zu sein schien, denn sein Wagen kam die Rosenstraße hinab, er wendete und öffnete die Beifahrertür schwungvoll von innen: »Benötigen Madame eine Mitfahrgelegenheit?«

Sie hob eine Hand, stieg dann lächelnd ein, roch sein vertrautes Aftershave, und alles schien irgendwie wie früher zu sein. Das Dream-Team Surfin-Kaiser war gemeinsam unterwegs. Manchmal war das Leben wirklich sehr verwirrend, eben noch hatte sie sich traurig und angespannt gefühlt, weil sie einen brutalen Mörder dingfest gemacht hatten, und nun war sie auf einmal beschwingt und hätte es vollkommen normal gefunden, mit Frank erneut auf die Jagd zu gehen.

Barbentane – Mitte April

Thierry war nach seinem kurzen Telefonat rasch wieder in den Laden geeilt, die Frau saß noch immer ernst dreinblickend am Tisch und nippte an ihrem Café noir. Das mit Marzipan gefüllte Gebäck jedoch war verschwunden, und nur ein paar blättrige Krümel zeugten davon, dass es eben noch dort gelegen hatte.

»Das war köstlich«, sagte sie, und ihre Stimme klang dunkel, »darf ich bitte noch eins haben?«

»Selbstverständlich«, antwortete Thierry und brachte ihr ein weiteres Croissant aux amandes an den Platz, »meine Verlobte ist auch ganz verrückt danach.«

Sie nickte. »Sie verstehen Ihr Handwerk!«

»Apropos Handwerk«, nahm Thierry den Faden auf, »mein zukünftiger Schwiegervater hat ein tolles Restaurant in Avignon, und Margeaux, das ist meine Verlobte, meinte, er suche eine Köchin, die ihr Handwerk versteht. Seine Küche ist traditionell und innovativ zur gleichen Zeit. Wo haben Sie denn Ihr Metier gelernt?«

»Unter anderem bei Bocuse«, sagte sie, und ihre Stimme klang nicht stolz oder zufrieden, sondern fast tonlos.

»Da war Julien auch vor vielen, vielen Jahren. Das würde ihm gewiss gefallen. Wenn Sie wollen, kann ich den Kontakt zwischen Ihnen beiden herstellen?«

»Ja, ich weiß nicht, das klingt gut, aber ich habe tatsächlich nicht erwartet, dass Sie sofort eine Antwort auf meine Frage haben. Das, ja also, das überrumpelt mich ein wenig«, machte sie stotternd einen Rückzieher.

Thierry hob entschuldigend die Hände: »Oh, das tut mir leid, ich wollte Sie nicht überfordern. Denken Sie einfach in Ruhe darüber nach.«

»Wie heißt denn das Restaurant?«, wollte sie zögernd wissen.

»›Chez Louise‹«, antwortete er und stellte verblüfft fest, dass ihre Augen erst überrascht und dann fast ängstlich dreinblickten.

»Das kenne ich. Danke«, sagte sie schlicht und wandte sich dem blättrigen Gebäck zu.

Es klingelte leicht, die Ladentür öffnete sich, Thierrys Mitarbeiterin kam herein, und hinter ihr betraten mehrere Frauen die Bäckerei, unter ihnen auch Hilde.

Er nickte Catherine freundlich zu, begrüßte die Menschen und ging zu Hilde, um sie mit den typischen drei Wangenküssen in die Arme zu schließen. Sie würde nach der Hochzeit so etwas wie seine Schwiegermutter werden und Aimé sein zweiter Schwiegervater. Das musste man als Bräutigam erst einmal hinbekommen: zwei Väter, die auf ihre Tochter achteten und den Zukünftigen streng im Auge behielten. Aber seine Eltern als Pendant zu bekommen war auch nicht unbedingt leichter.

Sie plauderten ein wenig, und als er sich das nächste Mal nach der Köchin umdrehte, war sie verschwunden. Das Geld lag auf dem Tisch, er hob kurz verwundert die Schultern, vergaß sie dann aber rasch.

Avignon – Mitte April

Julien spürte den Reiz des Notebooks erneut, rief sich dann jedoch massiv zur Vernunft. Erst musste er mit seiner Tochter über Annabelle sprechen. Es war nicht gut, die alte Dame so allein zu lassen, auch wenn sie es sich ausdrücklich so gewünscht hatte. Manchmal musste man sich einfach über solche Grenzen hinwegsetzen. Hätte er anders gehandelt, als Margeaux sich in ihrer Trauer verkrochen hatte, wer wusste schon, was dann vielleicht geschehen wäre? Er hatte nicht akzeptiert, dass sie in diesem Loch allein sein wollte. Ebenso wenig durften sie nun hinnehmen, dass Annabelle darauf bestand.

Er wählte Margeaux' Nummer und war enttäuscht, als sich nur ihre Mailbox meldete. Er hinterließ eine kurze Nachricht und bat um Rückruf, dann trat die Versuchung wieder auf den Plan. Als würde der Computer einen Ruf ausstoßen, der ihn anzog wie Honig die Bienen.

»Nur einen kurzen Blick«, sagte er laut zu sich selbst, »dann erledige ich wie immer meine Aufgaben.«

Er klappte das Gerät auf, loggte sich ein und sah zu seiner Freude, dass ihn schon Nachrichten erwarteten. Eine liebevolle Begrüßung am Morgen hatte er schon lange nicht mehr erhalten, und er antwortete. Einen Augenblick später leuchtete das grüne Häkchen neben ihrem Profilbild, und ein leichtes Geplänkel entspann sich.

»Was steht denn heute noch auf dem Plan?«, wollte Melodie wissen. Die attraktive Frau Anfang fünfzig mit dem klangvollen Namen schien ehrlich interessiert zu sein.

»Ich gehe wie jeden Morgen in den Großmarkt Les Halles und kaufe ein, dann kommen die täglichen Lieferungen, und im Anschluss bereite ich mit meinem Team alles für den Mittag vor«, beschrieb er seinen Tag und war erstaunt, als sie begeistert reagierte und ein paar Fachbegriffe benutzte. Nun war es an ihm zu fragen, wie sich denn ihr Tag gestaltete.

»Ich arbeite ja im Homeoffice für eine Bank, und da habe ich heute einige Beratungsgespräche, ansonsten ist es viel Schreibarbeit. Also sehr langweilig im Vergleich zu deinem aufregenden Leben in der Küche und am Gast.«

Auch die Art, wie sie manche Dinge formulierte, zeigten ihm, dass sie gastronomische Kenntnisse hatte. Er freute sich darüber, denn eine Frau, die nicht nur Essen gern mochte, sondern auch ein Grundverständnis für seinen Beruf hatte, war einfach klasse. Er nahm all seinen Mut zusammen und teilte ihr mit, was er dachte. Sie reagierte mit einem Rote-Wangen-Smiley. Er war einfach nicht auf dem aktuellen Stand der Dinge und hatte keine Ahnung, was dieses Ding bedeutete: Freute sie sich und bekam deshalb rote Wangen, oder schämte sie sich etwa? Einen roten Kopf bekam man ja auch, wenn man irritiert war. Hatte er sie vielleicht verärgert? Sofort setzte die Unsicherheit wieder ein, und er bereute es, den Tag so begonnen zu haben. Er verdammte seine Neugier, doch dann kam etwas, was ihn vollkommen aus der Bahn warf: Sie schickte ihm ein Smiley mit Herzchenaugen und wünschte ihm einen tollen Tag.

Ich freue mich auf heute Abend, schrieb sie, treffen wir uns nach dem Service wieder bei einem Glas Wein?

Rasch bestätigte er diese Verabredung und kam sich erneut wie ein Teenager vor. Dann klappte er den Laptop zu und wählte die Nummer seines Freundes, während er auf dem Weg in die Tiefgarage zu seinem Auto war. Seine Wohnung lag nicht weit entfernt vom »Chez Louise« in einer ruhigen Seitenstraße des Place Saint Didier.

Er mochte die Ecke sehr, und es war nie ein Problem in seiner Ehe gewesen, dass sie beide eigene Wohnungen hatten. Es hatte ihre Liebe auf eine besondere Art und Weise jung gehalten. Er hatte sie geliebt, liebte sie noch immer. Daran würde auch eine Bekanntschaft nichts ändern.

Aimé nahm seinen Anruf entgegen, um ihm zu erklären, dass er gerade die unfassbar wichtige Aufgabe zu erledigen hatte, die Rassekatze einer Nachbarin einzufangen, die in einem Gebüsch verrückt gespielt hatte und nun dort festhing. »Ich melde mich später«, sagte der Flic und klang atemlos.

Julien schüttelte überrascht den Kopf über das, was alles zu den Aufgaben eines Dorfpolizisten gehörte. Er ging weiter, trank einen schnellen Café noir bei Paul Norman an der Bar und unterhielt sich mit dem Kollegen über Alltägliches. Sie waren beide bereits in dem Alter, in dem man auch gern über das ein oder andere Zipperlein sprach, und auch das war bei dem belebenden Heißgetränk alles rasch abgehandelt. Es war immer wichtig, informiert zu sein, und die kleinen Gespräche im Vorbeigehen waren daher weit mehr als ein Schwätzchen.

Kurze Zeit später saß er in seinem Wagen auf dem Weg zum Einkaufen und fühlte sich ob all der jugendlichen Aufregung richtig gut.

Stuttgart – Mitte April

Sie hatten im Auto nur wenig über den Fall gesprochen und sich stattdessen ausführlich über Privates ausgetauscht. Frank würde in wenigen Wochen seinen Jahresurlaub in der Provence verbringen, Margeaux' Trauzeuge sein und sich ausgiebig erholen. Zudem dachte er ernsthaft darüber nach, sich für ein Jahr beurlauben zu lassen, um nicht nur Zeit mit seinen Freunden rund um Hameau les Bouisses zu verbringen, sondern auch über sich, seine Beziehungen und seine Familiengeschichte in Ruhe nachzudenken.

»Das Appartement auf der Scheune ist immer für dich frei«, hatte sie ihm angeboten und es vollkommen ernst gemeint. Auch Thierry hatte deutlich gemacht, dass er gern mehr Zeit mit Frank verbringen würde, um die Freundschaft zwischen ihnen zu vertiefen.

»Ich weiß das zu schätzen, Margeaux, und gleichzeitig kann es sein, sollte ich diesen Weg wirklich einschlagen wollen, dass ich auch mal ganz allein sein muss, um ohne Ablenkung über mein Leben nachzudenken und ... was ich von der Zukunft erwarte«, hatte er ernst geantwortet.

Sie konnte ihn nur zu gut verstehen, der Job machte einen dünnhäutig, egal, wie cool und tough man sich auch gab. Die Swen Gräfners dieser Welt durchbrachen die Barrieren und erschütterten einen im Kern. Und Kerle wie ihn würde es immer wieder geben.

Sie hatte ihre Hand verstehend auf seinen Oberarm gelegt und abschließend gesagt: »Du weißt, dass ich immer für dich da bin!«

Er hatte sie angelächelt und ihr stummer Austausch basierte auf dem vollkommenen Verständnis füreinander.

Im Kommissariat traf Margeaux mit großem »Hallo« weitere Kolleginnen und Kollegen von früher, hielt ein wenig Small Talk hier und da, während Frank in der Küche Kaffee für sie beide holte. Auch das hatte sich seit ihrem Weggang verändert: Mittlerweile gab es einen anständigen Vollautomaten, und der Kaffee war keine braune Brühe mehr, sondern ein akzeptables Getränk mit anständiger Crema.

Der große Besprechungsraum war voll mit Menschen, und Margeaux wünschte sich, dass ein Bild dieser Gruppe die Öffentlichkeit erreichen würde, damit die Leute dort draußen sehen konnten, mit wie viel Manpower die Polizei an dem Fall gearbeitet hatte, um das Mädchen zu finden und den Täter wirklich dingfest zu machen. Werner stand an seinem Tisch vor dem Plenum und strahlte seine typische Überheblichkeit aus. Er sah sie den Raum betreten und winkte sie beide mit einer herrischen Geste herbei.

»Na, das ist der Werner, den ich kenne«, flüsterte sie Frank zu, während sie sich einen Weg nach vorn bahnten. Frank grinste nur bestätigend. Es war tatsächlich sonderbar, den Ausrufezeichenchef plötzlich zu mögen, und Momente wie dieser hier stellten den Status quo wieder her, was äußerst beruhigend war.

»Er hat noch gesungen wie eine Lerche im Morgengrauen«, sagte Werner ohne jede Begrüßung und drückte den beiden einen Stapel Papiere in die Hand, »ihr fahrt nachher zum Tatort und schaut euch das an.«

Margeaux wollte aufbegehren, doch er wandte sich bereits dem Staatsanwalt zu, der gerade am Tisch Platz nahm und Margeaux und Frank mit einem Blick bedachte, der einer Kombination aus Ekel und Verachtung, aber auch einem Hauch von Angst glich.

»Na bravo«, sagte sie an Frank gewandt, »bin ich jetzt wieder ganz normal ein Teil des Teams oder wie denkt er sich das?«

»Wahrscheinlich hat er schlichtweg vergessen, dass du *nur noch* Beraterin bist«, unkte er, und sie setzten sich in die erste Reihe, die nur spärlich besetzt war, als fürchteten die Kollegen, wie früher in der Schule abgefragt zu werden, wenn sie dort saßen.

»Na ja, es wäre schon nett, mir zu sagen, wie umfassend mein Auftrag ist und wie lange ich hierbleiben soll.« Sie zuckte mit den Schultern.

»Schon ja … Für Pia ist das ja auch nicht so leicht, wenn du mit mir draußen bist«, merkte er an.

»Du bist aber schon Frank Kaiser, oder?«, wollte sie scherzend wissen, dann erhob Werner die Stimme und begrüßte das Plenum.

Aix-en-Provence – Mitte April

Mit ihm war es anders. Er war wirklich anders. Das spürte sie ganz genau, und es gab ihr jenes belebende Gefühl, nach dem sie so verbissen suchte. Sie hatte es gehabt, bis ihr Vater damals gestorben war. Ihr Vater war ein wundervoller und lebenslustiger Mann gewesen, er hatte nicht nur sie, sondern auch ihre Mutter binnen Sekunden mit seiner Freude und Begeisterung anstecken können.

An den Wochenenden bereitete der versierte Koch French Toast für sie zu, auf einer großen Stahlplatte, die furchtbar heiß werden konnte. Er röstete die Toastscheiben in so viel Butter, dass der Duft das ganze Haus erfüllte und ihre Mutter regelmäßig aus dem Bett lockte.

Dann standen sie erwartungsvoll da, sie schmiegte sich an ihre Mutter, deren Haar noch wirr vom Schlafen war. Das Wasser lief ihr im Mund zusammen, während der Vater mit geübter Hand Eier und Milch miteinander verquirlte, Butterstücke auf die Platte gab und die von der Eier-Milch-Mischung durchtränkten Toastscheiben goldbraun brutzelte. Auf jede Scheibe gab er dann etwas geriebenen Käse, ließ ihn kurz weich werden und drehte den Toast mit einer geschickten Bewegung um, sodass der Käse sich schmelzend mit dem buttrigen Brot verband. Jeder von ihnen bekam eine Scheibe mit Käse und eine, auf die er etwas Zucker und Zimt streute.

Es war wundervoll gewesen.

Sie verband vor allem den Duft von Zimt und Butter mit den glücklichen Tagen ihrer Kindheit. Vielleicht konnte ihr ihr neuer Chatpartner eines Tages auch einmal ein solches

Frühstück zubereiten. Sie würden lachend zusammen in der Küche stehen, sie sah sich in einem seiner Hemden mit nackten Beinen an die Küchentheke gelehnt, während er den Pfannenwender schwang. Einen Augenblick lang glaubte sie, bereits in dieser Situation zu sein, und wollte sich in das Gefühl einhüllen wie in eine kuschelige Decke, doch dann kam die Realität zurück. Ihre Hände begannen zu zittern, und die anderen Bilder schoben sich vor die kindliche Idylle. Sie sah ihre Mutter mit rot verweinten Augen, verstummt von Trauer und Verlust. So, als hätte nur sie jemanden verloren und das kleine Mädchen an ihrer Seite nicht. Doch die stumme Erstarrung war nicht für immer geblieben, als sie dann doch wieder rosige Wangen und strahlende Augen bekommen hatte, hatte sich nicht nur das Leben der Erwachsenen vollkommen verändert, sondern auch das des Kindes. Ab da war erneut für immer alles anders geworden.

Ihre Hände krampften sich um die Tischplatte, und sie versuchte sich wieder an das wundervolle Gefühl zu erinnern, das noch eben so präsent gewesen war. Doch mit einer kaum auszuhaltenden Kraft übernahmen ihre eigenen Abgründe wieder einmal die Regie. Sie löste die Hände Stück für Stück von der Platte, wankte zur Spüle, um das schweißnasse, klebrige Gefühl abzuwaschen, und griff dann zu dem Messer aus Orange. Kühl und schwer lag der Griff in ihrer Hand, der Stahl glänzte, und es war, als ginge ein Zauber von ihm aus, denn die Dunkelheit schwand, wurde durch fließendes Rot ersetzt und ihre eigene Gedankenwelt im Anschluss wieder heller. Sie tauchte auf, als wäre sie ohne Luft zu lange unter Wasser gewesen, atemlos japsend, mit tobendem Herzschlag. Was noch eben vollkommen klar gewesen war, war nun verschwommen: War er wirklich der Richtige?

War er derjenige, der die Dunkelheit für immer vertreiben würde und sie in Zimt, Butter und zärtliche Liebe einhüllte, oder war er genau wie alle anderen und verbarg es nur besser?

Barbentane – Mitte April

Hilde war gemütlich in den Tag gestartet, hatte Croissants und frisches Baguette bei Thierry geholt und ein üppiges Frühstück für sich und Aimé vorbereitet. Er musste irgendein Tier aus einem Gebüsch zerren und hatte sich danach eine Stärkung verdient. Sie wollte nicht mit ihm tauschen. Manchmal war sein Alltag so voller Langeweile, dass er von sich aus davon zu sprechen begann in Rente zu gehen, und dann wieder war er so aufregend, dass sie vor lauter Sorge um ihn immer mehr graue Haare bekam und er nicht im Traum daran dachte, seinen Platz zu räumen. Sie liebte diesen verrückten Kerl, hatte ihn vom ersten Augenblick an geliebt, als sie damals auf dem Weg zur Arbeit in der eisigen Kälte des Morgens gegen ihn gerannt war.

Sie war mit Willi ein kleines Stück hoch zum Turm gelaufen und würde später auf dem Weiler eine große Runde mit ihm gehen, vielleicht konnte Aimé mitkommen, das hatten sie schon lange nicht mehr gemacht. In der knapp bemessenen freien Zeit, die sie miteinander hatten, trafen sie Freunde oder brachten ihr eigenes großes Gartengrundstück am Ortsrand, Cabanon genannt, auf Vordermann. Die Oliven- und Aprikosenbäume brauchten Pflege, genauso wie das Gartenhaus und die Grillstelle. Es war schön, dort zu sitzen und die lauen Sommerabende zu genießen, doch das war eben nur möglich, wenn man auch Sorge dafür trug, dass alles gepflegt war. Sie spürte das Alter in den Knochen, wollte es zwar nicht gern zugeben, aber auch die Arbeit in dem großen

Haus auf Hameau les Bouisses fiel ihr nicht mehr so leicht wie früher.

Margeaux bat sie regelmäßig, langsamer zu machen: »Ob die Fenster heute oder morgen alle blitzblank sind, spielt wirklich keine Rolle, aber ob du fit bist, schon!« Dann hatte sie sogar vorgeschlagen, dass Hilde sich nach einer Unterstützung für die körperlich anstrengenden Arbeiten umschauen sollte.

»Papperlapapp«, hatte Hilde das Angebot abgelehnt, »das hier ist mein Einsatzbereich, und ich weiß, wie es sein soll. Nachher schlurt da jemand rum, und das ist schlimmer für mich als ein kleiner Stich im Rücken!«

Doch aus dem kleinen Stich wurden oft starke Schmerzen und sie begann, darüber nachzudenken, ob es nicht besser wäre, Margeaux' Angebot anzunehmen. Dazu kam, dass sie gerade heute früh auf dem Weg zum Bäcker eine ihrer Boule-Freundinnen getroffen hatte, die sie explizit gefragt hatte, ob sie nicht eine angenehme Arbeit für ihre Nichte kennen würde. Die junge Frau brauchte wohl dringend etwas zu tun, das mit Kindern zu vereinbaren war, und nach Aussage der Freundin war sie ein wahrer Putzteufel. Das schien eine Art Zeichen zu sein. Sie beschloss, ernsthaft darüber nachzudenken und Clementine einmal anzurufen.

»Superman ist nach der Rettung der Welt zurück«, rief es aus der Küche, und Aimé kam lachend in das Wohn-Ess-Zimmer. Willi stürzte sich wie ein Verrückter auf ihn, warf sich auf den Rücken und gab freudige Geräusche von sich, als sich der Flic zu ihm hinabbeugte und ihn kraulte.

»Du hast einen Zug vor dem Entgleisen gerettet, ohne dass deine Uniform darunter gelitten hat«, sagte sie grinsend und erinnerte sich an die Szene, in der Clark Kent, alias Superman, eine Lücke zwischen den Schienen einer Brücke mit seinem Körper verschlossen hatte.

»Ja, Lois, genau so war es!« Er grinste breit zurück, pfiff die Superman-Melodie, gab ihr dann einen herzhaften Kuss und ließ sich auf seinen Stuhl am reich gedeckten Tisch fallen. »Und deshalb habe ich mir das hier auch redlich verdient«, er wies mit dem Arm auf das Essen und goss ihnen einen Kaffee ein.

Sie genossen die gemeinsame Zeit, und nachdem der Flic die Rettungsaktion mit dramatischen Gesten zum Besten gegeben hatte, plauderten sie über dies und das, bis Hilde wieder ihr Freund Julien durch den Kopf schoss.

»Hast du schon etwas von unserem Herrn auf Freiersfüße gehört?«, fragte sie leichthin.

»Da klingt ein komischer Unterton mit, Chérie«, sagte ihr Mann sogleich; er kannte sie einfach zu gut.

»Es tut mir leid«, entschuldigte sie sich, »ich wünsche mir einerseits sehr, dass er glücklich ist, und andererseits kann ich mir keine andere Frau an seiner Seite vorstellen als Marie-Louise.«

»Ich verstehe dich«, Aimé klang sanft, »doch das muss du ihm gönnen. Es wird gewiss schon sonderbar für ihn, wenn Thierry nach der Hochzeit nach Hameau les Bouisses zieht, obwohl er das Haus ja schon lange losgelassen hat. Aber es war eben doch sein Fixpunkt mit Marie-Louise.«

»Ja«, sagte Hilde schlicht.

»Er hat mich angerufen, aber ich konnte nicht mit ihm sprechen, du erinnerst dich ... der Zug und so«, beantwortete er ihre Frage und versuchte die entspannte Stimmung wiederherzustellen.

Hilde schaute ihn dankbar an und gab einen Löffel ihrer köstlichen Aprikosenmarmelade mit Mandelblättchen auf ihr Stück Baguette. Jetzt würde sie die Zweisamkeit genießen, aufregen konnte sie sich noch genug, wenn Aimé wieder fort war.

Pakt mit dem Teufel

Er hat uns der Macht der Finsternis entrissen und aufgenommen in das Reich seines geliebten Sohnes. Durch ihn haben wir die Erlösung, die Vergebung der Sünden.

Kolosser 1,13–14

Vielleicht würde nach all dem Dunkel doch irgendwann wieder das Licht in ihr Leben einkehren, oder hatte sie ihre Seele bereits an den Teufel verschachert? Ihr Handeln war wie ein Pakt mit ihm gewesen, und er hatte seinen Teil erfüllt, indem er ihren Plan hatte aufgehen lassen. Doch nun, wo sie darüber nachdachte und die alten Albträume wieder zurückgekehrt waren, erschien es ihr vollkommen verstörend, all das umgesetzt und auf die böse Stimme in ihrem Inneren gehört zu haben. Früher war sie so voller Begeisterung gewesen, hatte ihren Traum zum Greifen nah gehabt und dann nicht darum gekämpft. All ihr Lebensmut war in diesem kalten Raum aus ihr herausgeflossen, und dann hatte sie lange Zeit geglaubt, ein Racheengel zu sein. Doch das war sie nicht, sie hätte damals ihre Stimme erheben müssen! Doch sie hatte geschwiegen und war so winzig geworden, dass jeder sie wie eine Küchenschabe hatte behandeln können.

Jetzt war sie erneut am Ende eines Abschnitts angekommen, wieder ausgelöst durch das, was vor vielen Jahren geschehen war. Fast vergaß sie die Schwere ihrer Tat und bagatellisierte das Geschehen, denn es war doch gerecht gewesen.

Eine gerechte Strafe! Gab es das überhaupt? Konnte eine Strafe, ohne das Gesetz zu befolgen, gerecht sein? Oder redete sie sich etwas schön, was am Ende genauso grausam gewesen war wie die Tat, die am Anfang gestanden hatte?

Sie musste ihr Leben ändern, und jetzt war der richtige Zeitpunkt!

Avignon – Mitte April

Julien griff erneut zum Telefon, um erst seinen Freund Aimé und dann Margeaux anzurufen. Erstaunt sah er eine Kurznachricht auf seinem Display: *Ich hoffe, du bist mir nicht böse. Ich habe dich gegoogelt und diese Nummer gefunden. Falls du hier nicht mit mir schreiben möchtest, bleiben wir im Chat. Liebste Grüße! Melodie*

Er ließ das Smartphone kurz sinken, in seiner Magengrube flatterte etwas, aber er wusste nicht, ob es sich nur um freudige Aufregung handelte oder ob ihm die Kommunikation über das Handy, das er immer bei sich trug, recht war. Er wollte Melodie nicht vertreiben, bemerkte aber gleichzeitig, dass er etwas Zeit brauchte, um sich klar zu werden, ob das für ihn in Ordnung war.

Eine neue Nachricht plingte auf: *Es war eine dumme Idee, bitte entschuldige. Wir schreiben online weiter …* Ein lächelndes Emoticon mit weit geöffneten Augen schloss die Nachricht.

Er reagierte intuitiv: *Lass mir kurz Zeit zum Nachdenken, damit ich nichts falsch mache. Du weißt, ich bin in alldem ungeübt! Julien*

Er verzichtete auf Zeichen oder gelbe Gesichter, denn es war, wie er es in Worte fasste: Er brauchte etwas Zeit zum Nachdenken, und das gelang ihm immer am besten in der Küche, wenn er etwas rührte oder schnippelte.

Sie schien ehrlich an ihm interessiert zu sein und legte ein flottes Tempo vor. Man merkte, dass sie jünger war als er. Vielleicht gehörte man heute mit Mitte sechzig doch schon zum alten Eisen, obwohl er sich noch aktiv und auch männlich fühlte.

Er schnitt Karotten, Courgettes und Sellerie zu Brunoise, alle Würfelchen mit einer Kantenlänge von 1,5 mm, dafür brauchte er Aufmerksamkeit, aber keine Konzentration, denn diese Tätigkeit war ihm längst in Fleisch und Blut übergegangen. Er würde mit Aimé darüber reden, wie er sich am besten verhalten sollte. Sein Freund musste ihm einen Tipp von Mann zu Mann geben. Ging das alles zu schnell, oder war es normal, wenn man sich gut verstand, dass man nicht ewig Zeit verplemperte?

Rasch beendete er seine Vorbereitungen, gab dem Küchenteam noch ein paar Anweisungen und meldete sich für eine Viertelstunde ab. Mit großen Schritten marschierte er erneut auf den Park zu, während er Aimés Nummer wählte.

Stuttgart – Mitte April

Die Einsatzbesprechung war wie immer gewesen: offene Kommunikation, manchmal kleine Seitenhiebe, aber keine Schuldzuweisungen. Das ließ Werner tatsächlich nicht zu. Jetzt, wo Margeaux genügend Abstand zu ihm und dem Team hatte, erkannte sie, dass er zwar unfassbar anstrengend sein konnte, aber wenn er sich im Griff hatte, einen guten Job machte. Nur zweimal war er an diesem Vormittag ausgeflippt und hatte quasi nach jedem Wort seine drei Ausrufzeichen anklingen lassen. Eine leise Stimme aus der Gruppe der Cyberexperten hatte den Einsatz »von dem Kerl in Frankreich« moniert und dabei scheinbar vergessen, dass Matze zusammen mit Margeaux und Frank den Serienmörder Martin Angerer identifiziert und dingfest gemacht hatte. Das hatte Werner kurz auf die Palme gebracht, doch er war rasch wieder heruntergeklettert.

Als die Einsatztruppe, die das Kind aus dem Unterstand im Wald gerettet hatte, ins Kreuzfeuer geraten war, hatten seine Augen kurz Dolche in die Menge geworfen, denn die Männer hatten im unwegsamen Dunkel ihr Bestes gegeben. Da Enyas Leben aber noch immer am seidenen Faden hing, waren einige der Ansicht gewesen, es wäre mit einem SE-Kommando schneller gegangen. Werner hatte das ebenso persönlich genommen wie den Angriff auf Matze König.

Nachdem er sich wieder abgeregt hatte, war die Besprechung ruhig und zielgerichtet verlaufen. Es war immer wichtig, sich zu hinterfragen und zu klären, was man besser machen konnte, denn schließlich lernte man immer dazu. Jede neue Fallsituation erforderte eine neue Bewertung, denn keine Situation, die den Einsatz der Mordkommission erforderte, war wie die andere. Jeder Täter musste separat betrachtet werden. Früher hatte Margeaux die Besprechungen als Herausforderung empfunden, da sie sehr oft tief in einen Fall involviert gewesen war. Heute war es interessant, da sie sich zwar als Teil des Systems verstand, aber doch auf eine gewisse Art eine Außenstehende war. Oder hatte Aimé einfach recht, wenn er sagte: »Einmal Polizistin, immer Polizistin!«

Sie hatten sich gerade auf den Weg gemacht, den Tatort zu besichtigen, als Werner sie noch schnell in sein Büro winkte.

»Entschuldige, Margeaux, es war irgendwie so normal, dich dort neben Frank sitzen zu sehen, dass es mir im Eifer vollkommen entfallen ist, die Zeit deines Aufenthalts mit dir zu klären«, sagte er und versuchte, zerknirscht zu wirken.

»Manchmal bist du mir mehr als ein Rätsel«, gab Margeaux verblüfft zurück. Werner entschuldigte sich bei ihr, was für ein Novum.

»Das sagt Myriam auch immer.« Ein winziges Zucken um seine Augen zeigte ihr an, dass er sich bei dieser Aussage wirklich freute. Der Ringmuskel um die Augen musste sich zusammenziehen, um echt erlebter Freude Ausdruck zu verleihen. Das einfache Hochschieben der Mundwinkel reichte dazu nicht aus und wurde wissenschaftlich als sozial motiviertes Lächeln benannt.

»Der intensivere Kontakt zu Myriam und Katja scheint dir wirklich gutzutun«, erwiderte sie, »und das darf ich sagen, denn wir beide hatten es nicht immer leicht miteinander.«

Der Chef ließ die Aussage so stehen und nickte leicht, dann erklärte er: »Ich möchte einfach, dass ihr euch dort umschaut und die Augen offen haltet. Gräfner hat zwar gesungen, aber ich habe ein komisches Gefühl bei dem Kerl.«

»Denkst du, er hat noch mehr auf dem Kerbholz, als er so freundlich ausgeplaudert hat?«, fragte Frank überrascht.

»Schaut einfach genau hin. Ihr wisst, dass solche Täter oft Souvenirjäger sind.«

»Da ist was dran«, gab Margeaux ihm recht. Auch wenn die BSU-Studien nur teilweise validiert waren, so hatten sich diese Muster doch verhältnismäßig oft bei sexuell motivierten Tätern abgezeichnet.

»Ich bete, dass da nichts ist«, stieß Frank bestürzt aus.

Barbentane – Mitte April

Thierry saß müde in seinem Büro und schrieb Rechnungen. Er war immer wieder erstaunt, was so alles zusammenkam, wenn man Hotels belieferte. Es war ein gutes Gefühl zu sehen, wie hervorragend sich sein kleines Unternehmen entwickelte. Sein Handy klingelte, und er sah die Nummer seiner Mutter. Er liebte sie sehr und würde alles für sie tun, aber ihr Eifer um die Hochzeit machte ihn schier verrückt. Seitdem Elodies Feier nicht wie geplant hatte stattfinden können, hatte sie sich auf die Hochzeit ihres einzigen Sohnes gestürzt wie eine Verdurstende auf Wasser. Es würde wohl das Event des Jahrhunderts in der Region werden, zumindest befürchtete er das mittlerweile.

Sekunden nachdem er sie begrüßt hatte, fragte sie zum gefühlt einhundertsten Mal: »Wieso willst du die Torte selbst machen, mein Junge? Das ist so viel Arbeit, und du musst dazu an den Tagen vor der Zeremonie in der Bäckerei sein!«

»Wo sollte ich sonst sein, Maman?«, fragte er wieder einmal entgeistert.

Sie führte lang und breit aus, was er in diesen Tagen alles zu tun hatte, welche Familienmitglieder und Freunde von irgendwoher anreisen und seiner Unterhaltung bedürfen würden.

Margeaux wird sich eher einen Fuß abhacken oder einem Mörder die Hand halten, als sich das anzutun, dachte er im Stillen – und auch er würde gewiss lieber seine Zeit mit Fondant, Zuckerrosen und Cremes verbringen.

»Das ist keine Option, *ich* backe die Torte. Ich möchte an meiner Hochzeit nichts anderes mit meiner Frau anschneiden als mein eigenes Meisterwerk«, trug er ganz bewusst dick auf, denn er wusste, wie stolz sie auf ihn und sein Können war.

»Ich verstehe das schon, Thierry«, gab sie ihm recht, »doch Gastgeber zu sein gehört eben auch dazu.«

Sie war es gewohnt, sich gegen ihren dickköpfigen Ehemann durchzusetzen, daher wusste er, dass es ihn viel Energie kosten würde, standhaft zu bleiben: »Ich bin zu müde für diese Diskussion, Maman, lass uns das auf später verschieben ... bitte!«

Sie besprachen einige Rahmenbedingungen der Feierlichkeiten und verabschiedeten sich dann liebevoll. »Bis Sonntag, mein Junge«, sagte sie, »ich freue mich auf euch.«

Er gab ihr einen Kuss und wandte sich dann wieder der Büroarbeit zu. Sein Telefon klingelte erneut, und er wollte es schon entnervt auf stumm schalten, doch eine unbekannte Nummer machte ihn neugierig.

»Hallo, Entschuldigung«, hörte er eine unsichere weibliche Stimme, »hier ist Catherine ... Catherine Frontier. Sie erinnern sich vielleicht an mich. Ich war in Ihrem Laden.«

»Hallo«, antwortete er tatsächlich verdutzt, »selbstverständlich erinnere ich mich an Sie, Catherine. Was kann ich für Sie tun?«

»Also, ich habe da noch mal drüber nachgedacht, über Ihren Schwiegervater ... Und ... also ich«, stammelte sie, »ich würde gern auf Ihr Angebot zurückkommen, also falls das ein Angebot war. Gott, ich klinge bestimmt wie eine Idiotin, aber das bin ich nicht. Wirklich nicht.«

»Alles in Ordnung«, beruhigte Thierry die aufgeregte Köchin.

»Ich möchte Sie bitten, ein gutes Wort für mich bei Ihrem Schwiegervater einzulegen, ich möchte mich gern bei ihm bewerben«, jetzt klang sie zielgerichtet und gefasst.

»Das mache ich gern. Erzählen Sie mir bitte noch ein wenig über Ihren Werdegang, dann kann ich das besser ankündigen.« Thierry war neugierig geworden.

Sie berichtete von ihren Stationen, und vor allem der Name Paul Bocuse gab ihm das Gefühl, sie empfehlen zu können, aber auch ihr Engagement mit ihrem eigenen Restaurant würde Julien gefallen, auch wenn es letzten Endes nicht funktioniert hatte. Der gute Wille zählte, denn sein zukünftiger Schwiegervater wusste nur zu gut, wie schwer es war, ein Restaurant gewinnbringend zu etablieren.

»Ich sage Julien Bescheid, dass Sie ihm Ihre Initiativbewerbung zukommen lassen, und am besten überraschen Sie ihn mit etwas Außergewöhnlichem, damit Sie ihm gleich zeigen können, was Sie draufhaben«, schlug er vor und fragte sich gleichzeitig, warum er sich so für sie einsetzte. Sie hatte ihn irgendwie angerührt. Da war ihr angespanntes Gesicht und etwas in ihren Augen gewesen, was den Beschützer in ihm aktiviert hatte. Anders konnte er es sich nicht erklären ... Oder war da etwas? Verwirrt schüttelte er den Kopf.

»Sind Sie noch dran?«, hörte er sie verlegen fragen.

»Ja. Pardon, ich war kurz in Gedanken«, versuchte er sein Schweigen zu erklären.

»In Ordnung, ich möchte Sie auch gar nicht länger aufhalten, Sie haben sicher zu tun«, kam sie ihm entgegen.

»Das habe ich tatsächlich, aber ich helfe Ihnen gern. Ich kündige Sie an, und der Rest ist dann Ihre Sache.«

»Danke, Thierry«, sagte sie leise.

»Keine Ursache«, er wollte schon auflegen, doch irgendwie hatte er das Gefühl noch etwas Aufmunterndes sagen zu müssen, »ich höre mich auch gern noch weiter um, falls das ›Chez Louise‹ nicht der richtige Ort für Sie ist.«

»Das ist wirklich lieb und sehr außergewöhnlich, dass Sie das tun wollen. Das passiert mir nicht oft. Danke und bis bald.« Nach dieser zaghaften Offenbarung legte sie tatsächlich auf.

Er schaute sein Handy noch eine ganze Zeit lang an und lauschte in sich hinein. War es wirklich nur der große Bruder in ihm, der auf die gut aussehende, aber auf eine sonderbare Art irgendwie unscheinbar wirkende Frau ansprang, oder reagierte er tatsächlich in einer Art Torschlusspanik und erfüllte all die klischeehaften Verhaltensweisen eines werdenden Ehemannes? Jetzt fehlte es nur noch, dass er bei seinem Junggesellenabschied mit einer Stripperin herumknutschte. Gott sei Dank würde er einen solchen Abend nicht erleben. Das hatte er Freunden und Familie verdeutlicht. Er war keiner von denen, die sich so amüsieren mussten, und doch passte es zu den Emotionen, die ihn gerade überkamen. So war er aber doch gar nicht, und seine Mutter würde ihm das Fell über die Ohren ziehen, sollte er die Hochzeit so wenige Wochen vorher auch nur irgendwie gefährden. Er war müde und musste sich unbedingt ausruhen. Er brauchte Margeaux an seiner Seite, um mit diesem Gefühlsmix klarzukommen, der ihn gerade aus der Bahn zu werfen schien. Er schnappte sich sein Handy und schickte ihr eine Nachricht: *Ich vermisse dich und brauche dich hier, Chérie.*

Prompt kam eine Antwort zurück: *Bin bald wieder bei dir. Der Wahnsinn hier wird mir gerade irgendwie zu viel …*

Er war überrascht und erfreut gleichzeitig. Alles würde gut werden. Nur noch wenige Wochen, und dann waren sie verheiratet.

Er erledigte seine Büroarbeit zügig, fuhr nach Hause und lag kurze Zeit später bereits in tiefem Schlaf.

Avignon – Mitte April

Endlich nahm der Freund das Gespräch an. Julien schilderte ihm rasch die Gegebenheiten und fragte dann: »Geht das nicht zu schnell? Ist das nicht zu persönlich?«

Aimé ließ sich Zeit mit der Antwort: »Ich habe wirklich keine Ahnung, wie schnell etwas heutzutage gehen darf. Hilde und ich ... also du kennst ja unsere Geschichte ... Wir haben nicht lange gezögert damals.«

»Das waren doch ganz andere Gegebenheiten«, griff Julien die Kennlerngeschichte der beiden auf, »du warst nur zu Besuch in einem Land hinter dem Eisernen Vorhang, außerdem war es Liebe auf den ersten Blick!«

»Ja«, pflichtete Aimé ihm schlicht bei.

»Also, das *ist* etwas ganz anderes«, beharrte Julien.

»Mein alter Freund, wenn es dir zu schnell geht, musst du es sagen, oder du schaust einfach mal, wo es dich hinführt«, blieb Aimé pragmatisch. »Gefällt sie dir denn?«

»Ja, sie gefällt mir. Sie ist ein ganz anderer Typ als Marie-Louise, und das ist auch gut so. Sie ist attraktiv, und wir haben uns gut unterhalten, also in diesem Chat. Nennt man das auch Unterhaltung, ach was, das ist ja unwichtig«, schalt Julien sich selbst.

»Dann probierst du es einfach aus, und wenn es nicht okay ist, kannst du ihr das sagen und damit auch verdeutlichen, *was* für dich gut ist.«

»Aimé, du bist der Beste«, Julien atmete erleichtert auf, »danke!«

»Gern, dafür sind Freunde doch schließlich da.«

Die Männer verabschiedeten sich voneinander. Julien hatte mit einem Blick auf die Uhr festgestellt, dass er dringend zurück ins Restaurant musste, und Aimé freute sich bereits darauf, seinen fulminanten Rettungsbericht in die Tastatur eingeben zu dürfen.

Julien ging tippend die wenigen Meter zurück: *Liebe Melodie, ich freue mich auf unseren Austausch hier. J*

Er hatte kaum auf Senden gedrückt, als das Gesicht seiner Tochter auf dem Display erschien. Erschrocken dachte er für einen Augenblick, er habe ihr die Nachricht gesendet, und nahm das Gespräch hektisch an: »Margeaux, ich bin ganz kurz vor dem Mittagsservice.«

»Hallo, Papa«, seine Tochter klang irritiert und leicht pikiert über seine Begrüßung, »ich weiß das, wollte mich aber kurz melden, da du versucht hast, mich zu erreichen.«

»Ja, das stimmt. Entschuldige meine Hektik. Eigentlich ist der Grund meines Anrufes auch zu komplex für ein Gespräch zwischen Tür und Angel«, er war jetzt auf Höhe des Eingangs und sah einige Gäste strahlend auf ihn zukommen, »aber deiner Großmutter geht es nicht gut, und ich denke, du musst zu ihr fahren und nach ihr schauen. Bitte!«

»Was meinst du mit: ›Es geht ihr nicht gut?‹« Margeaux klang verwundert.

»Ich mache mir Sorgen um sie. Sie ist alt, einsam und hat ein gebrochenes Herz. Hallo, schön dass Sie wieder da sind und uns beehren, herzlich willkommen!« Er begrüßte die Gäste freundlich. »Ich bin sofort bei Ihnen. Margeaux, fahr bitte in den Schwarzwald, und kümmere dich um Annabelle«, sagte er erneut eindringlich, »ich muss jetzt rein. Der Laden ist voll.«

Aix-en-Provence – Mitte April

Ihr Telefon klingelte, und sie freute sich schon auf das Gespräch mit dem netten Koch. Es war spannend, wie viele Männer, die dieses Handwerk ausübten, auf Online-Plattformen nach einer Frau suchten. Bei vielen hatte sie das Gefühl, dass sie nicht nach einer Partnerin Ausschau hielten, sondern eine billige Arbeitskraft brauchten, die sie mit einem Ehering an den Job des *Mädchens für alles* binden wollten. Wenn ein guter Mann auf sie wartete, dann würde sie auch den Putzlappen schwingen, dachte sie und nahm das Gespräch erwartungsvoll an. Das erste Telefonat war immer wie eine Art Überraschungsei, denn man wusste nicht, was man wirklich bekam. Im Chat zu schreiben war so viel einfacher für viele Männer, als einen vernünftigen Satz während eines Gesprächs herauszubekommen. Zudem spielte auch die Stimme eine wichtige Rolle, denn eine Beziehung mit Kermit dem Frosch war undenkbar für sie, egal, wie lieb und nett er war.

Der Mann, von dem sie überzeugt war, dass er der Richtige war, ihr Prinz in goldener Rüstung – mit ihm würde sie sich mehr Zeit für das Telefonat lassen. Die Furcht, dass seine Stimme den Zauber, der bisher entstanden war, zerstören konnte, war zu groß. Daher stürzte sie sich mit Feuereifer auf den Koch aus Cavaillon. Außerdem musste sie wirklich auf sich aufpassen. Sie durfte nicht wieder in eine dumme Situation geraten und die Kontrolle über sich verlieren. Die Öffentlichkeit hatte bisher noch keine Parallele zwischen den beiden Toten in Orange und Cavalaire-sur-Mer hergestellt, aber ein weiterer toter Koch würde gewiss die Aufmerksamkeit der Presse auf sich ziehen. Das musste sie vermeiden. Sie war doch keine Mörderin. Sie wollte niemandem wehtun, aber sie ließ nicht zu, dass man ihr Schmerzen zufügte, und das hatten die beiden ganz offensichtlich vorgehabt.

Im Gespräch war der Mann aus Cavaillon sehr nett. Aber sie hatten sich nicht allzu viel zu sagen, und der Kandidat war Geschichte. In ihrem Kopf geisterte nur der andere herum. Sie hatte ihren Mann fürs Leben ganz sicher gefunden, und Avignon war schließlich eine wunderschöne Stadt.

Stuttgart – Mitte April

»Was war denn das jetzt?« Margeaux schaute perplex auf ihr Telefon. »Mit meinem Vater stimmt was nicht!«

»Wie meinst du das?«, wollte Frank wissen.

»Er hat mir nicht mal Hallo gesagt, Tschüss übrigens auch nicht – dafür kryptisch über den Zustand meiner Großmutter geredet und mir quasi befohlen, mich in den Schwarzwald zu begeben.« Sie war tatsächlich ein wenig sauer, nein, es war mehr. »Das war sonderbar und so, als würde er einer Zwölfjährigen befehlen, ihr Zimmer aufzuräumen. Was er im Übrigen nie gemacht hat, denn dazu hätte er ja anwesend sein müssen. Sorry, wenn das gerade ätzend klingt.«

»Du bist überrascht und sauer«, sagte er einfühlsam.

»Hey, Einfühlungsvermögen und so ... Das ist mein Job«, sagte sie schon etwas entspannter.

»Ich lerne nur von der Besten«, scherzte er, »und wie du spürst, wirkt es tatsächlich.« Dozierend hob er einen Finger. »Das limbische System beruhigt sich, und dein präfrontaler Kortex kann wieder arbeiten.«

Jetzt musste sie tatsächlich lachen: »Ach, Frank, du bist süß.«

Er grinste. »Bin ich! Aber auch wenn ich es geschafft habe, deinen Ärger zu minimieren, ich denke, du musst in der Seniorenresidenz, also im Büro, anrufen und dich erkundigen, was da los ist, denn wenn *du* sie direkt anklingelst, lässt sie dich wahrscheinlich eh wieder abblitzen!«

Er kannte nicht nur sie sehr gut, sondern auch ihre Geschichte, und dass Annabelle nach dem Tod ihrer Tochter niemanden mehr hatte sehen wollen und wie sehr dies Margeaux verletzt hatte, wusste er nur zu gut. Sie hatte damals wochenlang wie ein Zombie agiert – nur auf den Angerer-Fall fokussiert. Ihre Mutter war tot, ihre Großmutter in einem selbst gewählten Exil, ihr Vater vom Verlust in noch mehr Arbeit getrieben ... Und sie war vollkommen allein gewesen mit ihrer Trauer und hatte sich auch von Frank nicht helfen lassen wollen.

Frank hatte recht, sie musste klären, was mit ihrer Großmutter los war und sich um sie kümmern. Früher hatte sie viel Zeit mit Annabelle verbracht, die sie schon als kleines Kind mit in die Oper genommen hatte und in illustre Hotels. Dort war sie meist nach einem Saft, der ihr stets in einer Champagnerschale gereicht wurde, zusammengerollt auf einem großen Sessel eingeschlafen, während Annabelle sich mit Freunden über die Inszenierung und Gott und die Welt unterhalten hatte. Margeaux hatte diese Ausflüge geliebt. Sie war ein wildes Kind gewesen, hatte mit Hildes und Aimés Sohn Pierre jeden Baum, jeden Stein und jedes Anwesen rund um Barbentane und Hameau les Bouisses erkundet, doch die Ausflüge mit ihrer Großmutter hatte sie als außergewöhnliche Bereicherung in Kopf und Herz gespeichert. Es war wirklich an der Zeit, sich über die unsinnige Regel der alten Dame hinwegzusetzen.

Während Frank den Wagen durch Bad Urach lenkte, um hoch auf die Alb zu fahren, wählte sie rasch die Nummer der Seniorenresidenz. Die Leiterin war nicht sehr auskunftsfreudig, ließ aber durchklingen, dass ein Besuch durchaus wünschenswert wäre: »Es ist immer gut, wenn wir die Angehörigen unserer Bewohnerinnen und Bewohner begrüßen dürfen.«

»Das hörte sich jetzt aber echt anstrengend an«, sagte Frank teilnahmsvoll, als sie das Gespräch beendet hatte. »Da war es ja fast leichter, Gräfner zu knacken.« Er zwinkerte ihr zu.

»Puh ja, sie kennt mich eben nicht, woher auch. Daher darf sie nicht einfach irgendwelche Dinge ausplaudern. Das verstehe ich schon«, zeigte sich Margeaux verständnisvoll, »so, wie ich das sehe, wird es wohl nichts mit meinem Flug morgen nach Marseille.«

»Scheint so«, gab er ihr recht, dann bog er von der Hauptstraße ab und fuhr auf einen holprigen Weg, der in eine verwilderte Gartensiedlung führte.

»Was ist denn hier los?«, wollte Margeaux wissen, denn normalerweise hegten und pflegten die Schwaben ihre sogenannten Gütle.

»Keine Ahnung. Das ist wirklich ein seltenes Bild. Gräfner hat nicht das ehemalige Gartenhaus seiner Großeltern benutzt, sondern das einer Großtante oder so. Es liegt ein Stück weiter hinten und gehört jetzt irgendeinem Cousin, der in den USA lebt«, erklärte er und reichte ihr sein Handy, auf das Werner Walter sowohl die Wegbeschreibung als auch die Hintergrundinformationen geschickt hatte.

Sie sahen das gelbe Flatterband schon von Weitem, der Tatort war abgeriegelt, und die Kollegen von der Kriminaltechnik sahen in ihren weißen Schutzanzügen immer aus wie Astronauten. Grüßend schlüpften sie unter dem Band hindurch, nahmen sich Handschuhe und Fußschoner und sahen sich dann prüfend um. Um das Annabelle-Problem würde sie sich später kümmern, ebenso um ihren Vater, dessen Verhalten sie wahrhaft irritiert hatte.

Schwarzwald – eine Woche später

»Bitte, Mami«, Margeaux nutzte die französische Ansprache für ihre Großmutter. Es war ihr vertrauter als Oma oder Omi.

»Ich komme auf keinen Fall mit zurück«, widersprach die alte Dame mit einer Vehemenz in der Stimme, die Margeaux kaum vermutet hatte, denn sie sah so zerbrechlich aus.

Alles an ihr war irgendwie ergraut, und Margeaux hätte ihr nie zugetraut, dass sie tatsächlich irgendwann einmal nur schwarze Bekleidung tragen würde, denn das hatte sie noch nicht einmal nach dem Tod ihres Mannes getan.

Sie seufzte traurig: »Das bringt sie nicht zurück, Mami!«

»Darüber haben wir in den letzten Tagen oft genug gesprochen. Ich möchte, dass du mich respektierst und meine Entscheidungen akzeptierst. Ich bin vielleicht alt und klapprig, und meine Tage sind hoffentlich bald gezählt, aber ich bin nicht senil«, machte Annabelle ihr deutlich.

»Ich wollte auch nie diesen Eindruck vermitteln oder dich verärgern«, versuchte Margeaux es mit Empathie.

»Schätzchen, ich freue mich für dich, freue mich, dass du heiratest und Hameau les Bouisses mit Leben, Liebe und Lachen füllst. Ich jedoch kehre nie mehr zurück. NIE mehr«, sagte sie nachdrücklich, auch wenn ihre Stimme nach dem kurzen Dialog wieder schwächer geworden war. Sie war so klapprig geworden, und von der einst so lebensfrohen Frau war nichts mehr übrig geblieben.

»Gott oder das Universum oder wer auch immer für das verantwortlich ist, hat mir meinen Mann und mein Kind genommen, ich versöhne mich nicht mehr mit ihm und auch nicht mehr mit dem Leben. Basta! Und jetzt lass es gut sein, Liebes. Kehr zurück zu deinem Mann, und plane deine Hochzeit«, mit letzter vehementer Kraft stieß sie diese Worte aus. »Ich werde dich immer lieben, aber ich möchte allein sein. Bitte!«

Margeaux senkte den Kopf, es war vergebens. Sie musste es wirklich respektieren, Annabelle war nicht sie. Ihr hatte es geholfen, in die Provence zurückzukehren, aber sie war auch freiwillig mit Julien aufgebrochen, soweit es in ihrer Verfassung möglich gewesen war.

»Du hast recht, Mami, ich werde dich nicht bevormunden und dich irgendwohin zerren, aber einen Versuch war es wert.«

Ihre Großmutter nickte, beugte sich mit langsamen Bewegungen vor und legte ihr kurz die Hand auf die Wange: »Danke.«

Sie verabschiedeten sich ohne großes Drama. Es war Annabelles ausdrücklicher Wunsch. Margeaux hatte jedoch darauf bestanden, zweimal im Monat miteinander zu telefonieren und von der Leiterin informiert zu werden, sollte sich der Zustand ihrer Großmutter verändern. Auf diesen Deal war die alte Dame schließlich eingegangen.

Auf der Rückfahrt durch den saftig grünen Wald und die kurvigen Straßen hatte sie Zeit, die letzte Woche Revue passieren zu lassen.

Auf dem Gartengrundstück hatten sie Gott sei Dank keine »Souvenirs« gefunden und konnten so davon ausgehen, dass es »nur« diese drei Kinder gewesen waren, an denen er seine Mordlust ausgelebt hatte. Enya lag noch immer im Koma, und es gab keine verlässlichen Prognosen, ob sie jemals wieder erwachen würde, und vor allem, was dann mit ihr sein würde. Das war mehr als furchtbar, und Margeaux hatte sich schon dabei ertappt, dem kleinen Mädchen ein friedliches Einschlafen zu wünschen, denn ob sie dieses Trauma jemals überstehen und ein normales Leben würde leben können, war fraglich.

Frank und sie hatten im »Zauberlehrling« köstlich gespeist, und der Lachsgang hatte sie so begeistert, dass sie in die Küche gegangen war und Fabian Heldmann um das Rezept gebeten hatte, um es mit Aimé und ihrem Vater nachzukochen. Der erfolgreiche junge Koch hatte es ihr, ohne zu zögern, ausgehändigt, und sie war froh, ein komplexes Gericht zu haben, was sie mit den beiden Männern im »Chez Louise« zubereiten konnte, denn sie hatte einiges mit den zwei Herren zu besprechen. Bis dato hatte keiner der beiden ihr berichtet, dass ihr Vater sich auf Freiersfüßen befand und wohl auch schon sehr intensiv mit einer Frau Kontakt pflegte. Hilde hatte es ihr mit belegter Stimme berichtet, und Margeaux hatte deutlich die Bedenken ihrer Ziehmutter wahrgenommen. »Es geht irgendwie zu schnell finde ich«, hatte sie gesagt, »und die Frau scheint schon einen richtigen Narren an deinem Vater gefressen zu haben. Ich hoffe, sie ist nicht nur auf einen erfolgreichen Partner aus, der sie na ja, also der halt finanziell für sie aufkommt.«

»Hast du den Eindruck, dass es darum geht?«, hatte Margeaux alarmiert nachgehakt.

»Ich kenne sie nicht, aber wie gesagt, es geht so schnell. Du solltest nach Hause kommen und ein Auge auf deinen Vater haben, nicht, dass er sich da in etwas verrennt«, war Hilde von Sorge erfüllt geblieben.

Sie hatten noch einige solcher Telefonate geführt, während die beiden Männer sich in Schweigen gehüllt hatten, was sie genauso irritiert hatte wie Hildes massive Ablehnung. Letzte Woche hatte ihr Leben noch geruhsam und in harmonischen Bahnen laufend gewirkt. Knapp zehn Tage später hatte sie einen Vater auf geheimer Mission, einen väterlichen Freund, der ihn dabei vollends unterstützte, eine Ziehmutter, die vollkommen dagegen war und eine Verschwörung roch, und einen Verlobten, der Fracksausen bekam. Noch dazu eine

Großmutter, die lieber einsam sterben wollte als im Kreise ihrer Lieben. Das einzig Gelungene war die Festsetzung des sadistischen Kindermörders gewesen.

Als sie das Höllental hinter sich gelassen hatte und über den Feldberg fuhr, beschloss sie, allen beteiligten Personen gewaltig den Kopf zu waschen. Es waren nur noch knapp drei Wochen bis zu ihrer Hochzeit, und bis dahin mussten alle offenen Fragen geklärt und die Harmonie wiederhergestellt sein, sonst würde das Fest ein Desaster werden.

Frankensteins Monster

Seit deine Magd hierherkam, bist du für sie der einzige Grund, sich zu freuen, Herr, du Gott Abrahams. Gott, du hast Macht über alle: Erhöre das Flehen der Verzweifelten, und befrei uns aus der Hand der Bösen! Befreie mich von meinen Ängsten!

Esther 4,17

Wer war sie? Das fragte sie sich nach all den Jahren der vollkommenen Maskerade und Veränderung oft. Sie war wie eine dieser flachen Küchenschaben durch die schmalsten und dreckigsten Ritzen gekrochen, um sich ihre Krumen zusammenzusuchen – und dabei doch immer hungrig geblieben. Hungrig nach Vergeltung, hungrig nach dem Erfolg, der ihr zugestanden hatte, hungrig nach Liebe, die sie sich nie gegönnt hatte. Die Zeit war nicht reif gewesen, denn sie war zu sehr in ihrem eigenen toten Winkel herumgerannt. Hatte nur das gesehen, was sie auch hatte sehen wollen, und sich dabei tatsächlich mit Haut und Haaren aufgegeben. Sie hatte etwas kreiert, wie Frankenstein einst sein Monster, und fragte sich nun, ob es je einen Weg zurück für sie geben würde oder ob sie für immer dazu verdammt war, in der dickflüssigen Dunkelheit ihres eigenen Verderbens zu waten. Sie wollte es so sehr, wollte das Licht in ihr Leben lassen.

Sie kämpfte dafür, nun endlich. Die Frage war nur immer wieder dieselbe: War es zu spät, oder hatte sie noch eine letzte Chance?

Barbentane – Ende April

Margeaux stieg aus dem Auto aus und dehnte sich, heute war sie wirklich viel gefahren, erst aus dem Schwarzwald zum Stuttgarter Flughafen und dann von Marseille nach Hause. Kurz bevor sie Richtung Frigolet abgebogen war, hatte sie entschieden, Willi bei Hilde abzuholen und ein paar Worte mit ihr persönlich zu wechseln. Hilde hatte im Haus alles vorbereitet, war aber nicht jeden Tag von morgens bis nachmittags auf dem Weiler gewesen. Warum auch?

Margeaux vermisste ihren unkomplizierten tierischen Begleiter sehr, wie immer, wenn sie länger unterwegs war. Willi hatte einen festen Platz in ihrem Herzen, und manchmal dachte sie, dass sie ihn vielleicht deshalb auch so sehr liebte, weil sie keine Kinder hatte. Dabei war es sonderbar, denn sie selbst hätte sich kein Haustier angeschafft, doch seitdem der Dackel ein fester Bestandteil ihres Lebens geworden war, konnte sie nicht mehr nachvollziehen, warum sie darauf hatte verzichten wollen. Er war ein fröhlicher kleiner Kerl, brachte sie oft zum Lachen, und wenn sie traurig war, spürte er es sofort und lehnte sich tröstend an sie.

Hilde erwartete sie schon, goss ihr ein Wasser ein und bugsierte sie zum Sofa. »Aimé ist noch unterwegs«, erklärte sie, »hast du Hunger?«

Margeaux verneinte, denn sie vermutete, dass zu Hause bereits etwas Vorbereitetes auf sie wartete, was sich auch sogleich bestätigte.

»Ich habe etwas Neues ausprobiert, also eigentlich etwas Altes. Aus meiner Heimat: Eine Soljanka, das ist eine spezielle Suppe mit Wurst und Gurken drin. Du musst sie nur noch aufwärmen, etwas Crème fraîche einrühren und frisches Baguette dazu essen. Das ist lecker, aber für unseren Gaumen hier auch ungewöhnlich. Ich bin gespannt, was du dazu sagst.«

»Es wird köstlich sein wie alles, was du zubereitest«, sagte Margeaux und kam rasch zum Thema, »doch was ist nun mit meinem Vater und dieser Melodie?«

»Sie schreiben sich andauernd, und sie telefonieren regelmäßig«, Hilde schüttelte ungläubig den Kopf, »dein Vater scheint irgendwie verrückt geworden zu sein: Er hat doch tatsächlich zu Aimé gesagt, dass er sich vorstellen könne, diese Frau als seine Begleitung zu deiner Hochzeit zu bitten.«

Margeaux klappte die Kinnlade herunter, und tatsächlich fiel es ihr schwer, den nach der Überraschung auftretenden Gefühlsmix zu identifizieren.

»Ja!« Hilde war empört. »So habe ich ganz sicher auch geguckt. Ich dachte, ich höre nicht richtig, und das habe ich Aimé auch genau so gesagt. Das ist eine Familienfeier, da hat eine Fremde nichts verloren! Doch seitdem ist er sauer«, sagte sie etwas kleinlauter, »er findet, ich benehme mich albern und übergriffig!«

»Das ist meine Hochzeit. Sollte er da nicht vielleicht auch mit mir sprechen und mich überhaupt mal informieren, dass er meine Idee jetzt umgesetzt hat?« Sie spürte, dass sie enttäuscht war und zugleich auch empört.

»Ich glaube, sie übt keinen guten Einfluss auf ihn aus. Er kennt sie doch gar nicht richtig. Wie kann man jemanden aus dem Internet denn *kennen*?«, regte Hilde sich auf.

»Es gibt mittlerweile viele Leute, die sich auf diese Weise finden, aber du hast vollkommen recht. Nach ein bisschen Hin- und Herschreiben und ein paar Telefonaten eine solche Einladung auszusprechen ... Das ist irgendwie sonderbar, denn das hört sich so gar nicht nach Papa an«, führte Margeaux aus, und Willi sprang mit einem beherzten Satz neben ihr auf das Sofa und drängte sich auf ihren Schoß. »Ja, mein Kleiner, das ist nicht gut für dich, dass wir so aufgeregt sind.« An Hilde gewandt sagte sie: »Ich mache mit Papa und Aimé einen Kochtermin aus, und dann knüpfe ich mir die beiden vor und ...« Sie machte eine Pause, weil sie selbst von ihrem Gedanken unangenehm berührt war. »Dann bitte ich Matze, mal zu schauen, was er über die Onlineliebschaft meines Vaters herausfinden kann.«

»Daran habe ich auch schon gedacht, aber ich kenne ihren Nachnamen nicht, und den benötigt er gewiss.« Hilde hob den Kopf und schaute Margeaux in die Augen. »Es ist nicht so, dass ich deinem Vater das Glück nicht gönne. Das tue ich von ganzem Herzen, ich will nur nicht, dass ihm jemand wehtut!« Und leise fügte sie hinzu: »Und niemand soll das Andenken deiner Mutter irgendwie beschmutzen. Ich weiß nicht, wie ich das anders ausdrücken soll.«

Margeaux legte ihr den Arm um die Schulter und zog sie an sich, der so vertraute Geruch nach Lavendelseife stieg ihr in die Nase und hüllte sie ein: »Ich verstehe dich vollkommen. Ich hab dich lieb, Hilde! Und wir helfen Papa, glücklich zu werden, und sind nicht missgünstig oder gar eifersüchtig!«

Avignon – Ende April

Julien wischte sich die Hände an dem Touchon ab, das er in den Bändel seiner Schürze geklemmt hatte, und warf einen letzten prüfenden Blick auf den Teller, der am Übergabepunkt von Küche zu Service, dem Pass, stand und im Begriff war, zum Gast gebracht zu werden. Er war ein Perfektionist, und seine Gerichte waren nicht nur ein Gaumen-, sondern auch ein Augenschmaus.

Die junge Frau, die heute seine Küche bereicherte, erfüllte tatsächlich genau seinen Anspruch. Mit großer Freude hatte er festgestellt, dass sie präzise arbeitete und dabei schnell und umsichtig war. Er hatte all ihre Komponenten gekostet: Auch ihr Geschmackssinn war exzellent. Thierry hatte ihm die Köchin empfohlen, und sie hatte sich bei ihm beworben, da ihr Traum vom eigenen Restaurant gescheitert war. Das war für ihn kein Kriterium, was etwa gegen sie sprach. Ganz im Gegenteil, denn sie hatte es zumindest versucht und wusste nun, wie schwer es war, alles Wirtschaftliche im Blick zu haben und dabei gleichzeitig kreativ zu sein. Am Ende war es sicher von Vorteil, dass sie die Erfahrung bereits gemacht hatte und nicht versuchen würde, alles von ihm zu lernen, um sich dann in die Selbstständigkeit zu verabschieden. Sie hatte heute ihren Probetag und war flink in alle Prozesse eingestiegen, ohne dass er viele Worte hatte machen müssen. Das schätzte er sehr. Zudem war harmonisches Arbeiten im Team ganz besonders wichtig für ihn, vor allem, wenn man in einer offenen Küche arbeitete, in der der Gast alles mitbekam. Sie passte zur Crew und zu seinem Anspruch. Er würde ernsthaft darüber nachdenken, sie einzustellen, wenn sie wirklich interessiert war.

»Ich glaube, wenn wir hier noch ein wenig frischen Dill aufstreuen, ist der Teller ganz perfekt. Catherine, bitte holen Sie rasch einen Bund aus der Kühlkammer«, forderte er sie auf.

Sie bewegte sich nicht, und ihr Gesicht glich dem einer vollkommen erstarrten Statue. »Catherine! Etwas Dill bitte«, bat er nun etwas nachdrücklicher und sah, wie sie fahrig ihre Hände über die Schürze gleiten ließ. Er hatte keine Zeit, sich nun damit auseinanderzusetzen, und war kurz konsterniert, weil der gute Eindruck, den er bisher von ihr bekommen hatte, einen winzigen Riss bekam.

Doch dann atmete sie wie eine Dampflok unter Druck, stieß ein »Oui Chef!« aus und eilte mit abgehackten Bewegungen zur Kühlkammer. Sie sah ängstlich aus, und er kam sich plötzlich gefühllos vor, denn er verlangte von ihr, sich wie ein vollwertiges Teammitglied einzufügen und in der Küche zu bewegen, obwohl sie komplett neu war.

»Entschuldigen Sie«, er eilte an ihr vorbei, holte das Bündel rasch und drückte es ihr mit einem Lächeln in die Hand. Er konnte sehen, wie Erleichterung sie durchströmte, und sie stand binnen Sekunden wieder professionell an ihrem Platz. Er musste darauf achten, Menschen nicht zu überfordern, wenn er in seinem *Profimodus* war. Catherine war wirklich gut, und er wollte sie für sein Team gewinnen.

Wenn der Service lief, war er mit seiner kompletten Aufmerksamkeit an den Stationen und am Pass. Das Restaurant war seine Priorität, das war schon immer so gewesen. Er blendete dann alles andere aus, auch Melodie und die aufkeimenden Gefühle, die er für die Frau empfand, die sein Herz immer mehr eroberte. Sie schrieben sich täglich mal kürzere, mal längere Nachrichten und versuchten, regelmäßig zu telefonieren. Er bekam immer mehr Lust, sie real zu treffen, um das Bild, das er von ihr hatte, abzurunden. Sie brachte ihn zum Lachen, war klug und manchmal auch sehr verletzlich. Eine Frau ganz nach seinem Geschmack. Er suchte keinen dürren Modellverschnitt oder eine Frau, die er wie ein Prestigeobjekt herumzeigen konnte. Er war keiner von diesen Männern, die sich im Alter über die Jugend der Frau an ihrer Seite definierten. Melodie hatte alles, was ihm gefiel und guttat. Er fühlte sich leicht und entspannt, wenn er mit ihr sprach.

Da Aimé ihm von Anfang an geholfen hatte, war der Freund in alles eingeweiht. Natürlich kannte er nicht den Wortlaut der ausgetauschten Nachrichten, aber alle anderen Parameter und auch seinen Gedanken, Melodie als Begleitung zur Hochzeit seiner Tochter mitzunehmen. Es war mehr eine spontane Idee gewesen als eine wohlüberlegte Erwägung, doch sie gefiel ihm immer besser, obwohl er Margeaux gegenüber ein schlechtes Gewissen hatte. Sie war so weit fort gewesen, nicht nur räumlich, sondern durch den furchtbaren Kindermörder und ihren anschließenden Besuch bei Annabelle auch mental.

Wie hätte er ihr erklären sollen, dass er gerade dabei war, sich in eine Frau aus dem Internet zu verlieben – er erschrak kurz bei dem Gedanken –, wo sie doch gewiss gerade mit ihrer Großmutter um Marie-Louise trauerte. Es war vertrackt, und nun hatte er sich so in seiner Situation verheddert, dass er keine Idee hatte, wie er da wieder glimpflich rauskommen konnte. Sollte er sie einfach anrufen und sagen: *Hey, mein Kind, ich habe getan, was du vorgeschlagen hast, und schreibe nun seit rund zwei Wochen täglich mit einer Frau, die ich richtig toll finde, und dabei habe ich ganz vergessen, dir das zu erzählen.*

Das wäre gelogen. Also müsste er bei der Wahrheit bleiben und sagen: *Ich wollte dir nicht das Gefühl geben, deine Mutter zu ersetzen.* Wobei: Das klang in seinen Ohren auch mehr als sonderbar und unsicher.

Also hatte er nichts dergleichen getan und es immer unmöglicher gemacht, ihr einfach davon zu erzählen, dass Melodie ihm guttat und Hoffnung in ihm aufkeimte, jemanden finden zu können, an dessen Seite wieder partnerschaftliche Freude in sein Leben einziehen konnte.

»Chef?«, schreckte ihn die Stimme der neuen Köchin aus seinen Gedanken, und er hob den Blick und sah in ihre schönen ausdrucksvollen Augen, die ihn fragend anblickten.

»Oh, entschuldigen Sie, Catherine, ich war gerade vollkommen in Gedanken und habe Sie nicht gehört«, rechtfertigte er sich.

»Ich wollte nur wissen, ob es noch etwas gibt, was ich tun kann?«

Er sah, dass sie ihren Arbeitsplatz bereits gewienert und alle Utensilien aufgeräumt hatte.

»Wir sind für heute mit dem Service durch, wollen Sie einige Tische übernehmen?«, fragte er, gespannt, wie sie auf die Bitte reagieren würde, so nah am Gast zu sein. Auch wenn sie ein eigenes Restaurant geführt hatte, so waren doch längst nicht alle Köchinnen und Köche dafür geschaffen, mit ihren Besuchern persönlich zu plaudern und sich direkt Rückmeldung zu den Gerichten abzuholen. Diese Frau hatte etwas an sich, was sowohl zerbrechlich als auch stark wirkte, und das beeindruckte ihn sehr.

»Selbstverständlich, das mache ich sehr gern. Es ist mir eine Ehre, dass Sie mir das zutrauen.« Ein winziges Lächeln stahl sich in ihr ernstes, schmales Gesicht.

Wieder dachte er, dass sie irgendwie verhärmt aussah. Ihre Pleite oder was auch immer der Grund für die Geschäftsaufgabe gewesen war, musste sie sehr mitnehmen.

Sie teilten die Tische untereinander auf, und er beobachtete sie, wie sie lächelnd und hoch aufgerichtet von Gast zu Gast ging, aufmerksam lauschte, bestätigend nickte und zufriedene Menschen hinterließ. Sie machte einen guten Job, er war wirklich angetan von ihrer Kompetenz, und sollte sie für ihn arbeiten wollen, wäre er nicht nur froh, sondern würde sie auch gemeinsam mit dem Rest des Teams etwas aufpäppeln.

Zufrieden zog er sein Handy aus der Tasche und sah zu seiner Freude einige Nachrichten von Melodie.

Wie war dein Abend? Hat alles geklappt mit der neuen Köchin? Ich freue mich, nachher von dir zu lesen, ich vermisse dich nämlich …

Glücklich tippte er: *Sie wird eine Bereicherung für das Team sein. Wie war dein Abend, Melodie?*

So schrieben sie einige Zeilen hin und her, bis es Zeit war, Catherine zu verabschieden. Ihre Augen strahlten, und Julien hatte das Gefühl, dass auch das Gramvolle ein wenig aus ihrer Miene wich, als er zum Abschied sagte: »Sie können sofort anfangen, wenn Sie wollen, Sie haben mich vollends überzeugt!«

Aix-en-Provence – Ende April

Fühlte sich so Glück an? Wann war sie als Erwachsene das letzte Mal glücklich gewesen? Sie konnte sich einfach nicht daran erinnern, und es fiel ihr schwer, dem zu trauen. Sie hatte sich in ihrem Leben irgendwie eingerichtet und es sich erträglich gemacht, zwischen den Träumen und den Zwängen, die sie episodisch überkamen. Allem hatte sie einen Rahmen gegeben, so, wie sie es gelernt hatte, und in der jeweiligen Begrenzung kam sie zurecht. Sich hinauszuwagen in die Welt, um sich mit anderen zu treffen, wäre weit über diese Grenzen hinausgegangen, und auch wenn sie sich gut vorbereitet und alles unternommen hatte, um sich zu schützen, so war es ihr doch entglitten. Die erhoffte Resilienz war ausgeblieben, und ein winziger Trigger hatte stets ausgereicht, sie in die Dunkelheit zurückzuzerren. Sie hatte unzählige Stunden damit verbracht festzustellen, was wahr und was unwahr war, und am Ende hatte stets eine Winzigkeit ausgereicht, um alles zunichtezumachen.

»Nein!«, schalt sie sich selbst, denn so einfach war es dann doch nicht. Es war nicht nur das Hinfallen gewesen oder ein gieriger Blick, der das Unzähmbare in ihr freigesetzt hatte, das so lange eingesperrt gewesen war. Es war schon etwas mehr geschehen, und wenn sie ehrlich zu sich selbst war, dann war es der Tod der Frau, die einst ihre Mutter gewesen war. Und das war viel bedeutsamer und mehr gewesen als eine Art der Entlastung. Die Mutter hatte sich auf dem Friedhof in jenem Dorf beerdigen lassen, das sinnbildlich für alles stand, was sie zu der Person gemacht hatte, die sie heute war.

Es war wie ein Schlag ins Gesicht gewesen, und rational betrachtet, hatte es etwas in ihr aufplatzen lassen. So wie bei einer Wassermelone, die auf den Boden prallte, war auch der Schmerz aus ihr herausgebrochen. Doch sie hatte es nicht zugelassen, hatte ihn wieder in sich verborgen, denn darin war sie gut. Sie hatte es zu lange gelernt, alles tief in sich einzuschließen und die Maske der Normalität zu tragen. Denn alles war leichter gewesen, als den schleichenden Schmerz in der Dunkelheit zu ertragen und zu wissen, dass sie vollkommen allein und verloren war.

Je weiter sie in dieses Gedankenkonstrukt vordrang, umso mehr empfand sie sich als gefangen und nicht dazu in der Lage, situativ angemessen zu handeln. Furcht begann sie zu überfluten, und Bilder krochen in ihr hoch, bewegten sich mit spinnenfeinen eisigen Händen an ihrem Körper entlang, und sie merkte, wie sie dissoziierte. Sie musste handeln! Mit letzter Kraft ging sie in die Küche und klammerte sich an das Messer, doch die erwartete Erleichterung blieb aus.

Plötzlich drang ein Lied an ihr Ohr, es war schön. Es war ein gutes Musikstück, eine Melodie. *Sie* war Melodie! Und die Musik gehörte dazu? Sie gehörte zu Julien! Jenem wirklich guten Mann, der nicht nur ein Gentleman war, sondern auch klug und humorvoll, und er würde ihr sicher nie etwas Böses tun. Sie tauchte aus der Finsternis auf und griff nach dem Handy wie nach einem Rettungsring.

Boulbon – Ende April

»Das ist auch für mich eine ziemlich unmögliche Aufgabe«, sagte Matze und kratzte sich am Kopf, »außerdem ist es irgendwie … hm … übergriffig?«

»Da reden wir dann noch mal drüber, wenn du in ein paar Jahren die Kontakte deiner Tochter checkst«, warf Margeaux schlagfertig ein.

»Ich bekomme eine Tochter? Weißt du etwa mehr als ich? Kannst du das an der Mimik erkennen?«

»Das war ein Beispiel, ich mache mir einfach Sorgen«, rechtfertigte sich Margeaux, »niemand kennt diese Frau, und Papa macht irgendwie ein Geheimnis aus ihr.«

»Er ist erwachsen, Margeaux, und das ist sein gutes Recht. Er muss dir nicht alles sofort erzählen«, verteidigte Matze Juliens Verhalten.

»Er will sie zu *meiner* Hochzeit mitbringen«, platzte es aus Margeaux heraus, »eine wildfremde Frau aus dem Internet. Theoretisch kann sie auch ein zwanzigjähriger Kerl sein, das weißt du so gut wie ich. Wenn ich ein bisschen was über sie erfahren könnte, wäre mir wohler bei der Sache. Bitte, Matze.«

»Früher warst du ja die Königin meines Herzens, das weißt du, aber der Platz gehört jetzt Elodie, und es ist nicht mehr ganz so leicht, mich rumzukriegen. Illegales mache ich da nicht für dich!«

Er kam ihr ein winziges Stück entgegen, und sie beschloss, nicht weiter zu insistieren, um diesen ersten kleinen Erfolg nicht zu gefährden.

»Ist bei Elodie alles in Ordnung?«, wollte sie wissen, denn der Geburtstermin rückte immer näher.

»Alles ist so, wie es sein soll, sagt ihre Ärztin, und Elodie ist voller Tatendrang, gräbt ständig etwas im Garten um oder näht Babykleidung. Ich komme mir oft richtig unnütz vor. Seitdem das Kinderzimmer fertig ist, habe ich nichts mehr beizutragen«, berichtete er.

»Du bist für sie da. Das ist doch das Allerwichtigste«, warf Margeaux ein.

»Ja, aber manchmal erscheint es mir einfach zu wenig zu sein, und ein bisschen fürchte ich mich vor der Geburt. Ich habe definitiv zu viel darüber gelesen.« Er deutete mit dem Kinn auf seinen großen Computerarbeitsplatz.

»Puh, dazu kann ich ja rein gar nichts Sinnvolles beitragen«, gab sie offen zu.

»Ich habe niemanden, mit dem ich so richtig drüber reden kann. Elodie möchte ich nicht verunsichern, denn sie soll in mir eine Stütze haben, und was bin ich für eine Stütze, wenn mir vor Angst die Knie schlottern?« Er rieb sich nervös über den Nacken.

Sie legte ihm beruhigend die Hand auf den Arm. »Du machst das schon, Matze, und wahrscheinlich ist es besser, wenn du darüber nichts mehr im Internet liest. Du könntest stattdessen ...«, sie ließ das Ende offen, legte den Kopf leicht schief und schaute ihn bittend an.

»Hör auf damit«, er schubste sie leicht an, »so einfach bin ich nicht zu überreden.«

Sie machte einen Schmollmund, grinste leicht und sagte: »Bitte, Matze, nur ein paar winzige Hintergrundinformationen. Ich finde ihren Nachnamen heraus, und du schaust einfach kurz nach, ob sie eine Frau Anfang fünfzig ist oder ein bärtiger Bösewicht! Ich bin ja nicht allein mit meinen Gedanken, Hilde sorgt sich auch sehr.«

»Eine einfache Hintergrundüberprüfung könntest du selbst machen«, erwiderte er, »und du weißt genauso gut wie ich, dass du mehr möchtest als eine Bestätigung von Name, Adresse und Geschlecht!«

»Erwischt«, gab sie zerknirscht zu, denn er hatte vollkommen recht, sie war sogar dazu in der Lage, tiefer zu graben, das hatte sie schon in anderen Situationen unter Beweis gestellt, doch sie wollte es nicht. Es waren zwei verschiedene Dinge, selbst im Leben dieser Melodie herumzukramen oder es einen anderen machen zu lassen.

»Ich tue es für dich, weil wir bald verwandt sind und weil ich weiß, dass die unwissende Ungewissheit dich zur Not dazu bringen wird, irgendeinen Unsinn zu machen. Und wenn dein Vater das dann rausbekommt, ist die Kacke echt am Dampfen«, sagte er verstehend.

»Danke, Herr König«, sagte sie schlicht.

Einen Augenblick lang saßen sie schweigend da, Margeaux blickte hinaus in den Garten. So langsam hielt die bunte Frühlingszeit Einzug, und Elodies Garten schillerte in allen Farben und war eine grüne Pracht.

Margeaux hatte im Innenhof ihres eigenen Hauses auch einige Blühpflanzen und Bäume: Eine Glyzinie rankte sich über die Treppe, und ihre lilafarbenen Dolden waren immer ein Fest für die Sinne. Ihre Großmutter hatte eine Madame Galen in das Beet an der Hauswand gepflanzt, und die prächtige Kletterpflanze war rund vier Meter hoch an einem Gitter bis unter den Dachfirst gewachsen. Ihre trompetenförmigen rot-orangefarbenen Blüten waren wunderschön. Die gelb blühende Mimose in der »stillen Ecke«, zwei Zypressen, ein Walnussbaum und diverse Oleanderbüsche gaben dem Bereich ein mediterranes Ambiente. In dem Beet zwischen dem Pool und der Wand der Scheune trugen einige üppige Zitronen Früchte. Es war schön bei ihr, doch kein Vergleich mit dem zaubrischen Garten, den Elodie erschaffen hatte.

Margeaux war vor vielen Jahren einmal im Botanischen Garten in München gewesen. Rund zwanzigtausend Pflanzen gab es dort zu bestaunen, und die Anlage war einfach wundervoll. Unter dem ausladenden Dach einer Platane stand eine gemütliche Sitzgruppe, eine Schaukel hing an einem ihrer stabilen Äste. Es war, als würde man in eine andere Welt eintauchen, und Margeaux konnte sich sehr gut vorstellen wie Elodie und Matze dort mit ihrem Kind Verstecken oder Fangen spielen würden.

Matze räusperte sich leise und holte sie aus ihren Träumen: »Mit dir und Thierry ist alles in Ordnung?«

Alarmiert schaute sie ihn an. »Warum fragst du?«

»Er hat sich hier ein paarmal sehen lassen, während du in Deutschland warst, und er erschien mir irgendwie«, der junge Mann suchte nach Worten, »keine Ahnung, er macht sonst immer so einen stabilen Eindruck, also nicht, dass er jetzt instabil wirkt ... Gott ich halte besser meine Klappe.«

»Nein, nein, ist schon in Ordnung, sprich nur weiter«, forderte Margeaux ihn auf, »ich glaube, er hat irgendwie Muffensausen, weil es jetzt echt ernst wird und er das auch alles so ernst nimmt: bis dass der Tod uns scheidet, in guten wie in schlechten Zeiten und so ...«

»Und du nimmst das nicht so ernst?« Er schaute sie fragend an.

»Doch schon und irgendwie auch nicht, denn die Ehe ist ein Konzept für zwei Menschen, zueinanderzustehen, aber kein Gefängnis, und es gibt eben auch kein allgemeingültiges Rezept. Schau dir einerseits meine Eltern an und andererseits Hilde und Aimé: zwei Paare, ewig verheiratet, aber komplett unterschiedliche Lebenskonzepte. Trotzdem funktioniert es so und so«, führte sie umfangreich aus, und er nickte verstehend.

»Ich fahre jetzt nach Hause«, erklärte sie und stand auf, »Hilde hat mir eine oberschlesische Suppe gekocht, und ich bin sehr gespannt darauf, außerdem freue ich mich auf einen gemütlichen Abend mit meinem hoffentlich zukünftigen Mann auf dem Sofa.«

»Alles wird gut, Margeaux«, versprach er ihr, erhob sich ebenfalls und umarmte sie. Willi sprang von seinem Kuschelkissen auf, denn auch hier hatte er einen angestammten Platz, dehnte sich, wedelte freudig und folgte ihr zur Tür.

»Danke, Matze«, sagte sie nochmals und ging ein wenig beruhigter zum Auto. Mithilfe des Starhackers würde sie mehr über Melodie erfahren, und dann konnte ihr Vater sie auch mit zur Hochzeit bringen. Sie hatte grundsätzlich nichts dagegen, denn sie selbst hatte ihm ja schließlich vorgeschlagen, online nach einer Partnerin zu suchen. Er sollte nicht allein sein, doch gleichzeitig war es eben auch nicht in Ordnung, sie im Unklaren über die Entwicklung zu lassen. Sie setzte Willi in seine Transportbox, seufzte durchdringend und fuhr die kurze Strecke nach Hause.

Der Dackel sprang ausgelassen umher, als sie das große Tor zum Innenhof aufschloss, und bedachte jede Agave und jeden Kaktus am Wegesrand begrüßend mit ein paar Pipi-Tröpfchen. Sie war mehr als eine Woche fort gewesen, empfand das Nach Hausekommen aber so, als sei sie eine Ewigkeit unterwegs gewesen. Sie stellte ihre Tasche ab und sog bedächtig den Duft der Provence ein: Thymian und Rosmarin und diesen ganz speziellen Geruch, den die Hauswand abgab, wenn den ganzen Tag die Sonne darauf geschienen hatte. Die Zigallen zirpten und erfüllten den Abend mit ihrem Gesang. Der Himmel war von einem tiefdunklen Blau und legte sich wie eine samtige Kuppel über den Weiler. Die hellen Felsen der Petit Montagnettes schimmerten im Mondlicht, und ein unbeschreibliches Gefühl von Heimat erfüllte ihre Brust.

Sie legte den Kopf in den Nacken, um all die Eindrücke vollkommen in sich aufzunehmen. Dann knurrte ihr Magen plötzlich fordernd, und sie musste trotz all der mentalen Anstrengungen der letzten Zeit oder vielleicht sogar gerade deshalb laut auflachen. Der Hund kam neugierig angerannt und schaute zu ihr hoch. Es war ein besonderer Augenblick des

Glücks. Das Glück, am Leben zu sein, das Glück, zu lieben, das Glück, diese wundervolle Heimat zu haben, und das Glück, zu wissen, dass eine leckere Mahlzeit auf sie wartete und der Mann, den sie liebte, bald bei ihr sein würde.

Sie hob die Tasche auf, scheuchte Willi vor sich her und stand kurz darauf in der Küche, die offen in den Wohn-Ess-Raum überging. Julien hatte auch hier auf eine gut ausgestattete Küche bestanden, und so gab es alles, was das Kochherz begehrte: Induktion, Gas, einen modernen Backofen, einen großen Kühlschrank und jede Menge Utensilien wie Messer, Reiben, Spatel und sogar Bretter aus poliertem Olivenholz. Sie öffnete den Kühlschrank, nahm den Topf mit dem ominösen Eintopf heraus, hob den Deckel und schnupperte. Es roch verwirrend nach saurer Fleischbrühe. Schulterzuckend stellte sie ihn auf den Herd, sie vertraute Hildes Kochkünsten und war grundsätzlich offen, alles zu probieren. Das hatten sowohl ihre *normalen* Eltern als auch Hilde, Aimé und Annabelle sie gelehrt. Sie hatte die Kuttelwurst, die Aimé mochte, gekostet und todesmutig den Bissen nicht nur gekaut, sondern auch hinuntergeschluckt, während Pierre sie dabei angeschaut hatte, als sei sie eine Katze mit vier Köpfen. Annabelle hatte ihr Canapés mit Kaviar gereicht, Julien komplizierte Gerichte von der Bocuse-Speisekarte, und Hilde hatte bodenständige regionale Küche auf den Tisch gebracht, aber auch immer wieder Neues ausprobiert.

Margeaux ließ den Zünder des Gasfeldes schnalzen und regulierte die blaue Flamme, um das Gericht leicht köcheln zu lassen, während sie den großen Holztisch deckte. Der Esstisch war extra angefertigt worden, und eine Horde Freunde von Aimé und Julien hatte ihn aus dem Lkw in den Wohnraum schleppen müssen und erst dort auf die Beine montiert. Die behandelten Naturbretter ließen die Maserung des Baumes erkennen, und der Tisch ergab einen absoluten Einklang mit den offenen Sichtbalken des Fachwerks.

In dem offenen Kamin aus hellem Stein hatte Hilde einige Holzscheite gestapelt, da der Raum, der nun Wohnzimmer war, zu früheren Zeiten als Stallung das Vieh beherbergt hatte und durch die dicken Wände immer recht kühl blieb. Die Wassertränke hatten ihre Großeltern zu einer Bar umfunktioniert, die sie auch heute noch so nutzte und die stets gut gefüllt war.

Sie stellte Teller und Gläser auf den Tisch, brach das Baguette in Stücke, dessen Kruste noch rösch und das weiße Innere fluffig war. Sie schob sich ein Stück in den Mund und kaute genießerisch, während sie die Crème fraîche in eine schimmernde Kristallschale füllte. Sie rückte den Strauß frischer Blumen, der den Tisch bereits schmückte, zurecht, stellte noch einige hohe Kerzenleuchter dazu und ging dann erneut zum Kühlschrank. Ein Eintopf war zwar völlig in Ordnung, doch eine kleine Vorspeise und etwas Süßes zum Nachtisch schadeten auf keinen Fall.

Im Gefrierfach entdeckte sie einige Jakobsmuscheln, die schnell aufgetaut waren, und noch einen Becher mit dem cremigen Schokoladeneis, das sie kürzlich selbst hergestellt hatte. Im Vorratsraum fand sie einige Stangen frischen Rhabarber. Erfreut legte sie alles auf der Arbeitsfläche bereit, wählte ein Album von Patricia Kaas zur musikalischen Untermalung und begann mit geübten Handgriffen systematisch zu arbeiten.

Sie putzte die Jakobsmuscheln, warf das Muskelfleisch in einen Topf und schwitzte es mit ein paar fein gewürfelten Schalotten an, goss das Ganze mit Weißwein und Portwein auf, ließ die Flüssigkeit reduzieren, um dann etwas Fischfond, Sahne und Safran hinzuzugeben. Die Soße würde sie erst vor dem Servieren mit kalter Butter aufmontieren, damit sie schön cremig wurde. Die Jakobmuscheln plante sie nur kurz anzubraten, sodass sie weich blieben. Den Rhabarber schnitt sie in kleine Stücke und köchelte ihn mit Wasser, Zucker und etwas Zimt weich. Er sollte nicht zu süß sein, damit er das Eis ausbalancierte.

Sie war so vertieft in ihr Tun, dass erst Willis Fiepen sie aufmerksam machte, dass das Tor klappte. Freudig ging sie Thierry entgegen.

Barbentane – Ende April

Catherine Frontier sah sich in ihren vier Wänden um. Wenn sie das Restaurant aufgab, musste sie sich auch ein neues Zuhause suchen, denn die Wohnung war an das Lokal gebunden. Der Abend im »Chez Louise« hatte ihr gut gefallen. Sie hatte seit vielen Jahren keinen so großartigen Chef kennengelernt wie Julien Surfin. In seinem Laden passte einfach alles, nicht nur optisch, sondern auch, was den Anspruch an die Gerichte anging und den Umgang untereinander im Team.

Nach dem Probetag war sie einerseits beflügelt gewesen und andererseits auch etwas bange. Ja, sie konnte diesem Anspruch gerecht werden, doch alles andere aufzugeben ... war das die richtige Entscheidung? Sie schlief schlecht, wobei das nichts Neues für sie war, denn zu oft hielten ihre Sorgen sie wach. Sie hatte sich ihre Karriere ganz anders vorgestellt, und auch wenn ihr Restaurant eine Art Meilenstein in ihrem Leben gewesen war, so war es wohl nun eben nicht mehr das Richtige. Sie hatte so viel Energie darauf verwendet, ihr Ziel zu erreichen, hatte so gehofft, dass sie dann frei und glücklich sein würde, doch es war nicht so gekommen. Am Herd im »Chez Louise« hatte sie sich zufrieden gefühlt, und als Surfin sie an die Tische geschickt hatte, um zu sehen, wie sie mit den Gästen umging, war die Freude der Leute auf sie übergesprungen. Zum Schluss hatte er gesagt, dass sie sofort bei ihm anfangen könne, und ihr war so gewesen, als wäre eine der Klammern, die ihr Herz eisern umfangen hatten, mit einem Klirren aufgesprungen und abgefallen. Sie hatte ihn angeschaut, seinen gütigen Blick auf sich gespürt und seine schönen Augen wahrgenommen. Er war trotz seines Alters ein attraktiver Mann und wirkte in sich ruhend. Das alles ließ sie glauben, dass es richtig war, diese Station ihres Lebens, die sie so viel Energie gekostet hatte, aufzugeben und die Vergangenheit hinter sich zu lassen. Auch wenn sie genau wusste, dass man all seine Erlebnisse immer mit sich herumtrug. Sie hatte einmal versucht, ihre Persönlichkeit am Eingang zu einem Lebensabschnitt zurückzulassen, und war gescheitert. Sie wusste, dass die vergangenen anderthalb Jahre sie verändert hatten, und der tägliche Kampf hatte sie mürbe gemacht. Rasch nahm sie an ihrem Computer Platz und tippte eifrig in die Tastatur, sie musste jetzt handeln und die Übergabebedingungen mit dem neuen Pächter vereinbaren, eine Wohnung in der Stadt finden sowie die Konditionen mit Julien Surfin für ihr Arbeitsverhältnis vereinbaren. Er hatte Charisma, und sein Restaurant wurde überall hoch gelobt. Sie fand ihn sehr sympathisch und würde ihm beweisen, dass seine Entscheidung für sie richtig war.

Hameau les Bouisses – Ende April

Margeaux streckte sich und stellte zufrieden fest, dass der Platz neben ihr nicht leer war. Thierry hatte tatsächlich die Backstube seiner Mitarbeiterin überlassen. Sie rutschte näher an ihn heran, sein Haar war vom Schlaf verwuschelt und sein Gesicht zierte ein Kissenabdruck. Als sie sich fordernd an ihn schmiegte, rekelte er sich ein wenig, öffnete die Augen und sagte leise »Ich liebe dich«, dann zog er sie auf sich, und sie vertieften sich in ihr Liebesspiel, bis sie beide atemlos nebeneinanderlagen.

»Es tut mir leid«, sagte er und stützte sich auf dem Ellenbogen ab, »ich wollte dich gestern Abend nicht verwirren.«

Sie streichelte ihm sanft eine Haarsträhne aus der Stirn. »Es ist okay. Das habe ich gestern gesagt und meine es heute noch genauso. Ich verstehe, dass dieses ganze Tamtam alles irgendwie zu einem Riesending aufbläst.«

Sie mussten beide lachen, weil die Aussage kurz nach dem Sex einen interessanten Beiklang hatte.

»Also, du weißt schon, was ich meine.« Sie fuhr fort, ihn zu streicheln, und berührte seine Wange, auf der sich ein dunkler Bartschatten abzeichnete.

»Aber wir können nicht durchbrennen, sonst bist du Witwe, bevor du verheiratet bist«, seufzte er, denn er wusste genau, *wer* das Ganze so aufblies.

»Wir machen das Beste daraus, und wirklich, wegen der Möbel, da finden wir eine Lösung. Du bringst mit, was auch immer dir lieb und wichtig ist. In Ordnung?« Sie stupste ihm sanft an die Nasenspitze.

Er zog sie an sich, liebkoste ihren Hals, knabberte an ihrem Ohrläppchen und flüsterte »So machen wir es!«, dann küsste er sie leidenschaftlich und meinte: »Aber die Vögel heirate ich nicht!«

Verständnislos blickte sie ihn an.

Er hob die Hand und zeigte auf ihre Haare: »Na ja die, die in dem Nest auf deinem Kopf nisten werden ...«

Ein Lachen bahnte sich nach dem ersten Erstaunen seinen Weg nach draußen, und sie nahm ein Kissen, schlug ihn damit und rief: »Du unhöflicher Schuft willst, dass ich meine Lieblinge zurücklasse?«

Eine Kissenschlacht entbrannte, und sie hörten erst dann schuldbewusst auf, als der Hund, der vor der Tür schlief, wenn sie einander nah sein wollten, aufgeregt wimmerte. Rasch gingen sie in das En-suite-Bad, machten sich frisch und schlüpften in bequeme Kleidung.

Margeaux' Magen gab ein lautes Grummeln von sich, und Thierry fragte mit hochgezogenen Augenbrauen: »Wie kann es sein, dass du schon wieder Hunger hast? Du hast gestern Abend gefuttert wie ein Bär.«

Der Eintopf war deftig und wirklich köstlich gewesen, die Gurken hatten ihm eine unerwartete Frische verliehen, und der Wurstmix darin, den sie anfangs für absonderlich gehalten hatte, hatte die Schmackhaftigkeit ausgemacht. Hilde hatte es geschafft, Würze, Säure und Schärfe perfekt zu kombinieren, und mit der Crème fraîche hatten sie noch eine cremige Note hinzugefügt. Die Jakobsmuscheln mit dem Safranschaum hatten eine leichte Vorspeise ergeben, und die Soße war so köstlich gewesen, dass sie jeden Tropfen mit dem Baguette aufgedippt hatten. Das Schokoladeneis mit den säuerlich-süßen Rhabarberstückchen hatte sie noch schnell mit ein paar karamellisierten Mandelblättchen überstreut, und fertig war das perfekte Dessert gewesen. Das tiefgründige Gespräch hatte dem Genuss keinen Abbruch getan.

»Ernste Themen und Sex, das verbraucht einfach viele Kalorien«, gab sie ihm zu verstehen, und er nickte.

Sie öffneten die Tür und begrüßten Willi liebevoll, Thierry nahm ihn hoch, um ihn die Treppe hinabzutragen.

»Nächste Woche kommt René und schaut sich diese Stufen an«, sagte sie, »das war wirklich ein Akt damals, die mit meinen schmerzenden Knochen hoch- und runterzugehen, und für Willis Wirbelsäule ist sie Gift, hat der Tierarzt gesagt.«

»Und wenn wir mal alt und klapprig sind, ist es auch besser, wenn die Stufen nicht so hoch und ungleichmäßig sind«, fügte Thierry an.

Sie bereiteten ein leckeres Frühstück zu, und bald durchzog der Duft von Kaffee, Toast und gebratenen Eiern das Haus.

»Ich gehe eine kleine Runde laufen, und anschließend telefoniere ich mit meinem Vater«, sagte sie entschlossen.

»Ich setze mich so lange in die Sonne, und wenn du fertig bist, schauen wir uns den Plan meiner Mutter an, okay?« Er versuchte ein zerknirschtes Gesicht zu ziehen.

»Ich glaube, wir ziehen beide prophylaktisch Turnschuhe zum Hochzeitsdress an«, orakelte sie.

Sie grinsten einander verschwörerisch zu. Zusammen waren sie stark.

Avignon – Anfang Mai

»Bonjour, Papa«, sagte Margeaux und hoffte, dass ihre Stimme leicht und freundlich klang. Sie ging auf ihn zu, er legte einen Arm um ihre Schulter und erwiderte »Bonjour, Margeaux«, bevor sie einander die typischen drei Wangenküsse gaben.

»Aimé kommt auch gleich.« Julien versuchte, beiläufig zu klingen, doch Margeaux hatte das Gefühl, dass ihr Vater den Freund an seiner Seite zur mentalen Unterstützung benötigte.

»Schön, dass wir es mal wieder schaffen, miteinander am Herd zu stehen. Das Gericht ist wirklich lecker, und ich finde es spannend, das Rezept von Heldmann nachzukochen«, erklärte sie und fügte im Stillen hinzu: *Und wenn die Aufgaben durch die Vorgaben klar sind, können wir uns mehr auf das Reden konzentrieren.*

Nach einem eindringlichen Telefonat mit ihrem Vater hatte es noch einige Tage gedauert, bis sie einen passenden Zeitraum gefunden hatten. Das Resultat war gewesen, dass sich alles noch etwas angespannter anfühlte. Hilde hatte morgens oft blass ausgesehen, weil sich Aimé nach wie vor weigerte, Einsicht zu zeigen und sich ihrer Meinung anzuschließen.

Es war verzwickt, und sie würde das heutige gemeinsame Kochen mit den beiden Männern nutzen, um Licht ins Dunkel zu bringen. Sie konnte und wollte nicht zulassen, dass ihre liebsten Menschen sich zerstritten und sich das alles wie ein dunkler Schatten über ihre bevorstehende Hochzeit legte. Schließlich sollte das ja einer der glücklichsten Tage ihres Lebens werden und kein Chaos, bei dem man aufpassen musste, wer neben wem saß.

Aimé kam herein und machte einen atemlosen Eindruck. »Da bin ich.« Er ließ seinen Blick kurz über Margeaux schweifen, und sie konnte sehen, wie ihre beiden *Väter* sich in schnellem Einverständnis zunickten und dann die Anspannung aus Juliens Gesicht wich.

»Ihr wisst schon, dass ich erstens sehen kann, was sich in euren Mienen abspielt, und dass es zweitens vollkommen albern ist, wie wir uns gerade hier benehmen. Ich bin es ... eure Margeaux!« Sie hatte einfach keine Lust, sich dauernd verstellen zu müssen, und beschlossen, gleich Tacheles zu reden. Bedröppelt standen die beiden Mittsechziger da und schauten sie an wie zwei Schulbuben, die etwas ausgefressen hatten.

»So sah dein Sohn früher aus, wenn wir uns nicht an Hildes Regeln gehalten haben«, wies sie mit dem Finger auf den Flic und begann die Zutaten aus ihrem Korb auf die Arbeitsfläche zu legen.

Julien ging zum Weinkühlschrank, entkorkte eine Flasche Champagner, goss drei Gläser ein, reichte jedem eins und sagte: »Du hast recht mein Kind.« Dann hob er das Glas und trank einen großen Schluck. Margeaux und Aimé taten es ihm gleich.

»Und das war's jetzt?«, wollte sie wissen. »Oder redet ihr endlich mit mir?«

»Frag mich einfach, was du wissen willst, und ich verspreche dir offene und ehrliche Antworten«, wandte sich Julien ihr zu, griff einen der grün glänzenden Äpfel und hob ihn mit fragendem Blick hoch.

Margeaux hatte das umfangreiche Rezept ausgedruckt und reichte ihm ein Blatt: »Machst du bitte den Rote-Bete-Apfel-Salat, Papa?«

Julien nahm das Rezept, überflog es rasch, dann holte er ein Messer und bereitete sich vor, indem er sich die benötigten Zutaten zurechtlegte. Er würde Äpfel und Bete fein würfeln und dann eine Marinade aus Orangenöl, geriebenem Ingwer, Himbeeressig, Zucker und Salz erstellen. Darin wurden Obst und Gemüse vakuumiert, um den Geschmack besser aufzunehmen.

»Was soll ich machen?«, fragte Aimé, der sich die Hände gewaschen hatte und nun die Schürze umband.

»Magst du den Lachs vorbereiten und die Silberzwiebeln abflämmen? Ich mache dann die Dillcreme und diesen Senfkaviar. Ach, Papa, kannst du bitte auch noch den Staudensellerie-Apfel-Sud übernehmen?«

Julien zog den Rezeptteil und den Sellerie zu sich hinüber.

Schweigend begannen sie zu arbeiten, früher war es immer so einfach gewesen, beim Kochen ins Gespräch zu kommen, egal, wie belastend die Themen auch gewesen waren. Heute spürte sie eine sonderbare Schwere, die ersten Worte zu finden, um die Stille zu brechen. Sie zog den Thermomix zu sich heran und begann, aus Dill, glatter Petersilie und Sonnenblumenöl ein Öl herzustellen. Aimé filetierte den Lachs gekonnt und schnitt gleichmäßige Filets heraus, die er dann abtastete und mit der Grätenpinzette nach Gräten absuchte. »Ich habe deinen Vater dabei unterstützt, sein Profil auf der Dating-Plattform zu erstellen, die du ihm ja schon öfter mal empfohlen hast«, sagte er und fuhr abschließend suchend mit den Fingern über die Fischstücke.

»Mhm ...« Margeaux hatte die Kräuter zerkleinert und warf nun das laute Gerät kurz an, was jede Unterhaltung unmöglich machte. Rasch ergab sich eine saftig-grüne Flüssigkeit. Sie drückte auf Stopp, goss das Öl durch ein feines Sieb und stellte es beiseite. »Ich verstehe nur nicht, warum ihr beide so ein Geheimnis daraus macht.«

Julien hob den Kopf, er war gerade dabei, den Ingwer für die Marinade fein zu reiben: »Du bist meine Tochter, und einerseits reden wir offen miteinander, doch andererseits gibt es doch auch so etwas wie eine Intimsphäre.« Er sah unbehaglich aus bei diesen Worten.

Sie hatte den Mixbecher gereinigt, stellte nun das Gerät auf 90 °C, gab Reisessig, Reiswein, Zucker, Salz und pasteurisiertes Eigelb hinein und erwärmte alles mixend.

»Das respektiere ich auch, Papa«, übertönte Margeaux das Geräusch. »Doch gleichzeitig fühlt es sich auch so an, als würdest du mich aus deinem Leben ausschließen, und das macht mich traurig und irgendwie auch wütend«, gab sie freimütig zu, denn er musste verstehen, wie es ihr ging.

Betroffenheit machte sich in seinem Gesicht breit, während er die kleinen Würfel von Apfel und Bete in den Vakuumierbeutel schaufelte. »Es geht nicht darum, dich auszuschließen, es ist nur so ... Also ich bin ja nicht nur dein Vater, sondern auch ein Mann ...«

»Und ich rede mit Pierre auch nicht über alles, was mich mit seiner Mutter verbindet«, sprang Aimé ihm bei, während er Salz und Zucker miteinander vermischte und fein geriebene Limettenschale darunterrührte, um den Lachs darin zu beizen.

»Ich weiß gar nicht, worüber wir hier gerade reden! Cybersex?«, fragte Margeaux geradeheraus und träufelte das Dillöl langsam in die Eimischung, bis alles schön sämig war.

Julien zog scharf den Atem ein, wandte sich zum Kammervakuumierer um und sagte: »Nein, aber selbst, wenn dem so wäre, wäre es meine Sache!«

Sie merkte, dass ihn ihre provokative Frage aus der Reserve gelockt hatte, denn nachdem er seinen Salat ins Vakuum gezogen hatte, drehte er sich um und sah sie herausfordernd an: »Ich empfinde deine Frage bereits als übergriffig, denn das ist nichts, was ein Vater mit seiner Tochter besprechen sollte.«

»Ach, Papa.« Margeaux schüttelte den Kopf. »Ich verstehe, dass dir das unangenehm ist und du ungehalten bist«, ging sie auf ihn ein, um den Ärger, den der zusammengepresste Mund ausdrückte, in Worte zu fassen und gleichzeitig auch die Scham zu benennen, die sein trauriger, von unten nach oben gehender Blick und das leicht abgewandte Gesicht zeigten.

»Findest du es unnormal, wenn ich erst einmal herausfinden möchte, ob das etwas für mich ist, überhaupt eine andere Frau in mein Leben zu lassen und dann auch noch auf diese Art?«, erkundigte er sich etwas besänftigt, während er sich daranmachte, den Sellerie und weitere Äpfel in grobe Stücke zu schneiden, um sie zu entsaften.

»Das finde ich keineswegs, jedoch hast du diese Entscheidung ja bereits getroffen, nicht wahr?« Sie schaltete den lauten Mixer endlich aus und senkte ihre Stimme.

Aimé blätterte, eine neue Aufgabe suchend, durch die Papiere. »Ich zupfe mal die Passepierre. Es ging nicht darum, dich auszuschließen oder etwas hinter deinem Rücken zu machen. Es ging um eine sehr persönliche Entscheidung deines Vaters, und sicher hast du recht, dass er den richtigen Zeitpunkt vielleicht verpasst hat, dich einzubinden.«

»Spätestens als er die Idee hatte, eine Frau mit zu meiner Hochzeit zu bringen, von deren Existenz ich gar nichts weiß.« Margeaux war klar, dass sie sich bockig anhörte. Sie schüttete Noilly Prat, Apfelsaft und Apfelessig in einen Topf, gab Honig, Zucker, Salz und Senfsaat dazu und erwärmte alles sanft rührend.

»Das ist doch noch gar nicht spruchreif«, verteidigte sich ihr Vater, und die Saftpresse schrillte quietschend.

Aimé hatte gleichmäßige Stücke von dem salzigen Queller mit der leicht pfeffrigen Note gepflückt: »Ich habe es Hilde gegenüber auch genauso erwähnt. Dass sie das gleich an die große Glocke hängt und so ein Drama daraus macht, ist vollkommen übertrieben.« Er klang empört, und sie konnte die Zornesfalte zwischen seinen zusammengeschobenen Augenbrauen sehen.

»Kommt sie nun, oder nicht?«, erkundigte Margeaux sich und spürte den Frust darüber, überhaupt in einer solchen Situation zu sein. »Und wer ist sie überhaupt?

Wieder ein schneller Blickwechsel zwischen den Männern. Aimé war dazu übergegangen, die äußere Schale von den Silberzwiebeln zu pellen, um sie dann zu halbieren und die Schnittflächen mit dem Bunsenbrenner abzuflämmen.

»Sie heißt Melodie Martin und kommt aus Aix-en-Provence«, beantwortete ihr Vater die Frage prompt, und Margeaux unterdrückte ein Aufstöhnen. Martin war ein absoluter Allerweltsname in Frankreich, und so besonders war der Vorname Melodie nun auch nicht. Matze würde es ganz sicher nicht leicht haben, die richtige Frau zu finden. Sie brauchte mehr Informationen.

»Und sie ist fünfundfünfzig?«, hakte sie nach.

»Nein«, widersprach ihr Vater, »sie ist gerade dreiundfünfzig geworden, und wir verstehen uns wirklich sehr gut, Margeaux. Sie bringt mich zum Lachen, und wir führen auch sehr viele tiefgründige Gespräche.«

Nun hatte sie immerhin schon das Geburtsjahr und überlegte, wie sie an den Geburtstag kommen konnte. Sie biss sich einmal kurz auf die Lippe und schaltete die Temperatur am Herd herunter, da die Flüssigkeit im Topf bereits stark reduziert war: »Ist sie Wassermann wie Maman?«

Julien versteifte sich kurz, antwortete dann aber: »Ja, das ist sie, sie hat aber noch im Januar Geburtstag.«

Margeaux glaubte ihr Glück kaum fassen zu können, das reduzierte die möglichen Tage auf zehn, in Kombination mit dem Namen und dem Jahr würde es dem Hacker gewiss möglich sein, sie ausfindig zu machen. Margeaux beschloss, ein wenig einzulenken, um die Stimmung anzuheben: »Und du magst sic?«

»Ja, ich mag sie«, bestätigte Julien schlicht und kochte den Saft mit etwas Zitrone, Salz und Pfeffer ein.

»In Ordnung«, sagte sie leichthin, »jetzt fehlt nur noch die Antwort auf meine Frage wegen der Hochzeit.«

»Ich habe sie noch nicht gefragt … Es war ein Gedanke, mehr nicht.« Julien mixte ein wenig Xanthan in den reduzierten Saft und band ihn so ab.

»Okay«, sagte Margeaux, »lass uns darüber nachdenken!«

Aix-en-Provence – Anfang Mai

Sie hatte wieder von dem French Toast geträumt und überlegt, ob sie sich einfach selbst einen zubereiten sollte, doch dann waren ihre Gedanken gleich gestockt. Es musste alles passen, um das Gefühl des Glücks komplett zurückzubekommen. Außerdem verspürte sie kaum Hunger, denn es war ihr so, als hätten sich Ameisen in ihrem Bauch eingenistet. Es kribbelte gar sonderbar, und das Gefühl schwankte zwischen angenehm und absolut verstörend. Sie versuchte herauszufinden, warum sie so empfand, googelte die Symptome im Internet und war erstaunt, als sie viele Einträge fand, die beschrieben, dass man sich so fühlte, wenn man verliebt war.

War es das tatsächlich? War sie dabei, sich in einen Mann zu verlieben, den sie nur von Telefonaten und intensivem Schriftverkehr kannte? Das war doch absurd und sicher gar nicht möglich. Oder einfach unnormal. Dann wäre es ja schon wieder passend, dachte sie und spürte, wie die Unsicherheit sich ihrer bemächtigte. Warum konnte sie nicht einfach akzeptieren, dass es möglich war? Schließlich warben die Plattformen genau damit, dass sich Menschen verliebten, heirateten und Familien gründeten. Gott sei Dank war das für sie keine Option mehr. Sie waren beide zu alt dafür. Sie hatte sich in den letzten Wochen immer mehr nur auf ihn fokussiert und alle anderen Kontakte abgebrochen, vielleicht auch, weil sie fürchtete, die Situation könnte ihr dann erneut entgleiten. Sie wusste nicht, was es dafür brauchte.

»Doch, du weißt es«, schalt sie sich selbst laut, »sogar sehr genau. Du willst es nur verdrängen, weil du das einfach am besten kannst.« Dann mischte sich eine andere Stimme hinzu: *Oder du erfindest einfach etwas. Etwas, das in Wirklichkeit gar nicht vorhanden ist. Weil du nämlich verrückt bist.*

Sie schlug sich die Hände auf die Ohren, um diese bösen Worte nicht mehr zu hören, doch es war vergebens, denn sie waren in ihr, eingebrannt in ihren Gehörgang und in ihre Seele. Wie konnte ein Mensch nur so einsam sein? Sie wusste es nicht. Doch was sie genau wusste, war, dass sie so nicht mehr leben wollte. Sie wollte glücklich sein, und mit ihm würde es gelingen. Heute wollte sie ihm sagen, dass sie nach Avignon kommen würde, um ihn zu treffen.

Boulbon – Anfang Mai

Matzes Handy plingte und auf dem Display poppte eine Nachricht von Margeaux auf: *Melodie Martin, geboren 1969 vom 21. bis 31. Januar, genauer habe ich es nicht. Lebt in Aix. Jede Info ist gut!*

Er hatte ihr zugesagt, sich darum zu kümmern, fühlte sich aber irgendwie unwohl dabei. Heute Abend würde er sich an den Computer setzen und erst einmal ganz offiziell suchen, also fast offiziell. Einerseits hatte er seinem Schwiegervater versprochen, nichts Illegales mehr zu tun, und war ganz zufrieden in der Agentur, in der er gutes Geld verdiente. Doch andererseits fehlte ihm auch das prickelnde Gefühl, in die dunklen Tiefen einzutauchen und Dinge ans Tageslicht zu bringen, die sonst niemand finden konnte. Es war wie eine Art Schatzsuche, und das Prickeln, das sie auslöste, war einfach ein megatolles Gefühl.

Gott, er war wie ein Junkie, der nach dem nächsten Schuss gierte. In der Gräfner-Sache für die Polizei zu recherchieren hatte das Gefühl wieder angetriggert, und ihm war aufgefallen, dass es ihm fehlte, sich auch mal ins Risiko zu stürzen. Am liebsten hätte er sich bei diesem Gedanken ein Brett vor den Kopf gehauen. Seine Frau war hochschwanger, und er sollte wahrlich anderes im Sinn haben, als Gesetze zu brechen oder die Schmutzwäsche mancher Leute aus ihren Verstecken zu zerren. Doch wie bei allen Süchtigen war der Drang stark, und er redete sich ein, unterm Strich ja einer guten Sache zu dienen. Gleichzeitig hörte Margeaux ganz sicher die Flöhe husten, wenn es um ihre Lieben ging, und war daher übervorsichtig. Auch das konnte er nachvollziehen, denn er selbst würde auch wirklich alles für Elodie tun. Ein bisschen Nachforschung über die Frau, die Julien in die Familie lassen wollte, war daher nichts, wofür er sich schämen musste oder ein schlechtes Gewissen haben sollte. Trotzdem würde er es auf abends verschieben, wenn er allein war, denn Elodie wollte mit ihrer Mutter essen gehen. Er hatte das Gefühl, dass nicht nur seine Schwiegermutter, sondern auch seine Frau vieles auf der Hochzeit von Thierry und Margeaux nachholen wollten. Für ihn war es vollkommen in Ordnung gewesen, die Feier im kleinen Kreis abzuhalten. Seine Oma war gekommen, und das hatte für ihn gezählt, denn seine Freunde gehörten zu seiner Familie, und Frank war ebenso ein Teil davon. Er brauchte keine fünfhundert Leute und ein Lächeln, das einem irgendwann im Gesicht festfror.

Er beneidete die beiden nicht um die Riesenparty, die Mutter Baile für Margeaux und Thierry plante, und rasch ging er in den Hauswirtschaftsraum, um sich mit echter Schmutzwäsche abzulenken.

Avignon – Anfang Mai

Sie stellten die Teller bereit und begannen die Komponenten anzurichten. Aimé hatte den Lachs im Wasserbad gegart, dann mit Mirin und Sojasoße eingepinselt und abgeflämmt. Es roch verführerisch.

Julien gab einen kleinen Schöpflöffel des dickflüssigen Sellerie-Apfelsaftes auf den Teller.

»Kannst du mir bitte den Dessertring reichen«, bat er Margeaux und richtete in dem Ring mittig im Teller den Bete-Apfel-Salat an.

»Ist denn jetzt wieder alles gut zwischen uns?«, wollte Aimé versöhnlich wissen und legte vorsichtig ein Stück Lachsfilet auf den Salat.

Margeaux hatte die Dillcreme in einen Spritzbeutel gepackt und gab vier kleine Tupfen jeweils auf drei, sechs, neun und zwölf Uhr an den Rand des leicht gelierten Saftspiegels. »Ich will schon, dass alles wieder normal und gut ist, aber ich fühle mich noch nicht so. Es hat mich verletzt, dass ihr mich ausgeschlossen habt.«

Sie gab einen kleinen Löffel des Senfkaviars auf den Lachs, schaute zu Aimé und sagte »Darf ich?«, während sie auf den Queller deutete. Er nickte bestätigend, und sie nahm je ein Stückchen der grünen Salzwiesenpflanze und dekorierte sie in die Dillcreme.

Julien beobachtete sie aufmerksam: »Wollen wir noch einen Klecks Creme plus Passepierre auf den Lachs geben und eine Zwiebelscheibe anlegen?«

Margeaux nickte und war zufrieden: »Es ist gut, dass wir so offen über das reden können, was uns bewegt, gleichzeitig brauchen wir aber wahrscheinlich alle noch ein wenig Zeit. Was trinken wir denn zu diesem Augenschmaus?«

Sie schob Aimé den Teller hin, und er drapierte die abgeflämmten Silberzwiebeln neben der Dillcreme und legte an jeden Tupfen Creme vorsichtig eine dünne Scheibe rote Zwiebel an, die er sehr fein geschnitten hatte.

»Ich habe noch einen weißen Châteauneuf-du-Pape von Raymond Usseglio offen. Er hat viel Frucht durch die reine Rousanne-Traube und schmeckt angenehm nach Holunderblüten, Brioche und weißem Pfirsich. Das passt zu dem fruchtig würzigen Fischgericht sehr gut, was denkt ihr?«, wandte sich Julien an sie.

»Das klingt gut«, bestätigte Margeaux, und Aimé schien ebenfalls einverstanden.

Rasch bestückten sie alle drei Teller. Julien hatte bereits eine Brotauswahl im Backofen, und kurze Zeit später saßen sie einvernehmlich am Tisch, stießen an und begannen zu essen.

»Die Kombination ist toll«, lobte Julien das Gericht, »der junge Mann hat Talent.«

»Ja, das hat er, und noch dazu ist er ausgesprochen nett, so wie die ganze Familie. Wir sollten einmal gemeinsam dorthin fahren. Vielleicht irgendwann zu viert?«, machte sie einen großen Schritt auf ihren Vater zu.

»Ja, vielleicht«, sagte Julien, »aber erst sollte ich sie wirklich von Angesicht zu Angesicht treffen, bevor wir Zukunftspläne schmieden.«

Aimé hielt sich im Hintergrund, was Margeaux als richtig empfand. Auch wenn sie von ihm ebenfalls enttäuscht war, so war es doch in erster Linie eine Sache zwischen ihr und Julien.

»So machst du es, Papa.« Sie schaute ihn an und hoffte, gut genug verbergen zu können, dass sie ein klein wenig von ihrem Gewissen geplagt wurde, weil sie Matze auf Melodie Martin angesetzt hatte.

Erneut erhoben sie alle drei die Gläser und prosteten einander zu.

Hameau les Bouisses – Anfang Mai

Hilde hielt sich den schmerzenden Rücken. Auch heute hatte sie wieder zu viel gemacht. Das Kochtreffen in Avignon erleichterte sie einerseits, denn Margeaux würde den beiden Männern sicher den Kopf zurechtrücken, aber sie machte sich auch Sorgen. Zum ersten Mal seit vielen Jahren hatte es zwischen ihr und Aimé massiv geknirscht, und sie hatten es nicht so recht geschafft, diesen Sand wieder aus dem Beziehungsgetriebe zu entfernen. Sie mochte nicht mit ihm streiten, doch es war auch wichtig, dass er erkannte, dass es nicht in Ordnung war, wichtige Menschen bei wichtigen Entscheidungen außen vor zu lassen. Selbst wenn Margeaux es schaffen würde, dass Julien und Aimé ihre Geheimnistuerei hinterfragten, so bedeutete es noch nicht, dass auch zwischen ihnen alles wieder sofort im Lot sein würde. Außerdem war sie nach wie vor nicht begeistert von der Tatsache, dass niemand diese Frau kannte. Sie war eben nicht von hier, und man konnte daher nicht bei einem kleinen Schwätzchen beim Einkaufen etwas über sie in Erfahrung bringen. So wie zum Beispiel über die Köchin, deren Restaurant einfach nicht so recht hatte Fuß fassen können. Sie war zwar auch nicht von hier, lebte aber schon eine gewisse Zeit in Barbentane, sodass ein unverbindliches Gespräch über sie möglich gewesen war.

Aimé hätte sie gewiss wieder gescholten, sie sei zu neugierig und es handle sich um eine geschäftliche Entscheidung von Julien – und dass sie das wirklich nichts angehe. Daher hatte sie ihm auch nichts von dem erzählt, was sie in Erfahrung gebracht hatte. Einige sagten, Catherine sei sehr nett und fleißig, während andere zwar ihren Fleiß bestätigten, sie aber für ausgesprochen distanziert hielten, vielleicht sogar abweisend. Niemand schien sie wirklich zu kennen. Sie hörte Aimés Stimme in ihrem Ohr: *Hast du je bei einem seiner Köche oder dem Service so herumgefragt?*

Er hatte recht, das hatte sie nicht. Doch durch die Sache mit dieser Melodie war sie irgendwie wachsamer geworden, und ihre Intuition ließ sich nicht mehr so leicht zum Schweigen bringen. Catherine Frontier war jung, zu jung! Das war schon mal klar, aber man konnte ihr nicht absprechen, dass sie mutig und tatkräftig war. Vielleicht auch ein bisschen zu blauäugig, denn als Fremde ein Restaurant in einem Dorf zu eröffnen war immer eine Herausforderung.

Hilde hatte die Sandsteinplatten um Margeaux' Pool herum mit einem Schrubber und einem Spezialreinigungsmittel bearbeitet, um sich abzulenken und ihrem aufwallenden Unwohlsein entgegenzuwirken. Doch für ihre alternden Knochen war es einfach zu viel gewesen. Sie sehnte sich danach, dass Aimé einsah, dass er falschlag, und verstand, worum es ihr ging. Es war doch nicht so, dass sie Julien kein Glück gönnte. Sie war eben nur vorsichtig, und Margeaux empfand auch so wie sie, es war also kein Altersstarrsinn, sondern ganz normale Sorge.

Sie hatte ihre Arbeit beendet, den Dackel noch mal zum Pipimachen rausgelassen, ein Schwätzchen mit dem Nachbarn Michel gehalten, der gerade von einem Ausritt mit seiner schönen schwarzen Stute Kallisté zurückgekommen war, und war dann schmerzgeplagt in ihren Wagen geklettert. Sie brauchte wirklich Hilfe.

Barbentane – Anfang Mai

Catherine drehte den Schlüssel im Schloss herum. So war es nun. Diese Etappe in ihrem Leben war beendet. Sie wusste, dass es nicht an dem Restaurant gelegen hatte, sondern an ihr persönlich, und doch war es irgendwie erleichternd, den Schlüssel in andere Hände zu legen und einen neuen Abschnitt in ihrem Leben zu beginnen. Sie würde unter einem großartigen Chef arbeiten und viel lernen, auch viel von dem wieder auffrischen, was sie vergessen hatte. Es war an der Zeit, wirklich nach vorn zu schauen und nicht zurück. Wenn sie mit einem klaren Fokus auf ihr Leben sah, dann war ihr Blick immer auf die Vergangenheit gerichtet gewesen.

Sie hatte ein einfaches Appartement an der Stadtmauer in Avignon gefunden und das eingepackt, was ihr wichtig war. Von dort war sie in wenigen Minuten zu Fuß im »Chez Louise«, und ihr Leben würde ab sofort davon bestimmt sein, Bestleistungen zu vollbringen. Sie wollte, dass Julien Surfin stolz auf sie war. Der Gedanke irritierte sie einen Augenblick, denn beim letzten Mal war es Paul Bocuse gewesen, dessen Aufmerksamkeit und Unterstützung sie sich mehr als alles andere gewünscht hatte. Und es war nicht gut ausgegangen. Sie verscheuchte den Gedanken, sie wollte sich gut fühlen, und dazu gehörte es auch, sich an das zu erinnern, was wichtig war, und alles andere wirklich ruhen zu lassen. Sie war eine exzellente Köchin, nur darauf kam es an.

Sie warf den Schlüssel wie vereinbart in den Briefkasten, ging zu ihrem Auto und drehte sich nicht mehr um.

Provence – Anfang Mai

Margeaux fuhr durch die abendliche Stadt, Avignon sah immer beeindruckend aus, fand sie. Die angeleuchtete Stadtmauer wirkte majestätisch und die Lichter lockten, auf einen Drink oder zum Essen in eins der vielen Lokale einzukehren. Sie fragte sich, wann sie das letzte Mal mit Thierry einfach ziellos durch die Stadt gebummelt war, und konnte sich nicht so recht erinnern. War es etwa im vergangenen Jahr vor ihrem Krankenhausaufenthalt gewesen? Das konnte doch nicht sein! Sie opferte ihrer Ermittlungsleidenschaft scheinbar alles.

Während ihrer Zeit als Kommissarin war sie nur einmal leicht verletzt worden, und ein paar wenige Stiche hatten die Wunde rasch verschlossen. Seit sie als Privatermittlerin unterwegs und beratend für die Polizei tätig war, war sie bereits zweimal schwer verwundet worden und dem Tod nur mit Ach und Krach von der Schippe gesprungen. Es war sonderbar, dass sie gerade jetzt daran denken musste, dass sie sich wohl ohne den Rahmen, den die Polizeizugehörigkeit ihr gegeben hatte, eher in Gefahr begab. Oder suchte sie die Gefahr nach dem Tod ihrer Mutter einfach intensiver, um zu spüren, dass sie noch lebte? Was für ein verwirrender Gedanke. Hier konnte nur ein Mensch helfen. Rasch rief sie über die Freisprecheinrichtung die Nummer an und war erleichtert, als er abnahm.

»Hey! Hast du so schnell schon wieder Sehnsucht nach mir?«

»Ich brauche deinen Rat als Freund, aber auch als mein Partner bei der Arbeit.«

»Was ist los, Margeaux?«, fragte Frank beunruhigt.

»Glaubst du, dass ich sterben will?«

»Du machst mir Angst!«, rief er aus.

»Ich meine das ernst. Suche ich das Risiko, weil ich tief in mir drin meinen Lebensmut verloren habe?« Sie hörte ihn tief atmen und entschuldigte sich rasch bei ihm: »Es tut mir leid, Frank, ich weiß nicht, mit wem ich sonst über diese Gedanken sprechen kann.«

»Ich kenne das von mir«, antwortete er, »als ich mich so verloren gefühlt habe, weil niemand sich für den Tod meiner Mutter interessiert hat, habe ich oft das Risiko in gefährlichen Fällen gesucht.«

»Ich kann manchmal nicht aufhören, an Paul zu denken!«, sagte sie leise. Paul Bezier hatte als verdeckter Ermittler in der Mafia-Szene in Marseille ermittelt. »Was hat ihn dazu gebracht, so tief in diesen Morast aus Brutalität und Machtgier hinabzusteigen? Sind wir alle irgendwann an diesem Punkt, wo wir zu müde sind und der Kampf aussichtslos erscheint?«

»Margeaux, wo kommt das jetzt her? Warum denkst du gerade jetzt darüber nach«, erkundigte er sich eindringlich.

»Ich weiß nicht recht ... Ich habe mit meinem Vater und Aimé gekocht, und eigentlich sollte alles geklärt sein.«

»Und uneigentlich?«, wollte er wissen.

»Uneigentlich habe ich Matze schon darum gebeten, alles über diese Frau an Papas Seite herauszufinden, was möglich ist«, stieß sie hervor.

Frank schwieg einen Augenblick, räusperte sich dann und sagte: »Ich verstehe dich, auch wenn ich es eigentlich nicht in Ordnung finde.«

»Und uneigentlich?«, erkundigte sie sich und musste grinsen.

»Uneigentlich kannst du nicht anders. Du musst wissen, mit wem du es zu tun hast, und hörst dabei wie immer auf deine Intuition.«

»Du kennst mich einfach zu gut«, sagte sie und fühlte sich etwas besser.

»Ich kenne dich und ich weiß, was der Job aus uns macht. Wir sind Informationsjunkies und haben genug erlebt, um jedem alles zuzutrauen.«

»Das ist wahrscheinlich auch ein wichtiger Punkt. Doch das, was ich fühle, ist so, als könne ich auch gar nicht mehr daran glauben, dass Menschen einfach gut sind. Verstehst du, was ich damit meine?«, machte sie einen Erklärungsversuch.

»Ja, ich bin irgendwie jedes Mal unangenehm berührt, wenn mich jemand beim Sport einfach so anquatscht, denn ich denke immer, die Person weiß, dass ich ein Bulle bin, und will was von mir. Frei nach dem Motto: Meine Frau hat da einen ganz dummen Strafzettel bekommen, da können sie doch gewiss was machen ...!«

»Das kennen wir alle«, gab sie ihm recht.

»Das macht mich auf eine gewisse Art sozial inkompatibel. Ich habe auch irgendwie keine Lust, mit jemandem über meine Arbeit zu reden, der nicht versteht, was ich da tue, und ich brauche auch keine Heldenverehrung.«

Sie erklärte ihm ihre Gedanken und fragte dann erneut: »Denkst du, dass ich die Gefahr suche? Bitte antworte mir ehrlich.«

»Ich bin immer ehrlich«, er klang etwas empört, »ich glaube nicht, dass du den Tod suchst, aber du suchst die Grenzen, die dir fehlen, und das lässt dich riskante Entscheidungen treffen.«

»Was soll ich tun?«, wollte sie wissen.

»Ich an deiner Stelle würde endlich heiraten und einfach mal mein Leben genießen und glücklich sein«, antwortete er aufrichtig.

Boulbon – Anfang Mai

»Chérie?«, rief Matze und wunderte sich, dass Elodie noch nicht fertig war. Gleich würde seine Schwiegermutter kommen, um sie abzuholen, denn Claire hatte darauf bestanden zu fahren. Elodie antwortete nicht. Ob sie noch im Bad war? Er schaltete alle seine Bildschirme und Computer ein, sodass er gleich loslegen konnte, wenn sie das Haus verlassen hatte. Es war einfach besser so. Er hatte einige Zeit lang in Stuttgart die Kripo unterstützt und einige schwäbische Phrasen mitbekommen. Jetzt kam ihm der Ausspruch »Des hat a Gschmäckle!« in den Sinn. Genau das würde Elodie empfinden, wenn sie mitbekam, dass er in Juliens Privatleben herumstocherte.

»Elodie«, rief er erneut etwas lauter, vielleicht brauchte sie seine Hilfe, denn oft kam sie einfach nicht mehr an ihre Füße. Er musste grinsen bei diesem Gedanken.

Konnte es sein, dass sie ihn nicht hörte? Er stand auf, um nach ihr zu sehen. Das Schlafzimmer war leer, also blieb nur noch das Bad. Er klopfte kurz an und öffnete dann die Tür. Seine Frau saß auf dem Rand der Badewanne. Ihr Gesicht war schmerzverzerrt. Sofort war er bei ihr.

»Da, da«, stotterte sie und zeigte auf ihren Oberschenkel, »da ist Blut.«

Ein Augenblick lang hatte er das Gefühl, den Boden unter den Füßen zu verlieren, doch dann riss er sein Handy aus der Hosentasche und wählte den Notruf. Elodie und dem Kind durfte nichts geschehen.

Avignon – Mai, eine Woche später

Julien zog den Knoten an seiner Schürze zu, drehte sich um und klatschte in die Hände: »Ich freue mich sehr, dass wir Catherine für unser Team gewinnen konnten, und nachdem sie nun einige Tage mit uns gearbeitet hat, kann ich stolz verkünden, dass sie den Vertrag unterschrieben hat.«

Obwohl die Devise im »Chez Louise« lautete: »Kein Alkohol während des Service«, reichte er allen ein Gläschen Champagner, hob es an und sagte: »Auf unser neues Teammitglied!«

Sie tranken, nickten der jungen Frau zu, und ein reges Geplauder entstand. Sie hatte sich wirklich gut behauptet und war eine Bereicherung. Ihre konzentrierte Art zu arbeiten kam bei allen gut an, und ihre Vorschläge unterbreitete sie mit wohldosiertem Understatement, sodass sich niemand belehrt oder gar angegriffen fühlen konnte. Er unterhielt sich gern mit ihr, sie war aufmerksam und nicht so leicht aus der Reserve zu locken, daher hatte er es sich angewöhnt, sie gezielt zu fragen, wie ihr zum Beispiel eine Soße schmeckte oder eine Dekoration gefiel – und ob sie Verbesserungsideen hatte. Sie antwortete immer überlegt und konstruktiv. Trotz allem wurde er das Gefühl nicht los, dass sie etwas Prägendes erlebt haben musste, denn es umgab sie ein Hauch von Traurigkeit wie ein Mantel oder gar ein Schutzschild. Sie wirkte zerbrechlich, und fast hatte er das Bedürfnis, schützend seine Arme um sie zu legen. Sein Gefühl sagte ihm, dass er es noch nicht geschafft hatte, ihr Vertrauen zu erringen, was auch ihre Zurückhaltung erklärte. Er mochte sie, und seine Worte waren daher keine leeren Worthülsen, sondern entsprachen der Wahrheit. So führte er sein Team nun einmal. Die Menschen waren ihm wichtig. Dies förderte das Miteinander und wirkte sich auf das Arbeitsergebnis aus. Im »Chez Louise« gab es auch kein unzivilisiertes Rumgebrülle, wenn die Gäste noch nicht da waren. Das duldete er nicht, und er hatte auch kein Verständnis für die Kolleginnen und Kollegen, die in ihren Küchen mit Beschimpfungen oder Gegenständen um sich warfen.

»Dann legen wir mal los«, rief er auffordernd, »wir haben heute wieder ein volles Haus!«

Das Team zerstreute sich. Alle begaben sich an ihre Posten und begannen damit, den Mittagsservice vorzubereiten. Es war wirklich nicht leicht, gute Leute zu bekommen, die bereit waren, so zu arbeiten: nicht nur qualitativ, sondern auch vom zeitlichen Aufwand her. Anfangs hatte er jeden Tag geöffnet, denn er hatte keinen Gast verlieren wollen, doch nachdem sich das Bistrorant etabliert hatte, wagte er einen Ruhetag pro Woche einzulegen. Den Mittagsservice bot er nur im Sommer täglich an, wenn die Stadt voller Touristen war, die nicht nur Avignons Geschichte herlockte, sondern auch das jährlich stattfindende Festival.

»Catherine«, sagte er herzlich und winkte die junge Frau mit dem straffen Knoten im Nacken zu sich, »ich hätte Sie heute gern am Pass.«

»Oui, Chef«, antwortete sie und schaltete die Wärmelampen mit geübtem Griff ein.

Aix-en-Provence – Mitte Mai

Sie war aufgeregt, denn heute trat sie ihre Reise nach Avignon an. Sie hatte mehr als ein Gebet gesprochen, dass alles genauso stattfinden würde, wie sie es sich ausgemalt hatte, denn ihr Traummann war noch immer ein Gentleman und entpuppte sich immer mehr als ein ganz besonderer Fang. Er erinnerte sie so sehr an ihren Vater. Er war ernst und humorvoll zugleich, liebevoll zugewandt und trotzdem nie übergriffig – und er liebte seinen Beruf. Keiner der anderen Männer, die sie in den Chats kennengelernt hatte, war je so gewesen. Er durfte sich nicht als einer von denen herausstellen.

Wieder formulierte ihre innere Stimme das mantraartige Gebet. Als hätte Gott sie jemals erhört ... Das hatte er noch nie getan. Er hatte ihr Klagen nicht vernommen und auch nicht ihr Flehen. Warum sollte er also jetzt an ihrer Seite sein? Sie verbot sich, erneut zu beten, und befahl sich, auf sich selbst zu hören, denn so war es seit dem Tod ihres Vaters: Sie war auf sich selbst gestellt.

Prüfend schaute sie auf ihr Gepäck, sie hatte unbewusst so gepackt wie bei den letzten bevorstehenden Treffen, und es trieb ihr die Blässe ins Gesicht. Einerseits wollte sie frei sein, wollte unbeschwert lieben und leben, und andererseits würde sie gewiss niemals komplett vergessen können. Sie nahm den Rucksack und änderte nichts. Wie sollte sie dieses Zeichen bewerten? War sie überhaupt offen für eine Beziehung, oder machte sie sich nur selbst etwas vor? Mutlosigkeit stoppte ihre Bewegungen, und sie setzte sich auf die Bettkante. Sollte sie diesmal vielleicht besser nicht reisen? Trog ihr Gefühl sie erneut? Sie konnte sich selbst nicht wirklich trauen, dessen war sie sich bewusst, denn sie hatte gelernt, zu etwas zu werden, was niemand je sein wollte. Doch es war eben nötig gewesen. Menschen waren anpassungsfähiger, als man glaubte, und je hilfloser sie waren, umso einfacher war es, sie zu brechen. Ihre Mutter hatte ihr immer verdeutlicht, dass etwas mit ihr nicht stimmte, hatte ihr vorgeworfen, ihrer aller Leben zu zerstören, und ihr klargemacht, was sie von ihrer Tochter hielt.

Ihre Hände begannen miteinander zu spielen, wie immer, wenn sie ins Grübeln verfiel. Hatte die Mutter mit alldem stets recht gehabt, und sie, Melodie, hatte es nicht wahrhaben wollen? Sie war nicht böse, oder etwa doch? Das Blut kam ihr in den Sinn. Wie die Lache sich unter dem Mann in Orange ausgebreitet hatte und wie der immer zähflüssiger werdende Lebenssaft sie ruhiger und ruhiger hatte werden lassen.

Je intensiver die Gespräche in den letzten Tagen geworden waren, je öfter sie bei den gemeinsamen Telefonaten befreit aufgelacht hatte, umso häufiger hatte sie daran gedacht, das Messer wegzuwerfen. Hatte den kühlen Stahl in den Händen hin und her gedreht, und nahe und ferne Vergangenheit begannen sich zu vermischen: wie ihr Vater mit raschen Bewegungen Gemüse schnitt – präzise das Messer bewegend –, hatten feine Würfel an dem glänzenden Material geklebt, die er vorsichtig abstreifte. Er hatte ihr immer erklärt, wie achtsam man mit einem guten Messer umgehen musste, und ihr verboten, es anzufassen, wenn er nicht in der Nähe war. Sie hatte den Respekt und die Liebe in seiner Stimme noch im Ohr. Dann war das Gemüse zu festem Fleisch geworden, und sie hatte die Klinge durch Haut und Sehnen dringen sehen. Die wunderbare Erinnerung vermischte sich mit dem Schrecken, den das Zucken des sterbenden Körpers in ihr verursacht hatte, und dann setzte die Ruhe ein, die ihr signalisierte, außer Gefahr zu sein.

War sie wirklich außer Gefahr, oder bildete sie sich das nur ein? War der Mann in Avignon ihre Chance auf ein glückliches Leben, oder hing sie einer Fantasie nach, die niemals Realität werden würde? Hatte ihre Mutter vielleicht recht gehabt, und sie hatte gar keinen Anspruch auf ein glückliches Leben? Schließlich hatte sie es ihrer Mutter ja auch nicht gegönnt, wieder glücklich zu sein.

Sie rutschte vom Bett und kauerte sich auf dem Boden zusammen, musste sich halten, sich begrenzen und sich verdeutlichen, was sie wollte und was sie verdiente. Verdiente nicht jeder Mensch Liebe – so auch sie? Er war eine realistische Chance, er war einer von den Guten, ja, das war er. Er würde sich nicht vor ihren Augen in ein gieriges Monster verwandeln wie die beiden anderen.

Melodies Hände fanden Halt in dem hohen Flor des Teppichs, krallten sich hinein, und sie kam langsam wieder zur Besinnung. Es war Zeit aufzustehen. Es war Zeit, sich zu nehmen, was ihr zustand, und das würde sie nun auch endlich tun. Sie brauchte nur noch ein klein wenig Zeit, um wieder auf die Füße zu kommen, und dann würde sie wie geplant zu ihrem Treffen aufbrechen.

Boulbon – noch drei Tage bis zur Hochzeit

Matze schreckte auf und fuhr sich verstört mit der Hand durch das Gesicht. Träumte er noch oder war er bereits wach? Da war dieses Gefühl, dass etwas anders war, dass etwas geschehen war, was ihn vollkommen erschüttert und sein Leben so verändert hatte, dass er kaum noch klar denken konnte. Er war so müde, dass er sich nicht sicher war, wach zu sein. Vielleicht war es auch einfach einer jener Träume, die dir vorgaukeln, dass dein Leben noch in Ordnung ist, oder die dir wie ein Eimer kaltes Wasser ins Gesicht schütten, damit du begreifst, dass nichts mehr so ist, wie es einst war.

Seine Hand tastete suchend über das Bett, wurde immer hektischer und fand nichts. Nun erwachte er vollends, denn er war allein. Ruckartig fuhr er hoch und lauschte in die Dunkelheit. War es noch Nacht, oder sorgten die Rollläden dafür, dass er die Tageszeiten nicht mehr unterscheiden konnte? Es war so still im Haus. Zu still!

Rasch setzte er seine Füße auf den Boden, angelte nach seinen Hausschuhen, warf sich den Morgenmantel über und rannte aus dem Schlafzimmer.

Gleißendes Sonnenlicht fiel ihm ins Gesicht, und er sah Staubkörner darin tanzen. Wie konnte es sein, dass er kein Gefühl mehr für Zeit hatte und dass kein Geräusch zu hören war? Es war zu still.

Dann hörte er den alles durchdringenden Schrei.

Barbentane – noch drei Tage bis zur Hochzeit

Thierry hatte begonnen, die Zutaten für die Hochzeitstorte herzurichten und sich in seiner Backstube einen Platz dafür freizuhalten. Doch bevor er mit diesem Projekt starten würde, hatte er noch etwas anderes vor. Rasch holte er die kleine Torte aus der Kühlung. Drei Etagen, die er leicht versetzt angeordnet hatte: eine aus dunklem Teig, mit einer Marzipancreme gefüllt, eine aus hellem Biskuit mit Erdbeersahnecreme und ein kleines Herz, ebenfalls aus hellem Biskuit. Hier hatte er die beiden Füllungen kombiniert, um die Botschaft zu transportieren, die die Torte vermitteln sollte. Jede Etage hatte er mit rosafarbenem Fondant überzogen, und nun würde er sie noch ausdekorieren. Er hatte bereits kleine Herzchen zurechtgelegt, Namensschilder erstellt und allerlei Kleinigkeiten wie eine Rassel, einen Schnuller und ein Armbändchen geformt. Seine Nichte war in ihrem Zuhause angekommen, und nachdem ihnen Elodie allen einen furchtbaren Schrecken eingejagt hatte, war Gott sei Dank alles gut gegangen; das bisschen Blut hatte einfach nur die Geburt angekündigt. Matze hatte den Notarzt gerufen, und seine Mutter hatte einen klaren Kopf bewahrt und sie alle informiert. Margeaux hatte ihn nur mit Mühe und Not davon abhalten können, ebenfalls im Krankenhaus aufzutauchen. »Deine Mutter ist dort und Matze, und wir würden nur stören, denn auf der Entbindungsstation dürfen gar nicht so viele Menschen gleichzeitig anwesend sein, hat Claire gesagt.«

Es war ihm schwergefallen, sich dem zu fügen, denn er liebte Elodie so sehr und kam sich schäbig dabei vor, nicht in ihrer Nähe zu sein. Im Krankenhaus hatte die Hebamme festgestellt, dass Elodie bereits Wehen hatte und Matze und sie in absehbarer Zeit ihr Kind in den Armen halten würden. Die Frau hatte nur die Rechnung ohne den Wirt gemacht, und seine Schwester hatte fast zwei Tage in den Wehen gelegen, bevor die kleine Aliette das Licht der Welt erblickt hatte. Matze war keine Sekunde von ihrer Seite gewichen, und nach der Geburt hatte es tatsächlich so ausgesehen, als habe *er* das Kind geboren. Der junge Mann war vollkommen fertig gewesen und hatte sich kaum noch an seinen eigenen Namen erinnert. Das Baby war knapp vier Wochen zu früh zur Welt gekommen, aber die Ärzte hatten ihnen alle Sorgen genommen und erklärt, dass die Kleine proper und absolut fit sei, was man von den Eltern jedoch nicht behaupten konnte. Sie waren also noch zwei Tage in einem Familienzimmer geblieben, um sich mit der Elternschaft vertraut zu machen.

Nun waren sie endlich wieder zu Hause. Er würde die neue Erdenbürgerin mit einer Torte begrüßen, die hoffentlich auch ihren Eltern einen Energieschub gab. Matze sah noch immer aus, als würde er schlafwandeln, und machte den Eindruck, als sei er vollkommen überraschend Vater geworden. Thierry musste grinsen.

Hinter ihm wurde die Tür aufgeschoben, er drehte sich um und sah zu seinem Erstaunen seinen Vater in der Backstube stehen. Bap kam nicht oft her.

»Papa, ist alles in Ordnung?«, fragte er daher auch gleich, und sein Vater kam mit ernstem Gesichtsausdruck näher.

Hameau les Bouisses – noch drei Tage bis zur Hochzeit

»Autsch«, rief Margeaux und zuckte ein wenig zusammen.

»Tststs«, machte Hilde, die hinter ihr stand, »sich von wilden Kerlen verprügeln lassen und dann empfindlich sein, wenn der Reißverschluss an einem Kleid zugemacht wird.«

»Ich sollte es allein schließen können«, sagte Margeaux bockig.

Hilde nahm sie an den Schultern und drehte sie zu sich um: »Dafür sind Mütter doch da!«

Margeaux' Augen wurden groß, und eine Träne stahl sich in einen Augenwinkel.

»Nicht weinen, mein Mädchen. Wir vermissen sie beide entsetzlich, aber ich tue mein Bestes, in Ordnung?«, sagte Hilde zärtlich und drehte Margeaux erneut um, sodass diese sich nun im Spiegel betrachten konnte. Das Kleid saß perfekt. Es war nicht weiß, sondern eine Mischung aus Creme und Rosé, und die elegante Spitze schmiegte sich an ihren Körper, gab ihre leicht gebräunten Schultern frei, betonte ihre schmale Taille und ging in einen leicht glockigen Rock mit kleiner Schleppe über.

»Du siehst wunderschön aus.« Hildes Stimme zeugte von Begeisterung, und Margeaux drehte sich ein wenig, sodass der Rock verspielt hin und her schwang.

»Ich finde es auch toll, gleichzeitig frage ich mich, wieso ich ein Hochzeitskleid trage und einer Feier mit zweihundert

Gästen zugestimmt habe, von denen ich vielleicht zwanzig kenne«, stöhnte sie.

»Weil es ein wundervoller Tag wird und weil du Mitte vierzig bist und ich ewig darauf gewartet habe, dich im Hochzeitskleid zu sehen.« Hilde gab ihr einen kleinen Klaps auf den Oberarm, und sie mussten beide lächeln. »Und weil es ein berührender Moment werden wird, wenn Julien dich zum Altar führt ... in diesem Traumkleid. Er wird so stolz und so gerührt sein!«

Margeaux stemmte die Hände in ihre Taille und betrachtete sich einen Augenblick stumm. Ihre Mutter fehlte ihr, auch wenn Hilde sich wirklich alle Mühe gab, die Lücke zu schließen.

»Habt ihr euch endlich wieder richtig vertragen?«, wollte sie nun wissen.

Hilde schüttelte ganz leicht den Kopf: »Es ist sonderbar. So, als wäre da ein Stachel tief unter der Haut, den wir einfach nicht rausbekommen. Manchmal merken wir gar nicht, dass er noch da ist, und dann kommt eine falsche Bewegung, und es tut wieder weh.«

»Ihr müsst euch dringend vertragen«, verlangte Margeaux, »was sollen denn Pierre und seine Familie denken, wenn sie herkommen?

»Er hat noch immer nicht definitiv zugesagt«, stöhnte Hilde, »und das ärgert mich sehr. Marie hat diesen Auftrag in Südafrika angenommen, und die Kinder bekommen wohl nicht so leicht eine Beurlaubung von der Schule wie gedacht. Dabei sollten die bei einer Privatschule doch etwas flexibler sein!«

»Es ist wirklich schade, wenn sie es nicht schaffen, dabei zu sein, aber wir können auch entspannt im Kreise der Familie irgendwann die Hochzeit nachfeiern«, erklärte Margeaux.

»Ich hätte mich schon gefreut, meinen Sohn an diesem wichtigen Tag dabei zu haben. Wäre auch ein Ansporn gewesen, mit Aimé ins Reine zu kommen«, gab Hilde offen zu.

»Du hast recht. Das wäre gut gewesen. Es ist wirklich anstrengend, wenn die Beziehung zu den liebsten Menschen so angespannt ist.«

»Hat Matze denn etwas herausgefunden?«, erkundigte sich Hilde.

»Matze ist ein Zombie«, Margeaux verzog das Gesicht, »er hat, glaube ich, vergessen, wie man einen Computer bedient. Ich habe also selbst ein bisschen herumgesucht und drei Frauen gefunden, die infrage kommen, aber die eine hat ein Facebook-Profil mit einem Katzenbild, eine andere hat gar kein Profil in den sozialen Medien, und die dritte, hm, ich weiß nicht, ich kann mir nicht vorstellen, dass sie Papas Typ ist. Ich werde mein Glück bei dem frisch gebackenen Vater noch mal versuchen, und wenn Frank heute Abend kommt, kann er mich auch ein wenig unterstützen. Solidarität unter Männern hin oder her!«

»Hat Julien noch mal etwas zu seinem Plan verlauten lassen?«, hakte Hilde nach. »Aimé und ich meiden das Thema nämlich.«

»Er hat angedeutet, dass sie jetzt irgendwann nach Avignon kommt und sie sich dann persönlich kennenlernen. Sie wollen ins ›Sevin‹ essen gehen.«

»Ins ›Sevin‹«, Hilde nickte und zeigte den Facial Shrug: Sie hob zuckend die Schultern an und zog beide Mundwinkel nach unten – was in diesem Fall so viel bedeutete wie: *Respekt gleich so nobel!*

»Ich habe tatsächlich schon überlegt, mich auf die Lauer zu legen oder nachzufragen, wann die Reservierung ist, so, als wollte ich mich vergewissern, dass es das richtige Datum ist«, gab Margeaux offen zu.

»Warum nicht?«, wollte Hilde wissen. »Ich wäre dabei.«

»Wenn er uns erwischt, dann ist zu Recht die Hölle los«, warf Margeaux ein.

»Wenn er nicht so ein Geheimnis um alles machen würde, dann müssten wir uns nicht solche Gedanken machen und irgendwelche Grenzen überschreiten«, verteidigte Hilde die Idee.

»Es erscheint mir am Ende nicht richtig, ihm hinterherzuspionieren, auch wenn ich diesen verdammten Impuls spüre, mehr über sie wissen zu wollen. Es ist wie ein Zwang, den ich nicht rational erklären kann.« Margeaux strich sich das Kleid glatt und sah im Spiegel den bekümmerten Ausdruck in ihrem Gesicht. Angst in Form von Sorge und Trauer in Form von Enttäuschung vermischten sich.

»Ich dachte, die Vertrautheit zwischen uns würde zurückkehren, als wir miteinander gekocht haben, aber es ist, als sei da eine unsichtbare Wand, und Aimé ist auch nicht mehr so wie vorher. Er bemüht sich zwar, aber ich spüre sehr genau, wie vorsichtig er ist, nichts preiszugeben«, fuhr Margeaux fort und drehte sich dann so abrupt zu Hilde um, dass sich Rock und Schleppe schwungvoll um ihre Beine wickelten. »Das ist doch nicht gut, Hilde!«

Ihre Ziehmutter bückte sich, um das Kleid zu entwirren, und kam dann stöhnend wieder hoch. »Vielleicht treiben wir die beiden mit unserer Neugier und Besorgnis immer mehr in die Defensive.«

»Vielleicht, ja«, gab Margeaux ihr recht.

»Ich höre ein Aber«, bemerkte ihre Ziehmutter aufmerksam.

»Er soll einfach sagen: Das ist Melodie Martin, und ich mag sie. Sie ist ... Ja, was ist sie eigentlich? Das wissen wir eben nicht – und das nervt mich kolossal, und das will keiner außer dir verstehen. Verrennen wir uns da in etwas?«, fragte Margeaux selbstkritisch.

»Wahrscheinlich tun wir das, doch mir geht es wie dir. Ich spüre es in meinen Knochen.« Hilde hielt sich den Rücken.

»Soll ich versuchen, tiefer zu graben? Ich kenne nicht alle Tricks, die Matze kennt, aber einige schon.«

»Ich verstehe den Unterschied nicht«, gab Hilde offen zu, »fühlt es sich besser an, wenn du es nicht selbst machst?

Oder geht es dir darum, dass er die«, sie machte mit den Händen Anführungszeichen in die Luft, »geheimeren Wege kennt?«

»Ein wenig von beidem, obwohl es bescheuert ist, dass es sich besser anfühlt, wenn er in der Vita der Frau umherwühlt, aber logischerweise kennt er auch Wege, die ich noch nie beschritten habe und auch nicht beschreiten möchte. Das verbietet die Gesetzeshüterin in mir.«

»Dann musst du ihn noch mal bitten. Sie haben *nur* ein Kind bekommen, und dabei wird er seine Profession ja wohl nicht vergessen haben. Ich bin schwanger durch den Eisernen Vorhang geflohen und habe ein Kind in einem für mich fremden Land zur Welt gebracht. Ich habe dabei nicht meine Denkfähigkeit verloren, und ich war diejenige, die die Schmerzen ertragen hat. Entschuldige, wenn das hart klingt, ich weiß, dass Männer bei der Geburt auch mitleiden, aber er musste keine dreiunddreißig Zentimeter Kopfumfang herauspressen, sondern Elodie. Er soll sich mal nicht so haben.« Hilde stemmte empört ihre Hände in die Hüften. Ihre grelle Kittelschürze, heute schwarze Oliven an grünsilbrigen Zweigen auf leuchtend blauem Untergrund, unterstrich dabei ihre »Ich bin eine starke, selbstbewusste Frau«-Haltung.

»Ich habe ihm ja schon ein bisschen Arbeit abgenommen und werde ihn am besten mit einer kurzen E-Mail noch mal bitten, sich der Sache anzunehmen«, versprach Margeaux.

»Mit dem Schmuck deiner Mutter und diesen außerordentlich schönen Schuhen«, Hilde deutete auf die roséfarbenen Pumps mit der roten Sohle, die fast durchsichtig waren und nur ganz zart wie Perlmutt schimmerten, »siehst du wirklich aus wie eine Prinzessin.«

»Ich heirate in drei Tagen.« Margeaux klang fast verblüfft, als sie die Worte aussprach.

»Alles wird gut«, sagte Hilde und umarmte sie liebevoll.

Boulbon – noch drei Tage bis zur Hochzeit

»Warum schreit sie so?« Matze beugte sich über das Sofa, auf dem er Frau und Tochter vorgefunden hatte.

Elodie schaute ihn an, und er konnte den Schrecken in ihrem Gesicht sehen, den der spitze Schrei aus dem Mund des winzigen Wesens bei ihr verursacht hatte.

»Ich weiß es nicht«, ihre Stimme klang erschöpft und verunsichert, »ich dachte, dass ich durch meine Arbeit alles über Kinder wüsste, aber da habe ich mich wohl getäuscht.«

»Vielleicht hat sie Hunger«, schlug er zögernd vor.

Elodie nestelte an ihrer Sweatjacke herum, die zerknittert und fleckig war, und reichte ihm dann unvermittelt das Kind. »Geh ein wenig mit ihr auf und ab oder so. Ich stinke so, dass mir von mir selbst übel wird, ich muss erst rasch ins Bad.«

Matze nahm seine Tochter auf den Arm; auch mit hochrotem Köpfchen war sie wunderschön. Er legte sie auf seinem Unterarm ab, mit dem Gesicht in der Armbeuge, und bewegte sich durchs Wohnzimmer, in dem es aussah, als hätte eine Bombe eingeschlagen. Er musste unbedingt aufräumen und die Wäsche machen.

Aliette beruhigte sich, seine Schwiegermutter hatte ihnen diesen Tragetrick beigebracht, und tatsächlich wirkte er. Er drückte sie leicht an seinen Bauch, und ein irrsinniges Glücksgefühl überkam ihn, vielleicht zum ersten Mal seit der Geburt in diesem vollkommenen Ausmaß.

»Mein Kind«, flüsterte er mit melodischer Stimme, »mein Mädchen. Ich bin dein Papa, und ich werde dich immer beschützen. Darauf kannst du dich verlassen.«

Er bemerkte erst, dass Elodie den Raum wieder betreten hatte, als sie hinter ihm stand, ihn sanft umarmte und ihren Kopf an seine Schulter schmiegte. Aliette beschwerte sich mit einem leichten Geckern darüber, dass er stehen geblieben war, und Elodie löste sich von ihm. Lächelnd drehte er sich um, küsste sie glücklich und übergab ihr das Kind. »Ich liebe dich, aber du hast mir einen furchtbaren Schrecken eingejagt, als du nicht neben mir lagst. Wir sollten sie eine Zeit lang zu uns ins Schlafzimmer nehmen.«

»Ich dachte, es stört dich vielleicht«, gab sie zu, während sie auf dem Sessel Platz nahm und das Baby an die Brust legte, das gierig zu saugen begann.

»Ich hatte keine Ahnung, was ich empfinden würde, wenn das Baby geboren ist, und nun möchte ich sie keine Sekunde aus den Augen lassen und sie vor allem beschützen, was ihr wehtun könnte. Sie ist ein Wunder, *unser* Wunder!« Er spürte, wie ihn das Gefühl der Ehrfurcht überflutete, und Elodie lächelte ihn so liebevoll an, dass es ihm die Tränen in die Augen trieb.

»Ich räume ein wenig auf und mache uns dann auch mal ein Frühstück«, sagte er pragmatisch und beschloss, zuerst rasch etwas anderes anzuziehen und Zähne zu putzen. Dann würde er sich um den Haushalt kümmern und zumindest seine E-Mails abfragen. Er hatte zwar Urlaub eingereicht, um Elodie zu unterstützen, aber lesen konnte er ja trotzdem noch, zumindest hoffte er, dass sein Hirn nach dem ersten Kaffee wieder funktionsfähig sein würde.

Er bewunderte Elodie, die seit Monaten auf das Gebräu verzichtete und trotzdem clever und wach war. Er hatte wirklich mehr Glück als Verstand mit dieser wundervollen Frau an seiner Seite. Ihr Name bedeutete »die Vollkommene«, und das passte wirklich hervorragend zu ihr.

Rasch hatte er sich gewaschen und gekämmt, eine Jogginghose und ein sauberes T-Shirt übergestreift und dann leise die umherliegenden Sachen aus dem Wohnzimmer geräumt. Während er in der Küche werkelte, um ein üppiges Frühstück zuzubereiten, hatte er den Computer bereits eingeschaltet, um die Mails herunterzuladen. Er schaute überrascht auf die Uhr, als er durch das Küchenfenster den Wagen der Hebamme vorfahren sah. War es tatsächlich schon so spät? Hatten sie wirklich den gesamten Vormittag verschlafen? Das musste anders werden, aber andererseits durften sie sich auch erst mit ihrer neuen Rolle anfreunden, die sie einen Monat zu früh überrascht hatte. Die E-Mails würden wohl warten müssen.

Schritte ins Licht

Und es wird fast alles mit Blut gereinigt nach dem Gesetz, und ohne dass Blut ausgegossen wird, geschieht keine Vergebung.

Hebräer 9,22

Konnte es wirklich so einfach sein, die Vergangenheit hinter sich zu lassen? Musste man wirklich nur nach vorn schauen und nicht mehr zurück? Es war zu leicht. Es verbrauchte zu wenig Energie. Es raubte zu wenig Kraft. So leicht konnte es nicht sein, wenn man so viele Lasten auf sich geladen hatte. Spürte sie den Schmerz tatsächlich nicht mehr? Wo war er geblieben? Wohin hatte er sich verkrochen? Denn das war das einzig Vorstellbare. Er war nicht fort. Er hatte sich nur versteckt, um Atem zu holen und sie dann wieder mit Anlauf zu übermannen. Ja, das war genau das richtige Wort. Es waren Männer, die Frauen bezwangen und ihnen ihr Leben wegnahmen, und wenn niemand sie dafür zur Rechenschaft zog, ihr perfides Spiel immer weitertrieben. Und doch wollte sie daran glauben, dass sie es nun schaffen würde. Sie würde ihre Zukunft gestalten und sich von all dem befreien, was auf ihr lastete.

Der erste Schritt war getan, und ihre Tage waren heller, und ihre Nächte schienen ihr weniger düster. Konnte es wirklich so einfach sein?

Barbentane – noch drei Tage bis zur Hochzeit

»Ich wollte nur einmal nach dir sehen, mein Junge«, hörte Thierry seinen Vater sagen, und die Worte machten ihn noch stutziger als das persönliche Erscheinen seines Vaters in der Bäckerei.

Nicht, dass Bap kein Vater war, der für seine Kinder sorgte, das hatte Thierry dem Mann nie vorwerfen können, aber der gestandene Hotelier war rau und nahm kein Blatt vor den Mund. Er hatte es nie gutgeheißen, dass sein Sohn ausgerechnet Baguettes backen und Törtchen verzieren wollte, anstatt das Hotel in Arles zu übernehmen.

»Okay«, sagte Thierry leichthin, »und deshalb guckst du, als ginge die Welt gleich unter.«

»Ich schätze deine Margeaux wirklich sehr«, begann Bap, und Thierry hob den Kopf, abwartend, was nun kommen würde, »aber es wird keinen Baile geben.«

Ah, daher wehte der Wind. Elodie hatte ein Kind, seine Schwester Françoise ebenfalls, nur er würde kinderlos bleiben. Ausgerechnet der einzige Sohn sorgte nicht für einen Nachkommen. Er schwieg. Was sollte er dazu sagen? Er würde nur mit scharfem Sarkasmus kontern können, und das würde unweigerlich zu einem Streit zwischen ihm und seinem Vater führen. Es gab momentan schon genug Unfrieden um ihn herum: Margeaux und Julien, Margeaux und Aimé, Hilde und Aimé. Bei all diesen Menschen hätte er nie damit gerechnet, dass etwas einen Keil zwischen sie treiben könnte, und nun hatte dies eine Frau geschafft, die noch nicht einmal real war. Also natürlich war sie real, denn Julien telefonierte wohl kaum mit einem Computer, aber sie war nicht physisch vorhanden. Es war zum Verrücktwerden mitanzusehen, wie diese geliebten Menschen sich nun vorsichtig umkreisten, und das sogar noch wenige Tage vor der bevorstehenden Hochzeit. Er hoffte, sie würden sich bis dahin wieder einbekommen und den Tag nicht mit ihrem Unsinn verderben.

Er würde nicht mit Bap streiten, also schwieg er und tupfte ein wenig Zuckerguss auf die Rückseite eines kleinen Herzens und klebte es auf die Torte.

»Ich wollte einen Enkel, der meinen Nachnamen trägt. Das weißt du«, fuhr Bap fort, und dann überraschte er seinen Sohn vollkommen. »Aber ich kann deine Wahl restlos verstehen, und ich bin froh, Margeaux in unserer Familie begrüßen zu dürfen.«

Thierry war der Unterkiefer vor Erstaunen fast bis auf das Brustbein geklappt, und er konnte nur ein verblüfftes »Papa?« ausstoßen. Bap zückte einen Umschlag aus der Jackett-Innentasche und legte diesen neben ihm ab. Thierry wischte sich die zuckrigen Finger an einem Handtuch ab, deutete auf die Torte und sagte: »Für Elodie.«

Sein Vater lächelte und wies auf den Umschlag. »Für dich!« Dann wandte er sich um und ging einfach.

So war Jean-Baptiste eben. Thierry ergriff den Umschlag, öffnete ihn und konnte nicht fassen, was er dort vorfand. Sein Vater hatte ihm einen sechsstelligen Wertpapierfonds überschrieben und auf die beiliegende Karte geschrieben: *Vergiss nie, dass ich dich liebe.*

Das schockierte ihn um ein Vielfaches mehr als das üppige Geldgeschenk. Wann hatte Bap ihm das das letzte Mal gesagt? Hatte er es überhaupt schon einmal gesagt? Gerührt wollte er ihm hinterherlaufen, danke sagen und ihn in den Arm nehmen, aber er wusste, dass das seinem Vater zu rührselig war. Deshalb war er auch davongerauscht, ohne abzuwarten. Es war eine Aussage mit doppelter Bedeutung, wahrscheinlich sogar mit dreifacher: Denn es war eine Liebesbekundung, machte aber auch deutlich, dass die Bailes wohlhabend waren ... und dass er, Thierry, auch über genügend Geld verfügte, nicht nur Margeaux. Für ihn war das das geringste Problem gewesen, denn die Bäckerei lief gut, und darauf war er stolz. Doch für seinen Vater war das wohl ein wichtiger Aspekt. Er würde über das Geschenk nicht diskutieren, sondern es annehmen und sich darüber freuen. Er wusch sich die Hände und machte sich wieder an die Torte für seine Schwester, Matze und das kleine Wunder.

Avignon – noch drei Tage bis zur Hochzeit

Er hatte sich passend angezogen und sich nicht daran erinnern können, wann er sich das letzte Mal so nervös gefühlt hatte. Es ging dabei nicht um die Schmetterlinge im Bauch, denn die hatte er weder gesucht noch vermisst. Er hatte seine Frau immer von Herzen geliebt, egal, wie komplex ihre Beziehung gewesen war. Es war eher diese Hoffnung in ihm. Die Hoffnung, jemanden zu finden, mit dem er sein Leben teilen konnte, die Hoffnung, die Einsamkeit zu vertreiben, und die Hoffnung darauf, die Trauer durch ein neues Glück kleiner machen zu können.

Julien hatte sich in den letzten Tagen viele Gedanken über die Frauen in seinem Leben gemacht und seine Beziehung zu ihnen. Seine Mutter war stets kritisch gewesen und hatte es einfach nicht verstanden, dass er die Heimat verlassen hatte, um bei Deutschen sein Handwerk zu lernen. Daher war auch seine Wahl, eine deutsche Frau zu heiraten, bei ihr nicht unbedingt auf überbordende Zustimmung gestoßen. Doch sie hatte gelernt, Marie-Louise zu mögen. Marie-Louise war eine Klasse für sich gewesen. Sie hatte ihren Traum, als Ärztin zu arbeiten, dem Wohl des Familienbetriebes untergeordnet und sich mit all ihrer Energie hinter diese Aufgabe geklemmt. Sie war nie die typische Mutter gewesen, aber eine Partnerin, mit der man durch dick und dünn gehen konnte. Egal, wo sie auch auf der Welt unterwegs gewesen war, er hatte nie auch nur eine Sekunde an ihr gezweifelt oder gar Sorge gehabt, dass sie ihn betrog. Sie hatten einander vollkommen vertraut.

Seine Beziehung zu seiner Tochter war immer vielschichtig und komplex gewesen. Sie hatten sich entschieden, das kleine Mädchen in die Obhut ihrer Freunde und ihrer Großmutter zu geben, um ihre eigenen Ziele verfolgen zu können. Das hatte für eine gewisse Distanz zwischen ihnen gesorgt, auch wenn sie versucht hatten, so viele schöne Erinnerungen wie möglich mit Margaux zu gestalten. Als sie sich für den beruflichen Weg der Polizistin entschieden hatte, waren sowohl ihre Mutter als auch er schockiert gewesen, da ihr jede Berufswahl offen gestanden hatte. Doch sie eiferte Aimé nach, der ihr wahrscheinlich mehr Vater gewesen war, als er es je sein würde. Zumindest hatte er das gedacht. Doch dann war Marie-Louise erkrankt, und dieses Leid hatte sie zusammengeschweißt. Sie hatten nächtelang geredet, waren sich nahgekommen, indem sie offen über ihre Gefühle gesprochen hatten und über das, was sie beschäftigte. Er hatte seine Tochter kennengelernt, wirklich kennengelernt, und sie hatte in ihm endlich den Vater gefunden, den sie brauchte.

Als er sie in die Provence zurückholte, hatte sich dieses Verhältnis immer mehr vertieft und gefestigt, und nun standen sie an einem Scheideweg. Er war sich durchaus bewusst, dass er es war, der den Schritt zurück in die Distanz gefördert hatte, denn er hatte seine Entscheidungen getroffen, ohne sie teilhaben zu lassen. Ganz wie früher. Nur, dass sie jetzt nicht mehr bereit war, das so einfach zu akzeptieren. Er empfand es als nachvollziehbar, dass er seine Intimsphäre nicht vor seinem Kind ausbreitete. Doch sie fühlte sich erneut von ihm ausgeschlossen und zurückgelassen. Was diesmal noch erschwerend hinzukam, war, dass sie sich auch nicht an Aimé halten konnte, denn sein Freund empfand wie er. Das nahm sie ihm gewiss ebenfalls übel. Er fühlte sich schuldig, denn so kurz vor ihrer Hochzeit brachte all dies Unruhe in die Familie, und da Hilde der gleichen Meinung war wie Margeaux zogen diese Irrungen Kreise.

Er hoffte, bei seinem ersten persönlichen Treffen mit Melodie heute Klarheit zu erlangen, wie er zu ihr stand. Dann konnte er hoffentlich auch Margeaux und Hilde beruhigen und die Querelen zwischen ihnen aus dem Weg räumen.

»Wir dürfen sie nicht wieder enttäuschen«, hörte er Marie-Louises Stimme, wenn sie wieder einmal darüber diskutierten, einen gemeinsamen Ausflug mit Margeaux zu verschieben, weil sie ein wichtiges Meeting hatte oder sich bei Witzigmann oder Bocuse Staatsgrößen angekündigt hatten und er das einfach nicht versäumen konnte. Sie hatten das Kind einfach zu oft in die zweite Reihe gestellt, und nun befürchtete Margeaux wahrscheinlich, dass eine neue Frau sie ganz aus seinem Herzen stoßen würde, obwohl sie selbst es gewesen war, die ihn dazu gedrängt hatte, sich umzuschauen.

Er setzte sich auf die Bettkante und lauschte in sich hinein: Er war bereit für das Treffen, trotz aller anderen Baustellen in seinem Leben. Er spürte ein Verlangen nach Zweisamkeit. Dabei ging es ihm gar nicht um Körperlichkeit im Sinne von Sex, sondern einfach um Nähe und Vertrautheit. Er hatte bereits das Gefühl, Melodie nah zu sein, und sie hatten so viele Gedanken ausgetauscht, dass er auch schon jene Verbundenheit empfand, die es ihm leicht machte, ihr Dinge anzuvertrauen. Sie hatte ihm von ihrem viel zu früh verstorbenen Vater berichtet und welche Lücke er in ihrem Leben hinterlassen hatte. Diese Gemeinsamkeiten, das Leid, das sie beide schon erfahren hatten, schienen ihm gute Voraussetzungen für eine Beziehung zu sein. Und warum sollte er dann nicht auch in ihrer Begleitung zu der Feier erscheinen? Das bedeutete ja nicht, dass er sie sofort ehelichen würde.

Er erhob sich wieder, holte ein Sakko aus dem Schrank und warf noch einen prüfenden Blick in den Spiegel. Sein graues Haar war kurz und gepflegt, seine Gesichtszüge scharf geschnitten mit Fältchen, die das Leben hinterlassen hatte. Er war schlank, und die dunkelblaue Hose mit dem schmal geschnittenen hellblauen Hemd unterstrichen seinen Körperbau. Mit dem Sakko sah er vielleicht ein wenig nach Businessman aus, aber auf der Terrasse des Restaurants von Corinne und Guilhem Sevin, das in einem Teil des Palais du Pape untergebracht war, wurde es zurzeit abends doch noch recht kühl. Er hatte auch Melodie gebeten, eine Jacke mitzubringen, denn draußen zu sitzen machte durchaus einen Teil des Flairs aus. Erst hatte er überlegt, Melodie eine Rose mitzubringen, dann war es ihm aber kitschig vorgekommen.

Seine Wohnung war makellos sauber, aber er hatte nicht vor, sie mit hierher zu bringen. So schnell war er nicht und wollte es auch nicht sein. Auch wenn sein Körper seit Marie-Louises Tod sexuell verwaist war, so war er auf gar keinen Fall auf ein schnelles Abenteuer aus.

Er schloss die Tür hinter sich ab und machte sich auf den Weg zum Treffpunkt auf der Place de l'Horloge.

Barbentane – noch drei Tage bis zur Hochzeit

Aimé schloss verwundert die Haustür auf. Hilde war sonst um diese Zeit immer zu Hause. Vielleicht war sie noch kurz etwas einkaufen gegangen. Auf dem Herd stand ein Topf, und ein lapidarer Zettel klebte am Küchenschrank: *Bin heute Abend unterwegs, Essen nur noch aufwärmen.*

Was war nur mit ihnen passiert? Wie konnte es sein, dass ein kleiner Streit über das Leben eines Freundes die Kraft hatte, sie so voneinander fortdriften zu lassen? Noch vor ein paar Wochen hätte er so etwas belächelt, denn sie waren eine unzertrennbare Einheit … Doch nun musste er »gewesen« anfügen, denn hier und jetzt, in diesem Augenblick, waren sie es nicht mehr. Wann war sie das letzte Mal ausgegangen, ohne ihm zu sagen, wohin? Er hatte keine Ahnung, und ein dummes Gefühl überkam ihn, als ihm einfiel, dass Julien sich heute Abend mit Melodie traf. Hilde würde doch nicht etwa dazwischenfunken? Es war sonderbar, so über seine Frau zu denken, doch er traute es ihr eben durchaus zu. Warum sollte sie ihm sonst so einen dummen Zettel hinterlassen und nicht ganz offen mit ihm sprechen. Wobei sie ihm ja genau das vorwarf, dass er nicht offen mit ihr redete, sondern Juliens Themen für sich behielt, wie ein Freund das eben tat.

Sollte er Julien anrufen und ihn vorwarnen, oder würde das alles nur schlimmer machen? Aimé fühlte sich müde und verunsichert. Er wollte nicht mit Hilde streiten, sie war sein Leben, und als er sie im vergangenen Jahr beinahe verloren hätte, hatte ihm der Gedanke, ohne sie sein zu müssen, schier den Boden unter den Füßen weggezogen.

Er ging ins Schlafzimmer, zog die Uniform aus, duschte sich rasch, schlüpfte in bequeme Freizeitkleidung und nahm dann sein Handy in die Hand. Er würde nicht nur seine Frau verraten, sollte er den Freund anrufen, sondern er würde gewiss auch Julien den Abend verderben, wenn dieser dann damit rechnete, dass Hilde sich ihm irgendwo in den Weg stellen würde. Also ließ er das Telefon wieder sinken, nahm es dann aber wieder hoch und tippte rasch eine Kurznachricht: *Bitte, tu das nicht! Wenn sie ihm gefällt, wird er sie uns ganz gewiss vorstellen. Lass ihm diese Zeit und die Freiheit, selbst zu entscheiden!*

Er hoffte, Hilde damit zu erreichen und von unbedachten Handlungen abzubringen. Ob sie allein war, oder war etwa Margeaux auch mit von der Partie? Auch ihr traute er zu, einen Blick auf die Frau werfen zu wollen. Warum benahmen sich die beiden so, als seien er und Julien geistig minderbemittelt und nicht dazu in der Lage, eigenständig gute Entscheidungen zu treffen?

Ungehalten schüttelte er den Kopf, steckte das Handy in die Hosentasche und ging nach unten, um das Essen aufzuwärmen und sich vor dem Fernseher abzulenken.

Avignon – noch drei Tage bis zur Hochzeit

»Lass uns wieder verschwinden!« Margeaux stupste Hilde leicht an. Es hätte nur noch gefehlt, dass ihre Ziehmutter eine karierte Kappe aufgesetzt hätte, um den detektivischen Charakter ihres Ausfluges zu unterstreichen. Margeaux begann sich unbehaglich zu fühlen, denn es war wirklich ein wenig übergriffig, ihrem Vater hinterherzuspionieren. Zum Restaurant »Sevin« gab es nur einen Zugang über den Platz vor dem Palais du Pape, und man musste dort eine Treppe hinaufsteigen. Sie hatten sich an den Rand der Rue de Mons in eines der kleinen Bistros gesetzt und hielten durch die Fenster Ausschau. Es kam ihr auf einmal falsch vor, denn sollte er sie je bemerken, wäre er gewiss furchtbar enttäuscht von ihr, denn ihr Verhalten zeigte deutlich, wie wenig sie ihm zutraute und auch vertraute. Doch gleichzeitig hatte sie einfach ein sonderbares Gefühl, und das aktivierte ihre Polizistinnen-Instinkte, und die rotierten nun einmal in ihr. Sie hatte oft genug ihrer Intuition vertraut und war damit automatisch auf der richtigen Spur gewesen.

Sie schaute kurz auf ihre Uhr, in rund zwei Stunden würde Frank ankommen, dann musste sie zu Hause sein, um ihn willkommen zu heißen, und sie würde sich seinen Rat einholen. Er war nicht nur genau wie sie Polizist mit Leib und Seele, sondern Single wie Julien.

Sie legte Hilde die Hand auf den Arm: »Lass uns bezahlen und gehen, das hier ist kindisch und dumm.«

Hilde starrte durch die Scheibe und sagte: »Zu spät!«

Dann sahen sie ihren Vater mit einer Frau am Arm die schmale Rue de Mons entlangkommen. Sie wirkte völlig normal: Ihr Haar war etwa schulterlang und dunkelbraun, so viel konnte man im Licht der Laternen und dem schwindenden Tageslicht erkennen. Sie trug ein schmales Kleid, das ihr bis zum Knie ging, und Stiefeletten mit einem Absatz, der es ihr möglich machte, über das alte, ungleichmäßige Kopfsteinpflaster zu gehen. Er war hoch und gleichzeitig nicht zu dünn. Über dem Arm trug sie einen Mantel. Sie lächelte Julien an und sah nett aus.

»Sie ist eine stinknormale, attraktive Frau«, sagte Margeaux, »jetzt haben wir sie gesehen. Lass uns gehen, bevor sie oben auf der Terrasse Platz genommen haben und uns hier unten erkennen könnten.«

Sie nahm Geld aus ihrem Portemonnaie, legte es auf den Tisch und erhob sich, als die beiden die Stufen zu erklimmen begannen. Ihr Vater geleitete die Frau gentlemanlike hinauf. Hilde saß noch immer wie festgenagelt auf ihrem Stuhl, und Margeaux packte sie nun am Arm und zerrte sie hoch.

»Wir gehen jetzt!«, erklärte sie eindringlich.

Hilde erhob sich widerwillig, schaute sie aus großen Augen an und sagte: »Ich habe ein komisches Gefühl. Anders kann ich das nicht erklären. Warum haben wir noch nichts von Matze gehört? Was tut der Junge?«

»Wahrscheinlich ein Kind durch die Gegend schleppen, du erinnerst dich, er ist gerade Vater geworden«, verteidigte Margeaux den Freund. »Ich versuche mein Glück nachher mit Frank.«

»Okay«, lenkte die ältere Frau nun ein und ließ sich endlich davonziehen. Die Irritation, die sie zu haben schien, übertrug sich auf Margeaux. Sie fühlte sich plötzlich extrem unwohl und hatte das Bedürfnis, in das Restaurant zu stürmen und ihren Vater dort wegzuholen. Selbstverständlich tat sie es nicht und ging stattdessen schnellen Schrittes mit Hilde zum Parkplatz.

Avignon – noch drei Tage bis zur Hochzeit

Julien geleitete Melodie zu dem Tisch, den der Kellner ihnen zeigte. Sie saßen vorn an der Balustrade und konnten so auf den belebten Vorplatz des Papstpalastes schauen. Der Kellner zog ihnen die schweren Metallstühle vom Tisch, ließ sie Platz nehmen und brachte einen kleinen Hocker für Melodies Tasche. Er konnte sehen, wie sehr sie das freute. Sie hatte sich als echter Glückstreffer entpuppt. Sie sah gut aus, auf eine wunderbar natürliche Art. Und sie war, ähnlich wie er, ein wenig aufgeregt und angespannt, was sie noch sympathischer machte. Sie waren die wenigen Meter vom Treffpunkt bis zum Lokal gelaufen, hatten sich aber gleich ebenso gut verstanden wie am Telefon. Er hatte ihr den Arm als Geleit angeboten, und sie hatte ihre Hand vorsichtig daraufgelegt. Er mochte ihren Stil und dass sie Schuhe trug, die hoch und chic, aber dem Pflaster der Stadt trotzdem gewachsen waren. Ihre Figur war fraulich, und er schätzte sich glücklich, mit ihr den Abend verbringen zu dürfen.

Sie schauten in die Karte und entschieden sich ohne Absprache für dasselbe Menü, was dafür sorgte, dass sie kurz lachten. Er begann sich in ihrer Gegenwart immer wohler zu fühlen. Sie entschieden sich für ein Glas des Haus-Aperitifs und eine Flasche 2017er Barre à Mine, ein Blanc Fumé de Pouilly aus dem Hause Michel Redde zum Essen. Sie entpuppte sich als eine Frau, die wirklich mit Appetit aß und genießen konnte. Das mochte er besonders, es war für ihn tatsächlich noch ein wichtiger Aspekt gewesen. Er hob das Glas und prostete ihr zu, während sie das Dreierlei vom Tomaten-Tatar verspeisten.

Avignon – noch drei Tage bis zur Hochzeit

Melodie nahm einige der in winzige Würfel geschnittenen grünen Tomaten auf ihre Gabel. Sie waren mit einer würzigen Soße verfeinert, die leicht nach Dill schmeckte. Warum war sie bisher noch nie auf die Idee gekommen, Dill zu Tomaten zu servieren? Es schmeckte köstlich. Das Brot dazu war ofenwarm, und ganz offensichtlich war Safran im Teig, was hervorragend dazu passte. Es gab noch zwei weitere Varianten der Tomaten, einmal aus gelben Früchten mit Grapefruit und frittiertem Salbei und aus roten mit Miso und Ingwer. Eine junge Frau reichte ihr dazu ein weiteres ofenwarmes Brötchen, aus dem sie Ras el-Hanut herauszuschmecken meinte.

»Die Brötchen sind ein weiteres Geheimnis dieser Küche«, sagte ihr Begleiter, »sie kreieren sie eigens zu jedem Gericht, um den Geschmack zu unterstützen oder sogar, um den Gaumen zu reinigen. Das ist echte Kunst.«

Sie fand es wunderbar, dass er einen Kollegen so lobte. Er war noch toller, als sie ihn sich nach ihren vielen Telefonaten erträumt hatte. Er sah sehr gut aus, war stilvoll gekleidet, hatte hervorragende Manieren und war ihr wie ein vollkommener Gentleman begegnet. Anfangs waren sie beide sehr nervös gewesen, und sie hatte ihre eigene Anspannung kaum unterdrücken können. Doch dann war ihr aufgefallen, als er ihr seinen Arm angeboten hatte, um sie sicher über die ungleichen Pflastersteine zu geleiten, dass auch er zittrig war, und sie hatte begonnen, sich ein wenig besser zu fühlen. Das Restaurant war wundervoll, der Service unaufdringlich und das Essen einfach nur köstlich. Julien hatte das Lokal hervorragend ausgewählt, und sie fühlte sich immer wohler mit ihm. Er war klug, eloquent und hatte Humor. Zudem konnte er genießen, sie sah es daran, wie er sich die Bissen zwischen die Lippen schob und versonnen kaute. Der Wein, den er ausgewählt hatte, war ein Gedicht, und alles in ihr begann sich darauf auszurichten, dass er derjenige war, der sie aus ihrer Einsamkeit befreien würde. Derjenige, der ihr ihren French Toast zubereiten konnte!

Er war es, und er würde ihr ganz gewiss niemals wehtun. Ganz im Gegenteil: Er würde sie auf Händen tragen, und sie würde endlich alles loslassen können, was sie an Ballast aus der Vergangenheit mit sich schleifte. Das Leben schien es schließlich gut mit ihr zu meinen.

Sie war sich sicher: Julien Surfin war der Richtige. Er war ihr Ritter in goldener Rüstung und würde sie aus dem Turm befreien, in dem sie saß – von Dämonen bewacht.

Barbentane – noch zwei Tage bis zur Hochzeit

Hilde und Aimé saßen schweigend am Frühstückstisch. Sie trank nur einen Kaffee und hatte bereits eine Kittelschürze angezogen – lilafarbene Stiefmütterchen mit grünen Stielen auf dunkelblauem Grund –, da sie gleich zur Arbeit aufbrechen würde.

»Möchtest du mir nicht sagen, wo du gestern Abend warst?«, fragte er, ohne den Kopf zu heben, und schmierte sich Marmelade auf das Croissant.

»Möchtest du mir nicht sagen, wer die Frau ist, mit der unser langjähriger Freund sich trifft?«, stellte sie angriffslustig eine Gegenfrage.

Aimé seufzte. »Hilde, warum verrennst du dich da so?«

Sie stand auf, trug ihre Tasse zu der Spüle und ließ kurz etwas Wasser hineinlaufen, bevor sie sie in die Spülmaschine stellte. »Wie kommst du darauf, dass ich mich verrenne? Warum vertraust du meiner Intuition gar nicht mehr?«

»Intuition kann irreführend sein. Ich will dir nichts Böses. Ich will, dass wir wieder *wir* sind. Bitte«, sagte er und schaute sie nun flehentlich an.

»Seit dieser Sache hier behandelst du mich, als sei ich ein unmündiges Kind, das sich lauter dummes Zeug einbildet«, empörte sich Hilde, »das hast du vorher noch nie getan. Du hast mich immer respektiert. Es tut mir weh, dass du das nicht mehr tust!«

»Ich respektiere dich sehr wohl«, begehrte er auf, doch sie hatte schon ihren Autoschlüssel geschnappt und war aus der Tür gerauscht.

»Wirklich, ich respektiere dich«, sagte er zu der Tür, die klappernd ins Schloss fiel, und fühlte sich vollkommen entmutigt. So konnte es doch nicht weitergehen. Sie konnten doch nicht vollkommen zerstritten auf der Hochzeit *ihres Mädchens* auftauchen und Margeaux und Thierry den Tag verderben. Mittlerweile war er sogar richtig froh, dass Pierre und seine Familie nicht kommen und sie so zerstritten vorfinden würden.

Sein Telefon klingelte, und er sah Juliens Namen auf dem Display. Seufzend nahm er das Gespräch an, ihm wurde die Sache langsam zu viel.

»Guten Morgen, Aimé«, sprudelte es aus dem Freund, »sie ist wirklich eine ganz tolle Frau. Wir hatten einen schönen Abend, und alles hat gepasst. Sie ist klug, isst gern, hat Humor und sieht auch in der Realität sehr gut aus. Ein wenig anders als auf den Fotos vielleicht, aber Bilder geben uns ja nie so gut wieder. Ich werde Margeaux heute fragen!«

»Das freut mich sehr.« Aimé hörte selbst, wie lahm das klang, und er raffte sich auf. »Nein wirklich, Julien, es freut mich, dass es zwischen euch passt.«

»Ich frage Margeaux, ob sie ins ›Chez Louise‹ kommen kann, Melodie wird auch da sein, und dann mache ich sie miteinander bekannt, und im Anschluss frage ich meine Tochter einfach. Also eigentlich sage ich es ihr. Ich möchte, dass Melodie mich begleitet.«

Aimé wusste nicht genau, wie er reagieren sollte, aber zumindest würde das Margeaux den Wind aus den Segeln nehmen, dass ihr Vater eine Fremde zur Hochzeit anschleppte. Also sagte er nur: »Das ist gut. Das ist gut!«

»Ist bei dir alles in Ordnung?«, wollte Julien wissen.

»Es ist alles in Ordnung, ich bin nur noch müde. Du erwischst mich beim Frühstück«, wiegelte Aimé ab, der die Freude des Freundes nicht mit seinen Problemen mindern wollte. Sie verabschiedeten sich, er wünschte Julien viel Erfolg bei seinem Vorhaben und pickte dann an dem Gebäck auf seinem Teller herum. Irgendwie hatte er keinen Appetit, und der Magen tat ihm weh.

Hameau les Bouisses – noch zwei Tage bis zur Hochzeit

Frank war erst nach Mitternacht angekommen, ein Unfall hinter Lyon hatte ihn Zeit gekostet, und die Sperrung der Autobahn hatte ihn so sehr ermüdet, dass er auf einen Rastplatz gefahren war. Margeaux hatte auf dem Sofa auf ihn gewartet. Willi hatte sich in ihre Kniekehle gekuschelt, während sie durch Netflix gezappt war, um einen Film oder eine Serie zu finden, die sie ablenken würde von all dem, was war und was ihr bevorstand.

Thierry hatte sich schon mittags entschuldigt: »Ich habe eine wunderschöne Torte für meine Schwester gemacht und bringe sie kurz vorbei. Meine Mutter wird auch dort sein, und wir besprechen noch ein paar Details. Dann lege ich mich schlafen, und heute Nacht bin ich in der Bäckerei. Du bist mir nicht böse?«

»Natürlich nicht«, hatte sie geantwortet. »Frank kommt ja heute Abend. Dann habe ich doch Gesellschaft.«

Ihr bester Freund hatte glasige Augen gehabt, als er angekommen war, und sie hatte ihn sofort ins Bett geschickt.

Jetzt war Margeaux zeitig auf den Beinen, um noch bevor Hilde kam, einen Kaffee zu trinken und einfach hinaus in die Natur zu starren. Es war schon am Morgen wundervoll frühlingshaft warm, und der Himmel sah aus wie auf einer Postkarte: ein kräftig leuchtendes Hellblau mit winzigen weißen Wölkchen. Alles war saftig grün, und die Provence glänzte mit ihrer Farbenpracht und ihrem einzigartigen Duft. Der helle Stein der Hügel hob sich vor dem kräftigen Grün kontrastreich ab, und das Grün wiederum leuchtete mit der Farbe des Himmels um die Wette. Sie wartete auf Frank. Sie würden gemeinsam eine Runde joggen und vielleicht auch schwimmen, dabei konnten sie allerlei besprechen.

»Hey«, er trat wie aufs Stichwort um die Ecke der alten Scheune.

Sie stand auf, um ihn zu begrüßen. Er sah noch etwas verschlafen aus, trug aber bereits Sportbekleidung.

»Auch hey«, sagte sie und umarmte ihn.

Willi sprang wie wild um den Freund herum, den er liebte und bereits mit seinem Leben beschützt hatte.

»Guten Morgen, du kleiner Racker.« Frank beugte sich zu dem wild wedelnden Dackel hinab.

Margeaux ging derweil hinein, bereitete einen Kaffee für Frank zu und balancierte ihn mit der Zuckerdose nach draußen. Sie hörten Hildes Wagen vorfahren, und Willi flitzte zum Tor, um sie gebührend zu begrüßen. Schließlich hatte er sie rund zwanzig Stunden nicht gesehen.

Hilde wirkte niedergeschlagen. Sie streichelte den Hund und kam auf sie beide zu. »Frank, mein Junge«, sagte sie und nahm in fest in den Arm. Margeaux streichelte sie nur kurz über die Wange und versuchte sich an einem Lächeln, was vollkommen misslang. Es erreichte weder Augen noch Mund, sondern glitt eher in eine Art Jokerlächeln ab: So, als hätte jemand ihre Mundwinkel angetackert. Bei diesem Gedanken lief Margeaux jäh ein Schauer über den Rücken, denn genau das hatten sie bei einem Fall erlebt.

»Ist alles in Ordnung?«, wollte Frank auch sogleich wissen, denn er war ein guter Beobachter.

»Das erzählt Margeaux dir am besten beim Laufen, und dann können wir im Anschluss schauen, wie wir weiterverfahren.« Hilde machte sich auf den Weg zum Haus, während der Dackel ihre Füße umtänzelte.

Nun lächelte sie wirklich und gab ihm einen liebevollen Stupser. »Du bist doch mein Allerbester«, säuselte Hilde und machte Geräusche, die tatsächlich wie ein Juchzen klangen.

Margeaux begann, ihre Schuhe zuzuschnüren.

Kurze Zeit später gingen sie an der langen Sandsteinmauer entlang, die schon so früh auf diese besondere Art nach sonnengewärmtem Stein roch. Willi hob sein Beinchen an jedem Strauch und sauste fröhlich vor und wieder zurück zu seinen Menschen.

»Erzähl!«, forderte Frank sie auf, und sie begannen langsam zu joggen.

»Vielleicht erst mal du, dann können wir uns dem Familiendrama Surfin-Vigne zuwenden«, sagte sie lapidar.

Er wurde ernst und sagte mit leiser Stimme: »Enya ist gestern gestorben.«

Margeaux schlug sich vor Schreck die Hand auf den Mund, sodass nur ein erstickter Laut hervorkam. Der Hund raste sofort alarmiert an ihre Seite.

»Das Schwein hat die Chance genutzt und quasi sein Geständnis widerrufen, aber er hat die Rechnung ohne den Wirt gemacht. Ich war ihm schon einen Schritt voraus. Wir wissen nur zu gut, dass diese Art von Mörder sehr gern Trophäen sammelt, davon sind wir ja schon ausgegangen, als wir in seinem Haus waren. Stell dir vor, dieser Wahnsinnige hat die Slips der Mädchen ausgetauscht. Alle Mütter haben bestätigt, die Kleidungsstücke in den Asservatenbeuteln noch nie gesehen zu haben. Es hat etwas gedauert, da es sich ja um Beweismittel handelt, aber ich habe darauf bestanden, sie sichten dürfen.«

»Wo hast du die Sachen gefunden? Du hast mir gar nichts davon erzählt.« Margeaux wusste, dass ihre Stimme vorwurfsvoll klang.

»Ja, das stimmt. Entschuldige«, gab Frank zu, »aber du hast hier wirklich genug Theater und eine Hochzeit zu planen. Ich wollte, dass du dich darauf freuen kannst und nicht mit mir auf die Suche gehst. Ich habe sein Haus mehrfach durchforstet, auch das Gartengrundstück, und dann hatte sich jemand gemeldet, der meinte, er habe ihn öfter auf diesem Campingplatz in Bad Urach herumschleichen sehen. Also habe ich mir Durchsuchungsbeschlüsse geholt. Das war ein echter Akt, aber Beerschneider war irgendwie sehr zugänglich.«

»Wahrscheinlich haben diese Mafiaschweine damals seine Mädchen bedroht, das würde zu denen passen, und er reagiert deshalb doppelt angetriggert«, warf Margeaux ein und suchte nach einer Erklärung für das besonders kooperative Verhalten des Staatsanwaltes.

Frank nickte und fuhr fort: »Es gab da eine Reihe mit Wohnwagen, die teilweise schon länger nicht mehr benutzt werden, das konnte man sehen. Du kennst ja unsere Schwaben und ihren Vorgarten- und Kehrwochenwahn ...«

Willi hatte sich vergewissert, dass es Frank und Margeaux gut ging, und war wieder vorausgelaufen. Die beiden erhöhten das Tempo leicht und ließen das letzte Anwesen hinter sich, das noch zur Gemarkung Hameau les Bouisses gehörte.

»Die haben wir uns ganz besonders vorgenommen. Pia hat echt ein gutes Auge und hat gesehen, dass an einer Griffleiste der Staub fehlte. Dort haben wir uns dann intensiver umgesehen und sind fündig geworden.«

»Doch das lässt sich ja schlecht Swen Gräfner zuordnen«, bemerkte sie fachkundig. »Wie habt ihr ihn drangekriegt?«

»Die Kriminaltechnik hat seinen Speichel«, Franks Gesicht verzog sich kurz in einer Ekel-Verachtung-Mischung, »auf den Slips gefunden. Er muss sie abgeleckt haben oder so.«

Sie schwiegen beide einen Augenblick angewidert.

»Und jetzt? Reicht das?«, fragte Margeaux und drosselte das Tempo ein wenig, da ihre Lunge leicht stach. Würde das denn nie mehr aufhören?

»Die Mütter haben die Slips identifiziert, und die KTU hat eindeutige Spuren der Mädchen daran festgestellt, und mit

Gräfners DNA ist das ausreichend. Zudem haben wir eine umfangreiche Schamhaarsammlung sichergestellt. Hedda und die anderen jungen Frauen hatten ja berichtet, dass er sie kahl geschoren hat. Er hat diese Haare tatsächlich aufbewahrt und dann je eins davon auf den Mädchenkörpern drapiert. Auch das konnte zweifelsfrei nachgewiesen werden.« Frank stieß einen Seufzer aus. »Gestern Abend hat er erneut gesungen. Vielleicht kapiert er endlich, dass wir ihn überführt haben und er sich für dreifachen kaltblütigen Mord vor Gericht verantworten muss.«

»Beerschneider wird ihn auf ewig wegsperren«, sagte Margeaux und schüttelte immer wieder vor Abscheu den Kopf, »wenn ihm etwas wichtig ist, ist er brillant.«

Sie spürte Franks Blick auf sich: »Ich bin nach wie vor vollkommen geschockt und seltsam zerrissen. Sie ist tot. Ein weiteres kleines Mädchen, das Furchtbares durchleiden musste und von einem erbarmungslosen Mann um sein Leben gebracht wurde. Doch gleichzeitig denke ich, wie wohl ihr Leben ausgesehen hätte, wenn er sie in seinem Keller als Sexsklavin gehalten hätte? Was hätte das mit ihrer Seele angerichtet?«

»Kann die Psyche danach tatsächlich wieder heilen? Ich glaube das nicht. Da bleiben immer Narben oder gar Schlimmeres.« Sie konnte die Trauer, die sie empfand, auch in seinem Gesicht sehen.

»Ich glaube auch nicht, dass ein Mensch das vollkommen verarbeiten kann, denn wenn die Psyche so zerbrochen wird, lassen sich nicht mehr alle Stücke nahtlos zusammenfügen. Auch nach dem, was er ihr angetan hatte, wäre ihr Leben gewiss nicht einfach gewesen, aber sie war noch so jung und hätte vielleicht eine Chance gehabt, wieder gesund zu werden, nicht vollkommen – das steht fest –, aber mit einer guten Therapie hätte sie es schaffen können. Doch Gräfner hat ihr all das genommen. Er darf nie wieder rauskommen!« Trauer und Empörung mischten sich in ihre Stimme.

»Ja, das stimmt«, gab Frank zu, »doch jetzt zu dir, liebe Margeaux.«

Sie berichtete von der aktuellen Situation, ließ nichts aus und beschönigte nichts, versuchte aber auch, die Dramatik etwas herauszunehmen, die dem ganzen Unterfangen Melodie Martin und Julien Surfin diese herausfordernde Dynamik verliehen hatte. Angesichts des Todes dieses kleinen Mädchens verblassten ihre Sorgen doch ein wenig.

Frank stellte einige Verständnisfragen und am Schluss sagte er: »Auf deine Intuition ist Verlass, doch verrennt ihr euch da nicht in irgendwas?«

»Kann sein«, Margeaux war sich selbst nicht mehr sicher, ob sie ihrem Bauchgefühl trauen konnte oder nicht, »aber wir zwei schauen trotzdem mal nach, was wir so über diese Frau finden können, auf Matze kann ich gerade nicht so zählen.«

»Was ja wohl vollkommen verständlich ist«, verteidigte Frank den Freund, »er ist gerade Vater geworden.«

»Du hast recht, ich wollte nicht gemein klingen«, gab sie zu.

»Wir klemmen uns gemeinsam dahinter«, versprach er, »und jetzt lass uns noch mal über meine Aufgaben als Trauzeuge sprechen. Schafft Elodie das?«, wollte er noch wissen, da Thierrys Schwester mit ihm gemeinsam den Job übernehmen würde.

Avignon – noch zwei Tage bis zur Hochzeit

Sie konnte es nicht fassen. Er war es, dessen war sie sich nun ganz sicher. Er hatte sich den ganzen Abend angeregt mit ihr unterhalten. Ihr einige Zubereitungsweisen erläutert, wenn sie auf ihrem Teller etwas vorgefunden hatte, was ihr neu gewesen war. Und dabei hatte er nie belehrend geklungen oder gar abschätzig, sondern immer nur begeistert. Sein Blick hatte sie hin und wieder liebevoll gestreift, aber nie lüstern gewirkt. Sie hatte sich so wohl in seiner Gegenwart gefühlt wie schon lange nicht mehr. Das stilvolle Ambiente des Restaurants hatte diese Emotion unterstrichen.

Im Anschluss waren sie noch über den Place de l'Horloge geschlendert, und er hatte sie zu einer Fahrt auf dem altmodischen Karussell eingeladen, das dort hell erleuchtet seine Runden drehte. Sie hatte sich seitlich auf eines der Pferde gesetzt, da ihr Kleid keine andere Sitzposition zugelassen hatte, und er war auf dem Einhorn neben ihr gelandet. Plötzlich war etwas in ihr aufgestiegen, eine Leichtigkeit, die sie vollkommen vergessen und verloren geglaubt hatte. Es hatte sich angefühlt wie das Glück ihrer Kindertage. Am liebsten wäre sie gar nicht mehr abgestiegen.

Als die Fahrt zu Ende gewesen war, hatte er ihr wieder den Arm gereicht und sie einfach nur geleitet. Er war an ihrer Seite gewesen, ohne sie zu bedrängen. Keine seiner Aussagen oder Erzählungen war sexuell motiviert gewesen, und vor dem Hotel hatte er sich mit einem leicht angedeuteten Diener bei ihr für den wundervollen Abend bedankt und sie für den nächsten Vormittag in sein Restaurant eingeladen. Sie war ins Bett geschwebt und hatte eine traumlose Nacht erlebt. Kein grauenerregender Albtraum hatte sich hineingeschlichen und sie um Atem ringend erwachen lassen. Es hatte einem Wunder geglichen. Sie hatte schon lange aufgehört, an Gott zu glauben, denn er hatte sie an dem Tag verlassen, an dem auch ihr Vater sie verlassen hatte, doch nun war sie ganz kurz davor, ihrem Herrgott zu danken, dass sie den Mann gefunden hatte, der all die Lücken in ihrem Leben schließen würde.

Sie glaubte den French Toast schon riechen zu können, und vielleicht würde sie ihm eines Tages auch so sehr vertrauen, dass sie ihm alles erzählen konnte. Sie schaute auf die Uhr und begab sich ins Bad, um eine ansehnliche Melodie aus sich zu machen.

Boulbon – noch zwei Tage bis zur Hochzeit

Sie hatten das Babykörbchen in ihr Schlafzimmer geschoben, doch nachdem Elodie die Kleine zweimal in der Nacht an die Brust hatte nehmen müssen, war das Mädchen im großen Bett geblieben. Matze hatte kaum geschlafen, während seine Frau vor Erschöpfung sogar leicht säuselnd geschnarcht hatte. Damit würde er sie wunderbar aufziehen können. Die Anwesenheit dieses zerbrechlichen Wesens direkt neben ihm hatte ihn mit gemischten Gefühlen erfüllt: Er spürte eine unbeschreibliche Liebe in sich, die jede Zelle seines Körpers zu füllen schien, und gleichzeitig kam er beinahe um vor Sorge, dass er vielleicht eine unbedachte Bewegung machen und ihr damit wehtun könnte. Also bewegte er sich nicht, lag nur auf der Seite und lauschte den regelmäßigen Atemzügen seiner beiden Frauen. Hin und wieder nahm er Aliettes winziges Händchen mit den perfekten langen Fingern in seine Pranke oder er roch an ihrem Köpfchen und saugte den süßen Babyduft ein. Er würde die beiden mit seinem Leben beschützen, egal, was je geschehen sollte. Das hier war seine Familie. All diese Gefühle machten es ihm fast unmöglich zu schlafen, und entsprechend müde war er am nächsten Morgen.

Aliette quietschte hungrig, Elodie nahm sie schlaftrunken an die Brust, lächelte ihm liebevoll zu, und kurze Zeit später schlief er über dem rhythmischen Saugen seiner Tochter tatsächlich ein. So war es erneut fast Mittag, als er seine Beine aus dem Bett schwang und schlaftrunken ins Bad wankte. Elodie stand schon in der Küche, und es duftete nach Toast und Kaffee.

»Lass mich bitte einen Schluck aus deiner Tasse nehmen, das schadet ihr gewiss nicht«, sagte sie, als er sich eine große Schale gefüllt hatte. Er reichte sie ihr, bevor er Milch hineingoss, denn sie trank das Gebräu tiefschwarz, während es bei ihm eher Milch mit Kaffee zu sein schien. Aliette thronte in ihrer Babyschale und schien sie beide zu beobachten.

»Sie schaut uns zu«, sagte er erstaunt, »das ist doch noch gar nicht möglich, oder?«

»Sie kennt unsere Stimmen und weiß, wer wir sind, egal, wie gut sie uns sehen kann oder nicht.« Elodie beugte sich vor und stupste den Sitz etwas an, sodass er leicht vor- und zurückwippte. Das schien der Kleinen zu gefallen, denn binnen weniger Sekunden war sie eingeschlafen. Entzückt schaute Matze von seiner Tochter zu seiner Frau und drückte ihr einen Kuss auf den Mund.

Sie frühstückten in stillem Einvernehmen und räumten rasch auf. Gestern war er tatsächlich zu nichts mehr gekommen. In diesem Haus war es zugegangen wie auf dem Bahnhof. Hebamme, Schwiegermutter, Schwiegervater: Es war berührend gewesen, den toughen Bap mit dem winzigen Kind auf dem Arm zu sehen. Er hatte ihr sogar vorgesummt, und Matze hatte geglaubt, seinen Ohren nicht trauen zu können. Dann war Thierry erschienen und hatte eine unfassbar liebevoll gestaltete Torte gebracht, da war der Computer echt zur Nebensache geworden. Das hatte ihn sehr erstaunt, doch so war es eben wohl: Alles im Leben hatte seine Zeit.

Heute würde er sich Margeaux' Sache annehmen, denn schon übermorgen war die Hochzeit. Die Zeit war ihm irgendwie durch die Finger geronnen, und er wollte seine Freundin nicht enttäuschen, also musste er sich heute dransetzen und die Frau, die Julien eventuell mitbringen würde, durchleuchten. Doch zuerst würde die Hebamme kommen, und erst danach konnte er sich an seinen Computer klemmen. Wo war eigentlich sein Handy? Wenn ihm jemand prophezeit hätte, dass er, Matze König, einmal nicht wissen würde, wo sich sein Smartphone befand, dann hätte er schallend über diesen wirklich guten Witz gelacht. Doch in den letzten Tagen hatte er es kaum vermisst und es nur benutzt, um einige Fotos dieses zauberhaften Wesens zu machen. Um dem Ganzen Verbindlichkeit zu geben, sagte er leise zu seiner Frau: »Ich muss nachher dringend für ein Stündchen an den PC und einige Dinge erledigen.«

Sie nickte verständnisvoll und sagte: »Na klar. Ich gehe eine Runde mit der Kleinen spazieren, wenn die Hebamme weg ist, dann hast du deine Ruhe.«

»Du bist ein Engel«, sagte er und deutete zum Küchenfenster, denn gerade fuhr ein Auto vor.

Hunger auf das Leben

Darum bestrafst du die, die fallen, nur leicht und warnst sie, indem du sie an ihre Sünden erinnerst, damit sie von ihrer Schlechtigkeit loskommen und an dich, Herr, glauben.

Weisheit 12,2

Sollte es wirklich so leicht sein davonzukommen? Mit dem bewussten Schritt fort von all dem, was sie mit ihrer Vergangenheit und dem wütenden Zehren in sich verbunden hatte, schien ihr Leben täglich besser zu werden. Ihr Appetit wuchs wieder und nicht nur der auf die Köstlichkeiten, die man auf einen Teller legen konnte, sondern auch ihr Appetit auf das Leben. Sie besah sich im Spiegel, und ihr Gesicht sah wieder lebendig aus: Wo sie noch vor einigen Wochen nur bewegungslosen Tod gesehen hatte, nahm sie nun rosige Wangen und sogar lächelnde Augen wahr. Es war wie ein Wunder, auch die Träume, in denen sie wild um sich schlug, kamen nicht mehr jede Nacht.

Sollte sie es wirklich wagen, daran zu glauben, dass es ein Leben für sie geben konnte? Sie war sich noch nicht sicher, ob sie sich und den Umständen wirklich trauen konnte, aber alle Vorzeichen schienen gut zu sein, und sie spürte morgens oft so etwas wie Vorfreude auf das, was der Tag bringen würde. Dieses Gefühl hatte sie verloren, als ihr das Leben geraubt worden war, und nun kam es zurück, vorsichtig zwar, aber durchaus spürbar. Sie hatte wahrlich lange genug gelitten, es war an der Zeit, dass sich das änderte, und zum ersten Mal seit Jahren spürte sie auch wieder Zuneigung – und er hatte sie auch verdient. War dem wirklich so? Hatte sie es verdient, geliebt zu werden? War dies tatsächlich möglich, wenn man so viel Schuld auf sich geladen hatte? Lange hatte sie es sich nicht eingestehen können, hatte ihr Handeln für das einzig richtige gehalten, denn es war nur machbar, sich aus der Dunkelheit zu befreien, wenn man sein Leben endlich selbst in die Hand nahm und sich zur Wehr setzte. Sie hatte jedoch nichts anderes getan und sich dabei selbst immer mehr aus den Augen verloren, war sich noch fremder geworden. Doch nun würde alles gut werden. Ihr Leben hatte sich gewandelt. Alles war auf einem guten Weg, auf einem glücklichen Weg. Die Tage waren wieder voller Licht, und wenn er sie anlächelte, spürte sie, wie das Leuchten der Freude auch ihre Seele erhellte, denn er war wunderbar.

Avignon – noch zwei Tage bis zur Hochzeit

Julien beugte sich gerade über den Arbeitsplatz von Catherine, um ihr eine Schnitttechnik zu zeigen, und sein Arm berührte ihren. Er scherzte mit der begabten Köchin, und sie strahlte ihn an, dann hob er den Kopf und sah Melodie etwas verloren, mit verdunkeltem Blick im Eingang stehen.

»Melodie«, rief er erfreut, wusch sich rasch die Hände und kam um den Tresen herum, um sie zu begrüßen.

»Guten Morgen, Julien«, sagte sie und er hatte das Gefühl, dass ihre Stimme leicht reserviert klang.

»Ist alles in Ordnung, hast du gut geschlafen?«, wollte er wissen, um einordnen zu können, was mit ihr los war.

»Alles in Ordnung«, antwortete sie lapidar und fügte ein »Störe ich?« hinzu.

»Aber nein. Darf ich dir etwas zu trinken anbieten? Und dann würde ich dir gern mein Team vorstellen«, flüchtete er sich vor der sonderbaren Anspannung in das, was ihm leichtfiel: seine Küche.

»Ich nehme gern einen Orangensaft«, bat Melodie, und ihre Stimme klang weicher, »und ich freue mich, deine Angestellten kennenzulernen.«

Er schenkte ihr einen Saft aus einer Karaffe ein und nahm sich auch ein Glas, dann lotste er sie in die offene Küche und stellte alle einzeln vor, erläuterte die Aufgaben des Postens und schwatzte locker über das, was zu tun war.

Melodie stellte hier und da eine Frage, und er merkte, dass ihr diese Welt nicht ganz fremd war. Ein wenig sonderbar empfand er es, dass sie nicht mehr mit Catherine plauschte, da diese als einzige Frau in der Küche sicher interessante Perspektiven hätte beisteuern können. Ihm war im Eifer des Gefechts entfallen, dass er ja Melodie mit Margeaux bekannt machen wollte, und es fiel ihm erst wieder ein, als seine Tochter bereits durch die Tür trat. Hinter ihr kam Frank in das Restaurant, der für ihn beinahe so etwas wie ein Sohn geworden war. Ob seine Tochter ihn als moralische Unterstützung mitgebracht hatte oder einfach nur, damit sie sich vor der Hochzeit begrüßen konnten? Er war sich nicht sicher, als er ihren angespannten Gesichtsausdruck wahrnahm. Die Situation schien ihr, die sonst ohne Furcht Mörder jagte, nicht einerlei zu sein.

Er geleitete Melodie aus der Küche, begrüßte Margeaux und Frank liebevoll, auch wenn er spürte, wie sich Margeaux ein wenig versteifte, und machte sie dann miteinander bekannt.

»Ich habe draußen einen Tisch gedeckt und ein paar Kleinigkeiten bereitgestellt. Lasst uns unter der Platane sitzen. Euch ist doch nicht zu kalt?«, plauderte er in bewusst leichtem Ton, obwohl ihm das Ganze selbst sonderbar vorkam. Was tat er eigentlich hier?

Kurz spürte er Catherines Blick auf sich und wandte sich um. Sie lächelte ihm zu und nickte, was sich irgendwie beruhigend anfühlte.

»Ich hoffe, Sie sind nicht verärgert, dass Julien mich gebeten hat, ihn übermorgen zu begleiten?«, wandte sich Melodie an Margeaux. »Ich möchte nicht, dass das zu einer unangenehmen Situation führt, freue mich aber sehr über die Möglichkeit, Sie alle besser kennenzulernen.«

Julien sah seine Tochter bittend an. Melodie hatte das wirklich wunderbar und diplomatisch formuliert.

Margeaux schaute sie ernst an: »Es war im ersten Moment etwas komisch für mich, eine völlig Fremde auf meiner Hochzeit an der Seite meines Vaters zu haben, aber nun lernen wir uns ja kennen, und dann sind wir einander nicht mehr ganz so fremd.«

Er spürte, wie ihn Dankbarkeit überflutete, und er fragte: »Frank, bist du denn bereit für die große Aufgabe?«

Der Kommissar lächelte ihn an: »Die große Aufgabe hast eher du, denn du führst sie zum Altar.«

»Darauf freue ich mich mehr, als du dir vorstellen kannst, und es gibt niemanden, dem ich sie lieber übergeben würde als Thierry!«

»Das ist schon ein ziemlich altmodischer Brauch«, schaltete sich Melodie ein, und Julien erstarrte kurz. »Aber er ist auch so romantisch«, fuhr sie fort und alle entspannten sich wieder.

»Ja, das ist es!«, bestätigte Margeaux. »Waren Sie schon einmal verheiratet und konnten diese bewegende Atmosphäre erleben?«, fragte Margeaux, und Julien hatte Sorge, dass Melodie dies als zu intime Frage empfinden würde.

»Ich war noch nicht verheiratet«, antwortete die Frau, »und selbst wenn, hätte mein Vater mich leider nicht geleiten können. Er starb, als ich ein Kind war.«

»Oh, das tut mir leid.« Margeaux' Mitgefühl klang ehrlich.

Melodie schwieg, und es entstand eine leicht unangenehme Atmosphäre.

»Sie wohnen in Aix-en-Provence«, sagte Frank und durchbrach das Schweigen, »das ist eine tolle, lebendige Stadt.«

»Ja, das stimmt.« Melodie war etwas einsilbig.

»Aix mag ich auch sehr«, stieg Julien ein, um den Austausch am Leben zu erhalten, »es gibt dort fantastische Restaurants, und kulturell ist auch einiges los.«

»Das ist wohl wahr«, hakte Margeaux ein, »aber ich ziehe Avignon vor, die Stadt ist irgendwie überschaubarer. Doch leben wollte ich auch hier nicht, ich bin froh, ländlich ruhig zu wohnen. Haben Sie eine Wohnung in der Stadt?«

»Ich hatte das Glück, in Bellevue ein Appartement zu ergattern«, erklärte Melodie und lächelte leicht.

»Eine tolle Gegend«, sagte Margeaux, »aber stört da das Stadion nicht oft?«

»Das höre ich so gut wie gar nicht«, berichtete Melodie.

Julien begann, sich etwas zu entspannen, die Frauen unterhielten sich über die Wohnlage und blieben dabei beide vorsichtig, aber vielleicht hatte er sie auch einfach nur überfordert mit diesem Zusammentreffen. Es war gut, dass sie überhaupt die Möglichkeit wahrnahmen, sich auszutauschen und so die erste Fremdheit zu überwinden. Übermorgen würde alles auf jeden Fall weniger zurückhaltend sein, denn Margeaux war als Braut einfach zu beschäftigt, und er würde den Tag mit Melodie an seiner Seite genießen und sich auch von Hilde nicht die Freude an seiner Begleitung verderben lassen. Es war sein gutes Recht, glücklich zu sein.

Barbentane – noch zwei Tage bis zur Hochzeit

»Bringt Julien tatsächlich so kurzfristig eine Begleitung mit?«, wollte Claire ungläubig wissen.

»Ja«, antwortete Thierry behutsam, denn er wusste, dass seine Mutter die Sitzordnung schon vor Wochen festgelegt hatte und eine weitere Person diesen ausgeklügelten Plan ins Wanken bringen konnte. Schon Pierres unklare Situation hatte ihr zu schaffen gemacht.

»Was denkt er sich dabei? Wie soll ich das hinbekommen? Einfach einen Stuhl dazwischenschieben? Der Mann ist lustig«, regte seine Mutter sich auf.

»Du schaffst das, Maman«, sagte er beruhigend und dachte kurz an eine Kapelle mit einem Pfarrer im Elvis-Kostüm, doch dann würde sie ihn ganz gewiss zur Adoption freigeben.

»Ja, ich bekomme es irgendwie hin und hoffe, es gibt keine weiteren Überraschungen mehr.« Sie beruhigte sich ein wenig.

»Das Wetter spielt mit, Frank ist gut angekommen, Elodie liegt nicht zufällig an meinem Hochzeitstag in den Wehen, du hast den Caterer im Griff, die Torte ist in Vorbereitung«, zählte Thierry auf, »ich habe meinen Anzug abgeholt, Margeaux hat ihr Kleid bereits zu Hause. Alles wird klappen, Maman.«

»Du hast recht, Junge, ich wollte dich auch nicht nervös machen, aber du weißt, wie herausfordernd es ist, die richtigen Menschen zusammenzusetzen, nicht dass Onkel Frederic wieder mit Jean-Claude zusammentrifft. Das wäre, wie du weißt, ein Fauxpas mit offenem Ausgang«, spielte sie auf zwei ältere Semester an, die sich auf der Hochzeit seiner großen Schwester so betrunken hatten, dass sie der Ansicht gewesen waren, es sei eine gute Idee, auf einem der Tische zu tanzen. Nur mit Mühe hatten sein Vater und er die Trunkenbolde damals von diesem Unsinn abhalten können, und einige Gläser waren dabei zu Bruch gegangen. Er gab verstehende Geräusche von sich und versuchte sie dann abzulenken: »Elodie benötigt gewiss einen Raum, in den sie sich zum Stillen zurückziehen kann, das haben wir ja im Vorfeld nicht mit eingeplant.«

»Da habe ich sofort Abhilfe geschaffen«, sagte seine pragmatische Mutter, »ich habe die Putzkammer ausräumen und ihr einen Sessel aus dem Loungebereich hineinstellen lassen und einen Tisch, auf dem sie die Kleine bequem wickeln können.«

»Du bist großartig«, sagte er und meinte es vollkommen ernst, »wir werden das Kind schon schaukeln.«

»Wortwörtlich«, gab ihm seine Mutter recht.

Sie beendeten das Telefonat, und Thierry fand auf seinem Display eine Nachricht von Margeaux vor: *Sie ist in Ordnung.*

Gut, das war nun nicht gerade überschwängliche Freude, aber zumindest hatte sie ihrem Vater damit einen Gefallen getan. Er war sich nicht sicher, ob damit wirklich alles so weit geregelt war, denn es schien ihm zu einfach zu gehen. Vor allem auch, weil er sehr genau wusste, dass Aimé und Hilde sich aktuell nicht ganz grün waren. Doch er würde sich heraushalten. Er wollte den Tag genießen: mit Margeaux das Ehegelübde sprechen und in der Sonne mit ihr tanzen. Das war alles. Der ganze Heckmeck drumherum ging ihm eher auf die Nerven, und daher würde er ihn einfach ausblenden. Er wandte sich wieder der Torte zu und konzentrierte sich auf das fünfstöckige Kunstwerk, auf dem ihre Figuren, die ein Spezialshop in Paris naturgetreu nachgebildet hatte, thronen würden.

Hameau les Bouisses – noch zwei Tage bis zur Hochzeit

»Es war gar nicht so schlimm«, sagte Frank zu Hilde, die sie beide schon am Tor erwartete, »*sie* ist gar nicht so schlimm. Eine normale Frau. Kein Supermodel oder so.«

»Eine normale Frau?« Hilde zog fragend die Augenbrauen hoch.

»Normal und doch irgendwie eigenartig«, meldete sich Margeaux zu Wort.

»Was bedeutet das denn nun?« Hilde wurde ungeduldig und scheuchte die beiden vor sich her ins Haus.

»Mein Bauch grummelt irgendwie, aber ich weiß nicht, ob ich einfach nur eifersüchtig bin oder ob ich etwas dagegen habe, eine andere Frau als meine Mutter an Papas Seite auf meiner Hochzeit zu sehen. Beides wäre irgendwie egoistisch, und das macht es mir schwer, mir selbst gerade zu vertrauen«, meinte Margeaux.

»Also normal bedeutet für mich, dass sie ist wie du und ich«, merkte Frank an.

»Du findest uns normal?« Margeaux klang entgeistert.

»Das sind wir doch alle nicht«, bestätigte Hilde.

»Ihr wisst genau, was ich meine! Wir haben im Gespräch noch ein paar Dinge herausgefunden, damit können wir arbeiten, und den Rest muss Matze machen. Ich habe Verständnis für Julien, aber überprüfen können wir sie ja trotzdem.« Frank konnte den Polizisten in sich auch nicht komplett zum Schweigen bringen.

Aix-en-Provence – noch zwei Tage bis zur Hochzeit

Sie schloss die Tür hinter sich und atmete auf. Ihr Zuhause bot ihr immer Sicherheit.

Julien hatte sie nach dem anstrengenden Gespräch mit seiner Tochter noch zum Bahnhof begleitet und sie gebeten, bereits morgen wieder nach Avignon zu kommen, damit sie übermorgen gemeinsam zeitig zu den Feierlichkeiten aufbrechen konnten. Sie war in den Zug gestiegen, hatte gemischte Gefühle durchlebt, doch dann hatte die Verliebtheit Oberhand gewonnen. Sie wollte sich auf den Tag mit ihm freuen. Gleichzeitig war es ein großes Fest, so viel hatte sie mitbekommen, und sie würde gut auf sich achten müssen. Sie war rasch im WC der Bahn verschwunden, hatte sich die Schminke aus dem Gesicht gewischt, die Perücke in der Tasche verstaut und ihre Brille aufgesetzt. Sie hatte sich selbst kaum wiedererkannt.

Sie musste achtsam mit sich umgehen und Julien irgendwann zeigen, wer sie wirklich war. Er würde sie verstehen, daran glaubte sie mittlerweile fest. Er würde ihr Anker sein.

Sie hatte sich vorgenommen, sich endlich von ihren Altlasten zu befreien und damit auch von dem, was ihr in den letzten Wochen wichtig erschienen war, und ging in die Küche. Abwägend nahm sie das Messer in die Hand. Es hatte ihr Halt gegeben, wenn sie wieder einmal so weit gewesen war, sich selbst zu verlieren. Das war verrückt, und sie wusste es auch. Es musste weg. Sie wollte ein normales Leben führen.

Sie hatte es verdient! Es war an der Zeit, sich von ihm zu trennen. Mit festen Schritten ging sie zum Mülleimer, öffnete den Deckel und verharrte dann. Ihre Hand umklammerte den Griff und sie konnte die Finger einfach nicht davon lösen. Sie war noch nicht so weit, es war noch zu früh. Sie konnte noch nicht loslassen.

Morgen! Morgen würde sie es tun.

Barbentane – noch zwei Tage bis zur Hochzeit

Aimé bürstete seinen guten Anzug und sah das hübsche Kleid, das Hilde an den Kleiderschrank gehängt hatte. Es würde ihr wunderbar stehen. Das Blau in Blau gemusterte knielange Kleid hatte sie vor einigen Wochen erworben, und sie waren dazu gemeinsam losgezogen. Es war ein schöner Tag gewesen. Sie waren durch die Stadt geschlendert, hatten in einer kleinen Bar am Tresen stehend einen Café noir getrunken und waren dann zu dem Geschäft gebummelt, das sie im Auge gehabt hatte. Sie hatten viel gelacht und einander immer wieder an den Händen gehalten. Die Verkäuferin hatte ihr das Kleid gereicht, und er hatte schon auf dem Bügel gesehen, wie gut es zu ihr passte, und genau so war es auch gewesen. Sie sah elegant aus. Die Frau hatte ihr noch ein paar passende Schuhe gereicht, eine Kette aus der Dekoration geholt und ein Tuch über Hildes Schultern drapiert. So musste eine Brautmutter am Hochzeitstag aussehen: unaufdringlich elegant.

Er musste sich kurz setzen. Ihm war schlecht. Die ganze Sache schlug ihm auf den Magen. Das war es doch nicht wert, sich so zu entzweien, nur weil er einen Freundschaftsdienst geleistet hatte. Wie konnte sie ihm das nur so lange übel nehmen? Er legte sich die Hand auf den schmerzenden Magen. Nach der Hochzeit würde er sie einfach ins Auto packen und ein paar Tage mit ihr nach Cassis fahren. Sie musste sowieso mit der Arbeit kürzertreten, da konnte sie gleich damit anfangen. Sie würden am Meer sitzen, lecker essen und spazieren gehen und eine Bootstour durch die Calanques machen. Dabei konnten sie sich wieder vertragen, und er würde sie beim Einschlafen in den Arm nehmen können und nicht wie jetzt mit Abstand zu lange wach liegen. Er stand erneut auf, atmete tief ein und aus und machte sich wieder daran, den Anzug zu bearbeiten.

Hameau les Bouisses – noch zwei Tage bis zur Hochzeit

»Sie hat uns doch gesagt, wo sie wohnt, also ungefähr«, sagte Frank, »können wir die Suche so nicht noch mehr eingrenzen?«

»Sollten wir eigentlich«, Margeaux tippte auf die Tastatur, »aber ich finde da irgendwie nichts. Melodie Martin ist leider ein Allerweltsname, so wie Peter Müller in Deutschland, und Aix ist einfach eine große Stadt. Ich hatte die Suche ja schon auf drei Frauen reduziert, aber alle drei scheinen im Internet nicht großartig aufzutauchen. Nichts Aussagekräftiges auf Facebook oder sonst wo. Damit können wir also nichts anfangen.«

»Und das Telefonbuch?«, wollte Frank wissen.

»Das ist ja nicht mehr so wie früher, als alle noch einen Festnetzanschluss hatten.« Sie gab die Suchanfrage ein und erhielt einen Treffer. Dann rief sie die Karte von Aix-en-Provence auf und verglich die angegebene Straße mit der Wohngegend, die Melodie erwähnt hatte: »Das passt nicht zusammen.«

»Kannst du auf das Einwohnermeldeamt zugreifen?«

»Du weißt, dass das illegal ist«, sie lächelte verschmitzt und rief einen Blackscreen auf, in den sie eine Zahlen- und Buchstabenkombination eingab. Das System begann zu arbeiten und spuckte Zahlencodes aus. Bald war der Bildschirm voll davon, und wie durch Zauberhand erschien plötzlich eine Eingabemaske mit der Stadtverwaltung von Aix. Margeaux hatte als eine von wenigen Europäerinnen an einem Spezialprogramm des FBI teilnehmen dürfen und dort so einiges gelernt. Auch wenn die amerikanische Behörde natürlich immer wieder darauf hingewiesen hatte, dass solche Aktionen mit den örtlichen Behörden abgestimmt werden sollten. Das »Knacken« des Einwohnermeldeamts war jedoch aus Margeaux' Sicht ein geringfügiges Vergehen.

»Na, da haben wir ja ein Eigentor geschossen«, bemerkte Frank und deutete auf die acht Frauen, die dort angezeigt wurden.

»Drei fallen aber schon mal weg, denn da passt das Alter definitiv nicht.« Margeaux ging mit dem Cursor auf zwei Damen über achtzig und ein Mädchen von sechs Jahren. Sie verglich wieder die Adressen mit der Stadtkarte und erzielte tatsächlich einen Treffer.

»Hah!«, stieß Frank aus, und binnen Sekunden kam auch Hilde angeflitzt, gefolgt von Willi, der die Aufregung seiner Menschen wahrnahm.

»Habt ihr was?«, erkundigte sie sich neugierig.

»Nur eine Adresse und ihr Geburtsdatum und so.«

»Was kannst du damit noch alles herausfinden?« Hilde beugte sich über Margeaux' Schulter.

»Ich schaue mal, was da noch ist, Steuernummer okay, da muss ich meine Finger weglassen, das ist eher was für Matze, der kann sich besser verbergen.« Margeaux scrollte durch den Eintrag und murmelte dabei vor sich hin: »Zumindest hat sie nicht gelogen, wo sie wohnt und wie alt sie ist.«

»Hast du das wirklich erwartet?« Frank klang erstaunt.

»Ich kann dir nicht sagen, was genau ich erwartet habe.« Sie schaute zu ihm auf, und er konnte die Sorge in ihren Augen sehen, die durch die S-Form der Augenbrauen noch verstärkt wurde.

»Sie existiert, hat eine Adresse, schau noch mal zur Sicherheit, ob du auf ihre Ausweisdaten kommst«, bemerkte Frank, »dann können wir ganz sicher sein.«

Kurz darauf schauten die drei angestrengt auf den Bildschirm, denn das Passfoto zeigte eine Frau, die zwar Ähnlichkeit mit Melodie hatte, aber Haarfarbe und Gesicht wirkten verändert.

»Ist sie das wirklich?« Frank schaute genauer hin, und Margeaux vergrößerte das Bild.

»Ja schon«, sagte sie zögernd, »aber sie sieht anders aus.«

»Neue Frisur und Kontaktlinsen«, erklärte Frank, »das macht einen total anderen Typ aus ihr, aber das ist ja nichts Verbotenes. Wenn ich meinen Führerschein raushole, erkennt mich auch niemand.«

»Ja, bei mir könnte man auch unters Passbild schreiben: *Gesucht! Tot oder lebendig!*«, warf Hilde ein.

»Also akzeptieren wir, dass sie wirklich eine ganz normale Frau ist und wir uns nur so aufführen, weil wir sie nicht an Mamans Platz sehen wollen bei meiner Hochzeit.« Margeaux runzelte die Stirn.

»Matze soll da trotzdem noch mal tiefer graben«, sagte Frank und legte ihr beruhigend eine Hand auf die Schulter, »damit wir ganz sichergehen können.«

»Ich schicke ihm unsere Ergebnisse und hoffe, er macht es endlich.« Margeaux lächelte zu ihm hoch und versuchte das ungute Gefühl endgültig zu vertreiben.

Hilde atmete hörbar aus und sagte: »Vielleicht tun wir ihr tatsächlich unrecht. Ich werde mir übermorgen Mühe geben und nett zu ihr sein.«

»Jetzt fangen wir mal an und freuen uns auf den großen Tag. Ich bin schließlich zum ersten Mal Trauzeuge«, warf sich Frank in die Brust, und alle mussten grinsen.

Boulbon – noch 26 Stunden bis zur Hochzeit

Matze fuhr sich durchs Haar und versuchte die Augen offen zu halten, natürlich war er nicht wie geplant mittags dazugekommen, seine Sachen am Computer zu erledigen. In ihrem Haus ging es seit Aliettes Geburt zu wie in einem Hühnerstall: ein ständiges Rein und Raus. Dauernd kamen Leute mit Geschenken, Körben voll mit Essen, und natürlich wollten sie alle das kleine Mädchen bewundern. Elodie war durch ihre Tätigkeit in der École maternelle sehr beliebt in Boulbon, und so würden sie gewiss die nächsten zwei Monate die Gerichte essen, die sie täglich einfroren, da sie gar nicht so viel verspeisen konnten, wie die Nachbarschaft anschleppte.

Seine Schwiegermutter schien ebenfalls davon auszugehen, dass sie dem Hungertod nahe waren, und kam auch grundsätzlich mit einem Korb voller Leckereien aus der Hotelküche. Er war vollkommen geschafft von all den Besuchen und den ganzen Gesprächen. Elodie hatte das Baby zum Stillen mit ins Bett genommen, und er saß nun am Computer und scrollte durch seine Nachrichten. Margeaux' E-Mail-Adresse war oft dabei, und er schalt sich unzuverlässig, weil er nicht wie versprochen nach der neuen Frau in Juliens Leben gesucht hatte. Es war still im Haus, und die Müdigkeit hatte sich wie ein bleierner Mantel um seinen Denkapparat gelegt, doch er raffte sich auf.

Sorry, komme jetzt erst dazu, mache mich aber auf die Suche und werde jeden Strafzettel finden, schrieb er rasch zurück, um sich für seine Unzuverlässigkeit zu entschuldigen. Dann rief er Margeaux' Ergebnisse auf und programmierte die Suche. Er hatte seine Programme so verfeinert, dass die Suchen selbstständig liefen und lernten: Gab es einen Eintrag, der den Parametern entsprach, wurde dort automatisch tiefer gegraben, und er konnte dann im Anschluss in den Verzeichnissen weitersuchen.

In den ersten zwei bis drei Stunden musste er also nicht vor dem Bildschirm sitzen, sondern konnte sich auf dem Sofa ein wenig ausruhen. Sicher würde er sich auch bald an das Baby im Bett gewöhnen und nicht in ständiger Furcht, seine Tochter zu erdrücken, wach liegen. Doch jetzt brauchte er eine Mütze Schlaf. Er stellte den Alarm laut, sodass ihm eventuelle Netzfunde geräuschvoll gemeldet wurden, legte sich hin und schlief sofort ein.

Kuss der Hoffnung

... ich habe schwer gesündigt, dass ich das getan habe.
Und nun, Herr, nimm weg die Schuld deines Knechts;
denn ich habe sehr töricht getan.

2. Samuel 24,10

Da war der Traum. Er kam doch wieder. Egal, wie sehr sie sich bemühte, ihren Alltag in den Griff zu bekommen, und egal, wie oft sie auch hoffte, dass er nun endgültig besiegt und aus ihrem Leben verschwunden war. Es gab scheinbar kein Entrinnen vor den dunklen Nächten. Vielleicht würde sich etwas ändern, wenn sie nicht mehr allein wäre, wenn jemand sie halten würde. Doch war das wirklich möglich? Konnte sie das ertragen? Konnte jemand sie ertragen, oder war sie für immer kaputt? Eine Person, die man nicht lieben konnte. Das hatte sie zu oft gehört und gespürt. Vor allem in den Zeiten, in denen sie sich hatte gehen lassen. Sie war beschädigte Ware, und die wollte niemand haben. Alle wählten immer nur die Perfekte aus, nicht die mit den Macken.

War er genauso? Er geisterte durch ihre Gedanken, und einmal hatte sie sich sogar vorgestellt, wie es wäre, seine Lippen auf den ihren zu spüren. Es war ihr verwegen vorgekommen, aber sie hatte es zugelassen, denn es war auch schön gewesen, und irgendwie hatte es ihr Hoffnung gegeben. Doch an dem Albtraum hatte es nichts geändert. Er kam nicht mehr jede Nacht, doch er wollte eben auch nicht verschwinden. Sie versuchte sich die Wärme einer Umarmung vorzustellen, einen Körper, an den sie sich schmiegen konnte, an die Sicherheit, die das bedeuten würde – und sie schlief überraschenderweise wieder ein.

Hameau les Bouisses – ein Tag vor der Hochzeit

Margeaux fuhr aus dem Schlaf hoch und tastete suchend neben sich. Thierry war nicht da. Im halb wachen Zustand hatte sie vergessen, dass er vor der Hochzeit in seiner Wohnung blieb, da er an seinem Meisterwerk arbeitete. Sie hatte ihn gebeten, auch mal zu schlafen, um nicht bei der Zeremonie mit vollkommen glasigem Blick neben ihr zu stehen, und er hatte ihr versprochen, auf sich zu achten. Stattdessen fühlte sie drahtiges Fell und blickte in Willis dunkelbraune Augen.

»Du kleiner Schelm«, schalt sie ihn liebevoll, denn eigentlich sollte er in seinem Körbchen schlafen und nicht in ihrem Bett. Er schien zu lächeln, dehnte sich ausgiebig und sprang dann mit einem elastischen Satz auf den Boden.

Ihr Handy plingte. Sie angelte das Mobilgerät und ihre Lesebrille vom Nachttisch. Eine Nachricht von Matze, endlich! Er bestätigte ihre wenigen Erkenntnisse, meldete, dass Melodie ein Bankkonto besaß und Steuererklärungen abgab.

Was komisch ist, ich finde keine Einträge, die älter als zwanzig Jahre sind. War sie vielleicht im Ausland?, schrieb er.

Das weiß ich nicht, aber danke, antwortete sie, *suchst du weiter?*

Er sendete ein Daumenhoch-Emoji.

Sie tippte: *Warum bist du so früh wach, Papa?*

Hahahahahahahahahahaha, kam von ihm zurück.

Sie schwang die Beine aus dem Bett und ging ins Bad. Nachdem sie eine kurze Katzenwäsche betrieben hatte und in ihre Laufklamotten geschlüpft war, machte sie sich mit Willi im Arm auf den Weg in die Küche. Sie roch den Kaffee schon auf der Treppe, Frank hatte es wohl ebenfalls früh aus dem Bett getrieben. Hilde würde erst in rund einer Stunde kommen und heute gewiss noch an die hundert Mal an dem Hochzeitskleid zupfen, das wartend auf dem Bügel hing. Frank hatte seinen Anzug ebenfalls mit nach unten gebracht, da Hilde ihm mehrfach versichert hatte, dass sie ihn nicht aus dem Haus lassen würde, sollte das Ding auch nur eine Falte aufweisen. Seufzend hatte er nachgegeben und sie umarmt. Sie war wie die Mutter, die er nicht gehabt hatte, und er ließ sie gern schalten und walten, auch wenn er erst einmal so tat, als sei das alles nicht nötig.

Margeaux dachte kurz daran, wie gut Hilde ihre Rolle als Ersatzmutter ausfüllte, vielleicht auch, weil Pierre so selten zu Besuch kam. Aimé hatte seinen Job ebenfalls hervorragend gemacht, und doch war seit Marie-Louises Tod Hilde noch etwas mehr in ihr Herz gerückt. Vielleicht fühlte sie sich auch gerade deshalb ein wenig von Aimé verraten, und dadurch war diese dumme kleine Kluft zwischen ihnen entstanden. Wahrscheinlich nahm sie Melodie auch dieses Gefühlschaos übel, und das nährte ihre Vorbehalte gegenüber der Frau.

»Hey, du früher Vogel«, sagte Frank und hielt ihr eine dampfende Tasse hin.

Sie nickte nur, saugte begierig den Duft auf, nahm einen Schluck, bildete sich ein, sofort zu spüren, wie ihre Lebensgeister erwachten, und sagte: »Danke.«

In stillem Einvernehmen standen sie nebeneinander an die Anrichte gelehnt und nippten an den Tassen.

»Matze hat geschrieben«, meinte sie und hielt ihm das Handy hin.

»*Ich hoffe, du trägst Strapse unter deinem Kleid morgen.* Meinst du das?«, las er vor, und sie schnappte ihm japsend das Telefon weg.

»Du Schweinehund!« Lachend haute sie ihm auf den Arm, als sie sah, dass er diese Nachricht erfunden hatte. Dann las sie ihm Matzes Nachrichten vor und sagte: »Wir lassen den Dingen jetzt ihren Lauf, und ich gönne meinem Vater einfach das bisschen Glück.«

»Wenn du das *so* sagst«, er schaute sie prüfend an, »klingt es irgendwie wie eine Art Tschakka-Ruf, aber nicht richtig glaubwürdig.«

»Ich will mich jetzt einfach damit befassen, dass ich morgen endlich unter die Haube komme, und dann bist du als Nächster dran, großer Bruder.« Sie zwickte ihn leicht in die Seite, denn nachdem sie ihre Gefühle für ihn geklärt hatte, war genau das klar geworden: Er war nicht nur ihr bester Freund, sondern wie ein Bruder für sie und gehörte zur Familie.

»Ich denke, ich sollte erst einmal eine feste Freundin haben, bevor ich heirate.«

»Na gut«, gab sie nach, »und jetzt laufen wir eine Runde.«

Willi umtänzelte aufgeregt ihre Füße, als hätte er ihre Worte verstanden, und lief schon zur Tür.

Aix-en-Provence – noch ein Tag bis zur Hochzeit

Sie packte ihre Tasche und hatte sich lange Gedanken gemacht, was sie zu einer solchen Feierlichkeit tragen sollte. Ihre Wahl war auf ein dunkelblaues Kleid gefallen, das ihre Figur wohlwollend umspielte und einen kleinen V-Ausschnitt hatte. Mit kaum sichtbaren hautfarbenen Strümpfen und cognacfarbenen Pumps mit einem etwas breiteren Absatz – Julien hatte sie wegen des etwas steinigen Untergrundes im Innenhof des Hotels in Arles vorgewarnt – würde sie gut angezogen aussehen, ohne overdressed zu wirken. Beim Packen hatte sie sich erst beschwingt gefühlt, und dann war die alte Unsicherheit in ihr aufgestiegen. Es würden eine Menge Menschen dort sein. Sie hatte den Gedanken beiseitegeschoben und sich mit anderen Dingen abzulenken versucht – die Perücke frisiert, ihr Schminktäschchen geprüft, passenden Schmuck herausgesucht –, doch der Gedanke war immer wiederaufgetaucht. Wenn sie jetzt kneifen würde, dann wäre die aufkeimende Beziehung zu diesem tollen Mann ganz sicher gefährdet, denn er hatte sie schließlich überall angekündigt und sogar gegen die Zweifel in seiner Familie angekämpft.

Sie spürte den kalten Schauer der Furcht über ihren Rücken gleiten und fühlte sich hilflos. Wann würde dieses Gefühl je verschwinden? Hatte sie eine wirklich reelle Chance, sich davon zu befreien? Oder würde sie immer wieder in ihre eigene Dunkelheit hinabgezerrt werden und von Furcht und Selbsthass beherrscht sein? Wie von unsichtbaren Fäden geleitet fand sie sich plötzlich in der Küche wieder, und der kalte Stahl in ihrer Hand gab ihr die Sicherheit, die sie so dringend brauchte. Ohne es bewusst zu registrieren, landete das Messer in ihrer Handtasche. Es war wie ein Reflex, ein unbewusstes Handeln, und als sie einige Minuten später aus dem angsterfüllten Strudel auftauchte, erinnerte sie sich kaum noch an das Küchenmesser, das zu einer tödlichen Waffe geworden war. Kurz darauf verließ sie ihre Wohnung, um den Zug nach Avignon zu erreichen.

Sie hatte sich fest vorgenommen, dieses Fest zu genießen und einfach nur leicht und frei zu sein. Sie hatte es verdient, genau dies zu empfinden.

Der Hochzeitstag

Aimé erhob sich leise und schlich ins Bad. Er wollte Hilde genügend Zeit lassen, sich in Ruhe fertig zu machen, daher war er früh aufgestanden. Sie sprachen noch immer nur das Nötigste miteinander, und er spürte das unangenehme Stechen in seinem Magen immer wieder. Er duschte und rasierte sich, strich seine Haare glatt und schlüpfte dann in den Bademantel, um erst zu frühstücken, bevor er den Anzug anzog.

Thierry hatte alle Etagen der Torte fertig und würde sie einzeln nach Arles transportieren lassen, um sie dort zusammenzusetzen. Er hatte nur wenig geschlafen, fühlte sich aber trotzdem ausgeruht. Sie bewohnten eine Suite im Hotel seiner Eltern, und dort würde er sich ankleiden. Seine Mutter würde ihm dabei helfen und dafür sorgen, dass er glänzend aussah. Er hörte es nicht gern, wenn sie über sein Aussehen schwärmte und immer wieder betonte, dass er auch als Baldessarini-Model arbeiten könnte, aber heute würde er es zulassen, denn er fühlte sich beschwingt und froh, denn Margeaux würde bald seine Frau sein.

Margeaux stand in der Küche und goss sich ein kühles Wasser ein. Auch heute waren sie gejoggt, und sie fühlte sich nun bereit. Sie hatte darauf bestanden, dass Frank ihr helfen konnte und Hilde nicht extra kommen musste, um das Kleid zuzumachen. Gleich würde Sandrine hier sein. Die junge Visagistin würde sie schminken und ihr das Haar hochstecken. Dann war ihr Trauzeuge dran, sie zu unterstützen.

»Ich gehe nach oben, während du dich hier zurechtmachen lässt, in Ordnung?«, wollte Frank wissen, der gerade in die Küche kam, und sie nickte.

Julien warf einen prüfenden Blick in den Spiegel. Alle Augen würden heute auf ihn gerichtet sein, wenn er seine Tochter zum Altar führte – also zu dem Rundbogen, unter dem die freie Trauung stattfinden würde, denn Margeaux war schon lange kein Kirchenmitglied mehr. Es waren jedoch nicht alle Augen, auf die es ihm ankam, sondern Melodies. Er spürte, dass es ihm wichtig war, ihr zu gefallen, und freute sich über das Gefühl. Er würde den Tag mit ihr an seiner Seite genießen, was nicht bedeutete, dass Marie-Louise nicht jeden Moment ebenfalls bei ihm war. Kurz schob sich das Lächeln einer anderen Frau vor sein inneres Auge. Er blinzelte einmal, und es war wieder Melodie, die strahlend zu ihm aufsah.

Hilde ging schlaftrunken ins Bad und roch Aimés Aftershave. Sie liebte diesen Duft, und ihr Herz zog sich ein wenig zusammen, denn es schien zu schwer, den Graben, der sich zwischen ihnen aufgetan hatte, zu überwinden. Warum waren sie nur plötzlich so verbohrt und konnten kaum noch miteinander reden? Sie nahm sich vor, das heute zu ändern. Sie würde wieder nah an seine Seite treten, denn er war ihr Lebenspartner und ihr Herzensmensch. Das durfte sie einfach nicht vergessen.

Ob die Kinder auf dem Weiler wohl ohne sie zurechtkamen? Sie schalt sich eine alte Närrin. Margeaux war eine erwachsene Frau und wusste genau, was sie wollte. Hilde konnte sich also auf sich selbst konzentrieren. Sie zog das leichte Tuch vom Kopf, das sie getragen hatte, um ihre Frisur zu schützen, die ihre Friseurin gestern Abend noch gelegt hatte, und war überrascht, wie gut das Haar aussah. Sie würde Margeaux' glücklichen Tag genießen und sicher auch ein paar Tränen vergießen vor Glück.

Sie schlüpfte in das Kleid, drehte sich vor dem Spiegel und war zufrieden mit dem, was sie sah: elegantes Understatement. So sollte die Besucherin einer Hochzeit aussehen. Das Outfit schmeichelte ihrer Figur. Sie hatte sich dezent geschminkt, das Haar fiel ihr locker über die Schultern, und sie hatte noch ein leichtes Tuch dabei für die kühleren Stunden am Abend. Gleich würde er sie abholen. Sie würde den Tag genießen und keine Unsicherheit zulassen. Er war an ihrer Seite, und seine Nähe tat ihr gut. Nur darauf kam es an.

Einen Augenblick verharrte sie, denn die Furcht kroch ihr die Beine hinauf, sie spürte das Bedürfnis sich zusammenzukrümmen, doch dann klingelte ihr Handy, und er war dran. Alles würde gut werden.

Sie hatten gefühlt ihren halben Hausstand ins Auto getragen, um für alle Eventualitäten mit dem Baby gerüstet zu sein.

»Wir müssen jetzt los.« Elodies Stimme schallte hektisch durch das Haus, und Aliette unterstrich die Aufregung ihrer Mutter durch ausdauerndes Brüllen.

»Ich komme sofort«, rief Matze, denn ein Computer hatte ein aufforderndes »Pling« von sich gegeben. Die Suchanfragen liefen nach wie vor, und jetzt schien eine fündig geworden zu sein. Was für ein beschissenes Timing. Er beugte sich über den Bildschirm, und seine Augen wurden rund vor Entsetzen.

Er musste sofort Gilbert Brenot kontaktieren, denn das System zeigte ihm eine Akte unter Verschluss für Melodie Martin, und daran würde er sich keinesfalls zu schaffen machen, schon mal gar nicht in Frankreich, wo er irgendwie ja nur zu Gast war.

»Ich brauche nur noch einen kurzen Moment«, bat er seine Frau um Geduld und wählte die Nummer des Polizeichefs von Tarascon.

Thierry bugsierte die Tortenteile vorsichtig in das Kühlhaus am Hotel und vergewisserte sich mehrfach, dass sie stabil standen. Dann ließ er sich von seiner Mutter aufs Zimmer scheuchen, in dem bereits der Anzug hing. Sein Vater kam kurz herein und umarmte ihn. Thierry schaute seine Mutter verwirrt an, doch diese schüttelte leicht den Kopf, daher erwiderte er die Umarmung schweigend. Dann waren sie allein, und Claire scheuchte ihn ins Bad, um sich umzuziehen. Draußen sammelten sich bereits die Gäste, und er konnte das Stimmengewirr hören. In einer Stunde war es so weit, langsam machte sich die Aufregung in ihm breit. Es klopfte vorsichtig, und die Tür öffnete sich einen Spaltbreit.

Seine geliebte Schwester streckte den Kopf herein. Sie sah müde aus.

»Maman schickt mich. Wir sollen beide an diesem Glas nippen«, sagte sie und hielt ihm ein Glas Champagner hin.

»Sie erlaubt dir Alkohol?«, fragte er, als wäre sie zwölf.

»Sie hat gesagt, ein kleiner Schluck gehe als Medizin durch und schade Aliette nicht. Aber eben nur einmal nippen.« Sie seufzte theatralisch. »Soll ich dir die Fliege binden?«

»Gern«, sagte er und drehte sich zu ihr um, »ich bin froh, dass du hier bist, Elodie.« Er hauchte ihr einen Kuss auf die Wange, und sie schmiegte sich leicht an ihn.

»Es ist mir eine Ehre, deine Trauzeugin zu sein!« Sie nahm ihm das Glas aus der Hand, nippte und schloss genießerisch die Augen. Dann tat sie ihren Job.

Matze trug sein Töchterchen und schaute immer wieder auf sein Handy. Vielleicht machte er sich nur selbst verrückt, und es war gar nichts. Wobei eine verschlossene Akte selten etwas Gutes verhieß, *überhaupt* eine Polizeiakte zu haben verhieß nichts Gutes. Doch er konnte jetzt die Veranstaltung nicht crashen und alle verrückt machen. Margeaux schon mal gar nicht, denn sie würde gleich von Julien zur Trauung geführt werden, das konnte er ihr nicht versauen. Hinterher war noch genügend Zeit, um sie diskret zur Seite zu nehmen und einzuweihen. Er hoffte, dass Brenot es möglich machen konnte, die Akte einzusehen, um herauszufinden, was Melodie Martins Geschichte war und was sie mit dem Gesetz in Konflikt gebracht hatte.

Hilde und Aimé hatten die Fahrt relativ schweigsam hinter sich gebracht. Als Aimé das Auto in die öffentliche Garage fuhr, sagte sie: »Können wir uns heute und hier vertragen und die Hochzeit genießen?«

»Das wünsche ich mir sehr«, antwortete er, »ich werde mir Mühe geben, aber dein Verhalten hat mich verletzt. Es tut weh, dass du mich seit Tagen links liegen lässt.«

»Mir tut es weh, dass du mir Dinge verheimlichst und mich nicht ernst nimmst«, kam es von ihr, und sie spürten, dass sie das Hin und Her kein bisschen weiterbringen würde.

Also schwiegen sie wieder. Er reichte ihr den Arm, als sie ausstieg, und so gingen sie die Straße hinauf zum Hotel der Bailes.

Margeaux und Frank kamen als Letzte an. Sie saß aufgeregt auf dem Rücksitz ihres Wagens und dachte einen Moment lang darüber nach, Frank zu sagen, er solle einfach vorbeifahren. Doch da kam der junge Mann schon angeflitzt, der das Auto parken sollte, und Frank reichte ihr die Hand, um ihr herauszuhelfen. Dann sah sie ihren Vater bereits auf der Treppe. Er wartete dort auf sie, allein. Sie atmete auf, denn sie hatte sich schon gesorgt, dass er vielleicht zusammen mit Melodie dort stehen würde. Frank brachte sie zu ihm, und sie spürte Juliens bewundernden Blick auf sich ruhen.

»Du siehst wundervoll aus, mein Kind«, sagte er und nahm sie am Arm. Langsam schritten sie den Weg unter den Rundbögen entlang, und Margeaux war froh, dass er sie stützte, denn sie spürte, wie ihr die Knie weich wurden, als sie Thierry dort vorn stehen sah. Er blickte ihr erwartungsvoll entgegen. In seinem Gesicht bemerkte sie ehrfurchtvolles Staunen und so viel Liebe. Ihr Herz öffnete sich, und sie spürte, wie sie das Glück überflutete. Thierrys Mutter und das Hotelteam hatten sich wirklich selbst übertroffen. Der Innenhof war voller Blumen, alle Stühle waren mit weißen Hussen überzogen und mit Blütenkränzen verziert, der Weg zum »Altar« war von Unebenheiten gereinigt worden und wurde von kleinen Rosenstämmchen in kalkweißen Töpfen verziert und durch große Rosenbögen miteinander verbunden, um die sich Rosen in allen Farben rankten. Der Platz für die Zeremonie war vor der Mauer des historischen Klosters, das dem Hotel den Namen »Cloitre« gegeben hatte.

Julien ging gemessenen Schrittes mit ihr dort entlang, und sie versuchte, unter den vielen Gästen vertraute Gesichter zu erblicken. Hilde und Aimé lächelten ihr zu. Aliette lag schlafend auf Matzes Arm. Thierrys Schwester Jaqueline hatte Tränen in den Augen, Claire und Bap ... so viele Menschen. Ihr Blick flog über Melodie, nahm sie aber kaum wahr, denn sie wünschte sich, ihre Mutter dort in den Reihen sehen zu können, und als könnte ihr Vater spüren, woran sie gerade dachte, flüsterte er: »Sie ist bei uns!«

Dann übergab er sie mit einem liebevollen Händedruck an Thierry und in diesem Augenblick, diesem Moment, in dem sich ihre Blicke ineinander versenkten, waren alle Sorgen vergessen.

Die Zeremonie

Der freie Trauredner erzählte gerade, warum Thierry und Margeaux füreinander geschaffen waren, als Aliette beschloss, die Hochzeitsgesellschaft mit ihrer Stimme, die für so ein winziges Wesen außerordentlich laut war und einer anschwellenden Sirene glich, aufzumischen. Matze versuchte sie schaukelnd zu beruhigen, doch sie bestand darauf, dass er nicht sitzen blieb, sondern sich mit ihr bewegte, denn erst, als er sich mit entschuldigendem Blick aus der Sitzreihe schlängelte und sie auf seinen Unterarm legte, wurde sie ruhiger. Die hohen Mauern des Innenhofs schienen die Babygeräusche irgendwie zu verstärken, und obwohl er den Schluss mit Jawort und Kuss nicht versäumen wollte, musste er mit der Kleinen durch einen der Rundbögen in einen weiteren kleineren Innenhof gehen. Auch hier war alles festlich geschmückt. Das Telefon in seiner Hosentasche vibrierte leise, und er angelte es heraus.

Sofort fing sein Herz an zu rasen, und seine Tochter bewegte sich unruhig, als würde sie seine Aufregung ganz genau spüren. Er klemmte sich das Telefon zwischen Schulter und Ohr und brachte mehr Abstand zwischen sich und die Hochzeitsgesellschaft.

»Es war nicht einfach, Zugriff auf die Akte zu erhalten«, erklärte Gilbert Brenot, ohne sich mit großartigen Floskeln aufzuhalten, »sie ist ja nicht ohne Grund verschlossen.«

Matze lauschte, und er fühlte, wie ihm das Blut aus dem Gesicht wich und das kleine Mädchen auf seinem Arm plötzlich bleischwer wurde.

»Was soll ich tun?«, fragte er, und seine Stimme war tonlos.

»Informieren Sie Aimé«, sagte Brenot, »er muss ein Auge auf die Frau haben. Machen Sie nicht die Pferde scheu. Das ist alles nicht ohne Grund geschehen und lange her, also bitte keine Panik erzeugen.«

»Okay, okay!« Matze versuchte sich wieder zu beruhigen und einen klaren Kopf zu bewahren. Brenot hatte recht. Er durfte jetzt nicht überreagieren, nur weil er übermüdet und irgendwie offenporig war. Sie beendeten das Telefonat, und er ging mit schaukelnden Schritten zurück zum Hauptinnenhof. Gerade brandete Applaus auf, und er sah noch, wie Thierry Margeaux innig küsste. Dann sprangen alle von ihren Sitzen auf, um dem Paar zu gratulieren. Matze versuchte, Aimé in der Menge auszumachen, und schlängelte sich durch die Leute hindurch.

Aimé spürte das Brennen in seinem Magen. Hilde und er waren aufgestanden, um Margeaux und Thierry zu umarmen, doch die Schlange war lang. Claire Baile schien die halbe Provence zur Hochzeit eingeladen zu haben.

»Ich muss rasch zur Toilette«, wandte er sich entschuldigend an seine Frau, die ihn verständnislos anschaute, dann aber mit den Schultern zuckte. »Ich bin sofort zurück«, sagte er erklärend und drückte ihr schnell einen Kuss auf die Wange, den sie sich gefallen ließ, ohne ihn abzuwehren. Das ist ein guter Anfang, dachte er und drängelte sich durch die Menge.

Matze kam ihm mit Aliette auf dem Arm entgegen. Der Junge sah blass aus. Vater zu sein war offensichtlich auch heutzutage nicht einfach. Er bog gerade in einen der Bogengänge ab, der durch einen kleinen Tunnel ins Hotel führten, als er Matze seinen Namen rufen hörte. Er blieb stehen, drehte sich um und wartete auf den frisch gebackenen Papa, der ihn hektisch am Arm packte und weiter in Richtung Hotel zog.

Aimé fühlte, wie ihm das Blut aus den Adern wich, als er vernahm, was ihm der Hacker berichtete. Er musste etwas tun. Er konnte nicht wie schockgefroren hier stehen bleiben und tatenlos hinnehmen, dass Hilde und Margeaux ein untrügliches Bauchgefühl besaßen.

»Brenot hat gesagt, wir sollen ruhig bleiben. Die Akte ist aus gutem Grund verschlossen, und jede Aktion hier wäre jetzt eine Überreaktion. Ich sollte dich lediglich einweihen, weil du als Polizist besser geeignet bist, solche Informationen zu verarbeiten, als ich in meiner momentanen Situation.« Matze deutete auf das Baby auf seinem Arm, von dessen Mündchen ein Speichelfaden tropfte.

Aimé nickte. »Okay, kühlen Kopf bewahren und die Augen offen halten«, sagte er mehr zu sich selbst als zu Matze, »aber jetzt muss ich wirklich schnell zur Toilette. Margeaux wundert sich gewiss schon, warum ich ihr nicht gratuliere.« Er trabte los, um seine drückende Blase zu entleeren, während Matze zurück zur Hochzeitsgesellschaft ging.

Melodie kam sich ein wenig verloren vor. Julien hatte sie gebeten, mit nach vorn zu gehen, um dem Brautpaar zu gratulieren, doch das hatte sich nicht richtig angefühlt. Sie gehörte nicht dazu. Sie hatte noch nie irgendwo dazugehört, und die vielen Menschen verursachten ihr Unbehagen. Es war jenes Gefühl der kriechenden Kälte und Lähmung, das sie nur zu gut kannte, das sich ihrer immer bemächtigt hatte, wenn sie auf das wartete, was unvermeidlich kommen würde. War ihr Leben wirklich besser geworden, oder bewegte sie sich nach wie vor in einem Raum ohne Ausgang? Die Angst war ein Begleiter, der sie nicht verließ. Sie lauerte überall und kroch ihr über die Beine, den Unterleib und den Brustkorb bis ins Gehirn.

Eben noch hatte sie sich gut gefühlt. Julien hatte neben ihr gesessen, ihre Ellenbogen hatten sich berührt. Obwohl er sie zu so einer persönlichen Veranstaltung mitgenommen hatte, war er kein einziges Mal zudringlich geworden, sondern behandelte sie so respektvoll, als wäre sie ein wunderbares und wertvolles Geschenk.

Sie musste aus der drängelnden Menge heraus. Unbedingt! Es würde noch genügend Zeit geben, dem Paar zu gratulieren und damit auch zu verdeutlichen, dass ihr durchaus bewusst war, dass sie noch nicht zu dem Kreis gehörte, der Freunde und Familie ausmachte. Ja, das war eine gute Entscheidung. Sie brauchte Luft. Sie sah sich suchend um und ging auf einen der tunnelartigen Rundbögen zu. Sonderbar, wie still es hier war, nur wenige Meter von der Gesellschaft entfernt.

Aimé bog schwungvoll um die Ecke, er war sich sicher, dass Hilde und auch Margeaux schon auf ihn warteten. Seine Blase war eben auch nicht mehr das, was sie mal gewesen war. Er wurde alt. Er rückte sich die Fliege im Laufen zurecht und strich sich über das Haar. Seine Gedanken sprangen von vollkommener Panik zu professioneller Gelassenheit. Es gab nichts, was er tun musste. Ein kurzes Telefonat mit seinem Freund Gilbert, dem Chef der Police nationale, hatte bestätigt, was Matze ihm weitergegeben hatte. Es lag keine akute Bedrohung vor, und er musste nicht den Polizisten rauskehren und damit die Feier ruinieren.

Hastig stoppte er, als er beinahe mit einer Person kollidiert wäre. Aimé konnte es nicht fassen, dass er ausgerechnet *ihr* hier in dem Halbdunkel des Tunnels begegnete. Was war das für ein sonderbarer Zufall? Er würde sich an Brenots Vorgabe halten.

»Die Toiletten sind im Gebäude in der ersten Etage«, erklärte er in der Annahme, dass sie auf dem Weg dorthin war.

Sie lächelte nicht, als sie »Danke« sagte und weiterging.

»Bis gleich, Rosalie.«

In dem Moment, in dem er es aussprach, wusste er bereits, welch fatalen Fehler er begangen hatte, doch er kannte sie nicht gut genug und hatte in den letzten Minuten nur die Informationen von Matze und Gilbert im Kopf gehabt.

Sie fuhr herum und starrte ihn an, dann zeichneten sich ein mimikverzerrendes Erschrecken und grausame Wut in ihrem Gesicht ab. Sie kam auf ihn zu. »Was haben Sie da gesagt?«

Er versuchte sich unwissend zu stellen: »Melodie, ist alles in Ordnung mit Ihnen?«

»Was soll das? Wissen alle hier über mich Bescheid? Reden alle über mich? Weiß *er* es?«, zischte sie und war nun kalkweiß.

Aimé besann sich auf seine Professionalität und die Resonanzaussagentechnik, die Margeaux ihm beigebracht hatte. »Ich sehe, dass Sie etwas verängstigt und auch zornig macht!«

Viel weiter kam er nicht, denn die Situation nahm eine Dynamik an, die er niemals erwartet hätte. Scheinbar hatte sie in ihrer Handtasche ein langes, spitzes Küchenmesser mit sich herumgetragen, denn plötzlich lag es in ihrer Hand, und ehe er es abwehren konnte, steckte es unter seinem linken Rippenbogen. Ein unendlicher Schmerz durchfuhr ihn, und er versuchte die Frau von sich zu stoßen. Es gelang ihm halbwegs. Ihre Augen waren so leer, dass er dachte, er sei bereits gestorben. Dann riss sie das Messer mit einem Ruck aus ihm heraus. Gurgelnd stöhnte er, fasste sich auf den Bauch, sah seine Hände voller Blut und ging langsam zu Boden.

»Wo ist Aimé?«, fragte Margeaux, als der Fotograf sich anschickte, das Paar in verschiedenen Positionen abzulichten. »Er muss doch mit auf die Bilder.«

»Er wollte zur Toilette«, sagte Hilde und schaute sich suchend um.

Julien blickte ebenfalls über die Menge, und Margeaux war versucht zu sagen: *Sie kommt auf kein Bild mit meiner Familie, Papa!* Doch sie verkniff sich den Kommentar.

»Ich schaue rasch nach Aimé und wechsle die Schuhe«, sagte sie und erntete fassungslose Blicke von ihren Lieben, »ich bin sofort zurück.«

Sie beeilte sich, am Rand der Mauer entlang zu dem Verbindungstunnel zu kommen. Aus den Rundbogenfenstern wurden bereits Tabletts gereicht, auf denen Champagner und Saftgläser standen. Sie wollte nur rasch einen Moment durchatmen und sich die Schuhe anziehen, die sie für den Stehempfang und die Bilder ausgewählt hatte. Sie liebte die verzierten Hochzeitschuhe, doch für den steinernen Boden waren sie nicht gemacht. Rasch griff sie nach dem Beutel, den sie in einer kleinen Einbuchtung im Sandstein von Elodie hatte hinterlegen lassen. Sie aßen im Sommer oft mit der Familie an den Sonntagen hier, daher kannte sie sich gut aus. Sie bog um die Ecke und sah einen Menschen am Boden liegen. So rasch ihre High Heels sie trugen, rannte sie darauf zu, dann erkannte sie ihren Ziehvater.

»Aimé!«, rief sie erschrocken und beugte sich zu ihm hinab. Dann sah sie das Blut, das sich unter ihm immer rascher ausbreitete und in einem Rinnsal zwischen die Pflastersteine floss. Sie fiel auf die Knie und tastete nach seinem Puls, ihr Kleid saugte sich mit dem roten Lebenssaft voll. Sie begann zu schreien, doch niemand kam.

Flatternd öffnete er die Augen und flüsterte: »Melodie …«

Sie riss sich die Spitzenstola von den Schultern, knüllte sie zusammen und presste sie auf seinen Bauch. Sein weißes Hemd war blutdurchtränkt. »Du musst das halten, Aimé, bitte! Und bleib wach. Bitte, bleib wach. Ich hole Hilfe …«

Sie erhob sich, trat sich die Schuhe von den Füßen und rannte los. Als sie den Innenhof erreichte, verstummten alle bei ihrem Anblick, und schieres Entsetzen breitete sich aus.

»Margeaux ist verletzt«, rief jemand, und sie brüllte: »Es ist Aimé. Ruft einen Krankenwagen. Es ist Aimé, es ist sein Blut! Ich bin unverletzt. Ruft einen Krankenwagen, schnell!«

Dann erklang ein Wehklagen, das sie gewiss niemals in ihrem Leben vergessen würde. Hilde schrie voller Schmerz den Namen ihres Mannes und rannte strauchelnd auf sie zu.

Arles – einen Tag später

»Wann werden Sie ihn aufwachen lassen?«, fragte Hilde den Arzt zum zehntausendsten Mal, und Margeaux legte ihr beruhigend die Hand auf die Schulter.

»Das können wir nicht sagen«, antwortete der Mediziner, »er hat viel Blut verloren, und das Messer hat die Milz gestreift. Wir haben operativ getan, was wir konnten, aber nun braucht er Zeit, und das künstliche Koma wird ihm helfen zu genesen.«

»Er wird es überleben?« Hildes Stimme zitterte. »Wir haben uns gestritten. Ich konnte ihm nicht mehr sagen, dass ich ihn liebe. Ich will nicht ohne ihn leben. Er *ist* mein Leben.«

»Er ist stabil, aber schwach«, der Arzt stockte, »aber da ist noch etwas, das Sie wissen müssen.«

Margeaux schaute ihn an, sah die Schwere in seinem Blick und wappnete sich vor dem, was nun kommen würde. Es konnte nichts Gutes sein.

»Wir machen bei jedem Notfall ein CT, bevor wir operieren. Dabei haben wir einen Tumor im Magen gefunden. Wir haben eine Probe entnommen, und der histologische Befund zeigt, dass es sich um ein Karzinom handelt.«

»Was ... was bedeutet das?«, stammelte Hilde entsetzt.

Margeaux legte ihr den Arm schützend um die Schulter.

»Ihr Mann hat Magenkrebs, und das müssen wir sofort operieren, sobald er wieder kräftig genug ist.« Der Arzt sah bekümmert drein.

Hilde begann zu hyperventilieren, und auch Margeaux spürte, wie ihr die Kraft aus den Gliedern wich. Wie hatte das alles nur geschehen können? Sie wusste natürlich, was passiert war, nachdem Matze sie in Kenntnis gesetzt hatte. Ihr Vater hatte eine Gefahr zu ihrer Hochzeit mitgebracht, und Margeaux und Hilde hatten vollkommen recht gehabt mit ihrem Bauchgefühl, dass mit dieser Frau etwas nicht stimmte. Sicher hatte sie eine furchtbare Geschichte, und es war nur richtig, dass solche Akten unter Verschluss blieben, denn sie war viel mehr Opfer als Täterin, aber ganz offensichtlich hatte ihre Psyche so viel Schaden genommen, dass sie zur Mörderin geworden war, sobald sie sich von einem Mann bedroht gefühlt hatte.

Gilbert Brenot hatte sofort eine Fahndung nach ihr herausgegeben, und sie war noch in Arles aufgegriffen worden. Sie hatte während der Befragung gestanden, zwei Köche in Orange und in Cavalaire-sur-Mer getötet zu haben. Auch Julien hatte sich also in ihrer Nähe permanent in Lebensgefahr befunden. Ihr Vater hatte sich, ohne zu zögern, sofort in psychologische Betreuung begeben. Der Schock hatte tief gesessen. Er hatte sich verliebt, sich gegen ihre und Hildes Bedenken gewehrt, und sein bester Freund war durch diese Fehleinschätzung beinahe ums Leben gekommen. Er hatte sogar das »Chez Louise« für einige Tage in die Hände seines Teams gegeben, um sich helfen zu lassen. Das hatte ihr jede Menge Respekt abgerungen, denn nach Marie-Louises Tod hatte er sich nur in die Arbeit gestürzt und niemanden an sich herangelassen. Dass er nun bereitwillig zum Psychologen ging, war ein Schritt in die richtige Richtung.

Melodie Martin war als Rosalie Vernier geboren worden. Der Fall hatte vor mehr als fünfundzwanzig Jahren im Elsass für großes Aufsehen gesorgt: Rosalies Vater, ein erfolgreicher Koch, starb, als sie noch ein Kind war, und die Mutter heiratete wenige Jahre später wieder. Der Stiefvater begann rasch, das kleine Mädchen zu missbrauchen. Sie musste ein furchtbares Martyrium erleben, war mit zwölf zum ersten Mal schwanger. Ihre Mutter begleitete sie zur Abtreibung, auch bei den nächsten Schwangerschaften mit vierzehn und mit sechzehn war ihre Mutter mit ihr beim Arzt. Anstatt ihre Tochter vor dem Vergewaltiger zu schützen, stellte sie sie als promiskuitiv und psychisch krank dar. Als die Schulpflicht des Mädchens beendet war, sperrte der Stiefvater sie in einem Kellerraum ein, um sie dort mehrmals wöchentlich zu vergewaltigen. Sieben lange Jahre musste sie das aushalten. Sie trug sogar ein Kind dort aus, doch es starb kurz nach der Geburt. Niemand suchte nach ihr, vermisste sie oder eilte zu ihrer Rettung herbei. Ihre Mutter tat so, als wäre es völlig normal, ein so gestörtes Kind im Keller zu halten, und unternahm nichts, um ihre Tochter zu beschützen.

Als Rosalie fünfundzwanzig war, fasste sie den Plan, sich zu töten, und erbaute sich aus den metallenen Federteilen ihrer Matratze in monatelanger Arbeit eine Waffe. Und dann kam er, gerade als das Gebilde fertig war. Sie schob es noch geistesgegenwärtig unter die Matratze, bevor er sie niederdrückte, um sich an ihr zu vergehen. Ihre Seele hatte sich angewöhnt zu fliehen, wenn er kam, und ihre Hülle ertrug stoisch, was er ihr antat. Es war wie ein Reflex, dass ihre Hand die Waffe ertastete, während er ihr Schmerz zufügte, und dann rammte sie ihm das Teil in die rechte Seite, während er stöhnend auf ihr lag. Er quiekte wie ein Schwein, und Blut floss aus ihm heraus. Sie stieß ihn von sich. Er fasste nach ihr, sie stürzte, schlug sich den Kopf an, saß dann zusammengekauert am Boden und sah ihrem Peiniger dabei zu, wie er verblutete. Er wurde schwächer, doch seine bösen Augen starrten sie an und er flüsterte: »Damit kommst du nicht durch, du kranke, verdorbene Schlampe …«

Also hatte sie erneut zugestochen, damit er endlich schwieg. All das hatte sie bei ihrer ersten Vernehmung damals und auch bei der Verhandlung, die unter Ausschluss der Öffentlichkeit stattfand, mit tonloser Stimme und ausdrucksloser Miene detailliert zu Protokoll gegeben. Sie war freigesprochen worden, denn ihre Tat war als Notwehr eingestuft worden. Doch sie selbst hatte um Hilfe gebeten und war danach in eine psychiatrische Einrichtung gezogen, in der sie fast fünfzehn Jahre gelebt hatte.

Ihre Mutter hatte sich vollkommen unwissend gegeben und ihre Tochter als kranke Nymphomanin dargestellt. Sie war tatsächlich mit einer kurzen Bewährungsstrafe davongekommen und Ende des vorletzten Jahres verstorben. Man hatte der jungen um ihr Leben betrogenen Rosalie eine neue Identität gegeben, als sie die Klinik mit knapp vierzig verlassen hatte, um ein eigenständiges Leben zu leben. Als Melodie Martin war sie nach Aix-en-Provence gekommen, und nach einem Jahrzehnt der Einsamkeit hatte sie geglaubt, etwas Liebe und ein normales Leben verdient zu haben. Also hatte sie sich auf die Suche nach einem Partner gemacht.

»Diese Frau wurde von den Menschen zerstört, die am meisten auf sie aufpassen sollten«, hatte Gilbert Brenot Margeaux berichtet. »Ich will sie nicht in Schutz nehmen. Gewiss nicht. Sie ist eine Mörderin und hat meinen Freund …« Er hatte eine lange Pause gemacht. »… sie hat meinen Freund schwer verletzt. Dafür muss sie sich vor Gericht verantworten, aber ihre Seele wurde von Mutter und Stiefvater zerstört. Daran ist sie nicht schuld!«

»Das ist eine furchtbare Geschichte«, hatte Margeaux ihm zugestimmt. Doch Melodie oder Rosalie, wie auch immer sie hieß, war eine kaltblütige Mörderin geworden. Sie hatte ein Messer in ihrer Handtasche zu ihrer Hochzeitsfeier mitgebracht und Aimé töten wollen. Dafür konnte sie kein Verständnis und gewiss keine Entschuldigung erwarten. Sie würde sich für zweimaligen Totschlag und einen versuchten Mord vor Gericht verantworten müssen.

Avignon – zwei Monate später

Aimé war erst nach mehr als zwei Wochen aus dem Koma geholt worden. Hilde hatte sich ein Bett in sein Zimmer stellen lassen. Sie hatte abgenommen vor lauter Kummer, sodass sie selbst ganz schwach war. Als er transportfähig gewesen war, hatten sie ihn nach Avignon in die onkologische Abteilung verlegt, und kurze Zeit später war er erneut unters Messer gekommen. Man hatte den Tumor vollständig entfernt, und so, wie es aussah, hatte er Glück im Unglück gehabt, denn der Krebs schien noch nicht gestreut zu haben.

»Es geht mir gut«, versicherte er ihnen immer wieder und streichelte Hildes Hand tröstend.

Margeaux hatte das Gefühl, wie eine Art Maschine zu funktionieren. Sie hatte Julien gebeten, zukünftig viel mehr mit ihr zu sprechen, denn das Ereignis zeigte deutlich, wie endlich das Leben und wie furchtbar es war, wenn man sich nicht ausgesprochen hatte, wenn dann etwas passierte. Frank war ihnen allen während seines gesamten Aufenthaltes eine große Stütze gewesen. Er hatte sich um Willi gekümmert und sogar recht passable Mahlzeiten auf den Tisch gebracht, wenn Margeaux abends müde zu Hause aufgetaucht war. Er war tatsächlich wie der große Bruder an ihrer Seite. Auch Pierre war eilig angereist und hatte seiner Mutter zur Seite gestanden und am Bett seines Vaters gewacht. Doch dann hatten seine Verpflichtungen ihn wieder zurückgerufen. Aimé würde bald mit der Chemotherapie beginnen müssen, und Margeaux erinnerte sich an diese Zeit mit Marie-Louise.

»Wir können uns abwechseln«, schlug sie Hilde vor, nachdem der Onkologe die Termine bekannt gegeben hatte, doch diese schüttelte bockig den Kopf.

»Ich hätte ihn fast verloren, Margeaux«, wiederholte sie immer wieder, »ohne dass wir einander verziehen haben, ohne einander wieder gut gewesen zu sein. Das passiert mir nie mehr. Nie mehr!«

»Ich verstehe dich«, sagte Margeaux und nahm sie in den Arm. Sie verstand Hilde wirklich, denn sie war so dankbar, dass sie Thierry an ihrer Seite hatte und trotz der desaströsen Hochzeit absolut glücklich mit ihm war. Es war ein Geschenk, den Menschen zu finden, den man liebte und mit dem man sein Leben verbringen wollte. Ihr Mann hatte einfach ein paar Koffer gepackt und lebte nun mit ihr in dem großen Weiler. Alles andere würde sich finden. Ihnen war mehr als bewusst geworden, wie lächerlich solche Kleinigkeiten waren, wenn der Tod mit seinen knochigen Fingern an die Tür klopfte. Es war unvorstellbar für sie, Aimé zu verlieren. Margeaux war sogar, obwohl sie schon lange nicht mehr an einen Gott glaubte, in die kleine Kapelle des Krankenhauses gegangen, hatte eine Kerze angezündet und für ihn gebetet. Sie durfte nicht noch einen geliebten Menschen an diese furchtbare Krankheit verlieren. Vielleicht würde der Arzt ja recht behalten, und der Krebs war frühzeitig genug erkannt worden. Wer wusste schon, wann der sture Kerl sonst wegen seiner Magenbeschwerden zum Arzt gegangen wäre. Wahrscheinlich nie!

Epilog: Sieg der Dunkelheit

Vor allem haltet beharrlich fest an der Liebe zueinander; denn die Liebe deckt viele Sünden zu.

1. Petrus 4, 8

Sie fuhr erschrocken auf. Der Traum! Da war er wieder. Wieso hörte das nicht endlich auf?

Endlich fühlte sie sich doch sicher und geborgen. Der Mann neben ihr gab ihr all das, was sie sich je gewünscht hatte. Noch konnten sie ihre Beziehung nicht öffentlich machen, es war zu viel geschehen, und er war zudem noch ihr Chef. Doch die Nächte gehörten ihnen, und er war zärtlich und liebevoll. Julien hatte unter Schock gestanden, nach dem, was auf der Hochzeit seiner Tochter geschehen war, doch das hatte sie einander nur nähergebracht. Schon von Anfang an hatten sie sich gut verstanden, und dieses furchtbare Ereignis hatte dazu geführt, dass sie sehr intensiv geredet und plötzlich erkannt hatten, dass da mehr zwischen ihnen aufkeimte. Sie hatten sich langsam darauf eingelassen, beide vorsichtig und behutsam, und dann hatte er sie eines Abends geküsst, und es war wunderbar gewesen.

Schweiß rann ihr nun über die Stirn, wie immer, wenn sie von jenem Abend in der Kühlkammer bei Bocuse träumte, als sie das Dessert für das Präsidenten-Dinner zubereitet hatte und ihr eifersüchtiger Kollege ihr gefolgt war, um sie zu zerstören und ihr das Leben zu stehlen. Sie war Bocuse' Liebling gewesen, denn er hatte ihr Talent erkannt und gefördert. Ihre

Teller waren jedes Mal besonders gelungen, sowohl optisch als auch geschmacklich. Das hatte der Meister regelmäßig betont, und sie war so unfassbar stolz gewesen. Doch ihr Kollege Patrick Le Blanche hatte ihr dies immer verübelt und ihr, wo es nur ging, Steine in den Weg gelegt. Doch sie hatte sich mit Präzision, Kreativität und konzentriertem Ehrgeiz ihren Platz erarbeitet. Eine Frau in der Sternegastronomie war etwas Besonderes, und sie hatte das Potenzial dazu gehabt, bis Patrick ihr alles genommen hatte. Er war ihr gefolgt, hatte sie mit vorgehaltenem Messer vergewaltigt und dann ihren Platz eingenommen, denn sie war aus der Küche geflohen, ohne ein Wort zu sagen. Das hatte ihren Ruf zerstört – und ihren Lebenstraum.

Es hatte eine Ewigkeit gedauert, ein wenig Respekt zurückzuerlangen, denn in der Kochbranche waren alle gut vernetzt, und jemand, der seinen Posten während eines so wichtigen Dinners aufgab, hinterließ verbrannte Erde und war nur noch gut für eine Imbissküche.

Immer wieder träumte sie von dem schlimmsten Moment ihres Lebens, selbst nachdem sie ihre stabsmäßig geplante Rache umgesetzt hatte. Der Traum blieb, doch er war durch die Vergeltung meist leichter zu ertragen. Doch heute hatte ein neues Ende den Traum noch schlimmer gemacht als sonst.

»Hast du schlecht geträumt?« Julien rückte näher heran, und Catherine schmiegte sich in seinen Arm.

»Ja«, flüsterte sie, »aber jetzt ist es ja vorbei.«

Dann schloss sie beruhigt wieder die Augen, doch es war nicht vorbei: Patrick Le Blanche schob sich erneut vor ihr inneres Auge und lachte: »Ich bin vielleicht dein Vergewaltiger, aber du – du bist meine Mörderin!«

Nachwort

Die Mimikresonanz®-Methode wurde 2011 von Dirk Eilert kreiert. Hierbei handelt es sich um Emotionserkennung auf wissenschaftlicher Basis und die Anwendung für ein verbessertes Miteinander. Ein wichtiger Part der Methode sind die sogenannten Resonanzaussagen, Gefühle also treffsicher in Worte zu fassen. Die Wirksamkeit dessen belegt die Studie »Putting feelings into words« von Matthew D. Lieberman et al (2007).

Magnus Gäfgen wurde 2003 wegen der Entführung und Ermordung des elfjährigen Bankierssohns Jakob von Metzler zu einer lebenslangen Freiheitsstrafe mit Feststellung der besonderen Schwere der Schuld verurteilt. Während seines Studiums der Rechtswissenschaften schloss er sich einer Gruppe von Jugendlichen an, die aus wohlhabenden Elternhäusern stammten. So lernte er auch die von Metzlers kennen und erschlich sich das Vertrauen des elfjährigen Jakob. Um seinen teuren Lebensstil finanzieren zu können, entschloss sich Gäfgen, den Jungen zu entführen und von seinen Eltern ein Lösegeld zu erpressen. Am 27. September 2002 lockte er das Kind unter einem Vorwand in seine Wohnung und tötete es bereits dort. Im Anschluss ließ er den Eltern ein Erpresserschreiben mit der Forderung nach einer Million Euro Lösegeld zukommen. Noch am Tag des Mordes versteckte er die Leiche bei einem Weiher in Osthessen.

Gäfgen verschleierte in der polizeilichen Vernehmung den Verbleib und Zustand seines Opfers und beschuldigte zwei unbeteiligte Bekannte der Mittäterschaft. Daraufhin ordnete der damalige Polizeivizepräsident Wolfgang Daschner an, durch die Androhung von Gewalt die aus seiner Sicht möglicherweise lebensrettende Aussage zum Aufenthaltsort des Elfjährigen zu erzwingen. Gäfgen machte unter diesem Druck zutreffende Angaben, sodass die Polizei die Leiche des Entführungsopfers finden konnte. Für diese Gewaltandrohung musste sich Wolfgang Daschner später in einem Prozess, dem sogenannten Daschner-Prozess, strafrechtlich verantworten.

Quelle: Wikipedia
https://de.wikipedia.org/wiki/Magnus_Gäfgen

Catherine Frontier und Patrick Le Blanche sind Figuren aus meiner Kurzgeschichte *Rache ist süß* aus dem Buch *Tödlich aufgetischt*, erschienen am 12.10.2020 im Piper Verlag.

Catherine wurde von ihrem Kollegen Patrick Le Blanche vergewaltigt, da er ihr die Aufmerksamkeit und das Lob des Meisters neidete und unbedingt ihre Position erlangen wollte. Sie verließ die hochrangige Veranstaltung nach der Tat ohne Klarstellung und war danach in der Branche verpönt, während Le Blanche Ruhm einheimste und sogar eine eigene Fernsehsendung bekam. Mühsam ersparte Catherine sich das Geld für ihr eigenes Restaurant, erfand sich neu und veränderte ihr Äußeres so massiv, dass Le Blanche sie nicht erkannte, als sie ihm in Avignon gezielt begegnete. Sie wusste von einer seiner besonderen Schwachstellen und setzte so ihren lang gehegten Racheplan um.

Rezepte für vier Personen

French Toast

- 3 Eier
- 200 ml Milch
- 1 Prise Salz
- 8 Scheiben altbackenes Toastbrot
- Butter oder Butterschmalz zum Braten
- 4 gehäufte Esslöffel geriebener Gruyère
- Zucker und Zimt zum Bestreuen

1. Eier in einem breiten Gefäß, z. B. einer flachen Schale, mit Milch und Salz verquirlen. Toastscheiben nach und nach in die Eiermilch legen, bis sich das Brot mit der Flüssigkeit vollgesogen hat.
2. Butter in einer Pfanne oder einem großen Bräter erhitzen. Die Toastscheiben darin portionsweise von beiden Seiten ca. 5 Minuten goldbraun braten. Butter nicht zu heiß werden lassen, da sie sonst schwarz wird.
3. Je eine Scheibe Toast pro Person mit dem geriebenen Käse bestreuen, kurz anschmelzen lassen, dann den Toast auf der Käseseite knusprig braten.
4. Den anderen Toast ohne Käse mit Zucker und Zimt bestreuen und beide Toastscheiben noch warm genießen.

Margeaux' Jakobsmuscheln mit Safransoße

- 8 Jakobsmuscheln
- 1 Schalotte
- 2 El Olivenöl
- 50 ml trockener Sherry oder Portwein
- 100 ml Weißwein
- 100 ml Fischfond
- 1 g Safran
- Fleur de Sel und frischer Pfeffer
- 100 ml Sahne
- 125 g kalte Butter

1. Die Jakobsmuscheln säubern, von den kleinen Muskeln befreien.
2. Die Schalotten schälen, klein schneiden, in heißem Öl kurz andünsten und die entfernten Muskelstücke zugeben. Mit Portwein und Weißwein ablöschen und die Flüssigkeit auf ca. 1/3 einreduzieren lassen. Den Fischfond und den Safran zugeben, alles 15 Min. köcheln lassen.
3. Sahne zugeben und nochmals köcheln lassen, dann mit etwas Salz und Pfeffer abschmecken. Kurz vor dem Servieren mit dem Pürierstab die kalte Butter unterrühren.
4. Nun die Jakobsmuscheln in einer heißen Pfanne mit Olivenöl scharf anbraten, sodass sie im Kern noch glasig sind.
5. Mit Salz und Pfeffer würzen.
6. Die Jakobsmuscheln auf den Teller geben und mit einem Löffel die Soße halbkreisförmig darum herumträufeln.

Hildes Soljanka

- 200 g Schinkenspeckwürfel
- 500 g Geflügelwurst (am Stück)
- 100 g Salami
- 4 große Zwiebeln
- 2 rote Paprika
- 2 frische Knoblauchzehen
- 200 g Tomatenmark
- 8 Gewürzgurken und das Gurkenwasser
- 1 getrocknete Chilischote
- 1 »Fette-Brühe«-Brühwürfel für 1,5–2 Liter Wasser
- 2 TL Senf mittelscharf
- 1 Lorbeerblatt
- 1,5–2 Liter Wasser

1. Den Schinkenspeck anbraten, die gewürfelte Geflügelwurst beimengen und alles gut anbraten. Dann die in Stücke geschnittene Salami dazugeben, kurz weiterbraten. Die Zwiebeln schälen, in grobe Stücke schneiden, mit in den Topf geben und alles weiterbraten, bis die Zwiebeln glasig sind.
2. Die Paprika waschen, entkernen und in Würfel schneiden, den Knoblauch schälen und ebenso in kleine Würfelchen schneiden. Beides dazugeben und etwas anbraten lassen.
3. Nun das Tomatenmark einrühren und mit einem guten Schluck Gurkenwasser aufgießen. Anschließend die Gurken klein schneiden, in den Eintopf geben und jetzt auch sämtliche Gewürze in den Topf hinzufügen.
4. Mit 1,5 bis 2 Litern Wasser aufgießen, die »Fette-Brühe«-Brühwürfel (Menge nach Packungsanweisung) dazugeben und 30 Minuten leicht köcheln lassen.

Tipp: Idealerweise bereitet man die Soljanka am Vortag zu und wärmt sie dann auf. Sie sollte auf jeden Fall einige Stunden gut durchziehen, bevor sie serviert wird. Dazu frisches Baguette reichen und Crème fraîche zum Einrühren.

Margeaux' Schokoladeneis mit Rhabarber-Ragout

Für das Eis

- 5 Eigelb
- 1 EL Vanillezucker
- 70 g Zucker
- 400 ml Sahne
- 200 g dunkle Schokolade (mindestens 70 %)

1. Das Eigelb mit dem Zucker sehr schaumig schlagen. Die Sahne kurz aufkochen.
2. Die Schokolade im Wasserbad schmelzen und langsam unter die Eimasse rühren. Die Sahne vom Herd nehmen und unter die Eigelb-Zucker-Schoko-Masse rühren.
3. Das Ganze wieder zurück in den Topf geben und auf ca. 80 °C erwärmen. Darauf achten, dass die Masse zwar etwas dicker wird, aber nicht stockt. Nicht aufkochen lassen!
4. Zuletzt das Ganze unter Rühren abkühlen lassen und in eine Eismaschine geben.

Für das Rhabarber-Ragout und die karamellisierten Mandelblättchen

- 400 g Rhabarber
- 200 ml Wasser
- 180 g Zucker
- 20 g Vanillezucker
- 2 EL Speisestärke (z. B. Mondamin) – falls nötig zum Abbinden
- 1 EL Zitronensaft
- 6–8 EL Zucker
- 4–6 EL Mandelblättchen

1. Die Enden des Rhabarbers abschneiden, die äußere Haut entfernen und in mundgerechte Stücke schneiden.
2. Das Wasser mit dem Zucker in einem Topf zum Kochen bringen und so lange kochen, bis die Flüssigkeit etwas zähflüssiger wird und ein sogenannter Läuterzucker entsteht.
3. Nun den Rhabarber hineingeben und ca. 8–10 Minuten köcheln lassen, dann zum Abkühlen vom Herd ziehen.
4. Bei Bedarf die Speisestärke im Zitronensaft auflösen und die Flüssigkeit abbinden (nur, falls es zu flüssig ist).
5. Die 6 bis 8 Esslöffel Zucker in eine Pfanne geben und unter Rühren auf dem Herd karamellisieren lassen. Nun die Mandelblättchen einrühren.
6. Pfanne vom Herd ziehen, Blättchen abkühlen lassen und als Deko auf das Ragout streuen.

Gebeizter Lachs à la Fabian Heldmann

Lachs

- 1 Lachsseite
- Salz und Zucker
- Limettenabrieb von 2–3 Limetten
- 1 daumenbreites Stück Ingwer

1. Lachs filetieren, Gräten ziehen und schön zuparieren/zuschneiden.
2. Den Fisch mit einer Beize aus Salz und Zucker im Verhältnis 1:1 mit Limettenabrieb und etwas geschältem Ingwer für 55 Minuten beizen.
3. Dann leicht mit kaltem Wasser abwaschen, abtupfen, einvakuumieren und im Sous-vide-Wasserbad für 20 Minuten bei 40 °C garen (alternativ in einem Dampfgarer).

Senfkaviar

- 140 ml Noilly Prat
- 75 ml Apfelsaft
- 40 ml Apfelessig
- 23 g Honig
- 20 g Zucker
- 2 g Salz
- 50 g Senfsaat

Alles zusammen langsam bis zur gewünschten Konsistenz einkochen.

Rote-Bete-Apfel-Salat

- 100 g rohe Rote Bete
- 150 g Apfel
- 60 g Orangenöl
- 8 g geriebener Ingwer
- 25 g Himbeeressig
- 10 g Zucker
- 1 Prise Salz

1. Rote Bete und Apfel schälen und fein würfeln.
2. Die restlichen Zutaten zu einer Marinade zusammenrühren.
3. Dann die Würfel mit der Marinade einvakuumieren und mindestens 8 Stunden ziehen lassen.
4. Nach Gusto vor dem Servieren mit Salz abschmecken.

Staudensellerie-Apfel-Sud

- 1 mittelgroßer Staudensellerie
- 4 Äpfel
- Salz und Pfeffer
- Zitronensaft, frisch gepresst
- Xanthan (Menge siehe Packungsangabe)

1. Staudensellerie und Äpfel entsaften, mit Salz, Pfeffer und Zitronensaft abschmecken und mit Xanthan abbinden.
2. Auf vier Tellern anrichten: Eine kleine Schöpfkelle des Apfel-Sellerie-Suds auf den Teller geben, sodass ein kreisrunder Soßenspiegel entsteht, und etwas auf dem Teller »anziehen lassen«.

Silberzwiebeln

- 10–12 Silberzwiebeln
- 1 Bund Passepierre

1. Die äußerste Schale der Zwiebeln abschälen, dann halbieren und die Schnittfläche mit einem Gasbrenner dunkel abbrennen.
2. Von dem Passepierre-Queller feine Sprieße abzupfen.

Dillcreme

- 240 g Dill
- 120 g glatte Petersilie
- 3 g Salz
- 290 ml Sonnenblumenöl
- 360 g Eigelb
- 110 ml Reisessig
- 110 ml Hon Mirin (»Reiswein«)
- Zucker
- Salz und Pfeffer

1. Dill und Petersilie im Thermomix bei 80/85 °C mit Salz und Sonnenblumenöl fein mixen (die Kräuter vorher schon mit dem Messer etwas zerkleinern). Im Anschluss abpassieren und zur Seite stellen.
2. 360 g Eigelb (aus dem Tetrapack, bereits pasteurisiert) mit dem Reisessig, Hon Mirin (»Reiswein«) und Salz und Zucker im Thermomix bei 90 °C mixen. Sobald es einigermaßen cremig ist, ca. 100 ml von dem Dillöl einfließen lassen und mit Salz und Pfeffer abschmecken. Alternativ: Sollte kein solches Gerät vor-

handen sein, Zutaten gut verrühren und Eigelb auf dem Herd unterrühren und auf 80 °Grad erhitzen. Nicht wärmer werden lassen, sonst flockt das Ei aus! Von der Platte ziehen und das Dillöl wie beschrieben untermixen.
3. In einen Spritzbeutel füllen und kalt stellen.

Rote Zwiebeln

- 1 mittelgroße rote Zwiebel
- Salz, Pfeffer
- Schwarzkümmel
- 400 ml Apfelessig

1. Zwiebeln schälen und fein in Ringe oder Spalten schneiden.
2. Salz, Pfeffer und etwas Schwarzkümmel in den Apfelessig geben und die Zwiebelscheiben damit bedecken.
3. 1 Stunde ziehen lassen. Auf Küchenkrepp abtropfen lassen, erst dann auf den Teller geben.

Tipp zum Anrichten des ganzen Gerichtes

Mit einem Dessertring den Apfel-Bete-Salat mittig auf dem Soßenspiegel anrichten. Auf jeweils 3, 6, 9 und 12 Uhr einen Tupfen der Dillcreme geben, dazu den Spritzbeutel unten mit einem kleinen Schnitt öffnen (einen Probetupfer auf einen kleinen Teller spritzen), in die Creme je ein kleines Stück Passepierre stecken und auf der einen Seite eine abgeflämmte Silberzwiebel und der anderen ein Scheibe rote Zwiebel anlegen. Zum Schluss den Lachs auf den Apfel-Bete-Salat geben und ebenfalls ganz leicht mit dem Bunsenbrenner abflämmen.

Danksagung

Mein Dank für diesen Krimi, den mittlerweile fünften Band der Reihe, gilt wie immer in erster Linie meiner Familie, die es mir möglich macht, mich aus dem Alltag zurückzuziehen, um zu schreiben. *Danke* – ich liebe euch sehr! Mein Mann Marcus darf immer schon gleich zu Beginn in die Geschichte einsteigen, und seine Rückmeldungen geben mir Energie, um weiterzumachen – vor allem, wenn ich mal wieder überzeugt davon bin, dass das sinnfrei ist, was ich gerade mache!

Danke an meine Freundinnen für aufbauende Worte in selbstkritischen Augenblicken: Evee (Anke) Heuser, Kirsten Lutz und Tanja Lange, die auch diesen Band in einer zusätzlichen Korrekturschleife gelesen hat.

Danke wieder an Dirk Eilert, dass mich seine Mimikresonanz®-Methode inspiriert und mit fundiertem Wissen ausstattet!

Mein *Dank* gilt auch der gesamten Familie Heldmann, denn ich darf über das Restaurant und das Hotel »Der Zauberlehrling« in Stuttgart schreiben. Zudem hat der mit einem Michelin-Stern dekorierte Sohn des Hauses, Fabian Heldmann, ein Rezept für das Buch gestiftet: Danke, Fabi!

Meine Textredakteurin Julia Feldbaum ist wirklich eine Wucht, es ist eine Freude, mit ihr zusammenzuarbeiten, denn Julia versteht mich und meine Protagonisten und Protagonistinnen vollkommen. Wobei es tatsächlich sogar noch tiefer geht: Sie hat sie ins Herz geschlossen und leidet gerade in diesem Band ganz besonders mit Aimé und Julien mit. Das ist ganz sicher nicht alltäglich, und ich fühle mich daher reich beschenkt durch unsere Zusammenarbeit.

Zu guter Letzt:

Danke, Eliane! Du bist die beste Lektorin der Welt und sorgst dafür, dass ich an mich glaube. Du stehst hinter mir und gibst mir das Gefühl, wichtig für dich zu sein. Das ist ein großartiges Gefühl und beflügelt mich. Ich schätze unsere Zusammenarbeit extrem. Hier würde ich sehr gern noch eine lange Liste an Superlativen einfügen, um zu beschreiben, was ich empfinde – aber ich verschone euch damit, liebe Leserinnen und Leser ...

Bleibt Margeaux, dem Team und ihren Lieben weiterhin treu. Ich freue mich darauf, noch weitere Geschichten rund um die Mimikexpertin für euch zu ersinnen. Folgt mir gern auf Facebook Nicole de Vert und/oder Instagram nicole_de_vert. Natürlich freue ich mich auch über Rezensionen auf den gängigen Portalen. Je größer die Fangemeinde ist, umso eher geht es weiter mit Margeaux. *Danke* für eure Unterstützung!!!